LUZIFER
VERLAG

RACHEL AMPHLETT

BRENNENDE SCHATTEN

EIN **DAN TAYLOR** THRILLER

The names, characters and events in this book are used fictitiously.
Any similarity to actual people living or dead,
events or locales is entirely coincidental

LUZIFER
VERLAG

Deutsche Erstausgabe
Titel der Originalausgabe: UNDER FIRE

www.luzifer.press

Umschlaggestaltung: Michael Schubert | Luzifer-Verlag
Übersetzung: Wolfgang Schroeder
Lektorat: Astrid Pfister

ISBN: 978-3-95835-381-7

Dieses Buch wurde nach Dudenempfehlung (Stand 2019) lektoriert.

Bibliografische Information der Deutschen Nationalbibliothek:
Die Deutsche Nationalbibliothek verzeichnet diese Publikation
in der Deutschen Nationalbibliografie; detaillierte bibliografische Daten
sind im Internet über *http://dnb.d-nb.de* abrufbar.

Prolog

:

North Kent, UK

Grant Swift nahm in der Eingangshalle des großen Bürogebäudes seine Autoschlüssel aus der Jackentasche und blickte dabei durch die Glastüren nach draußen. Seine Finger schlossen sich fest um den Griff des abgenutzten Aktenkoffers in seiner Hand, dessen schwarzes Leder sich bereits ablöste und zu einem unansehnlichen Grau verblasste.

Schneeregen prasselte auf das Dach des Verbindungsganges und das lautstarke Trommeln des Regengusses hallte durch den Empfangsbereich des Gebäudes. Grant zuckte zusammen, als ein Windstoß an den Glastüren rüttelte und Abfall über den Weg zum Parkplatz wirbelte.

»Wollen Sie da wirklich rausgehen, Mr. Swift?«

Grant drehte sich zu dem Empfangsschalter um, hinter dem ein einzelner Wachmann saß, der nun von einem halb gelösten Sudoku-Rätsel aufblickte. Grant schob seinen Schal unter den Mantelkragen und sagte: »Wenn ich dieses Jahr unser Dinner zum Hochzeitstag verpasse, kann ich mich genauso gut sofort nach einem neuen Zuhause umsehen.«

Der Wachmann lachte, beugte sich nach vorn und drehte das Radio etwas lauter. »Ich schätze mal, dann sollten Sie das Risiko wohl besser eingehen, Sir. Lieber klatschnass und durchgefroren dort auftauchen, als zu spät zu kommen.«

»Genau das denke ich mir auch.« Grant hielt den Aktenkoffer über den Kopf und stemmte sich gegen die Glastüren, während hinter ihm die Musik eines Top-40-Radiosenders durch den Empfangsbereich hallte. Das Wasser unter seinen Füßen spritzte in alle Richtungen, als er auf dem betonierten

Gehweg durch die Pfützen rannte und sein Atem bildete derweil Wölkchen in der Luft.

Als er sich seinem Auto näherte, einer brandneuen silbernen Mercedes Limousine, auf deren Nummernschild ›GEN1US‹ stand, hob er seinen Arm und richtete den Schlüsselanhänger auf die Tür. Die Blinker leuchteten daraufhin einmal kurz auf. Nachdem er die Tür geöffnet hatte, warf er seine Aktentasche auf den Beifahrersitz und ließ sich auf den Fahrersitz fallen. Er zog die Tür zu, dann saß er erst einmal wie gelähmt da und starrte den Schneeregen an, der auf seine Windschutzscheibe prasselte.

»Jesus«, murmelte er, »dieses gottverdammte englische Wetter.«

Er schüttelte sich vor Kälte. Sein letzter Einsatz war bei einem Unternehmen im Nahen Osten gewesen. Zwei Monate später hatte er bereits den Tag bereut, an dem er den Vertrag für dieses Projekt abgeschlossen hatte, und war in das Vereinigte Königreich zurückgekehrt.

Grant fuhr sich mit der Hand durch sein klatschnasses, schwarzes Haar, erschauderte, als ihm eiskaltes Wasser den Nacken hinunterlief, und starrte wütend auf die Wasserlache, die sich bereits auf dem Beifahrersitz unter seinem Aktenkoffer ausbreitete.

Er schüttelte den Kopf, schob die Karte in den Schlitz und startete damit das Auto. Der Motor erwachte schnurrend zum Leben und die Instrumente auf dem Armaturenbrett leuchteten auf wie das Cockpit eines Kampfjets. Grant beugte sich nach vorn und stellte die Temperaturkontrolle ein. Noch während er sich anschnallte und die Scheinwerfer einschaltete, verschwand bereits der Beschlag auf der Innenseite der Windschutzscheibe.

Jetzt schaltete er die Scheibenwischer ein, legte den Rückwärtsgang ein und rollte am Gebäudekomplex vorbei vom Parkplatz herunter.

Das Hauptquartier des Unternehmens bestand aus einer Ansammlung von architektonisch interessant miteinander verwobenen Glas- und Stahlelementen und bildete den Mittelpunkt eines ganz neuen Gewerbegebietes. Die drei Stockwerke überragten die benachbarten Bürogebäude, die weitaus besser zu der umliegenden Landschaft passten. Das Hauptquartier lag zwanzig Meilen von London-Mitte entfernt, um den Software-Ingenieuren, die vor fast zwei Jahren hierhergezogen waren, eine Oase der Ruhe zu bieten.

Grant rutschte in seinem Sitz einige Male hin und her, bis er bequem saß, und lenkte das Auto dann in Richtung Stadt. Falls das Wetter noch schlechter werden würde, würde sich die Fahrzeit von eigentlich einer Stunde garantiert auf gute zwei Stunden verlängern, und dann würde er definitiv zu spät kommen.

Zwanzig Minuten später war er immer noch auf der Straße nach Westen unterwegs, und während die Fahrzeuge inzwischen Stoßstange an Stoßstange dahinrollten, versuchte er verzweifelt, sich nicht von der Nebelschlussleuchte blenden zu lassen, die der Idiot vor ihm eingeschaltet hatte.

Schließlich ging es nur noch im Schritttempo vorwärts und Grant verrenkte sich den Hals bei dem Versuch, einen Blick über die Fahrzeuge vor ihm werfen zu können. Dann entdeckte er irgendwann die rot-blauen Blinklichter von Rettungsfahrzeugen und stöhnte leise auf. Er sah kurz nach unten, als sein Handy in der Halterung zu klingeln anfing, und schaltete schnell am Lenkrad die Freisprechanlage an.

»Reich bitte nicht gleich die Scheidung ein.«

Ein kehliges Lachen war nun über die Lautsprecher zu hören. »*So* schlimm?«

»Ich brauche noch ungefähr vierzig Minuten, allerhöchstens«, log er.

»Das habe ich mir schon fast gedacht.« Nach einer kurzen Pause fuhr sie fort: »Ich rufe das Restaurant an und sage dort Bescheid, dass wir erst nach acht Uhr kommen können, okay?«

»Das klingt nach einem guten Plan.« Er warf einen prüfenden Blick in seinen Rückspiegel. »Ich werde die nächste Ausfahrt nehmen. Das ist zwar ein kleiner Umweg, aber wenigstens kann ich dann in Bewegung bleiben. Ich glaube nämlich nicht, dass sich der Stau hier so bald wieder auflöst.«

»Okay. Aber fahr vorsichtig.«

»So wie immer. Ich liebe dich.«

»Ich dich auch. Wir sehen uns, wenn du angekommen bist.«

Grant beendete den Anruf. Nachdem er einen weiteren Blick in den Rückspiegel geworfen hatte, blinkte er links und fing an, auf die linke Spur zu ziehen. In seinem Rückspiegel blitzten Scheinwerfer auf. Er blinzelte und drehte den Kopf zur Seite, damit sich seine Augen darauf einstellen konnten. Er schätzte, dass die Ausfahrt nicht mehr als zwei Meilen entfernt war und tatsächlich tauchte nach gut einer Minute ein grünes Schild auf, das die Abfahrt auf der linken Seite ankündigte. Er fing bereits eine halbe Meile vor der Ausfahrt an zu blinken und manövrierte sich vorsichtig aus dem stockenden Verkehr hinaus, um anschließend über die Abfahrt die doppelspurige Schnellstraße zu verlassen.

Der Van hinter ihm blieb dabei in seinem Kielwasser und folgte ihm die Abfahrt hinunter. Grant warf einen kurzen Blick in den Rückspiegel und grinste. Offensichtlich hatte noch jemand anderes die Nase voll vom Stau.

Als sein Auto die Abfahrtsrampe hinunterrollte, wurde es automatisch schneller, dann verlangsamte Grant es allerdings wieder, als er am Ende der Abfahrt auf eine grüne Ampel zufuhr. Er bog nun nach rechts ab und bremste an einer T-Kreuzung.

Die Wucht des plötzlichen Aufpralls, als jemand in ihn hineinfuhr, warf ihn nach vorn und presste seinen Körper in den Sicherheitsgurt. Er blinzelte schockiert, hielt das

Lenkrad fest umklammert und korrigierte schnell die Richtung des Autos, als es zur Kreuzungsmitte abdriftete. Die Lichthupe des Vans blitzte einmal kurz auf. Grant stöhnte, lenkte den Wagen über die Kreuzung und hielt dann auf der gegenüberliegenden Straßenseite an.

Die Straße war verlassen und außer den beiden Wagen waren hier keine Fahrzeuge unterwegs. Über dem Mercedes flackerte eine Straßenlaterne und warf schimmerndes Licht auf den nassen Asphalt.

Absolut fantastisch. Er schlug mit den Handflächen auf das Lenkrad, stellte den Schalthebel auf Parken und löste den Sicherheitsgurt, während sein Herz wild hämmerte.

Hoffentlich hat der Idiot eine Versicherung. Er beugte sich zum Handschuhfach hinunter, öffnete die Klappe und nahm ein kleines Notizbuch heraus. Danach griff er noch tiefer in das Fach und nahm einen Kugelschreiber, dessen Ende bereits angeknabbert war. Anschließend schloss er die Klappe wieder und legte seine Hand auf den Türgriff.

Er warf einen kurzen Blick in den Außenspiegel und erstarrte, denn eine schemenhafte Gestalt war nun aus dem anderen Fahrzeug ausgestiegen, hatte sich einen Mantel über den Kopf gezogen und rannte auf sein Auto zu. Grant drückte den Schalter, der das Fenster öffnete und blinzelte, als der Regen hineinpeitschte.

Die Gestalt blieb an der Wagentür stehen und bückte sich. Bei diesen schlechten Lichtverhältnissen konnte Grant nur ein bärtiges Kinn und eine Kapuze, die den oberen Teil des Gesichtes verdeckte, erkennen, während der Regen in Sturzbächen den Rücken der Gestalt hinunterlief. Der Mann musste gegen den Lärm des Sturms anschreien.

»Es tut mir leid! Meine Frau ist zu Hause und sie erwartet gerade unser erstes Kind. Ich hab noch versucht, anzuhalten, aber die Bremsen haben einfach nicht mehr gegriffen. Ist bei Ihnen alles okay?«

Grant hielt ihm den Notizblock und Stift entgegen. »Geben Sie mir einfach Ihre Versicherungsdaten und ich schreibe Ihnen meine auf.«

Der Mann nickte und öffnete den Mund, um noch etwas zu sagen, doch dann wurde plötzlich ohne Vorwarnung die Beifahrertür aufgerissen. Grant drehte sich überrascht in diese Richtung, als ein anderer Mann den Aktenkoffer auf den Boden stieß und sich auf ihn stürzte. Grant schrie und versuchte verzweifelt, die Fahrertür zu öffnen, doch dann spürte er, wie sich ein Arm eng um seinen Hals legte. Keuchend schnappte er nach Luft.

Der Mann mit der Kapuze lehnte sich nun durch das Fenster und flüsterte ihm ins Ohr: »Nicht dagegen ankämpfen … du machst es nur noch schlimmer.«

Der andere Angreifer hatte inzwischen eine Spritze hervorgeholt und hielt sie mit nach oben gerichteter Nadel in der Hand.

Grant trat mit seinen Füßen hilflos auf den Wagenboden ein und seine Schuhspitzen stießen dabei gegen das Gaspedal. Der Mann mit der Spritze grinste und sein kurz geschnittenes grau meliertes Haar schimmerte im schwachen Licht der Innenraumbeleuchtung.

Während Galle in ihm hochstieg, versuchte Grant, den Griff um seinen Hals abzuschütteln. Der grauhaarige Mann packte daraufhin sein Handgelenk, schob seinen Ärmel hoch und versenkte die Nadel in Grants Vene.

Dieser öffnete seinen Mund, um alles hinauszubrüllen … die Angst, den Schmerz und die Frustration … doch sofort presste der Kapuzenmann ihm die Hand auf den Mund, sodass nur noch ein gedämpfter Schrei zu hören war.

Der andere Mann entspannte sich jetzt, lehnte sich auf dem Beifahrersitz zurück und beobachtete Grant mit glänzenden Augen. In dessen Kopf drehte sich plötzlich alles, sein Herzschlag, der gerade noch in seinen Ohren gedröhnt hatte, wurde allmählich langsamer, und vom Prasseln des Regens, der auf das Autodach trommelte, übertönt. Schwarze Punkte erschienen vor seinen Augen, dann ließ der Griff des Kapuzenmannes nach und Grant fiel zurück in seinen Sitz.

Eine gedämpfte Stimme erklang nun neben ihm. »In sechzig Sekunden ist er ganz weg.«

Sechzig Sekunden? Was passiert in sechzig Sekunden? Eine unfassbare Schläfrigkeit begann ihn auf einmal zu überwältigen. Grant blinzelte zweimal hektisch und versuchte sein Kinn von der Brust zu heben, weil er spürte, dass sein Kopf schlaff hinunterhing.

Der Mann mit dem graumelierten Haar griff im Fußraum des Wagens nach Grants Aktenkoffer, öffnete ihn und begann, den Inhalt zu durchsuchen, dann ließ er ihn wieder zuschnappen und blickte den anderen Angreifer kopfschüttelnd an.

»Da ist nichts drin. Wir nehmen ihn mit. Auf geht's.«

Grants Körper sackte nun endgültig in sich zusammen, als die Autotür geöffnet wurde. Der Kapuzenmann packte ihn, schaute sich kurz über die Schulter nach unerwünschten Zeugen um und begann dann vorsichtig, Grant aus dem Fahrzeug zu ziehen.

»Nein …«, murmelte Grant. *Verdammt, was hatten sie ihm da gegeben*?

Bevor er das Bewusstsein komplett verlor, spürte er, wie er in den hinteren Teil des Vans gehoben und eine Decke über seinem Körper ausgebreitet wurde. Der muffige Geruch von Öl drang in seine Nasenlöcher, während sich der harte Stahlboden des Fahrzeugs in seinen Rücken bohrte.

Dann tauchte er ganz und gar in die Dunkelheit ein.

KAPITEL 1

:

Arizona, USA

Dan Taylor lief langsam über die staubtrockene Erde. Er trug eine dunkelgrüne Jacke, die mit Kevlar gepanzert war, eine farblich passende Hose sowie schwarze Schnürstiefel und ging gerade auf ein kleines, bösartig aussehendes Objekt zu, das vor ihm auf dem Boden lag.

Über der unfruchtbaren Ebene zog Dunst auf, der den blauen wolkenlosen Himmel zu verschleiern begann. In der Ferne teilte er sich wieder und enthüllte dabei eine lang gezogene Hügelkette, die die Hitze des vergangenen Sommers braun versengt hatte. Ein paar verkümmerte Bäume unterbrachen die Monotonie der Landschaft und spendeten inmitten des verdorrten Grases und des allgegenwärtigen Staubes ein bisschen kostbaren Schatten.

Während er sich dem Gegenstand näherte, wurde Dan immer langsamer. Fast ehrfürchtig umrundete er das Objekt vorsichtig im Uhrzeigersinn, wobei er kleine Steine und Kiesel aus dem Weg kickte.

Während sich hinter ihm die Staubwolke langsam wieder senkte, hielt er inne und starrte den Apparat, der vor ihm in der Sonne glitzerte, intensiv an. Er seufzte leise und wartete darauf, dass sein Herz endlich aufhörte, wie verrückt gegen seine Rippen zu hämmern. Als sich sein Puls endlich ein bisschen beruhigt hatte, hockte er sich vorsichtig hin, ballte ein paar Mal die Fäuste, um seine Finger geschmeidig zu machen und konzentrierte seine Aufmerksamkeit dann auf die Sprengvorrichtung. Seine Augen blinzelten heftig hinter dem Visier, das sein Gesicht schützen sollte, denn ein Schweißtropfen rann ihm über die Stirn und drohte, in seine Augen zu laufen. Doch das Visier hochzuklappen und sich über das Gesicht zu wischen, war keine Option. Er schüttelte stattdessen leicht den Kopf, knetete seine Finger und fokussierte seine Aufmerksamkeit erneut auf die Apparatur.

Dann lehnte er sich auf den Fersen ein wenig zurück, öffnete eine Tasche an der Vorderseite seiner Jacke und holte einen Satz kleiner Zangen heraus. Anschließend schloss er den Reißverschluss wieder, hielt die Zangen vor sein Gesicht und bückte sich so tief hinunter, bis seine Augen mit der Vorrichtung auf einer Höhe waren.

Am Vortag hatte er bereits einen ähnlichen Apparat untersucht, nur war dieser fest in eine Werkbank eingespannt und nicht aktiviert gewesen, als er ihn in Ruhe methodisch auseinandergenommen und sich dabei bemüht hatte, ihm seine Geheimnisse zu entlocken.

Dieses Mal war es vollkommen anders.

Er versuchte zu rekapitulieren, was er gestern herausgefunden hatte … welchen Draht er ohne Gefahr durchschneiden konnte und welchen er besser in Ruhe lassen sollte … und was für eine gewaltige Explosionskraft unter diesen Metallschichten verborgen lag.

Dan verdrängte nun alle Gedanken an das, was eventuell passieren könnte, beugte sich nach vorn und schob eine der Zangen sanft über die knochentrockene Erde auf die Sprengvorrichtung zu. Normalerweise würde jedes Bombenbeseitigungsteam der Welt einen speziell dafür entwickelten Roboter verwenden, um eine solche Bedrohung zu neutralisieren, das Problem war nur, dass einige Vorrichtungen mit Absicht an Stellen platziert wurden, an denen Roboter nicht eingesetzt werden konnten.

Zwischen der lockeren Erde und der glänzenden Oberfläche des Objektes entdeckte Dan jetzt einen etwa ein

Zentimeter breiten Spalt. Ein dünner gelber Draht ragte an dieser Stelle aus dem Gerät hervor, mit bloßem Auge kaum wahrnehmbar. Er zog die Zange langsam wieder zurück und blieb einige Sekunden nachdenklich in der Hocke sitzen. Anschließend legte er sich flach auf den Boden, schlängelte sich behutsam vorwärts und bewegte das Werkzeug erneut mit zur Seite geneigtem Kopf auf die Vorrichtung zu.

Vorsichtig übte er Druck auf die Zange aus und die Schneiden schlossen sich langsam um den gelben Draht. Als sie die farbige Plastikabdeckung berührten, hörte er kurz zu atmen auf.

Über ihm war das ferne Dröhnen eines Düsenjägers zu hören, der seine Kondensstreifen quer über den azurblauen Himmel ausspie. Er wartete, bis der Jet vorübergeflogen und die Stille zurückgekehrt war und das einzige Geräusch, das seines Herzschlages war, der in seinen Ohren widerhallte.

Ein weiterer Herzschlag folgte, dann durchtrennte er den Draht. Er atmete langsam wieder aus und zog die Zange vorsichtig zurück, während sein Puls anfing zu rasen.

Plötzlich drang ein schrilles Heulen aus dem Objekt.

Dan riss erschrocken die Augen auf. Mühsam sprang er auf und begann so schnell wie nur möglich von der Sprengvorrichtung wegzurennen. Sein Ziel war ein Absperrband, das zwischen zwei Zaunpfosten in der Brise flatterte.

In seinem Kopf zählte er die Sekunden … allerdings mehr aus alter Gewohnheit als aus dem Wissen heraus, wie viel Zeit ihm tatsächlich noch blieb.

Es würde verdammt knapp werden.

Als er das abgesperrte Areal endlich erreichte, ließ er sich auf die Knie fallen, glitt unter dem Absperrband hindurch und rutschte dann hastig in einen flachen Graben hinein, der erst vor wenigen Stunden ausgehoben worden war. Dort rollte er sich zu einer Kugel zusammen und legte seine Arme schützend über den Kopf.

Die Explosion ließ die gesamte Umgebung erzittern. Der Boden schien plötzlich zu kochen und wölbte sich in die Höhe. Erde, Sträucher und Steine wurden in die Luft geschleudert. Ein kleiner Schwarm Krähen stob krächzend auseinander, als Sand und Felssplitter auf Dans Körper niederregneten und ihn mit einer Staubschicht bedeckten.

Dann herrschte endlich Stille.

Dan hob langsam den Kopf und schaute über die Schulter. Eine dicke Staubwolke verbarg nun das Areal, auf dem er gerade versucht hatte, die Vorrichtung zu entschärfen. Er richtete sich vorsichtig auf und fluchte leise, als ihm kleine Erdbrocken in den Kragen fielen und den Nacken hinunterrutschten. Während er sich den Staub vom Körper abklopfte, schluckte er ein paar Mal, um das Klingeln in seinen Ohren loszuwerden, doch dann hörte er hinter sich einen Schrei und drehte sich hastig um.

Zwei große weiße Allradfahrzeuge parkten hundert Meter entfernt von ihm und bildeten dort einen Bereich willkommenen Schattens. Er hatte zwischen den beiden Wagen eine Plane gespannt, die das Licht der hellen Wintersonne abhielt. Ein breiter Streifen rotes Absperrband flatterte in der leichten Brise und markierte den äußeren Rand der temporären No-go-Area.

Dan ging langsam auf die Fahrzeuge zu, anfangs allerdings noch etwas unbeholfen, weil er seine geschundenen Gliedmaßen erst wieder in die Gänge bringen musste. Unwillkürlich fragte er sich, wie viele blaue Flecken er sich wohl dieses Mal zugezogen hatte. Als er das Absperrband erreichte, kam hinter dem Heck eines der Allradfahrzeuge ein Mann hervor. Dieser steckte sein Handy in die Gesäßtasche seiner Jeans und verschränkte wartend die Arme vor der Brust.

»Gute Arbeit«, sagte er, als die staubige Gestalt sich ihm weit genug genähert hatte.

Dan nahm das Schutzvisier ab und runzelte die Stirn, während er sich mit der Hand durch sein braunes Haar strich, das er seit dem vergangenen Sommer länger trug. Zumindest verglichen mit dem Stoppelhaarschnitt, den er während seiner Dienstzeit in der britischen Armee bevorzugt hatte. Er blieb nun stehen und drehte sich um, dann betrachtete er die zerstörte Landschaft hinter sich und den feinen Rauchfaden, der sich in den blauen Himmel hinaufschlängelte. Danach wandte er sich dem Mann zu, der jetzt genau neben ihm stand.

»Das da«, sagte er und zeigte über seine Schulter hinweg auf den rauchenden Krater im Boden, »war ein wirklich, wirklich hinterhältiger Sprengsatz, Chris.«

Der Mann neben ihm schützte seine Augen mit der rechten Hand und nickte. »Nach meinen Informationen hat man sie bei einem Kerl gefunden, der an einem israelischen Kontrollpunkt verhaftet wurde. Natürlich ein Mitglied der Hisbollah …«

»Hatten die Israelis so etwas schon zuvor gesehen?«, fragte Dan.

Chris schüttelte den Kopf. »Nein, deshalb haben sie uns ja ein paar davon zur Verfügung gestellt … und aus demselben Grund haben wir auch dich dazu geholt. Damit wir gemeinsam herausfinden können, wie zur Hölle man diese Dinger entschärfen kann und auch um ihre Sprengkraft zu testen, damit wir eine Ahnung davon bekommen, womit wir es hier überhaupt zu tun haben.«

Dan nickte. Er hatte die britische Armee verlassen, nachdem er im Irak bei der Explosion einer Sprengfalle schwer verletzt worden war. Danach hatte er es sich zum Ziel gemacht, so viel wie möglich über die neuen terroristischen Waffen zu lernen … damit das, was ihm zugestoßen war, wenigstens einen Sinn gehabt hatte, und um andere Menschen davor zu bewahren, durch die gleiche Hölle gehen zu müssen, durch die er hatte gehen müssen. Obwohl seine Albträume allmählich verschwunden waren, genügte bereits ein entsprechender Nachrichtenbericht, um den Schalter sofort wieder umzulegen und ihm für Wochen schlaflose Nächte zu bescheren. Als Berater der britischen Armee zu arbeiten und dabei seine Fähigkeiten als Kampfmittelräumer anzuwenden, befriedigte ihn irgendwie.

In den vergangenen Monaten hatte er sich mit Chris Lewis zusammengetan, einem ehemaligen SEAL-Munitionsexperten, der nach einem Trainingsunfall, bei dem er zwei Finger der linken Hand verloren hatte, von der US-Navy in Pension geschickt worden war.

Dan drehte sich jetzt um und ging zu einem der Allradfahrzeuge. Im Schatten der Plane fing er an, die einzelnen Teile der Kevlar-Körperpanzerung auszuziehen.

Chris folgte ihm unter das provisorische Zelt und half ihm, die schwere Schutzjacke über den Kopf zu heben. Dan kam bei dieser Anstrengung fast ins Stolpern. Als Chris die Jacke auf den Boden warf, zog Dan seine Stiefel aus und schälte sich langsam aus der ebenfalls gepanzerten Hose. Darunter trug er eine blaue Jeans und ein schwarzes Poloshirt, die beide schon durch jahrelanges Tragen ausgeblichen waren. Während Chris die Kevlar-Körperpanzerung auf dem Rücksitz von Dans Pick-up verstaute, schnürte Dan seine Stiefel wieder zu, dann ging er zu einem Mini-Kühlschrank hinüber, der an einen kleinen Generator angeschlossen war, und nahm sich eine Limonade. Nachdem er den Verschluss geöffnet hatte, trank er die halbe Dose in drei Zügen aus und rülpste dann laut.

Verlegen grinsend stellte er die Dose auf dem Kühlschrank ab. Daneben lag auf einer auf dem Boden ausgebreiteten Plane eine ganze Ansammlung von ausgeschlachteten Metallteilen, Drähten und Sprengvorrichtungen. Dan zog ein Paar Handschuhe an, dann bückte er sich und nahm eine der zerlegten Vorrichtungen in die Hand. Er drehte sie zwischen seinen Fingern hin und her, während seine blauen Augen auf das Gerät starrten und versuchten, herauszufinden, wie es konstruiert worden war.

Er drehte sich um und streckte es Chris entgegen. »Es ist fast wie eine kleine Haftmine, aber mit einem ausrichtbaren Detonationsmechanismus.«

Chris hockte sich neben ihn hin. »Und wie kommt es, dass die Bombe, die wir gerade gezündet haben, so einen verdammt großen Krater in die Pferdekoppel des Generals gerissen hat?«

»Genau das würde ich auch gern wissen.«

Als der Schatten eines Mannes über sie hinwegglitt und das schwelende Loch im Boden betrachtete, blickten sie hoch.

»Vielleicht war sie defekt?«, schlug Dan vor.

Der Neuankömmling rollte die Ärmel seines Jeanshemdes hoch, hob seine Baseballmütze ein wenig an und kratzte sich am Ohr. »Zumindest war sie brandgefährlich.«

Mit Ende sechzig hatte sich General Bartholomew *Bart* Collins aus der US-Army zurückgezogen, sich mitten in Arizona Land gekauft und fuhr dort fort, den Terrorismus auf seine ganz eigene Art und Weise zu bekämpfen. Dabei kooperierte er sowohl mit der US-Army als auch mit der britischen Armee und Beratern wie Dan. Dies bot ihm die Möglichkeit, mit verschiedensten Experten zusammenzuarbeiten und so ihr Wissen zu bündeln.

Dan schaute den General über die Schulter hinweg an und runzelte die Stirn. »Ich habe Sie gar nicht kommen gehört. Wo ist denn Ihr Pick-up?«

Ein tiefes, grollendes Schnauben hinter einem der Fahrzeuge nahm die Antwort des Generals vorweg.

Er lächelte. »Ich habe mir doch keine Ranch gekauft, damit ich den ganzen Tag lang mit dem Auto herumfahre,

Sohn. Ich war gerade auf einem Ausritt, sah die Explosion und dachte mir, ich sollte mal besser vorbeischauen, um sicherzugehen, dass ihr beide noch in einem Stück seid.«

Dan drehte sich zur Seite, streckte den Rücken durch und warf dem General, der weiterhin stirnrunzelnd den Krater betrachtete, einen Blick zu.

»Was halten Sie davon, General?«

Der ältere Mann wandte sich ihm zu. »Da draußen sind mittlerweile einige wirklich üble Bastarde unterwegs.« Er zuckte mit den Schultern, band sein Pferd vom Kuhfänger des Pick-ups los und schwang sich mit der Beweglichkeit eines zwanzig Jahre jüngeren Mannes in den Sattel.

»Das mit der Pferdekoppel tut mir leid«, sagte Dan.

Der Mann zuckte mit den Achseln. »So ist nun mal das Leben. Ich wollte sie dieses Jahr ohnehin umpflügen. Du hast mir nur die Arbeit abgenommen.« Er warf einen Blick auf seine Uhr. »Ihr solltet jetzt besser alles zusammenräumen und euch auf den Nachhauseweg machen, bevor Wendy das Abendessen serviert.«

Während er die Zügel zwischen seinen Fingern hindurchgleiten ließ, sah er auf Dan hinunter. »Ich erwarte euch um sechs Uhr für ein paar Drinks und einen ausführlichen Bericht in meinem Arbeitszimmer«, sagte er und trieb sein Pferd dann mit einem schnellen Schenkeldruck an.

Als das Pferd losgaloppierte, salutierte Dan locker und machte sich dann wieder ans Aufräumen. Er bückte sich und fing an, die Teile der Sprengvorrichtung, die er untersucht hatte, einzusammeln, wobei er seine dabei gemachten Notizen sorgfältig zusammenfaltete und in die Gesäßtasche steckte. Danach verpackte er jedes Teil der Vorrichtung einzeln in eine eigene Plastiktüte.

Chris beschriftete die einzelnen Beutel anschließend mit einem Permanentmarker, bevor er sie in einem Metallbehälter von der Größe eines Werkzeugkastens verstaute.

Dan warf ihm den letzten Beutel zu, dann richtete er sich leise ächzend auf, zog die Handschuhe aus, knüllte sie zusammen und schleuderte sie achtlos in den Beifahrerfußraum seines Wagens.

Sie zogen nun die Plane hinunter, die ihnen den ganzen Tag über Schatten gespendet hatte, rollten sie zusammen und verstauten sie auf der Ladefläche von Dans Pick-up. Schließlich bückten sie sich und testeten das Gewicht der Metallbox.

Dan blickte zu Chris hoch und nickte. »Auf drei.«

Vorsichtig hoben sie die schwere Kiste auf die Ladefläche und schlugen anschließend die Heckklappe zu.

Dan fuhr sich mit den Fingern durch sein feuchtes Haar. Schweißtropfen liefen ihm den Rücken herunter, während er das Testgebiet noch einmal überprüfte und kontrollierte, ob sie auch wirklich alles mitgenommen hatten. »Ich fahre dir hinterher«, sagte er zu Chris, der kurz nickte und sein Fahrzeug anließ.

Nachdem er in seinen Wagen gestiegen war, warf Dan die leere Getränkedose und sein Werkzeug auf den Beifahrersitz, zog die Tür zu und startete den Motor. Er ließ ihn eine Minute lang warmlaufen und kurbelte dann sein Fenster herunter. Danach lenkte er den Pick-up auf die holprige Fahrspur und folgte der Staubwolke des vorausfahrenden Wagens.

Als er mit seinem Pick-up den schmalen Weg zum Haus des Generals hinauffuhr, warf er einen Blick auf die Winterlandschaft, die sich vor ihm ausbreitete. Im Rückspiegel bemerkte er, dass er immer noch von den letzten sechs Monaten, die er in der kargen Weite Arizonas verbracht hatte, gebräunt war.

Dann glitt sein Blick über das Städtchen, in dem man ihn trotz der abgeschiedenen Lage mehr als freundlich empfangen hatte. Was ihm ganz recht war, denn dort befand sich die einzige Pension weit und breit.

KAPITEL 2

Grant Swift öffnete seine Augen, doch Dunkelheit umgab ihn. Er versuchte die Finsternis wegzublinzeln, und fühlte, dass er auf der Seite lag. Seine Schulter schmerzte an der Stelle, an der sein Körper durch die Bewegungen des Wagens hin und her geworfen worden war. Er schüttelte den Kopf und bemühte sich, den starken Druck hinter seinen Augen zu vertreiben. Die Kapuze scheuerte über sein Gesicht und als er versuchte, die kratzige Augenbinde mit den Händen zu entfernen, bemerkte er, dass seine Handgelenke gefesselt waren. Inzwischen hatten die Fesseln die Blutzirkulation so stark abgeschnürt, dass er seine Finger kaum noch spüren konnte.

Sein Herz schlug heftig in der Brust, als er sich das Gehirn zermarterte, um herauszufinden, was geschehen war. *Wie lange war er schon bewusstlos? Wo war er?*

Er spitzte die Ohren. Sie waren offenbar noch immer unterwegs. Der gleichmäßige Fahrrhythmus des Wagens wurde nur gelegentlich durch ein Schlagloch unterbrochen, während sein Körper sich bei jeder Straßenkurve hin und her bewegte. Er erinnerte sich daran, dass er hinter seinem Mercedes einen Van gesehen hatte … *wie lange war das her?* … und dann … und dann …

Als ihm klar wurde, dass er wahrscheinlich immer noch im hinteren Teil des Vans lag, versuchte er, das Motorengeräusch auszublenden und sich ganz und gar auf die beiden Stimmen zu konzentrieren, die von den Vordersitzen aus nach hinten drangen. Sie sprachen zwar nicht viel miteinander, dafür war aber das Autoradio angeschaltet. Gerade lief ein Werbeblock, der peppige Jingle einer großen

Bekleidungskette wurde durch die aufgeregte Stimme eines Sprechers aus dem Off übertönt. Direkt danach hörte er den Jingle des Radiosenders, der in einen weiteren Top-40-Song überblendete. Grant wiederholte den Jingle grübelnd in seinem Kopf. Er kannte ihn irgendwoher, konnte sich aber einfach nicht daran erinnern, wohin er damals unterwegs gewesen war, als er ihn gehört hatte.

Er zuckte zusammen, als er versuchte, sein Gewicht auf dem harten Boden des Fahrzeugs zu verlagern und sich hinzusetzen. Voller Panik trat er um sich, wobei sein Bein gegen etwas Stabiles und Metallisches stieß, das nun laut schepperte.

Vom Vordersitz übertönte auf einmal eine Stimme das Dröhnen des Motors und das Radio. »Er kommt anscheinend wieder zu sich. Wie weit ist es noch?«

Eine andere Stimme antwortete gedämpft: »Nicht mehr weit. Stell ihn wieder ruhig.«

Grants Körper spannte sich an. Er konnte durch die Kapuze, die sie ihm über den Kopf gezogen hatten, zwar nichts sehen, aber er spürte dennoch, wie sich ihm jemand näherte und roch den schmutzigen Körpergeruch des Mannes, als dieser sich über ihn beugte.

»Bitte, nicht …«, flüsterte Grant.

Urin lief zwischen seinen Beinen hervor, beschämt schloss er die Augen. Der kalte Metallboden des Fahrzeugs ließ seine Muskeln und Gelenke schmerzen. Er versuchte seine Position etwas zu verändern, um die Blutzirkulation in seinen abgeklemmten Beinen wieder in Gang zu bringen, doch eine Hand legte sich schwer auf seine Schulter. »Sei ruhig.«

Grant wimmerte, als ihm der Mann eine weitere Nadel in den Arm stach und er spürte, wie die Welt um ihn herum erneut in Dunkelheit versank.

***

Als er kurz aus der Bewusstlosigkeit aufwachte, hatte Grant das Gefühl, von zwei Leuten getragen zu werden … sein Kopf hing hinunter und er spürte, wie seine Handgelenke und Knöchel festgehalten wurden. Er versuchte den Kopf etwas anzuheben. Seine Kehle war staubtrocken und er musste dringend schlucken, doch sein Hals hing in einem so ungünstigen Winkel hinab, dass er stattdessen heftig zu husten begann. Eine Stimme fluchte daraufhin. Der Griff um seine Handgelenke verstärkte sich, und er hörte, wie jemand eine Tür auftrat, bevor er durch die entstandene Öffnung geschleppt wurde.

Er drehte den Kopf nach links und nach rechts und versuchte irgendetwas zu hören oder zu riechen, was ihm verraten könnte, wo er sich befand. Grant keuchte leise, als er auf dem Boden abgelegt wurde. Sein Hemd war aus der Hose gerutscht und hatte seinen unteren Rücken entblößt. Schmerzhaft trafen die kalten Fliesen auf seine nackte Haut. Von links vernahm er ein schlurfendes Geräusch und dann das Klirren von Schlüsseln, bevor einer ausgewählt wurde und Grant hörte, wie dieser in ein Schloss gesteckt wurde. Das Schloss öffnete sich daraufhin mit einem zarten Quietschen und anschließend bemerkte er, wie eine weitere Tür geöffnet wurde. Ein leises *Klick* … er vermutete, von einem Lichtschalter … dann wurde er erneut hochgehoben.

Als er spürte, dass er eine Treppe heruntergetragen wurde, stieg wieder Panik in ihm auf und er begann zu strampeln. Seine beiden Entführer fluchten daraufhin.

»Verdammte Scheiße«, rief die Stimme an seinen Füßen.

Grant fiel hin, seine Schultern und Knie schlugen mit voller Wucht auf die hölzernen Treppenstufen auf. Instinktiv zog er den Kopf und die Hände zur Brust, um sie zu schützen. Er schrie laut auf, als sein linker Knöchel umknickte und sein Hinterkopf gegen ein Geländer schlug.

Anschließend lag er auf dem Rücken und wimmerte leise, während über ihm seine Entführer kicherten.

»Das hat bestimmt so richtig wehgetan«, meinte einer lachend.

»Der Chef sagte ausdrücklich, dass er keine Verletzungen haben darf«, wies ihn der andere zurecht.

»Hey, das war verdammt noch mal seine eigene Schuld.« Die erste Stimme hatte nun einen verteidigenden Ton angenommen. »Wir haben doch gar nichts gemacht.«

Der andere Mann stieß einen Seufzer aus. »Sehen wir uns den Schaden lieber mal an.«

Grant hörte nun Schritte, die sich ihm näherten. Er zuckte zurück, wandte sich von dem Geräusch ab und rappelte sich auf Hände und Knie hoch. Er versuchte aufzustehen, aber sein verletzter Knöchel gab unter seinem Gewicht nach. Grant schrie laut auf, als er erneut zu Boden stürzte und seine Knie auf dem harten Steinboden aufschlugen. Doch wieder rappelte er sich auf und fing an, von den Stimmen wegzukriechen.

»Gottverdammte Scheiße! Halt endlich still oder dein Kopf wird mit der Wand Bekanntschaft machen!«

Eine Hand packte ihn an der Schulter und drückte ihn unsanft zu Boden. Mit einem Ruck wurde ihm der Sack vom Kopf gerissen.

Grant blinzelte im grellen Licht der Glühbirne, die über ihm an der Decke hing und leicht hin und her schwang. Er wandte den Kopf ab, um dem blendenden Licht zu entgehen, dann keuchte er leise, als er einen der Entführer sah. Das Gesicht des Mannes war jetzt allerdings hinter einer schwarzen Maske versteckt.

Grant runzelte die Stirn und versuchte sich an die Gesichter der Männer zu erinnern, die ihn in seinem Wagen angegriffen hatten. Welche Droge sie ihm auch immer verabreicht hatten, sie ließ die Details des Angriffs mehr und mehr verschwimmen und hinderte ihn daran, sich zu erinnern.

»Wer zur Hölle bist du?«, krächzte er.

Ein belustigtes Schnauben drang unter der Maske hervor. Der Mann drehte sich um und rief seinem Partner, der am Ende der Treppe stehen geblieben war, zu: »Er wird es überleben. Nur ein paar Kratzer. Wahrscheinlich wird er morgen einige blaue Flecken im Gesicht haben, aber nichts Ernsthaftes.«

»Und was ist mit seinem Knöchel?«

Grant drehte seinen Kopf und starrte den anderen Mann an, der sich ihnen jetzt näherte. Er war kleiner und dünner als der erste Kidnapper.

Grant schrie laut auf, als der Mann gegen seinen Knöchel trat. »Kannst du ihn bewegen?«

Grant drehte seinen Knöchel vorsichtig nach links und rechts. »Es tut ziemlich weh. Wahrscheinlich verstaucht, aber nicht gebrochen«, keuchte er.

»Gut.«

Der Mann bückte sich und hielt nun ein Messer vor Grants Gesicht.

»Nicht!«, flehte der Entführte.

Der dünne Mann lachte daraufhin, packte Grants Handgelenke und schnitt seine Fesseln durch, dann drehte er sich um, schob sich an seinem Partner vorbei und begann, die Treppe hinauf zu steigen.

»Warte!« Grant zog sich unsicher auf die Füße und stützte sich dabei an der Mauer ab. »Wer seid ihr? Wo bin ich?«

Der größere Mann blieb kurz stehen, drehte sich auf halber Treppenhöhe um und starrte Grant böse an. »Keine Fragen.« Dann wandte er sich wieder um und stieg die Treppe hinauf.

Er hörte, wie die Tür zugeschlagen und abgeschlossen wurde. Er blinzelte kurz, lehnte sich gegen die Wand und inspizierte den Raum, in dem er sich befand.

Eine dünne Matratze lag an der gegenüberliegenden Wand und jemand hatte nachlässig ein Kissen und eine Decke darauf geworfen. Grant humpelte langsam hinüber und hob die Decke hoch. Sie war voller Haare und roch nach Hund. Angeekelt warf er sie wieder zu Boden und blickte kurz auf das fleckige Kissen.

Zu guter Letzt starrte er den grauen Metalleimer an, der in einer Ecke des Raumes stand und entdeckte daneben eine Flasche Wasser. Vorsichtig bückte er sich, schraubte den Plastikverschluss ab und trank die halbe Flasche aus, um seinen schrecklichen Durst zu stillen.

Dann verschloss er sie wieder und warf einen Blick auf die Glühbirne, die sanft an der Decke schaukelte. Er suchte nach der Vorrichtung, mit der die Lampe eingeschaltet wurde. Grant seufzte leise und lehnte sich frustriert gegen die Wand. Ein Lichtschalter und keine Zugschnur. Die Kidnapper hatten wirklich an alles gedacht.

Ich kann mich also noch nicht einmal erhängen.

Grant ließ sich auf den Rand der Matratze sinken und begann, mit angewinkelten Knien langsam hin und her zu schaukeln, während er seine Augen schloss und zu ergründen versuchte, was zur Hölle er bloß falsch gemacht hatte.

KAPITEL 3

Während er das Glas in der Hand hin und her drehte und die Eiswürfel sanft gegen das Kristallglas klirren ließ, ließ sich Dan das Aroma des Bourbons auf der Zunge zergehen.

»Cheers«, sagte der General und hob sein Glas.

»Cheers.« Dan nahm einen weiteren Schluck und genoss dabei den Geschmack, der angenehm in seiner Kehle brannte. Direkt nach seiner Rückkehr aus dem Irak war er einige Zeit alkoholabhängig gewesen und hatte nach seinem Entzug keinen einzigen Tropfen mehr angerührt. Inzwischen trank er aber gelegentlich wieder Alkohol, nun allerdings mit dem Wissen, dass es ein Vergnügen war und keine Krücke.

Er sah hoch, als sich die Tür zum Wohnbereich öffnete und Chris hereinkam.

»Komm rüber, Sohn«, lud ihn der General ein. Er stand hinter der Bar, die in eine Ecke des Wohnbereichs eingebaut worden war und füllte ein weiteres Glas mit Bourbon, das Chris mit einem freundlichen Nicken entgegennahm.

»Danke, General.«

Der General kam nun hinter der Bar hervor und ging durch den großen Wohnbereich auf einen steinernen Kamin zu, der die gegenüberliegende Wand dominierte. Er bückte sich, nahm ein paar kleinere Holzscheite und warf diese auf den Kaminrost. Prasselnd stoben die Funken den Schornstein hinauf. Während er sich aufrichtete, grinste er Dan an, der es sich in einem Sessel neben dem Kamin gemütlich gemacht hatte. »Die Winter in Arizona sind tagsüber meistens herrlich, aber nachts können sie verdammt kalt werden.«

Dan lächelte. »Ich würde sie trotzdem jederzeit einem englischen Winter vorziehen«, antwortete er. Er starrte in die Flammen, denn das flackernde Licht faszinierte und beruhigte ihn gleichermaßen. Doch er zuckte leicht zusammen, als er aus dem Augenwinkel plötzlich eine Bewegung wahrnahm, entspannte sich aber gleich wieder, als der Hund des Generals, ein Golden Retriever namens Ripley, an seinem Bein entlangstrich und zu seinem Platz auf dem Kaminvorleger trottete.

Die Stimme des Generals drang nun in seinen Tagtraum ein. »Also … was fangen wir mit diesen neuen Sprengvorrichtungen an?«

Dan schüttelte kurz den Kopf, dann runzelte er die Stirn. »Für einen Hinterhof-Bombenbauer sind sie eindeutig zu sehr Hightech«, stellte er fest. »Wenn man die Sprengvorrichtung betrachtet, die wir zerlegt haben, sind die einzelnen Teile einfach zu gut verarbeitet.«

Chris kam zu ihnen hinüber und ließ sich neben dem Kamin auf ein Sofa fallen. »Meinst du, sie stammen aus einer Massenproduktion?«

»Nicht so, wie du dir das vorstellst«, erklärte Dan, »aber ich denke, dass sie auf jeden Fall in größeren Mengen hergestellt worden sind.«

Der General stand mit dem Rücken zum Feuer und schwenkte den Bourbon in seinem Glas hin und her. »Ist das der Grund dafür, dass einige von ihnen sehr punktgenau explodieren und andere eine erheblich größere Streuwirkung haben?«

»Ich bin mir noch nicht ganz sicher«, antwortete Dan und nahm einen Schluck von seinem Drink, bevor er fortfuhr. »Uns ist aber aufgefallen, dass die Vorrichtung, die wir auseinandergenommen haben, mit einem blauen Klebeband umwickelt war. Die, die wir heute Nachmittag aktiviert haben und wieder entschärfen wollten, jedoch nicht. Ob das nun die Handschrift von zwei verschiedenen Bombenbauern ist, oder der bewusste Versuch, die Explosionskraft der einzelnen Bomben voneinander zu unterscheiden … ich denke, wir müssen das im Auge behalten.«

Er verstummte abrupt, als sich die Wohnzimmertür öffnete und eine schlanke Blondine hereinkam. Sie ging zum General hinüber und gab ihm einen sanften Kuss auf die Wange, bevor sie sich den anderen zuwandte.

»Hallo, Dad … hey, ihr zwei«, meinte sie grinsend. »Wir haben euch heute Nachmittag sogar bis hier draußen gehört … Mom hat Stein und Bein geschworen, dass das Küchenfenster dieses Mal wirklich fast aus dem Rahmen gefallen ist.«

»So schlimm war es nun auch wieder nicht, Anna«, antwortete Dan lächelnd.

Chris lachte. »Das sagt *der* Typ, der eine Nanosekunde, bevor es losging, mit dem Kopf zwischen seinen Händen den dreckigen Boden geküsst hat.«

»Wirklich?« Annas Augen weiteten sich vor Sorge. »Alles in Ordnung mit dir?«

Dan nickte. »Ist schon eine Weile her, seit es mich fast erwischt hat … aber ja, ich bin okay.«

»Wirst du jetzt wieder Albträume bekommen?«, platzte Anna heraus und wurde sofort rot, als sie ihren Fauxpas bemerkte. »Ich meine, sorry, aber …«

Dan winkte ab. »Ist schon in Ordnung, mach dir keine Sorgen. Ich hoffe, dass sie nicht wieder losgehen, aber wir werden sehen. Wenn ich mich heute Nacht entspannen kann, wird es mir danach hoffentlich wieder gut gehen.«

Anna lächelte unbeholfen, aber ihre grünen Augen blickten ihn traurig an.

»Nimm dir doch etwas zu trinken, Liebling«, sagte der General, als er sie in Richtung Bar schob.

Dan beobachtete Anna, als sie geschmeidig durch den Raum schlenderte. Sie war von durchschnittlicher Größe und schlank und bewegte sich vollkommen ungezwungen, fast schwebend durch den Wohnbereich. Dabei war sie sich der Wirkung, die sie auf die Gäste ihres Vaters hatte, absolut nicht bewusst. Dan schüttelte den Kopf, als er bemerkte, dass Chris ihn angrinste, stellte aber im nächsten Augenblick fest, dass ihm der General mit dem Finger drohte.

»Vorher friert die Hölle zu«, knurrte der General verhalten. »Sie macht zuerst die Universität fertig.«

Dan hob kapitulierend seine Hand und versuchte ihn ganz unschuldig auszusehen. »General, ich habe wirklich keine Ahnung, wovon Sie sprechen.«

Er wurde nun zum Glück durch einen vertrauten Ruf, der durch das Haus schallte, gerettet. »Essen fassen!«

»Diese Frau«, sagte der General grinsend, während er seinen Kopf schüttelte, »hätte einen verdammt guten Staff Sergeant abgegeben.«

Dan leerte seinen Drink mit einem Schluck, stand auf und reckte sich. Dann bückte er sich kurz, um den Hund hinter den Ohren zu kraulen und folgte den anderen ins Speisezimmer.

***

Obwohl sein Bauch nach dem gewaltigen Abendessen immer noch mehr als voll war, öffnete Dan die Heckklappe seines Pick-ups und zog die schwere Metallbox mit den zerlegten Bombenteilen zu sich heran. Chris nahm den Griff auf der anderen Seite, und nachdem sie die Box von der Ladefläche gehoben hatten, trugen sie diese quer über den ausgedehnten Hof auf eine große Scheune zu.

Eine Seite der zweiflügeligen Tür stand halb offen. Dan und Chris schlüpften durch die Öffnung und inzwischen atmeten sie wegen des Gewichts des Metallbehälters bereits schwer. Sie gingen nun auf eine niedrige Werkbank zu, die an einer der Scheunenseiten stand und hoben die Box auf die Arbeitsfläche.

Dan streckte seinen Rücken durch und blickte sich dabei um. Die Scheune hatte früher auf der östlichen Seite Stallungen für Pferde enthalten, während auf der westlichen Seite die Sattelkammer und ein Büro untergebracht gewesen waren. Nachdem der General seine neue Aufgabe gefunden hatte, waren die Pferde sowie das Sattel- und Zaumzeug in Ställe umgezogen, die eine halbe Meile entfernt auf der anderen Seite des Haupthauses errichtet worden waren, und die Scheune hatte man anschließend in eine große, offene Werkstatt umgebaut.

An den Seitenwänden befanden sich jetzt Stahlregale und die Böden waren mit Metallteilen, Drähten und verschiedenen Kisten übersät, deren Inhalt man auf Etiketten an der Vorderseite notiert hatte. Ein Waffenständer, in dem verschiedene Gewehre hingen, war auf dem Boden festgeschraubt, während neben der Tür mehrere Werkbänke standen. Darunter auch die, die Dan und Chris benutzten, um ihre Untersuchungen an den neuen Sprengstoffvorrichtungen durchzuführen.

An einer weiteren Werkbank saßen zwei Männer, die gerade akribisch ein Sturmgewehr reinigten. Als Chris sich wieder auf den Weg zurück ins Haus machte, schlenderte Dan zu den beiden Männern hinüber, nickte und setzte sich dann ans Tischende.

»Noch mehr Spielzeug, Hatton?«, fragte er grinsend.

Der Ältere der beiden nickte kurz, wobei sein grau meliertes Haar im Schein der Deckenbeleuchtung silbrig schimmerte.

»Ja.«

Dan sah sich die zusammengewürfelte Ansammlung von Pistolen auf dem Tisch an. »Wie lange warst du denn dieses Mal draußen, Steve?«

Der andere Mann schaute auf; sein jugendliches Alter wurde von den Jahren des Kampfes überschattet, was ein Blick in seine Augen sofort verriet. Sie hatten einen Ausdruck, den Dan aus eigener Erfahrung nur zu gut kannte.

»Sechs Monate. Der Einsatz wurde dieses Mal nicht verlängert«, antwortete er. »Ich bleibe jetzt erst mal für sechs Wochen hier, danach geht's wieder los.«

»Und wo hast du das ganze Zeug gefunden?«, fragte Dan neugierig.

Hatton warf dem Mann neben sich einen schnellen Blick zu und schaute dann wieder Dan an. »Kann ich nicht sagen.«

Dan grinste. Er wusste verdammt gut, dass Marines die Tendenz hatten, von ihren Einsätzen Souvenirs mitzubringen, und die Männer vor ihm waren da keine Ausnahme. Er ging also davon aus, dass ein paar der Waffen letzten Endes in privaten Sammlungen enden würden.

Er drehte sich um, als ein Jeep schlitternd vor der Scheune zum Stillstand kam. Anna sprang heraus und rannte auf ihn zu.

Dan stand sofort auf und runzelte die Stirn. »Was gibt es denn?«

»Da ist ein dringender Anruf für dich«, sagte sie und reichte ihm ein Handy. »Er hat mir leider nicht verraten, wer er ist.«

Dan griff nach dem Telefon. »Hallo?«

»In Phoenix wartet ein Flugzeug darauf, dich nach London zurückzubringen«, sagte eine vertraute Stimme.

»Was ist denn passiert?«

»Das erkläre ich dir, wenn du hier bist. Was machst du denn gerade?«

»Ich arbeite mit General Collins.«

»Pack alles zusammen und übergib die Sachen den Leuten des Generals. Mach, was immer du machen musst. Hauptsache, du kommst so schnell wie möglich nach London zurück … du arbeitest jetzt für mich«, bellte David Ludlow ins Handy. Obwohl er inzwischen zum Leiter einer geheimen Dienststelle ernannt worden war, die man gegründet hatte, um die Sicherheit der Energiereserven des Vereinigten Königreichs zu schützen, verhielt er sich immer noch so wie damals, als er Dans Oberbefehlshaber in der britischen Armee gewesen war.

Die Verbindung wurde abrupt unterbrochen. Dan starrte das Handy in seiner Hand an, während sein Herz in der Brust hämmerte.

Zeit, zu gehen.

KAPITEL 4

:

London, England

Als der Airbus A-380 aus der Warteschleife ausscherte, in der er die vergangenen zwanzig Minuten gesteckt hatte, und endlich seinen Anflug auf Heathrow begann, starrte Dan aus dem kleinen Fenster. Schwere graue Wolken hingen in der Luft und große Wassertropfen klebten auf der Scheibe, die zu langen Schlieren wurden, als das Flugzeug seinen Abstieg fortsetzte.

Er hatte während des Fluges überraschend gut geschlafen. Die üblichen, von Schreckensbildern erfüllten Albträume, die er aus seiner Vergangenheit als Bombenentschärfer bei der britischen Armee mitgebracht hatte, hatte er mit umsichtiger Nutzung der an Bord servierten Gratisdrinks in Schach halten können.

Die Wolkendecke riss nun auf und er beobachtete, wie die Landschaft unter ihnen hinwegzog. Das Flugzeug nahm jetzt Kurs auf die Autobahn M4 und folgte dann dem Betonband der Straße bis zu den Londoner Außenbezirken, bevor es langsam abdrehte und mit dem Landeanflug auf dem geschäftigen Flughafen begann. Als das Fahrwerk ausgefahren wurde, drang ein metallisches Schaben von der Flugzeugunterseite bis zu Dans Sitz vor.

Er schloss die Augen und ignorierte den grauen Himmel. Noch vor dreizehn Stunden hatte er in der klimatisierten Abfertigungshalle des Flughafens in Phoenix gesessen und darauf gewartet, dass sein Flug aufgerufen wurde.

Das Flugzeug erzitterte, als es ein letztes Mal durch ein Luftloch flog und die Turbulenz ließ den Airbus leicht abdriften. Der Pilot glich den Windstoß mit einer leichten Korrektur des Sinkfluges aus und setzte dann auf der Landebahn auf. Ein schwacher Stoß, ein Brüllen, als die Schubumkehr zusammen mit den Bremsklappen darum kämpfte, das Flugzeug zu verlangsamen, und dann waren sie endlich gelandet.

Dan löste den Verschluss seiner Uhr, schüttelte sie vom Handgelenk und stellte die aktuelle Zeit ein. Acht Uhr an einem bitterkalten Donnerstagmorgen in einer der am dichtesten bevölkerten Städte der Welt.

Nachdem er sich seinen Weg durch die Menschenmassen in der Ankunftshalle gebahnt hatte, nahm sich Dan seinen alten Seesack vom Gepäckband, ging durch den Zoll und direkt auf den Taxistand zu. Er sprang erschrocken zurück, als dicht neben ihm ein schwarzes Diplomatenfahrzeug am Bordstein anhielt.

Die hintere Fensterscheibe wurde nun heruntergelassen und ein vertrautes Gesicht starrte heraus. »Pack deinen Sack in den Kofferraum. Man würde mich nämlich im Morgengrauen erschießen, falls du diese Sitze hier dreckig machen solltest«, sagte David Ludlow und schloss das Fenster wieder.

Dan grinste. Er warf den Seesack in den Kofferraum, öffnete die Fondtür und ließ sich auf den Sitz neben David gleiten. Das Auto entfernte sich jetzt von der Bordsteinkante und fädelte sich in den Verkehr ein.

Dan wandte sich an seinen ehemaligen Vorgesetzten. »Stellt die Dienststelle jetzt einen kostenlosen Taxi-Service zur Verfügung?«, fragte er.

»Das hättest du wohl gerne«, antwortete David. »Ich bin gerade auf dem Weg zu einem Briefing mit dem neuen Energieminister, deshalb dachte ich mir, ich gabele dich unterwegs auf und bringe dich in der Zeit auf den neuesten Stand, damit du sofort einsatzbereit bist. Wir haben nämlich keine Minute zu verlieren.« Er nahm einen Aktenkoffer vom gegenüberliegenden Sitz und legte ihn auf den Schoß. David ließ die beiden Messing-Verschlüsse aufschnappen, öffnete den Koffer und holte zwei Aktenmappen hervor.

»Okay, was hast du?«, fragte Dan. Er unterdrückte ein Gähnen und rieb sich die Bartstoppeln, die sein Gesicht nach der langen Reise bedeckten.

»Wir haben zwei Probleme«, begann David. »Zuerst einmal müssen du und Mitch mich morgen früh zu einer Komitee-Anhörung begleiten, bei der wir dem Premierminister hinter verschlossenen Türen erklären müssen, was genau passiert ist, als wir das letzte Mal zusammengearbeitet haben.«

»Eine Anhörung vor einem Ausschuss? Das klingt aber ernst.«

»Das ist es auch. Sowohl das Büro des Premierministers als auch das Verteidigungsministerium verlangen von mir eine Bestätigung, dass ich genau weiß, was ich tue und außerdem eine Begründung dafür, warum wir sie nicht sofort alarmiert haben, dass eine Bombe zu uns unterwegs war.«

»Hätten sie uns denn geglaubt?«

David zuckte mit den Achseln. »Das ist nicht wichtig, aber wir sind nun mal für unsere Handlungen verantwortlich, und zwar unabhängig von der Tatsache, dass wir damals unglaublich schnell agieren mussten und gar nicht so lange warten konnten, bis sie sich entschieden hätten, uns zu vertrauen. Oder bis sie die diversen Schriftstücke unterschrieben hätten, die für das Kapern des Schiffes auf offener See erforderlich gewesen wären.«

»Dafür lohnt es sich doch wirklich, wieder nach Hause zu kommen.«

»Das ist mir schon klar, aber du musst mir helfen, zu erklären, warum damals ein Zivilist, der zufällig du warst, an vorderster Front beteiligt gewesen ist. Ansonsten genehmigt man mir nämlich nicht, dass du mich bei der Lösung weiterer Probleme, mit denen ich aktuell zu kämpfen habe, unterstützen darfst.«

Dan starrte aus dem Autofenster. Schneeregen prallte gegen die Glasoberfläche. Fußgänger eilten auf den nassen Bürgersteigen dahin, ihre Regenschirme wurden von dem bitterkalten Wind, der durch die Straßen der Stadt peitschte, gebeutelt. Graue Wolken hüllten die Hauptstadt ins Halbdunkel und Dan wünschte sich schlagartig, dass er wieder unter der Wintersonne Arizonas wäre. Er blinzelte und drehte den Kopf, um auf die getönte Glasscheibe starren zu können, die sie vom Fahrer trennte. »Und was ist das zweite Problem?«

David schwieg, während er ebenfalls aus dem Autofenster starrte. Gedankenverloren trommelte er mit den Fingern auf die Lederpolsterung, bevor er antwortete: »Einer der wichtigsten Berater unserer Regierung beim Ausbau der Flüssiggasanlage an der Küste von Nord-Kent ist verschwunden.«

»Seit wann?«

»Seit letzter Nacht. Der Mann ist offenbar ein Genie und nach Aussage seiner Frau selbst zu seinen besten Zeiten ziemlich vergesslich. Allerdings war sie mit ihrem Mann aufgrund ihres Hochzeitstages in einem Restaurant verabredet und hatte nur zwei Stunden vor diesem Termin mit ihm telefoniert, was sie natürlich besorgniserregend fand.«

»Hat sie es schon der Polizei gemeldet?«

David nickte. »Heute Morgen. Die Informationen wurden durch einige Regierungsbehörden gefiltert, bevor sie uns erreicht haben. Der Vorfall ist als nicht vordringlich eingestuft worden, weil man wegen seines bisherigen Verhaltens davon ausgeht, dass er bald wieder auftauchen wird. Vorsichtshalber sollten wir diese Angelegenheit allerdings im Auge behalten.«

Dan sah zu dem anderen Mann hinüber. »Aber wenn du morgen vielleicht sowieso von einem Regierungskomitee außer Gefecht gesetzt wirst, warum verfolgst du den Vorgang dann überhaupt? Willst du nicht einfach abwarten und schauen, was passiert? Denn wahrscheinlich wirst du deine Untersuchungsergebnisse ohnehin an jemand anderen übergeben müssen.«

»Das weiß ich, aber ich befürchte, je länger man der Angelegenheit nicht nachgeht, desto weiter könnte uns ein potenzieller Gegner voraus sein. Ich würde deshalb lieber weitermachen … ganz egal, was sie sagen.«

»Gibt es denn schon eine Lösegeldforderung?«

David schüttelte den Kopf. »Noch nicht. Deshalb möchte ich ja auch, dass du morgen Abend eine Gala besuchst, die die britische Handelskommission veranstaltet und die sich mit der Energiekonferenz, die in dieser Woche stattfindet, überschneidet. Nur für den Fall, dass das Verschwinden des Ingenieurs irgendwie mit diesem Projekt zusammenhängt. Ich möchte, dass du dich dort umschaust, Informationen sammelst und mir eventuelle Anhaltspunkte nennst. Ich habe zwar ein Team von Analysten, die Genies sind, Finanzunterlagen, Geheimdienstberichte und den ganzen anderen Rest auszuwerten, aber ich brauche jemanden vor Ort, der Menschen durchschauen und Situationen schnell einschätzen kann. Du wirst dem Sicherheitsdienst eines Scheichs aus Katar, der aktuell Gespräche mit der britischen Regierung führt, als Berater zur Seite stehen, was dir die Möglichkeit bietet, dich direkt vor Ort in Ruhe umzusehen. Allerdings solltest du dabei keine Aufmerksamkeit erregen. Du sollst nur beobachten und zuhören und mir anschließend Bericht erstatten.«

»Worum geht es denn bei der Energiekonferenz?«

»Es ist die jährliche *World Petroleum Conference.* Letztes Jahr fand sie in Houston statt. Angesichts der Tatsache, dass unsere eigenen Erdgasvorkommen nahezu erschöpft sind, hielt es die Regierung für eine gute Idee, anzubieten, die

Konferenz dieses Jahres in London zu veranstalten. Wir kaufen ja bereits jetzt jede Menge Gas von Anbietern wie Katar, und es ist beabsichtigt, innerhalb der nächsten zwei Wochen einen neuen Gasliefervertrag zu unterzeichnen, was uns die Gelegenheit bietet, diese Bindungen zu vertiefen.«

»Und wer ist unsere Zielperson?«

»Ein Katarer namens Scheich Masoud Al-Shahiri. Der Iran versucht momentan, sich in einige von Katars langjährigen Gaslieferverträgen hineinzudrängen, doch die Katarer sind höflich darum bemüht, die Iraner zu ignorieren. Es geht also tatsächlich darum, sicherzustellen, dass die Katarer ihre Lieferverträge mit dem Vereinigten Königreich weiter fortsetzen. Es wäre eine absolute Katastrophe für die Außenpolitik, wenn wir sie verlieren würden und mit dem Iran ganz von vorn anfangen müssten. Kannst du dir vorstellen, was die Amerikaner dazu sagen würden?«

Dan musste trotz der Ernsthaftigkeit von Davids Aussage lachen. »Das wäre bestimmt ein interessanter Anruf.« Er blickte aus dem Fenster. »Womit rechnest du denn bei den Iranern?«

»Seit ihre Londoner Botschaft vor ein paar Jahren geschlossen wurde, sind sie in einen Bereich der omanischen Botschaft verbannt worden. Unsere Regierung legt fest, wie lange jede Delegation im Land bleiben darf, trotzdem sind die Iraner, während sie hier sind, immer auf der Suche nach Möglichkeiten, Leute zu verärgern.« Er deutete auf den Aktenkoffer. »Darin befinden sich einige Unterlagen zum Hintergrund des Scheichs, sowie mehrere Fotos.«

Dan öffnete den Koffer und blätterte die Seiten kurz durch. »Sind die Delegationen bei der Konferenz mit dabei?«

»Nein. Wir haben sie von der Teilnahme an der Gala ausgeschlossen, aber ich bin mir sicher, dass sie die Veranstaltung trotzdem irgendwie dafür benutzen werden, um über die letzten UN-Sanktionen zu jammern.«

»Okay, aber wenn ihr dort bereits eine Sicherheitsfirma im Einsatz habt … wozu brauchst du mich dann noch?«

David seufzte. »Weil es die immer gleiche Geschichte ist«, antwortete er. »Die Firma, die morgen Nacht im Einsatz ist, war der günstigste Bieter, also hat sie den Zuschlag bekommen. Doch keiner der Mitarbeiter hat jemals ein richtiges Personenschutztraining absolviert oder verfügt über deine Erfahrungen und Fähigkeiten. Es gibt da einen Kerl, der ein paar Jahre mit einem Reporterteam in Libyen unterwegs war, aber das war es auch schon. Der Rest hat lediglich sogenannte Trainingskurse absolviert und meint jetzt, den Job draufzuhaben.«

Dan schüttelte den Kopf. »Und natürlich denken ihre Klienten, dass sie sich in sicheren Händen befinden.«

David nickte. »Genau deswegen, brauche ich dich vor Ort. Der Scheich hat seine eigenen Sicherheitsleute dabei, aber die beauftragte Firma leitet die gesamte Show. Der Typ, dem sie die Verantwortung übertragen haben, ist ein kompletter Idiot, aber ich kann ihn nun mal nicht ersetzen lassen. Allerdings kann ich jemanden einschleusen, der ein Auge auf ihn hat.«

»Meinst du damit, dass ich den Babysitter spielen soll?«

David zuckte mit den Achseln. »Du sollst lediglich den Babysitter für den Klienten spielen. Alles, was den Leuten von der Sicherheitsfirma passiert, geht dich nichts an.« Er starrte wieder aus dem Fenster und rieb mit dem Ärmel seines Wollmantels das Kondenswasser von der Glasscheibe.

»Wie sieht es mit einem Transportmittel aus?«

»Das hängt ganz davon ab, was bei der Anhörung herauskommt. Wenn wir morgen früh noch operieren dürfen, dann können wir dir einen Wagen zur Verfügung stellen. Falls du später das Land verlassen willst, sag einfach Philippa Bescheid, damit sie für dich Pässe organisieren und alle anderen notwendigen Arrangements treffen kann. Ruf mich täglich an, um mich über deine Fortschritte zu informieren, denn der Premierminister erwartet von mir nämlich das Gleiche.«

David beugte sich in seinem Sitz nach vorn und schlug mit der Faust gegen die Glasscheibe, die sich zwischen dem Fahrer und ihnen befand. Der Fahrer nickte daraufhin und lenkte den Wagen nach links, um am Bürgersteig anzuhalten.

»Du steigst hier aus. Deine Unterkunft ist eine halbe Meile entfernt.«

Dan schaute aus dem Fenster. Sie hatten auf einer vierspurigen Straße angehalten, von der mehrere Alleen abzweigten, die von dreistöckigen georgianischen Häusern gesäumt waren. Er drehte sich zu David um, der ihm nun ein Schlüsselbund entgegenhielt.

»Nummer 34, Eaton Terrace … es ist ein Safe-House, das wir gelegentlich belegen. Es gibt dort eine sichere Verbindung und ein kleines Büro … beides kannst du exklusiv für den Zeitraum der Ermittlungen nutzen. Der Zutritts-Code für die Eingangstür ist dein Geburtstag. Ändere ihn aber bitte sofort, sobald du das Gebäude betreten hast. Pack diese Unterlagen in den Safe, wenn du sie fertig gelesen hast, und sorge dafür, dass du eine Stunde vor Beginn der Anhörung erscheinst. Dann ist nämlich noch keine Presse da und wir können eine Szene vermeiden.«

Er griff daraufhin in seinen Mantel und zog einen flachen Briefumschlag hervor, den er Dan aushändigte. »Hier sind deine Legitimationen für morgen Nacht, damit erhältst du Zugang zum Konferenzzentrum. Mitch wird bald Kontakt mit dir aufnehmen. Philippa hat seine Anreise arrangiert, daher weiß ich nicht genau, wann er hier ankommt. Ich möchte, dass ihr zwei zusammenarbeitet, um herauszufinden, was los ist.«

Dan grinste. Mitch Frazer war ein weiteres Mitglied des Bombenbeseitigungsteams, dem er und David während der britischen Operationen im Irak angehört hatten und ebenfalls ein Gefolgsmann in Davids undurchsichtiger neuer Welt der Politik und Spionage.

»Also genau wie in alten Zeiten.« Er griff nach den Schlüsseln. »Wer hat denn dort als Letzter gewohnt?«

David schüttelte den Kopf. »Das kann ich dir leider nicht sagen. Aber er ist nicht lange geblieben ... er bestand darauf, in das Haus eines Freundes südlich des Flusses zu ziehen. Dieses hat er dann in Leichensäcken wieder verlassen.«

Dan hob die Augenbraue. »Plural?«

David nickte. »Plural! Der Reinigungsservice hat gemeint, dass es eine Riesensauerei gewesen ist. Unnötig zu sagen, dass wir dafür gesorgt haben, dass das Grundstück danach verkauft wurde. Ich glaube, zurzeit lebt dort irgendein Rockmusiker im Ruhestand.« Er zuckte mit den Achseln.

Dan schüttelte ungläubig den Kopf, griff nach dem Aktenkoffer, stieg aus und holte seinen Seesack aus dem Kofferraum. Nachdem er den Deckel zugeschlagen hatte, fuhr das Auto sofort los und ließ seine Bremslichter aufleuchten, als es nach links in Richtung Downing Street abbog.

Dan überprüfte die Straße auf irgendwelche Anzeichen von Schwierigkeiten. Er klappte den Kragen seiner Jacke hoch und entfernte sich vom Bordstein, den Kopf wegen des Schneeregens gesenkt, während sein Blick auf der Suche nach allem, was deplatziert wirkte, schnell von links nach rechts wanderte. Er ging behutsam und lauschte dem Geräusch von Schritten, die ihm eventuell folgten.

Am Ende der Straße bog er in die Allee ab und wiederholte die gesamte Prozedur. Er ging zuerst an dem Haus vorbei bis zum Ende der Allee, bevor er stehenblieb und sich an der Ecke an die Fassade eines großen georgianischen Gebäudes lehnte.

Dann blickte er zuerst die Allee hinunter und dann nach links zur Hauptstraße.

Ein Bus fuhr platschend vorbei, Dan bemerkte, dass auf der unteren Ebene des roten Doppeldeckerbusses nur drei Passagiere saßen. Doch die Scheiben waren von innen beschlagen, sodass die Menschen im Bus nur noch bloße Schatten waren.

Er drehte sich um und spazierte nun langsam zum Haus zurück.

»Trautes Heim, Glück allein«, murmelte er, während er die Betonstufen zur Haustür hinaufging. Dann drehte er den Schlüssel herum und gab den Sicherheitscode ein.

KAPITEL 5

Nachdem er die Haustür hinter sich geschlossen hatte, hörte Dan, wie der Verriegelungsmechanismus einrastete und er begann sofort, sein zeitweiliges Zuhause zu erkunden.

Das Gebäude war drei Stockwerke hoch, hatte ein typisch georgianisches Design und ein Kellergeschoss, das von der Straße durch schwere schmiedeeiserne Stäbe getrennt wurde. Dan drückte links neben der Haustür auf einen Lichtschalter und sah sich dann in seiner unmittelbaren Umgebung um. Der Flur und das Erdgeschoss des Hauses waren in Pastelltönen gestrichen und mit Teppichboden ausgelegt. Eine Treppe auf der rechten Seite des Flurs führte zum nächsten Stockwerk hinauf.

Rechts von der Haustür lag ein großes Arbeitszimmer mit einem Mahagoni-Schreibtisch, der auf jeder Seite von einem Ledersessel flankiert wurde, und es gab ein Fenster, das auf die Straße hinausging. Schwere Store sorgten dafür, dass man nicht von der Straße aus hineinsehen konnte. Dan ging zum Fenster, warf einen Blick hinaus, schloss die dicken Samtvorhänge und wandte sich dann dem Zimmer zu. Auf dem Schreibtisch standen ein Laptop und ein Drucker. Hinter dem Schreibtisch entdeckte er an der Wand ein Modem, dessen rote Lampe erwartungsvoll blinkte. Gegenüber vom Kamin stand ein dreisitziges Sofa, während die hintere Wand von einem großen Bücherregal dominiert wurde, das sich in der Mitte bereits unter dem Gewicht der Bücher durchbog.

Er lächelte, während er das Gemälde betrachtete, das leicht schief über dem Kamin hing. Es zeigte eine frühmorgendliche Jagd-Szene aus dem neunzehnten Jahrhundert in den Berkshire Downs, mit dem *Uffington White Horse* in der Ferne. Nachdem er hinübergegangen war, hob Dan das Gemälde leicht von der Wand ab und wurde mit einem leisen *Klick* belohnt. Das Gemälde schwang nun sanft zur Seite und enthüllte einen Wand-Safe.

Dan grinste. Er würde sich das für später aufheben, wenn er Davids Unterlagen durchgesehen hatte.

Er rückte das Gemälde wieder zurecht, dann verließ er das Zimmer und ging quer durch den Flur. Hinter der nächsten Tür entdeckte er ein Speisezimmer, das sich im hinteren Teil des Raumes zu einer großen Küche hin öffnete, die die gesamte Rückseite des Hauses einnahm. In der Ecke führte eine massive Tür in den Hinterhof und der Gasherd und eine große Arbeitsfläche bildeten eine Kochinsel in der Küchenmitte. Die Spüle und eine Geschirrspülmaschine hatte man an die rückwärtige Wand gestellt und darüber befand sich ein Fenster zum Hinterhof, dessen Jalousien momentan geschlossen waren.

Dan ging wieder in Richtung Diele, bückte sich, um seinen Seesack aufzuheben und begann dann, die Treppe zum ersten Stock hinaufzusteigen. Vom Treppenabsatz führte rechts eine offene Tür zu einem Wohnbereich, der die gesamte Seite des Gebäudes einnahm. An einer Wand waren ein großer Plasma-TV und ein Entertainment-System angebracht worden, dem ein Sofa und zwei bequeme Sessel gegenüberstanden. Eines der Fenster ging auf den Hinterhof hinaus. Dan ließ an den vorderen und hinteren Fenstern sofort die Jalousien herunter und ging erst dann zum Treppenabsatz zurück. Auf der gegenüberliegenden Seite entdeckte er ein Badezimmer und ein Schlafzimmer. Er lief die Treppe zum obersten Stockwerk hinauf, wo sich an der Vorderseite des Hauses das Hauptschlafzimmer mit eigenem Bad und begehbarem Kleiderschrank befand. Dan grinste und warf seinen Seesack auf das Bett. Mitch konnte von ihm aus, das Schlafzimmer im ersten Stock haben.

Dem Hauptschlafzimmer gegenüber lagen zwei weitere Schlafzimmer, die im Vergleich zum Rest des Hauses aber nur spärlich möbliert waren. Er zog die Tür hinter sich zu und kehrte zum Auspacken in sein Zimmer zurück.

Nachdem er seine Kleidung in dem riesigen begehbaren Kleiderschrank verstaut hatte, schob Dan seinen Seesack unter das King-Size-Bett und schlenderte zum Erkerfenster, das einen Teil des Raumes einnahm. Er zog die Gardinen zurück und musterte die Straße in beide Richtungen. Der graue Himmel verdunkelte sich am Horizont bereits wieder und die gegenüberliegenden Gebäude warfen ihre Schatten auf die Straße unter ihm. Die Hauseingangstüren boten einen perfekten Schutz für einen geübten Beobachter, aber selbst nach fünf Minuten konnte Dan niemanden entdecken, der sich anders benahm als ein normaler Nachbar.

Er ließ die Gardine zurückfallen und schloss die Jalousien. Dann fiel ihm plötzlich ein, dass er das Kellergeschoss noch gar nicht überprüft hatte. Dan lief die Treppe hinunter und als er in der Diele keine Tür entdeckte, ging er in die Küche. Er sah sich intensiv um, bis er das gefunden hatte, wonach er suchte.

Er lief zu einer raumhohen Schranktür hinüber, öffnete sie, war dann aber doch etwas überrascht, als ihm auf einmal eine Stahltür den Weg versperrte.

An der Tür war ein Kombinationsschloss angebracht und ein grünes Digitaldisplay blinkte im Dämmerlicht des Schrankinneren. Dan tippte auch dort sein Geburtsdatum ein. Die Digitalanzeige blinkte zwei Mal, bevor sich der Verriegelungsmechanismus mit einem Zischen öffnete. Dan hielt sofort zwei Knöpfe gedrückt, bis das System von ihm ein neues Passwort anforderte. Er tippte es schnell ein, drückte die »Set«-Taste und benutzte dann den Mülleimer als Keil, um die Tür offen zu halten. Nachdem er hinter der Tür an einer Schnur gezogen hatte, konnte er im Licht der

Deckenbeleuchtung eine Treppe entdecken, die ins Kellergeschoss führte.

Während er langsam die Stufen hinunterstieg, schaute er sich verwundert um. Der untere Raum war so groß wie die Fläche des gesamten Hauses und die nächstgelegene Wand enthielt nur eine ganze Reihe von dünnen Metallschubladen.

Er ging darauf zu, drückte einen Knopf auf der rechten Seite einer der Schubladen und machte dann einen schnellen Schritt zurück, als diese sanft aus der Hohlmauer herausglitt. Im Inneren lag auf einer Schaumstoffmatte eine Auswahl von Handfeuerwaffen. Dan lächelte, nahm eine SIG Sauer heraus, drehte sich um und zielte damit die Treppe hinauf.

Er schluckte, senkte die Waffe und ging damit zur gegenüberliegenden Wand hinüber. Hier hatte man mehrere Monitore einer Videoüberwachungsanlage installiert, die sporadisch flimmerten, wenn sie zwischen den Überwachungskameras auf dem Grundstück und der Straße umschalteten.

Dan erkundete die Kontrollen für die Überwachungsanlage und spielte dann ein wenig mit den Kameraeinstellungen herum, bis er zwei Kameras gefunden hatte, die in den Straßenlaternen an beiden Enden der Allee versteckt sein mussten.

Zufrieden kehrte er zum Waffenschrank zurück und durchsuchte die Schubladen weiter, bis er die Magazine für die SIG fand. Er ließ eines in die Waffe gleiten und steckte noch ein Weiteres als Ersatz in seine Gesäßtasche, dann schob er die Pistole hinten in seine Jeans und stieg die Treppe hinauf. Oben angekommen schloss er die Tür wieder und warf einen Blick auf seine Uhr.

Zeit, sich den Veranstaltungsort mal etwas genauer anzusehen.

KAPITEL 6

Nachdem das Taxi am Bordstein angehalten hatte, beugte sich Dan nach vorn und drückte dem Fahrer einen Geldschein in die Hand.

»Behalten Sie das Wechselgeld«, sagte er und öffnete die Tür.

Dan hatte den Fahrer angewiesen, ein paar Häuserblocks von dem Hotel entfernt anzuhalten, in dem die Konferenz und am nächsten Abend die Gala-Veranstaltung stattfinden sollten. Denn er wollte sich zuerst in der Umgebung umsehen und ein Gefühl für die Gegebenheiten vor Ort bekommen, bevor er in das Chaos einer kompletten Sicherheitsüberwachung hineinmarschierte und sich dem Hauptverantwortlichen vorstellen musste.

Während er die Straße entlangging, wirbelten Nebelschleier über den Gehweg, Überbleibsel des nachmittäglichen Unwetters aus Regen und Schneegeriesel, das aber wenigstens den Smog aus der Stadtluft gewaschen hatte. Er schnüffelte, als ihm der schwache Gestank des Flusses in die Nase stieg.

Er warf einen letzten Blick auf die Gebäude, die um den Platz herumstanden, bevor er von der Bordsteinkante zurücktrat und auf die Sicherheitsabsperrung zuging.

Eine Gruppe von Demonstranten hatte sich ihren Weg bis an den Rand der provisorischen Absperrung erkämpft und hielt Plakate und handgemalte Schilder über die Abzäunung. Vage konnte er aus der Gruppe eine Art Sprechgesang hören. Als er näherkam, verstand er auch, was sie riefen.

»Befreit den Iran! Stoppt die Sanktionen!«

Er näherte sich einem der Sicherheitsbeamten im Anzug und hielt seinen Ausweis in die Höhe. Nachdem der Mann seine Legitimation überprüft hatte, steckte Dan die Karte wieder in die Tasche, blickte die Absperrung entlang und dann zurück zu dem Sicherheitsbeamten.

»Wer ist hier verantwortlich?«

Der Mann nickte über seine Schulter hinweg, achtete dabei aber darauf, seinen Kopfhörer im Ohr nicht zu verschieben. »Da drüben. Sein Name ist Mike Browning.«

Dan dankte ihm und duckte sich unter dem Sicherheitsseil hindurch, das zwischen zwei Metallpfosten gespannt war. Er ging geradewegs auf den Mann zu, zu dem ihn der Wachmann verwiesen hatte und der Dan gerade den Rücken zuwandte, weil er sich mit einem weiteren Sicherheitsbeamten unterhielt.

Er war genau wie die anderen in einen dunklen Anzug gekleidet, hatte breite Schultern und kurz geschorenes silbergraues Haar. Der Mann war etwas kleiner als Dan und stämmig, trotzdem wirkte er leichtfüßig. Er spürte, wie Dan sich ihm näherte und drehte sich um, als dieser auf einer Höhe mit ihm war.

Dan wartete nicht darauf, dass er angesprochen wurde, er streckte die Hand aus und sagte: »Dan Taylor … David Ludlow hat vorgeschlagen, dass ich Sie kontaktieren soll.«

Der Mann nahm die dargebotene Hand. Sein Händedruck war kräftig und er quetschte Dans Hand hart, dieser ignorierte das Spielchen und hielt dem Blick des Mannes stand, bis der antwortete.

»Browning.« Er deutete auf die Türen des Hotelkomplexes. »Lassen Sie uns dort reingehen, damit wir uns ungestört unterhalten können.«

Dan folgte dem anderen Mann, der auf dem roten Teppich voranging, den man bereits für die Gäste ausgerollt hatte, und anschließend durch die mit Mahagoni umrahmten Glastüren in die Lobby marschierte. Er fing die Tür auf, die Browning einfach in sein Gesicht zurückfallen ließ, und runzelte die Stirn.

Er folgte dem Mann durch die Lobby und durch einen dunkel gestrichenen, schmalen Korridor in ein kleines Büro. Als Browning den Raum betrat, schnipste er kurz mit den Fingern und wandte sich damit an die drei Wachmänner, die an einem Schreibtisch saßen und die Videoüberwachungsanlage des Hotels kontrollierten.

»Raus hier.«

Die Wachleute sprangen sofort auf und verließen schnell den Raum, der Letzte schloss sorgfältig die Tür hinter sich.

Dan schüttelte ungläubig den Kopf, als Browning eine Show daraus machte, im Büro herumzuspazieren, um scheinbar seine Gedanken zu sammeln, während die Monitore der Videoüberwachung weiter vor sich hin flimmerten.

Schließlich hörte Browning mit dem Herumlaufen auf, ging neben einem Schreibtisch in die Hocke und griff dort nach einer schwarzen Segeltuchtasche. Er öffnete den Reißverschluss und nahm einen Ohrhörer und ein Funkmikrofon heraus, dann drehte er sich zu Dan um und stieß ihm die Ausrüstung praktisch entgegen. »Bevor Sie auf irgendwelche dummen Gedanken kommen … Sie sind hier nur als Beobachter und das war's dann auch schon. *Ich* habe hier das Sagen. Sie gehen morgen Abend nicht mal aufs Klo, ohne mich vorher zu fragen, ist das klar?«

»Klar«, antwortete Dan, als er den Hörer in seinem Ohr befestigte und vorsichtig auf das Mikrofon klopfte, um die Lautstärke zu testen. »Sonst noch was, oder kann ich jetzt gehen?«

Browning schnaubte. »Passen Sie gut auf, ich behalte Sie im Blick.« Er zeigte mit zwei Fingern auf seine Augen und anschließend auf Dan, der sich umdrehte, um den Raum zu verlassen.

»Ich möchte ja schließlich nicht riskieren, dass Sie von der Arbeit morgen Nacht Albträume bekommen«, sagte

Browning und grinste höhnisch. »Obwohl London wohl etwas kultivierter als der Nahe Osten ist.«

Schnell drehte sich Dan wieder zu dem anderen Mann um und mit zwei großen Schritten war sein Gesicht direkt vor dem des Sicherheitschefs, während seine blauen Augen gefährlich blitzten. »Zumindest war *ich* dort, du Arschloch.«

Browning schob Dan von sich weg. »Verpiss dich. Vielleicht bist du hier, weil du gerade der aktuelle Favorit bist, aber halte dich bloß aus meiner Operation raus.«

Dan funkelte ihn wütend an und stürmte dann aus dem Büro, wobei er die Tür mit Kraft hinter sich zuschlug.

Einer der Wachmänner, die vor dem Rauswurf die Bildschirme kontrolliert hatten, lehnte im Flur an der gegenüberliegenden Wand und grinste Dan an.

»Ein ziemlicher Vollidiot, was?«

»Das ist sogar noch milde ausgedrückt«, antwortete Dan und ging zurück in die Lobby.

Er ignorierte die Hotelmitarbeiter, die um ihn herum durch die Räume eilten und fing mit der Erkundung des Gebäudes auf den unteren Ebenen an.

Er öffnete eine Tür, die mit einem Notausgangschild markiert war, ging schnell die Stufen hinunter, stieß eine andere Tür auf und befand sich nun in der Tiefgarage des Hotels.

Das Parkhaus erstreckte sich unter dem Hotel über zwei Ebenen. Dan schätzte, dass es bei voller Belegung mehr als einhundert Autos aufnehmen könnte. Als er jedoch quer über die leeren Parkbuchten ging, stellte er fest, dass Brownings Team alle Fahrzeuge aus der Tiefgarage entfernt hatte, um das Risiko potenzieller Bombenbedrohungen auszuschalten.

Dan lief auf die Eingangs- und Ausgangsschranken zu, wo er auf zwei Sicherheitskräfte stieß, die beide halb automatische Gewehre an ihre Brust drückten. Einer von ihnen beobachtete den Parkplatz, der andere überwachte die kleine

Straße hinter dem Hotel. Er nickte ihnen grüßend zu, während er seinen Ausweis aufblitzen ließ und auf die Straße hinaustrat.

Mit zurückgelegtem Kopf überprüfte er die Gebäude gegenüber dem Hotel, während er in der Umgebung seine Runde machte. Dann griff er in die Tasche, zog ein kleines Notizbuch und einen Stift heraus und begann zu schreiben.

Hinter dem Hotel entdeckte er eine enge Gasse. Er blickte nach oben, sah den Lauf eines Gewehrs über dem Geländer hinausragen und hob grüßend die Hand. Die Geste wurde erwidert und er ging weiter die Gasse hinunter, wobei er seinen Kopf ständig hin und her drehte.

Nachdem er die Begehung des Außengeländes abgeschlossen hatte, verbrachte Dan die nächsten zwei Stunden damit, die Hotelküche, die Konferenzräume und sechs Etagen mit luxuriösen Zimmern zu überprüfen. Er stellte schnell fest, dass keines der Zimmer belegt war … womit eine weitere mögliche Bedrohung ausgeschlossen werden sollte.

Zufrieden mit dem Ergebnis seines Kontrollgangs kehrte er in das Erdgeschoss zurück und klopfte an die Tür des Videoüberwachungsraumes. Browning war nirgendwo zu sehen, und der Sicherheitsmann, der ihm die Tür öffnete, bot Dan an, sich auf einen der Ersatzstühle zu setzen, die an der Rückwand standen.

»Wie sind Sie vorangekommen?«, fragte der Wachmann.

»Nicht schlecht«, antwortete Dan. »Stört es Sie, wenn ich Ihnen ein paar Fragen stelle, um mich auf morgen Abend vorzubereiten?«

»Nein, legen Sie ruhig los.«

»Haben Sie die Gebäudepläne für das Hotel und das angrenzende Gebäude?«

Der Sicherheitsbeamte stand auf, griff hinter die Überwachungsmonitore und zog eine große Papierrolle hervor. Er rollte sie auseinander und reichte die Pläne an Dan weiter, der sie vor sich auf den Boden legte und sich davor niederkniete. Er glättete die Kanten mit seinen Handflächen und strich dann mit den Händen über den Plan.

»Wie viele Sicherheitskräfte haben Sie nebenan?«, fragte er.

»Zwei an der Tür und zwei auf dem Dach«, antwortete der Wachmann. »Es ist ein privates Wohngebäude mit acht Wohnungen. Die Bewohner wurden dafür entschädigt, dass sie die nächsten achtundvierzig Stunden woanders parken müssen.«

»Gut. Ich würde dort gern auch noch zwei weitere Männer im Erdgeschoss sehen. Halten Sie die Garagentore geschlossen und lassen Sie die Männer regelmäßig zwischen der Garage und dem Keller patrouillieren.« Er klopfte auf den Plan. »Wir wollen doch nicht, dass irgendjemand von dort aus, ein Loch in die Tiefgarage bläst.«

Der Sicherheitsbeamte nickte. »Kein Problem.«

Dan runzelte die Stirn und zog den Gebäudeplan des Hotels noch näher zu sich. »Wie tief ist dieser Abwasserkanal?«

Der Wachmann kniete sich neben ihm nieder. »Nach Auskunft des Hotelmanagers wird der Kanal nicht mehr benutzt, er ist zwischen der Zufahrt zum Parkhaus und fünfzig Meter hinter dem Hotel an dieser Stelle blockiert worden.« Er stach mit dem Finger auf die Seite. »Bei der Renovierung des Hotels vor fünf Jahren haben Bauarbeiter den Kanal mit Steinen und Erde aufgefüllt.«

»Gibt es eine Gästeliste?«, fragte Dan, dann beugte er sich nach vorn und rollte den Plan wieder zusammen.

»Einen Augenblick bitte.« Der Wachmann drehte sich zu einem Tisch um, der komplett mit Papieren bedeckt war, und überreichte ihm kurz darauf ein Blatt.

»Danke. Was ist mit den Mitarbeitern?«

»Die Liste muss hier auch irgendwo sein.« Der Sicherheitsbeamte nahm Dan die Pläne ab, warf sie auf den Tisch und wühlte dann darauf herum, bis er das Gesuchte gefunden hatte. »Da ist sie ja.«

»Kann ich dieses Exemplar vielleicht behalten?«

»Natürlich.«

»Irgendwelche Veränderungen in letzter Minute?«

»Nein, wenn jemand zwischen jetzt und der Gala krank wird, hat der Hotelmanager eine eindeutige Anweisung, niemanden zu ersetzen.«

»Gut.« Dan faltete die Seiten zusammen und steckte sie in die Tasche, dann warf er einen Blick auf seine Notizen. »Ihr braucht außerdem mehr als nur einen Mann auf dem Dach«, erklärte er. »Die Notausgänge auf der Rückseite des Gebäudes sind für uns klasse, wenn die Kacke am Dampfen ist, können aber genauso gut für einen Angriff genutzt werden, nachdem sich jemand auf das Dach abgeseilt hat.«

Der Sicherheitsbeamte blickte über die Schulter zu seinem Kollegen und dann wieder zu Dan. »Das könnte leider ein Problem werden«, meinte er, »denn wir haben jetzt schon unsere maximale Kapazität erreicht. Ich weiß nicht, ob das Unternehmen uns noch mehr Personal zur Verfügung stellen kann.«

Dan klappte sein Notizbuch zu und drehte sich um, um den Raum zu verlassen. »Dann sollten wir alle hoffen, dass es morgen Abend keine Probleme gibt«, meinte er.

***

Nachdem er auf verschlungenen Wegen zum Safe-House zurückgekehrt war, die zwei U-Bahn-Stationen und eine Bushaltestelle, gefolgt von einer halben Meile Fußmarsch beinhalteten, schloss Dan die Haustür hinter sich und schaltete das Licht ein. Es flackerte einmal kurz und beleuchtete dann den langen engen Flur, der sich bis zum hinteren Teil des Hauses erstreckte.

Er ging direkt zur Hintertür, überprüfte dort die Türverriegelung und den dünnen Baumwollfaden, den er aus seinem Hemdsaum gezogen und zwischen Tür und Zarge befestigt hatte. Es war nicht schlecht, ein Frühwarnsystem zu haben, das nicht auf die zahlreichen elektronischen Geräte angewiesen war, die in dem Gebäude arbeiteten.

Zufrieden drehte er sich um und wollte gerade zur Vorderseite des Hauses zurückgehen, als er über sich das *Klonk* eines dumpfen Aufschlages auf dem Boden hörte.

Er zwang sich selbst zur Ruhe, stützte sich mit der Hand an der Wand ab, zog vorsichtig seine Schuhe aus und legte sie geräuschlos auf den Boden, dann holte er seine Waffe unter der Jacke hervor und entsicherte sie, während er den Flur entlang zum unteren Treppenabsatz schlich.

Die Treppe war zum Glück aus Marmor und in der Mitte mit einem dicken Teppich ausgelegt, sodass nur wenig Gefahr bestand, dass ihn eine knarrende Treppenstufe verraten würde. Dicht an die Wand gedrängt, näherte sich Dan der ersten Stufe und spähte vorsichtig nach oben, während er die Ohren spitzte. Vom Treppenabsatz im ersten Stock aus konnte er leise Stimmen hören. Er runzelte die Stirn, denn er konnte sich nicht daran erinnern, den Fernseher angelassen zu haben.

Er drückte sich eng an die Wand und begann, langsam und vorsichtig die geschwungene Treppe hinaufzusteigen, dabei hielt er seine Pistole mit beiden Händen vor sich und nach oben gerichtet. Während er hinaufstieg, suchte sein Blick die Treppe nach weiteren Anzeichen für einen Eindringling ab.

Klonk.

Dan erstarrte. Er versuchte seinen Herzschlag zu beruhigen, indem er langsam und tief durch die Nase atmete, dann zählte er bis zehn und setzte seinen Aufstieg fort.

Als er sich dem Treppenabsatz im ersten Stock näherte, ließ er sich in eine hockende Position sinken und kroch bis zum Absatz hinauf. Der Fernsehton war jetzt klarer zu verstehen.

Dan sah sich um und rief sich die örtlichen Gegebenheiten in Erinnerung. Er spähte in die Richtung der Schlafzimmer, die komplett im Dunkeln lagen. Dafür schimmerte aber Licht aus dem Wohnbereich, als Fernsehbilder die Decke und Wände des Raumes erhellten.

Er stand auf, ging lautlos über den Teppich und drückte seinen Rücken gegen die Wand, dann schlich er vorsichtig auf die Tür zum Wohnbereich zu. Er atmete langsam ein und aus und versuchte damit, seinen Puls zu beruhigen.

Plötzlich hörte er ein lautes Knarren, als sich jemand aus einem der schweren Polstersessel erhob.

Blitzschnell sah sich Dan im Flur um. Doch es gab keine Möglichkeit, sich zu verstecken. Er machte einen Schritt nach hinten und brachte seine Waffe in Anschlag, als ein Schatten auf die offene Tür des Wohnbereichs fiel.

»Keine Bewegung!«, schrie Dan der Gestalt entgegen, die jetzt im Türrahmen auftauchte.

Der Mann ließ daraufhin die leere Bierdose in seiner Hand auf den Boden fallen und drehte sich langsam zu Dan um, während er gleichzeitig die Hände in die Höhe streckte.

»Jesus Christus, ich hab mir fast in die Hosen geschissen!« Mitch Frazer ließ die Hände wieder sinken und starrte Dan wütend an. »Was zur Hölle wolltest du denn damit erreichen … dass ich einen Herzinfarkt bekomme?«

Dan ließ die Waffe langsam sinken, wischte sich den Schweiß aus den Augen und starrte Mitch fassungslos an.

»Wie zur Hölle, bist du überhaupt hier reingekommen?«

Mitch beugte sich hinunter, um die Bierdose aufzuheben, die auf dem Teppich hin und her rollte. »Ich habe ein eigenes Passwort, du Idiot.«

Dan schüttelte den Kopf. Er lehnte sich gegen die Wand, um seine zitternden Beine zu beruhigen.

»Jesus, das war echt knapp.«

»Wem sagst du das«, antwortete Mitch trocken. Er hielt die leere Bierdose in die Höhe und grinste. »Willst du auch ein Bier?«, fragte er.

Dan warf ihm einen Blick zu, rieb sich müde über das Gesicht und nickte.

»Ja. Verdammt noch mal, ja!«

KAPITEL 7

Dan schaute hoch, als er und Mitch sich einigen viktorianischen Gebäuden näherten. Sein Blick wanderte über die roten Backsteingebäude, die von kunstvollen Gargoyles und hohen Schornsteinen gekrönt wurden.

»Fühlt sich an, als wäre ich wieder in Oxford«, murmelte er.

Mitch grinste ihn an. »Hauptsache, du ziehst hier keinen deiner Streiche von damals ab. Kann sein, dass sie uns dann nicht wieder rauslassen.«

David schaute die beiden über die Schulter hinweg an und runzelte die Stirn. »Vielleicht schafft ihr zwei es ja irgendwann einmal, erwachsen zu werden.«

Er drehte sich wieder um und ging dann weiter den Kiesweg entlang.

Sie erreichten nun den äußersten Winkel des Gebäudekomplexes und hielten vor einer großen Doppelflügeltür an, deren verwitterte Eichenholzverkleidung seit Jahrzehnten den Elementen trotzte. David blieb stehen und drehte sich zu Dan um.

»Du solltest dir im Klaren darüber sein, dass wir beide, falls die Sache schiefgeht, mit einer Anklage und einer Gerichtsverhandlung rechnen müssen. Halte dich einfach an die Fakten, lass deine Emotionen außen vor, dann wird es wahrscheinlich gut für uns ausgehen.« Er drehte sich wieder zur Tür um und klopfte.

Dan bemerkte jetzt die Überwachungskameras über ihnen, die sich langsam von einer Seite zur anderen bewegten, und dabei die kleine Gruppe auf den Stufen erfassten. Wer auch immer vor den Überwachungsmonitoren saß, schien mit dem Gesehenen offenbar zufrieden zu sein, denn ein paar

Augenblicke später klickte es und die Türflügel schwangen nach innen auf.

Ein Wachmann stand mit schussbereitem Gewehr direkt hinter der Tür und starrte sie finster an. »Die Sicherheitsausweise«, forderte er sie auf.

Die drei Männer übergaben ihm daraufhin die Ausweise und warteten, während ihre Dokumente überprüft wurden. Nach kurzer Zeit gab ihnen der Wachmann ihre Ausweise zurück, trat zur Seite und machte den Weg frei.

»Im gesamten Gebäude sind Kameras installiert«, informierte sie der Mann. »Also gehen Sie nicht in Bereiche, zu denen Sie keine Zutrittserlaubnis haben. Wir behalten Sie im Auge.«

David warf Dan und Mitch einen vielsagenden Blick zu. »Hier entlang«, sagte er, während er sich umdrehte und durch einen geräumigen Korridor auf eine breite Holztreppe zuging.

Die Treppe wand sich über den Korridor, durch den sie gerade gelaufen waren, und fächerte sich am Ende zu einem breiten Treppenabsatz auf. Oben angekommen wandte sich David nach links und ging mit großen Schritten durch einen Türbogen in das Innere des Gebäudes, ohne zu überprüfen, ob Dan und Mitch ihm folgten. Vor ihnen erstreckte sich jetzt ein langer Flur, der mit Holzpaneelen verkleidet war. Ihre Schritte wurden von einem purpurroten Teppich gedämpft, auf dem graue Lichtstreifen tanzten, die durch die hohen Fenster auf der linken Wand hereinfielen.

Als sie daran vorbeiliefen, warf Dan unwillkürlich einen Blick durch die Fenster auf den Gebäudekomplex unter ihnen. Vier Beamte hasteten dort gerade über den Innenhof, wobei sie mit einer Hand Unterlagen gegen die Brust pressten und mit der anderen verzweifelt versuchten, ihre Frisuren vor dem beißenden Wind zu schützen.

David blieb vor einer Tür mit Eichenholzvertäfelung stehen und drehte sich zu Dan und Mitch um.

»Anständig benehmen, okay?«

Dan nickte.

»Packen wir es an«, sagte Mitch leise und verzog das Gesicht, als er seine Krawatte richtete, »bevor mich dieses Ding hier noch endgültig erwürgt.«

David klopfte nun zweimal an die Tür. Sie hörten, dass sich jemand dahinter bewegte, dann schwang sie nach innen auf. Vor ihnen stand ein groß gewachsener Mann, der einen grauen Anzug und ein blaues Hemd mit farblich abgesetzter Krawatte trug. Er fuhr sich gedankenverloren durch sein hellbraunes Haar, das bereits von einigen grauen Strähnen durchzogen wurde und machte einen Schritt zur Seite, damit David eintreten konnte.

»Freut uns, dass Sie es geschafft haben«, meinte der Mann und ging in den Raum zurück.

David folgte ihm mit Dan und Mitch im Schlepptau.

Dan spürte, wie sein Herz kräftig in seiner Brust schlug. Er fühlte sich nur selten in der Gesellschaft anderer Menschen unwohl, aber es dämmerte ihm immer mehr, wie verzweifelt ihre derzeitige Situation war. Er zwang sich, seine Fäuste wieder zu öffnen und sich auf das Gespräch zu konzentrieren.

Der Mann ging zu einem Konferenztisch in der Mitte des Raumes hinüber, um den acht Stühle gruppiert waren. Zwei davon waren bereits besetzt. Am Kopfende standen bereits eine Tasse und eine Untertasse, was darauf hindeutete, dass der Premierminister seinen angestammten Platz schon vor der Ankunft von Davids Team eingenommen hatte.

Nachdem Mitch die Tür hinter sich geschlossen hatte, gingen die vier auf den Tisch zu. Der Mann, der ihnen die Tür geöffnet hatte, wies auf die freien Stühle und lud sie damit ein, sich der Gruppe anzuschließen.

Während sie es sich bequem machten, übernahm er die einleitenden Worte.

»Gentlemen, wir wissen zwar, wer Sie sind, aber lassen Sie mich Ihnen offiziell den Premierminister, Mr. Edward Hamilton, vorstellen. Der Mann auf seiner rechten Seite ist Vize-Admiral George Moore, zweiter Seelord bei der britischen Navy. Mein Name ist Hugh Porchester und ich bin als Vertreter des Verteidigungsministers hier«, beendete der Mann die Vorstellungsrunde.

Der Vize-Admiral stand als Erster auf und gab zuerst David und anschließend Dan und Mitch die Hand. Er war groß gewachsen, etwas über sechzig Jahre alt und seine Schultern waren so breit, dass es aussah, als ob er in seiner Jugend Rugbyspieler gewesen wäre.

Dan setzte sich, nachdem auch er dem Premierminister die Hand geschüttelt hatte, der seinen Blick ein paar Sekunden zu lang gefangen hielt, so als wolle er die Gedanken des Mannes vor sich ergründen.

Der Vertreter des Verteidigungsministeriums ignorierte die drei Männer die ganze Zeit über und beschäftigte sich stattdessen mit Unterlagen, die er vor sich auf dem Tisch ausgebreitet hatte.

Der Premierminister wandte sich nun an ihn. »Hugh, was halten Sie davon, wenn Sie die Sitzung eröffnen?«

Der Mann nickte dem Premierminister höflich zu, beugte sich nach vorn und ließ eine lederne Aktenmappe aufschnappen. Er räusperte sich kurz und sah dann die drei Männer an, die ihm gegenübersaßen.

»Gentlemen«, fing er in einem hochtrabenden Tonfall an, »der Premierminister hat dieses Treffen einberufen, damit uns Mr. Ludlow dabei helfen kann, diverse … nun sagen wir einmal, *Lücken* in Bezug auf eine Bombenbedrohung für unsere Stadt zu füllen, die bereits einige Zeit her ist. Gleichzeitig ist die Frage zu klären, warum zwei Zivilisten, nämlich Sie, Mr. Taylor«, er warf Dan einen Blick zu, »und Sie, Mr. Frazer, an der Operation beteiligt gewesen sind.«

Er starrte Mitch nun ebenfalls an, bevor er den Inhalt der Aktenmappe vor sich betrachtete und einige Fotos herausnahm, die er auf den Tisch warf.

Doch Dan ignorierte die Fotos.

Anschließend zog der Vertreter des Verteidigungsministers einen Ordner heran, öffnete ihn in der Mitte, faltete seine Hände über der entsprechenden Seite und warf Dan erneut einen Blick zu.

»Nun, Mr. Taylor«, fuhr Porchester fort. »Vielleicht können Sie uns ja darüber aufklären, wie sie es geschafft haben, in dieses ganze Durcheinander verwickelt zu werden.«

Dan räusperte sich und starrte den Mann eine Weile an, bevor er sagte: »Einer meiner Freunde wurde getötet. Seine Ex-Frau bat mich daraufhin, ihr bei den Ermittlungen zu helfen, weil die Polizei die Möglichkeit, ihr Mann könne ermordet worden sein, nicht ernsthaft in Erwägung gezogen hatte. Für die Behörden sah es so aus, als wäre es ein ganz normaler Überfall gewesen, der schiefgelaufen ist. Wir folgten daraufhin der Spur seiner Forschungsunterlagen und stießen letzten Endes auf Mr. Ludlow.«

Porchester kommentierte Dans Ausführungen nicht, sondern blickte weiterhin auf die Unterlagen vor sich hinunter. Er blätterte einige Seiten um, bevor er sich räusperte und wieder zu Dan hochschaute.

»Hat man Sie gezwungen, für Mr. Ludlow zu arbeiten?«

»Nein.«

»Also waren Sie, ein Zivilist, erfreut darüber, sich selbst in Gefahr zu bringen, obwohl Ihnen die Konsequenzen Ihrer Handlungen nicht bekannt gewesen sein dürften?«, fragte Porchester.

»Es war das einzig Richtige, was ich tun konnte«, antwortete Dan. »Damals war ein Wahnsinniger mit einer Bombe unterwegs und niemand aus Ihrer Regierung schien auch nur einen Scheiß darauf zu geben. Tatsächlich meine ich mich sogar daran erinnern zu können, dass einer Ihrer Kollegen ihm geholfen hat.«

Porchester schaute hastig auf das Blatt vor sich hinunter. Er griff nach dem Wasserglas, das vor ihm stand, nahm einen kleinen Schluck und stellte das Glas wieder ab.

Dan wartete, während sein Herz wie wahnsinnig raste. Nicht etwa aus Angst, sondern aus purer Wut und Frustration, dass er und seine Mitstreiter auf diese Art und Weise befragt wurden. Er erwiderte Porchesters Blick, als dieser schließlich wieder von seinen Unterlagen aufsah.

»Was machen die Albträume?«

Dan zwinkerte. »*Was?*« Diese Frage hatte er nun wirklich nicht erwartet, was ihn ein paar Sekunden aus dem Konzept brachte. »Alles okay. Warum?«

»Nun«, antwortete Porchester und beugte sich in seinem Stuhl vor. »Weil wir auch den Umstand berücksichtigen müssen, dass diese Bombenentschärfung einer mental gestörten Person übertragen worden ist.«

Dan stand abrupt auf und stieß dabei seinen Stuhl nach hinten um. Er beugte sich dem anderen Mann weit über den Tisch entgegen, der daraufhin sichtlich in seinem Stuhl zusammenschrumpfte.

»Jetzt hören Sie mir mal ganz genau zu, Sie elender Bastard«, knurrte er fuchsteufelswild. »Ich habe diesem Land voller Stolz gedient und ich brauche bestimmt nicht jemanden wie Sie als Zweitgutachter, der mir erzählt, welche Auswirkungen meine Erlebnisse im Irak auf mich gehabt haben. Ich brauche Ihre Sympathie nicht, genauso wenig wie Ihre indirekten Anschuldigungen. Geben Sie mir gefälligst nicht die Schuld dafür, dass Sie die Möglichkeit verpasst haben, Ihren Namen in den Schlagzeilen zu lesen. Nur weil Sie mehr damit beschäftigt gewesen sind, sich den Arsch zu kratzen, anstatt sich darum zu kümmern, dass eine Bombe, die auf dem Weg zu uns war, von Ihrer Verwaltung übersehen wurde. Ich habe nur getan, was ich tun musste und ich würde es jederzeit wieder so machen.«

Dan wandte sich um, hob den Stuhl auf und stellte ihn wieder hin. Während er sich setzte, erhaschte er Davids Blick und verschränkte die Arme vor der Brust. Er starrte Porchester an, der so tat, als wäre er von Dans Ausbruch vollkommen unbeeindruckt, und sich mit seinen Dokumenten und Akten beschäftigte. Dan ließ seinen Blick nach unten wandern und stellte fest, dass die Hände des Mannes zitterten. Er grinste still in sich hinein, starrte Porchester aber weiterhin ungehalten an.

Der Premierminister hustete leise. »Gentlemen, wir sollten vielleicht eine kleine Pause einlegen.«

Zustimmendes Gemurmel erklang rund um den Tisch.

»Hervorragend. Dann kommen wir in fünfzehn Minuten wieder hier zusammen. Mr. Ludlow, könnte ich Sie noch kurz allein sprechen, bevor Sie gehen?«

Dan schob seinen Stuhl nach hinten und stand auf. Mitch griff nach seinem Arm, drängte ihn zur Tür hinaus und ließ Dan erst mitten auf dem Flur wieder los. Sie blieben vor einem der Fenster stehen, von dem aus man auf den Gebäudekomplex hinunterschauen konnte.

Mitch fuhr sich mit der Hand über die Augen.

»Das lief ja richtig gut.«

Dan schüttelte den Kopf, während er die Menschen unter sich dabei beobachtete, wie sie beschäftigt hin und her wuselten.

»Das hier ist ein Haufen Vollidioten«, meinte Mitch. »Anstatt dir und David dafür zu danken, dass ihr den Job so gut erledigt habt, wollen sie euch auch noch an den Karren fahren.«

KAPITEL 8

Hassan Nazari strich seine blaue Seidenkrawatte glatt, zog die Ärmel seines hellgrauen Sakkos über die makellos weißen Manschetten und wandte sich dann um, um in einem mannshohen Spiegel sein Profil zu betrachten.

Er hob die rechte Hand, um sein zurückgekämmtes schwarzes Haar zu glätten, wobei er den grauen Schimmer darin bemerkte, dann ließ er seine perfekten Zähne bei einem kurzen Lächeln aufblitzen und strich sich über seinen kunstvoll getrimmten Bart. Noch einmal kontrollierte er seine Erscheinung im Spiegel und als sein prüfender Blick auf die Schuhe fiel, musste er innerlich grinsen. Er persönlich fand ja, dass die Einlagen in seinen Schuhen zu hoch waren und zu offensichtlich, doch er zuckte mit den Achseln, schenkte sich ein bestätigendes Lächeln und streckte die Hand aus. Sein Assistent übergab ihm nun einen Aktenkoffer, wobei er den direkten Augenkontakt vermied.

»Ist hier wirklich alles drin? Auch der Originalpachtvertrag für die Farm?«

»Ja, Sir.« Der Assistent verbeugte sich leicht vor ihm und trat zur Seite.

Nazari schaute zu den beiden großen Männern hinüber, die die Hotelsuite bewachten. Einer stand direkt in der Eingangstür, der andere neben dem mannshohen Fenster, von dem aus man einen hervorragenden Blick über die Stadt hatte.

Sie waren die beiden einzigen Mitglieder seiner Entourage, die größer waren als er. Breitschultrig, ruhig und imposant. Beide trugen identische schwarze Anzüge, ebenfalls schwarze Handschuhe und Neun-Millimeter-Pistolen. Offiziell waren sie als Bodyguards angestellt, allerdings war ihre Stellenbeschreibung um einiges weiter gefasst, als die Bezeichnung vermuten ließ.

»Habt ihr beide verstanden, was ihr machen sollt? Mustapha?«

Der Mann an der Tür schaute Nazari an und nickte nur. Nazari wandte sich daraufhin dem Mann am Fenster zu und hob eine Augenbraue. »Ali?«

»Ja, Sir.«

»Dann lasst uns jetzt weitermachen.« Er testete das Gewicht des Aktenkoffers in seiner Hand, durchquerte den Raum und übergab den Koffer dann dem Mann am Fenster. »Ali, den nimmst du.« Er beobachtete den Bodyguard dabei, wie dieser ein Tuch aus seiner Jacketttasche holte und sorgfältig alle Spuren von Nazaris Fingerabdrücken auf dem Diplomatenkoffer entfernte.

Hassan wandte sich jetzt einem Mann zu, der sich nervös in einer Ecke des Raumes herumdrückte und winkte ihn heran. »Ibrahim, komm her«, befahl er.

Der Mann leckte sich über die Lippen und näherte sich Hassan ein paar Schritte. Seine Stirn war schweißnass und er versuchte den Schweiß wegzuwischen, als sein Blick unruhig über die Pistole in Mustaphas Hand glitt. Der Mann war Ende dreißig und sein billiges Sakko total zerknittert. Er krempelte seine Ärmel hoch, bevor er sich mit den Fingern durch sein dunkelbraunes Haar fuhr, dann öffnete er den obersten Hemdknopf, wobei er den Abstand zu Nassan beibehielt. Dieser roch jetzt den Geruch von Angst bei dem anderen Mann und lächelte.

»Es ist alles gut, Ibrahim, es gibt keinen Grund zur Furcht«, beruhigte er den Mann. Er griff nach Ibrahims Arm und drückte ihn fest. Dabei entging ihm allerdings, dass sich die Oberlippe des Mannes bei der Berührung vor Unbehagen verzog.

»In unserem Geschäft«, fuhr Hassan fort, »ist nur wenig Platz für Irrtümer, Fehleinschätzungen oder ...«, er drehte sich um, um seinen Assistenten anzustarren, »für Verrat.«

»Verrat?«, fragte Ibrahim. »Wann?«

Hassan beobachtete, wie sich der Assistent unter seinem starren Blick wand und nickte leicht. »Richtig, Verrat ...«, flüsterte er. Er wandte sich wieder an Ibrahim. »Bruder, du würdest uns doch niemals betrügen, oder?«

Ibrahim schüttelte heftig den Kopf und blinzelte.

»Gut, sehr gut.« Hassan lächelte verkniffen. »Wir sind mit unseren Plänen nämlich schon zu weit fortgeschritten, als dass wir uns jetzt noch ein Versagen oder einen Gesinnungswandel erlauben könnten. Bedauerlicherweise scheint mein Assistent hier aber deinen Glauben an unsere Sache und deine Standhaftigkeit nicht zu teilen.« Er winkte einen der beiden Bodyguards heran. »Mustapha, würdest du bitte ...?«

Der Mann kam mit einem desinteressierten Gesichtsausdruck auf sie zu, griff ruhig in sein Jackett, schob seine Pistole ins Holster und holte stattdessen ein Stück aufgewickelten dünnen Draht aus der Tasche. Während er auf Hassans Assistenten zuging, schlang er langsam die isolierten Enden um seine Finger und zog den Rest behutsam auseinander.

Hassan schlenderte währenddessen zum Fenster hinüber und betrachtete die Silhouette der Stadt. Er hob seinen Blick zum Himmel und registrierte die gräulich-gelben Wolken, die Schnee ankündigten, noch bevor der Nachmittag zu Ende sein würde, dann schloss er seine Augen und holte tief Luft.

»Sir? Mr. Nazari?«, flüsterte der Assistent schließlich. »Gibt es irgendein Problem?« Er drehte sich um, während er versuchte, Mustapha mit geweiteten Augen im Blick zu behalten.

Mustapha, der zwanzig Zentimeter größer als der Assistent war, ließ seine Hände blitzschnell über den Kopf des

Mannes gleiten und zog dann die beiden Enden des gewundenen Drahtes auseinander.

Die Hände des Assistenten schossen hoch zu seinem Hals und seine Augen traten hervor, während er verzweifelt versuchte, seine Finger unter den Draht zu schieben. Ein dünnes, würgendes Geräusch drang aus seinem zusammengepressten Mund. Als er sich auf die Zunge biss, spritzte zwischen seinen Lippen Blut hervor und Tränen schossen ihm in die Augen und rannen über seine Wangen.

Ibrahim schloss die Augen und wandte den Kopf ab, er versuchte das Geräusch auszublenden, das der andere Mann beim langsamen Erdrosseln machte.

Mustaphas Bizeps zuckte, als er den Draht noch ein wenig enger zog, bis der Kopf des Assistenten nach vorn fiel.

»Kein Problem«, meinte Hassan lächelnd, als der Körper seines Assistenten zu Boden rutschte. »Zumindest jetzt nicht mehr.« Er schaute Mustapha an, der den Draht sorgfältig wieder aufwickelte. »Sorge dafür, dass das hier aufgeräumt wird.«

Mustapha nickte, steckte den Würgedraht wieder in die Tasche und winkte den zweiten Bodyguard zu sich heran.

»Komm mit«, sagte Hassan und führte den schwitzenden Ibrahim an Ali vorbei, der gerade eine schwarze Plastikfolie auf dem Boden ausbreitete und den Körper des Assistenten darauf rollte. Sie verließen den Raum und begaben sich in eine angrenzende Suite. »Lassen wir sie in Ruhe sauber machen.«

Er schloss die Tür hinter ihnen, setzte sich auf einen der makellos weißen Dreisitzer und gab Ibrahim ein Zeichen, ihm gegenüber Platz zu nehmen. Während sich der andere Mann einem Sessel näherte, lächelte Hassan in sich hinein, schlug die Beine übereinander und ließ sich entspannt zurücksinken.

»Und jetzt …«, sagte er und beobachtete Ibrahim, als dieser sich hinsetzte und auf dem Rand des Sessels nervös hin und her rutschte, wobei seine Arme die Knie umklammert hielten. »... sollten wir über *dich* sprechen.«

***

Nachdem Dan und Mitch in den Konferenzraum zurückgekehrt waren und sich wieder gesetzt hatten, bemerkte Dan, dass ihn der Vertreter des Verteidigungsministers intensiv anstarrte. Er gab sein Bestes, dem Blick des Mannes auszuweichen. Stattdessen lehnte er sich bewusst ruhig nach vorn und ergriff ein Glas Wasser, wobei er das Hämmern seines Herzens so gut es ging, ignorierte.

Als alle Männer wieder am Tisch Platz genommen hatten, hob der Premierminister den Arm und bedeutete Porchester damit, dass dieser das Gespräch eröffnen sollte.

»Mr. Taylor, anscheinend sind Sie in eine Reihe von Vorfällen verwickelt gewesen, auf die Sie keinen Einfluss gehabt haben«, begann der Premierminister. »Wie auch immer ... es ist offensichtlich, dass Sie dabei wirklich eine Menge Glück gehabt haben.«

Dan warf dem Premierminister einen verstohlenen Blick zu und zwang sich, ruhig zu bleiben. Er senkte seinen Kopf leicht und wollte zuerst die Arme vor der Brust verschränken, überlegte es sich dann aber doch anders und legte seine Handflächen vor sich auf den Tisch.

»Nachdem wir hier den Vorfall diskutiert haben und unter Berücksichtigung des Berichtes von Mr. Ludlow und den Empfehlungen des Verteidigungsministeriums sowie des Vize-Admirals muss ich bedauerlicherweise zu dem Ergebnis kommen, dass in diesem Fall eine Anklage unumgänglich ist.«

Dan starrte den Premierminister fassungslos an. Sein Mund wurde schlagartig trocken und sein Herzschlag dröhnte ihm in den Ohren. Er schluckte heftig, um die aufsteigende Galle zurückzuhalten und seine Hände rutschten ihm vom Tisch in den Schoß.

Der Premierminister blätterte in den vor ihm liegenden Unterlagen. »Anscheinend haben Sie bei Ihrer hartnäckigen Jagd nach der Bombe mehrfach extrem leichtsinnig gehandelt, ohne dabei das Risiko für die Menschen in Ihrer Umgebung zu berücksichtigen.« Während er Dan aufmerksam beobachtete, seufzte der Premierminister und lehnte sich in seinem Stuhl zurück.

»Dennoch«, fuhr er fort, »erscheint die Einleitung eines Strafverfahrens unangemessen unfair gegenüber jemandem, der dieses Land vor einer terroristischen Bedrohung beschützt hat, zumal, wenn er eine solch tadellose Militärakte wie Sie besitzt. Ich bin daher zu der Einschätzung gelangt, dass es noch eine weitere Möglichkeit gibt.«

Dan hielt den Atem an.

Der Premierminister beugte sich wieder nach vorn. »Nach weiteren Diskussionen mit den anderen Mitgliedern dieses Komitees habe ich beschlossen, Ihnen einen Strafaufschub zu gewähren.«

Dan atmete hörbar aus, seine Erleichterung spiegelte sich in Davids und Mitchs Gesicht wider.

»Allerdings unterliegt dieser Aufschub einigen Bedingungen«, fuhr der Premierminister fort und blickte dabei Porchester und den Vize-Admiral an, die beide zustimmend nickten.

»Ich habe von Mr. Ludlow erfahren, dass Sie ihm momentan dabei assistieren, eine potenzielle Bedrohung für unsere Verbündeten in Katar einzuschätzen.« Er verstummte und warf David einen Blick zu.

»Deswegen ist Ihr Strafaufschub daran gebunden, dass diese Ermittlungen erfolgreich abgeschlossen werden und sichergestellt wird, dass jegliche mögliche Bedrohung für dieses Land abgewendet wird.«

Dan nickte. »Ja, Sir.«

Der Premierminister hob warnend den Zeigefinger. »Falls Sie einen eventuellen Angriff nicht verhindern können, wird der Strafaufschub unverzüglich aufgehoben werden. Haben Sie mich verstanden?«

Dan schluckte hart. »Ja, Sir.«

David wartete, bis sich das Gemurmel am Tisch wieder etwas gelegt hatte, dann wandte er sich an den Premierminister. »Sir, wenn ich so frei sein darf … wir haben einige äußerst dringende Aufgaben zu erledigen. Könnten Sie mir daher jetzt bitte meine weiteren Befehle erteilen?«

Dan runzelte die Stirn und warf David einen verstohlenen Seitenblick zu.

Der Premierminister schien ein Lächeln unterdrücken zu müssen, bevor er antwortete: »Selbstverständlich, David.« Er wandte sich daraufhin an die Männer, die neben ihm saßen. »Tatsächlich, Gentlemen, ist dieses Treffen einberufen worden, um *zwei* Themen zu behandeln. In erster Linie, um uns Klarheit bezüglich der terroristischen Bedrohung zu verschaffen, die«, er nickte David zu, »durch die schnelle Reaktion von Mr. Ludlows Team erfolgreich vereitelt werden konnte. Außerdem möchte die britische Regierung in Abstimmung mit den Leitern von MI6 und MI5 sowie dem neuen Energieminister auf diesen Erfolg aufbauen und ist daher bereit, Ihnen David, die Weiterverfolgung Ihres Vorschlages, den Sie mir vor einigen Monaten vorgelegt haben, zu finanzieren.«

Porchester runzelte die Stirn und beugte sich auf seinem Stuhl nach vorn. »Ich bitte um Entschuldigung, Premierminister, aber von *welchem* Vorschlag ist hier die Rede?«

Der Premierminister antwortete lächelnd: »David, würden Sie dem Komitee gegenüber Ihr Konzept bitte näher ausführen?«

David nickte kurz. »Nach unserem letzten Erfolg konnte ich meine Vorgesetzten davon überzeugen, dass es langsam an der Zeit ist, eine neue Sonderbehörde einzurichten. Schließlich haben wir bewiesen, dass die Energieversorgung des Vereinigten Königreichs und der Erhalt seiner Energiereserven eine wichtige Sicherheitsproblematik darstellen, und zwar zum einen die Ausbeutung unserer natürlichen Ressourcen betreffend, aber vor allem auch in Hinblick auf mögliche Bedrohungen durch Einzelpersonen, Organisationen und unter Umständen auch durch andere Länder. Da unsere damaligen Operationen durch ein Leck im Ministerium gefährdet waren, wurden wir nach außen hin aufgelöst. Es gab viele Entlassungen, Mitarbeiter wechselten in andere Abteilungen … ich denke, Sie wissen, was ich damit meine. Ich habe danach den Auftrag erhalten, die Organisation wieder aufzubauen. Dieses Mal allerdings mit handverlesenen Mitarbeitern, denen ich absolut vertraue. Wir beabsichtigen, unser Hauptquartier außerhalb von London und damit auch außerhalb der Einflussnahme durch die Regierung einzurichten. Wir haben uns außerdem vollständig vom Büro des Premierministers abgekoppelt. Gelegentlich werde ich ihm zwar Bericht erstatten, aber ich werde dies nur als Experte tun, der diese Funktion auch gegenüber dem MI5 oder MI6 wahrnehmen wird … indem ich für alle als Berater fungiere.«

»Verdeckte Operationen«, murmelte Dan.

David schüttelte den Kopf.

»Nicht ganz, aber ziemlich nahe dran. Mehr auf einer *Wenn-es-denn-benötigt-wird*-Basis. Wir werden Leute in Undercover-Einsätzen haben, doch nur in Einzelfällen. Denn oft neigen diese leider dazu, das Verhalten ihrer Zielpersonen zu beeinflussen, anstatt uns ständig zu berichten, damit wir entsprechend handeln können. Es werden auch nicht alle bei der Behörde als feste Mitarbeiter beschäftigt sein. Wir suchen uns die Leute aus, die am besten dafür geeignet sind, diese Aufgaben wahrzunehmen, und sie werden die volle Verantwortung für ihre Handlungen tragen müssen.«

»Wie lautet denn die Bezeichnung dieser neuen Behörde?«, fragte der Admiral nun.

»Die *was*?« Porchester runzelte die Stirn.

»Der Name«, antwortete David, »wurde bereits vom Premierminister festgelegt. Er lautet *Energie-Protektions-Gruppe*, kurz EPG. Angemessen harmlos, meine Herren, oder wie sehen Sie das?«

Dan blickte jetzt wieder hoch und musterte die Gesichtsausdrücke der anderen Männer.

Porchester polterte sofort los: »Aber Premierminister ... Sie können doch nicht einfach eine komplett neue Behörde einrichten, die sowohl aus Ex-Militärangehörigen als auch aus Zivilisten besteht!«

Der Premierminister lächelte. »Selbstverständlich kann ich das, denn genau so sind auch SOE, MI5 und MI6 entstanden. Es wurde eine Lücke in unserem Geheimdienst-Netzwerk entdeckt und die erforderlichen Mittel bereitgestellt, um diese Lücke zu schließen. Das Team von Mr. Ludlow hat bereits bewiesen, dass es schnell und effizient auf Situationen reagieren kann und wenn sie dabei nicht auf einen Parlamentsausschuss warten müssen, um jeden Schritt genehmigen zu lassen, werden sie diesem Land auch besser dienen können.«

»Allerdings«, fuhr er fort und sah dabei Dan und Mitch an, »muss ich Sie noch einmal daran erinnern, dass Sie, falls Sie Ihre Befehle nicht befolgen oder dabei versagen sollten, einen Angriff auf dieses Land zu verhindern, in vollem Umfang zur Rechenschaft gezogen werden. Nächstes Mal gibt es dann keinen Ausschuss mehr.«

»Verstanden«, antwortete David und stand hastig auf, bevor Dan noch etwas einwenden konnte. »Also, Gentlemen, wenn Sie uns jetzt entschuldigen würden.« Er signalisierte Dan und Mitch, dass sie ebenfalls aufstehen sollten. »Wir machen uns dann wieder an die Arbeit.« Er gab dem Premierminister, der breit lächelte, die Hand, wandte sich dann zum Vize-Admiral um und nickte freundlich, dann zwinkerte er Porchester zu und verließ mit Dan und Mitch im Schlepptau das Zimmer.

»Heilige Scheiße«, flüsterte Mitch, als sie den Raum verlassen hatten. »Wir stehen offenbar von allen Seiten unter Beschuss.«

Dan lächelte. »Zumindest kann man nicht sagen, dass es langweilig wird.«

KAPITEL 9

Dan lehnte entspannt an der Wand, was für ihn zwar bequem war, aber nicht gerade angemessen für jemanden, der in einem eleganten dreiteiligen Anzug im Eingangsbereich eines Fünf-Sterne-Hotels in Mayfair stand.

Während er wartete, suchte sein Blick unentwegt den Empfangsbereich ab. Das Licht der Kronleuchter spiegelte sich in dem polierten schiefergrauen Fußboden wider. Vier Rezeptionisten, deren schwarze Uniformen durch farbige Krawatten im unverkennbaren Grün der Hotelkette aufgefrischt wurden, arbeiteten gleichzeitig hinter dem Empfangstresen aus Granit, führten Telefonate und sprachen im gedämpften und routinierten Tonfall mit den Gästen.

Gegenüber von dem kreisrunden Rezeptionstresen waren zwei schwarze Ledersofas um niedrige Glastische herum aufgestellt worden, auf denen jeweils eine Karaffe mit Wasser und vier Gläser standen. Auf der anderen Seite entdeckte Dan eine offene, getäfelte Tür, hinter der aus der schwach erleuchteten Hotelbar das deutliche Klirren von Kristallgläsern zu hören war.

Er beobachtete zwei Geschäftsleute dabei, wie sie die Bar betraten. Der Ältere der beiden schlug dem anderen Mann jovial auf den Rücken und lachte, als sie durch die Tür gingen. Dan richtete seine Aufmerksamkeit anschließend wieder auf die Fahrstuhltüren und blickte zu den Pfeilen hinauf, die über jedem Aufzug aufwärts und abwärts zeigten. Der auf der linken Seite wies aktuell nach unten. Er wartete.

Kurz darauf war ein leises *Ping* zu hören, als der Aufzug das Erdgeschoss erreichte und die Türen sanft aufglitten.

Nach ein paar Sekunden trat ein stämmiger, gut gekleideter Mann daraus hervor, der offensichtlich aus dem Nahen Osten kam und seinen Blick zuallererst prüfend über die Empfangshalle schweifen ließ. Er musterte Dan kurz, dann drehte sich der Mann wieder zu der Aufzugskabine um, nickte einmal und begleitete seinen Arbeitgeber in die Eingangshalle, während ihnen ein zweiter Leibwächter folgte.

Dan richtete sich nun zu seiner vollen Größe auf. Scheich Masoud Al-Shahiri war kein besonders großer Mann, aber einer, der offenbar Respekt einforderte. Sein perfekt frisiertes Haar war pechschwarz ohne eine Spur von Grau darin und er hatte genau das Auftreten eines von sich selbst überzeugten, superreichen und einflussreichen Magnaten, das ihm als Ruf vorauseilte. Während sie in seine Richtung kamen, bemerkte Dan, dass Al-Shahiris Augen unentwegt in Bewegung waren und sein Blick von einer Seite des Raumes zur anderen glitt.

Dan unterdrückte ein Grinsen. Entweder vertraute der Mann den Fähigkeiten seiner eigenen Sicherheitsleute nicht besonders oder er war ständig auf der Suche nach der nächsten Gelegenheit für ein Geschäft.

Als er näherkam, schien sich Al-Shahiri ein wenig zu entspannen. Er blieb vor Dan stehen und blickte ihn an, was bedeutete, dass er den Kopf ein wenig heben musste. Eine kleine Narbe am Kinn des Mannes, kaum einen Zentimeter lang, ließ die Spur einer Messerspitze erahnen.

Al-Shahiri deutete ein Lächeln an, bevor er mit einer sanften volltönenden Stimme zu sprechen anfing, die auch ohne große Lautstärke gut zu verstehen war: »Mr. Taylor, Sie sollen also heute Nacht auf mich und meine Sicherheitsleute aufpassen?«, fragte er.

»Das ist richtig, Sir«, antwortete Dan höflich.

»Hm.« Al-Shahiri schaute kurz zur Seite, hob die Hand und bedeutete seinen beiden Leibwächtern, bei der folgenden

Unterhaltung auf Abstand zu bleiben. Dann wandte er sich wieder Dan zu. »Setzen wir uns doch.«

Dan deutete auf die Sofas an der hinteren Wand und signalisierte dem Scheich, sich auf das Sofa zu setzen, das mit dem Rücken zur Lobby stand. Er wartete, bis der Mann es sich bequem gemacht hatte, dann setzte er sich ihm gegenüber und beobachtete weiterhin die Lobby und die Ausgänge.

Der Scheich lächelte. »Gut, gut. Ich sehe, dass Sie Ihre Ausbildung offensichtlich nicht vergessen haben.«

Dan zog eine Augenbraue hoch. »Im Gegensatz zu einigen, die als sogenannte Personenschützer unterwegs sind, ist mir meine Aufgabe in Fleisch und Blut übergegangen.« Er beugte sich vor, nahm die Karaffe vom Glastisch und goss zwei Gläser Wasser ein, von denen er eines in Richtung des Scheichs schob.

Der Scheich lachte. »Und Sie haben offenbar keine Angst, Ihre Meinung zu sagen. Ausgezeichnet. David hat mir schon vorausgesagt, dass wir miteinander klarkommen würden.«

Dan runzelte die Stirn. »Ich bin nicht hier, um Ihr Freund zu sein. Irgendjemand da draußen denkt, dass Sie in so großer Gefahr schweben, dass Sie heute Nacht mehr als nur Ihre normalen Sicherheitskräfte um sich haben sollten, und da meine Regierung ein eigennütziges Interesse an Ihrem jüngsten Gasprojekt zeigt, hat Ihr Schutz für uns oberste Priorität.« Er deutete mit einem Kopfnicken auf die beiden Leibwächter, die ein Stück vom Scheich entfernt standen und jeden finster anstarrten, der auch nur in seine Richtung blickte. »Wie lange arbeiten die beiden schon für Sie?«

Der Scheich warf ihm einen durchdringenden Blick zu. »Seit sie Teenager waren. Ich verdächtige niemanden aus meinem direkten Gefolge, sich gegen mich zu verschwören, Mr. Taylor.«

»Warum nicht? In Ihrer Branche könnte doch bestimmt jeder zur Gefahr für Sie werden.«

Der andere Mann zuckte mit den Schultern. »Ganz einfach, weil die Familien dieser Männer von ihrer Loyalität zu mir abhängig sind.« Er starrte Dan unbewegt an.

»Na gut, und woher könnte dann Ihrer Meinung nach, eine Bedrohung kommen?«

Der Scheich wedelte ungeduldig mit der Hand vor seinem Gesicht herum. »Geschäft. Es ist immer etwas Geschäftliches. Manche Leute wissen einfach nicht, wann sie aufhören sollten, dass sie ... wie sagt man noch mal?«

»Aufhören sollte, solange man noch vorn liegt.«

»Ganz genau. Immer mehr, immer mehr.« Er seufzte, ohne die Ironie seiner Äußerungen zu bemerken. »Bei der Ausweitung unserer Naturgasexporte macht mein Land momentan den Schritt in die wichtigste Phase. Wir stecken Milliarden von Dollar in Projekte, mit denen unsere Geschäftspartner über die nächsten zwanzig Jahre beträchtliche Gewinne erzielen werden.« Er zuckte mit den Achseln. »Wie Sie bestimmt wissen, gibt es einige, die uns ruinieren wollen, um uns eine Lektion dafür zu erteilen, dass wir uns dem Westen gegenüber so stark geöffnet haben, und es gibt andere, die einfach nur ein Stück von unserem Geschäft abhaben wollen.« Er seufzte. »Schütten Sie einfach eine Handvoll der üblichen verrückten Leute aus und voilà ... schon haben Sie Ihre Auswahl an Verdächtigen.«

»Gab es denn irgendwelche spezifischen Bedrohungen in letzter Zeit?«

Der Scheich wedelte wegwerfend mit der Hand. »Nur was ihr Briten als Säbelrasseln bezeichnet, mehr nicht«, spie er aus. »Abwertende Kommentare in der Presse, abfällige Meinungen in den regionalen Fernsehnachrichten und im Internet. Banale Dinge.«

Während er zuhörte, sah sich Dan weiterhin in der Hotellobby um und beobachtete sowohl die Gäste als auch die Mitarbeiter.

»Haben Ihre Männer den Veranstaltungsort heute schon besichtigt?«

Der Scheich blickte über seine Schulter und winkte einen seiner Männer heran. »War der Veranstaltungsort zufriedenstellend?«

Der Mann warf dem Scheich einen intensiven Blick zu, streckte sich etwas und sah dann Dan an. »Es gibt zwei Haupteingänge. Einer ist für die Öffentlichkeit zugänglich, der andere ist nur ein Seitenzugang für Caterer und Kellner. Unter dem Gebäude befindet sich ein kleines Parkhaus, das wir abgeriegelt haben, nachdem alle Mitarbeiter ihre Fahrzeuge entfernt hatten. Der Eingang dazu befindet sich auf der Rückseite des Gebäudes und wir haben zwei Männer an der Zufahrtsschranke positioniert. Wir werden außerdem ständig vier Männer an der Seite Seiner Hoheit haben.«

Als der Mann seinen Bericht abgeschlossen hatte, gab ihm der Scheich durch ein Winken das Zeichen, sie wieder allein zu lassen und sah Dan an. »Gut?«

Dan zuckte mit den Achseln. »Nicht schlecht, aber er hat leider die Möglichkeit eines Angriffs vom Dach aus außer Acht gelassen. Ich habe ihnen deshalb geraten, die Anzahl der Männer dort oben zu erhöhen, ebenso wie auf dem daneben liegenden Gebäude. Ich glaube auch nicht, dass Browning die Gästeliste vollständig überprüft hat oder dass er weiß, welche anderen Leibwächter anwesend sind.« Er griff langsam in die Innentasche seiner Jacke, um die Leibwächter des Scheichs nicht zu beunruhigen, und zog ein gefaltetes A4-Blatt heraus. Er hielt es zwischen zwei Fingern in die Höhe, um es den Sicherheitsleuten zu zeigen, bevor er es über den Tisch in Richtung des Scheichs schob. »Das sind meine Empfehlungen.«

Der Scheich runzelte die Stirn, beugte sich aber vor und griff nach dem Blatt Papier. Er faltete es auseinander, las es sorgfältig, faltete es wieder zusammen und hielt es dann über die Schulter einem der Leibwächter hin. Als der Scheich Dan wieder ansah, funkelten seine Augen vor Belustigung.

»Sie sind wirklich sehr gut«, meinte er lachend und deutete mit dem Finger auf Dan. »Sehr gut.«

Dan beugte sich vor und schlug mit der Handfläche so fest auf die Glasplatte des Couchtisches, dass die leeren Gläser mit einem lauten Klirren gegen die Karaffe stießen. Sofort waren die beiden Sicherheitsleute an der Seite des Scheichs. Doch Dan ignorierte sie und funkelte Al-Shahiri wütend an.

»Das hier ist kein Spiel«, knurrte er. »Möglicherweise ist es das ja für Sie, aber es werden heute Nacht viele Leute anwesend sein, darunter auch ich selbst, von denen erwartet wird, dass sie Sie mit ihrem Leben verteidigen, wenn etwas schiefgeht. Es wäre daher hilfreich, wenn Sie anfangen könnten, die Angelegenheit etwas ernster zu nehmen.«

Stille umgab nun den Tisch. Der Scheich blickte zu Dan hinüber und strich sich, anscheinend tief in Gedanken versunken, über seinen Schnurrbart. Schließlich beugte er sich wieder vor, schaffte es, dabei ein wenig zerknirscht auszusehen, und lächelte versöhnlich. »Sollen wir uns auf den Weg machen?«

Der Scheich stand auf und drehte sich um, um die Lobby zu verlassen, flankiert von seinen beiden Leibwächtern.

Doch Dan blieb noch kurz auf dem Ledersofa sitzen, sammelte seine Gedanken, schüttelte den Kopf und stand dann ebenfalls auf.

Der Scheich blickte über seine Schulter auf den hinter ihm gehenden Bodyguard. »Stellen Sie sicher, dass diese Notizen an das Team verteilt werden und informieren Sie sie alle unverzüglich über die zusätzlichen Sicherheitsanforderungen.«

Während die Gruppe durch die Lobby ging und die draußen wartenden Autos ansteuerte, erlaubte sich Dan ein kleines Lächeln.

KAPITEL 10

:

Ras Laffan Gasaufbereitungsanlage, Katar

Rashid Nasour gähnte und seine Hand griff automatisch nach dem Kaffeebecher auf seinem Schreibtisch.

Die Bildschirme, vor denen er saß, flimmerten leicht. Zwei davon zeigten Livebilder des geschäftigen Flüssiggashafens, der von einer gewaltigen Flutlichtanlage beleuchtet wurde, auf den beiden anderen lief das Programm, mit dem die eingehenden Daten kontrolliert wurden und das Rashid und sein Team dafür einsetzten, das Auf und Ab der gewaltigen Gasproduktions- und Verladefabrik am Rande des katarischen Imperiums zu steuern.

Er verzog angewidert das Gesicht, als die Flüssigkeit seine Lippen berührte … der Kaffee im Büro schmeckte schon schlecht, wenn er frisch gebrüht worden war, sobald er aber kalt wurde, war er schlichtweg ungenießbar. Rashid starrte auf die dickflüssige Brühe am Boden seines Kaffeebechers, fluchte und schob seinen Stuhl zurück, wobei eines der Räder laut quietschte. Leise vor sich hin grunzend beklagte er sich über den Umstand, dass er zwar in einer Einrichtung arbeitete, die etliche Milliarden Dollar gekostet hatte, er sich aber trotzdem immer noch mit quietschenden Bürostühlen herumschlagen musste. Er schlenderte durch das Büro auf die kleine Mitarbeiterküche zu, und während er den Raum durchquerte, schaltete sich automatisch die Deckenbeleuchtung ein … nur ein Detail der hochmodernen Büros, die die Organisation gebaut hatte, um das Kontrollzentrum für die Gasaufbereitungs- und Gasexport-Anlage unterzubringen. Er goss sich frisch gekochten Kaffee ein und nahm einen vorsichtigen Schluck. Das Getränk schmeckte leider immer noch lausig.

Rashid ging anschließend zu dem großen, raumhohen Fenster hinüber, das den Mitarbeitern als Aussichtsplatz diente. Neben dem Fenster hatte man ein paar bequeme Stühle aufgestellt, damit die Kontrollteams während ihrer Essenspausen die Aktivitäten im Hafen beobachten konnten. Rashid zog einen der Stühle näher zum Fenster heran und setzte sich, während er den Kaffeebecher in seinen Händen drehte.

Sein Blick glitt über den Hafen hinaus auf das Meer. Zwei große natürliche Wellenbrecher brachten die riesigen LNG-Tanker auf Kurs, bevor sie in den Zufahrtskanal zum Hafen einfuhren. Gerade eben lief ein Tanker in den Hafen ein; der größte Teil seiner Masse ragte über die Wasseroberfläche hinaus, weil seine Transporttanks leer waren.

Rashid hob die Kaffeetasse zum Mund und blies sanft über die Oberfläche, dann stand er auf und schlenderte zu seinem Arbeitsplatz zurück, wobei sein Blick automatisch auf die Computermonitore fiel. Die Bildschirme zeigten einen konstanten Strom aus Messungen und Daten, die über jede der LNG-Verarbeitungsfabriken berichteten, die das Naturgas zur Anlage schickten. Dort wurde es dann extrem stark heruntergekühlt und anschließend durch eine Reihe von Molen zu den LNG-Tankern gepumpt, die dort darauf warteten, die flüchtige Fracht zu Katars Kunden in der ganzen Welt zu transportieren.

Er lehnte sich in seinem Stuhl zurück, kratzte sich am Ohr und schaute auf die Reihe von Überwachungsmonitoren, die über seinem Schreibtisch an der Wand hingen.

Als plötzlich eine Hand nach seiner Schulter griff, zuckte er heftig zusammen.

»Entspann dich Rashid, ich bin es doch nur.«

Ein Mann Anfang zwanzig ließ sich auf den neben ihm stehenden Stuhl fallen und loggte sich in das System ein.

»Ich schwöre, eines Tages bekomme ich wegen dir noch einen Herzinfarkt, Adil«, knurrte Rashid.

Der junge Ingenieur lachte. »Du bist zwar alt, aber noch nicht *so* alt.«

»Zum Teufel, wo kommst du jetzt überhaupt her? Deine Schicht hat schon vor einer Stunde angefangen.«

»Ich habe verschlafen. Du verrätst mich doch nicht, oder?« Adil warf dem älteren Mann einen verschwörerischen Blick zu.

»Wenn du ertappt wirst, dann liegt es nicht an mir. Aber ich werde nicht für dich lügen, wenn sie dich doch erwischen.«

»Du hast Glück, dass ich es überhaupt geschafft habe.«

»War sie es denn wert?«

Adil lachte. »Ja. Aber wenn mich ihr Vater erwischt, bin ich ein toter Mann.«

»Wenn dich *dein* Vater erwischt, bist du erst recht ein toter Mann.« Rashid schüttelte den Kopf.

Adil warf einen Blick auf seinen Computer, der noch die Startroutine durchlief, dann bückte er sich, hob die Tasche an, die unter Rashids Schreibtisch verstaut war, und prüfte das Gewicht. »Was hat Shareen uns denn heute zum Abendessen gemacht?«

»Nichts für dich«, antwortete Rashid. »Nicht einmal Reste.« Er lächelte und wandte sich wieder den Monitoren der Überwachungskameras zu.

»Du weißt, dass das nicht fair ist«, beschwerte sich Adil. »Sie gibt dir doch immer viel zu viel mit.« Er schüttelte die Tasche sanft, bevor er sie wieder unter den Schreibtisch stellte. »Meine Mutter gibt mir nur …«

»Nicht jetzt.« Rashid hob die Hand, runzelte die Stirn und blickte erneut auf die Überwachungsbildschirme. Auf jedem ruckelte das Bild plötzlich für einen Augenblick heftig, bevor es sich wieder beruhigte und aussah, als wäre nichts geschehen.

»Was war das denn?«, fragte Adil verwirrt, stand auf und stellte sich hinter seinen Kollegen.

»Ich bin mir nicht sicher.« Rashid streckte die Hand nach seiner Maus aus und bewegte den Cursor langsam über den Kontrollbildschirm. Der Zeiger ruckte kurz, als er ihn von links nach rechts zog, und der Cursor bewegte sich bei jeder Vorwärtsbewegung, die Rashid machte, auf einmal rückwärts. Er nahm seine Hand wieder von der Maus und beide Männer sahen erstaunt dabei zu, wie der Cursor von allein rückwärts über den Bildschirm wanderte.

Der Monitor zeigte jetzt eine schematische Darstellung der Gasverarbeitungsanlage an … eine Illustration der Teile und Systeme, die die Katarer in die Lage versetzten, das Gas bis zum flüssigen Zustand herunter zu kühlen und es anschließend auf die wartenden Schiffe zu pumpen.

Rashid krempelte die Ärmel hoch, rollte seinen Stuhl näher an den Schreibtisch heran und begann sofort eine Reihe von Befehlen einzutippen. Dann drückte auf die Eingabetaste und lehnte sich zufrieden zurück.

Kurze Zeit später blinzelte er fassungslos.

Adil schnappte nach Luft, als der Text zu verschwinden begann.

Rashid starrte auf die Tastatur hinunter … nichts berührte die Löschen-Taste oder die Backspace-Taste. Er blickte wieder zum Bildschirm hoch und musste erstaunt mit ansehen, wie der Mauszeiger auf eine Reihe von Ventilen im Pumpensystem klickte und sie in schneller Folge öffnete und wieder schloss.

»Was ist das?«, fragte Adil verstört, während seine Hände Rashids Stuhl umklammerten. »Was ist da los?«

Rashid schüttelte den Kopf. »Ich bin mir nicht sicher.« Er blickte zu dem anderen Mann hoch. »Wer arbeitet heute Nacht im Hauptkontrollzentrum?«

Adil lehnte sich über den Schreibtisch und griff nach einem Klemmbrett, auf dem der Dienstplan hing. Er sah zuerst auf die Uhr und studierte dann den Plan. »Da haben wir ihn ja … Samir hat heute Dienst.«

Rashid beugte sich vor und zog das Telefon zu sich heran. Es klingelte zweimal, bevor der Anruf entgegengenommen wurde. Der Mann am anderen Ende klang atemlos.

»Ja?«

»Bist du das gerade?«, fragte Rashid.

»Was ist denn los?«

»Ich komme sofort hoch.« Rashid legte das Telefon zurück auf die Station und wandte sich an Adil. »Komm, lass uns gehen.«

Beide Männer rannten zu der Treppe, die zur nächsten Etage hinaufführte, und Rashid nahm immer zwei Stufen auf einmal. Als er den Treppenabsatz erreichte, kam ihm Samir bereits entgegengerannt.

»Wer auch immer das ist, er hat die automatischen Einstellungen für die Dampfrückleitungsarme auf dem Pier verändert«, sagte er mit atemloser Stimme. »Wenn die Ventile weiterhin ständig öffnen und schließen, werden sie in Kürze versagen und wir können den Gasfluss nicht mehr stoppen.«

Rashid drängte sich an ihm vorbei und rannte zum Schreibtisch des Mannes. Dort rief er die Kontrolldaten auf und las ungläubig die verschiedenen Meldungen.

Samir und Adil standen rechts und links von ihm und ihre Augen suchten die Datenketten nach Hinweisen ab.

»Wir wurden gehackt«, stellte Rashid fassungslos fest. Er wandte sich an Samir. »Verständige sofort die Ingenieure und die IT … erzähle ihnen, was passiert ist.«

Der andere Mann nickte, ging zu einem leeren Schreibtisch hinüber und fing an, zu telefonieren. Adil sah auf Rashid hinunter und holte sein Handy heraus. »Ich werde jetzt die Verantwortlichen am Pier anrufen. Vielleicht sehen sie das Ganze ja an ihren Arbeitsplätzen gar nicht.«

Rashid nickte kurz und blickte dann hinter sich aus dem Fenster. Seine Augen weiteten sich entsetzt. »Du solltest dich besser beeilen … schau mal!«

Adil folgte seinem Blick und beobachtete, wie der große LNG-Tanker vorsichtig an das Pier manövrierte. Die riesige Masse des Schiffes ragte weit über die Anlage hinaus, hell erleuchtet kam der Tanker schließlich zum Stillstand.

Rashid versetzte dem jüngeren Mann einen heftigen Stoß. »Ruf sofort an! Sie dürfen kein Gas in dieses Schiff pumpen, bis wir die Sache geklärt haben.«

Adil nickte und setzte sich an den Schreibtisch neben Rashid. Er betete, dass irgendjemand den Anruf schnell entgegennehmen würde, wohl wissend, dass es nur eine Frage von wenigen Augenblicken war, bis das unter hohem Druck stehende Flüssiggas in das Schiff gepumpt werden würde. »Rashid, es meldet sich niemand!«

»Hier.« Rashid beugte sich nach vorn und tippte auf der vor Adil liegenden Tastatur einen Befehl ein. Er deutete auf den Bildschirm, der nun zum Leben erwachte. »Übernimm du die Kontrolle … das kannst du auch von hier aus machen.«

Adil nickte und begann, Befehle einzugeben, doch während er tippte, poppten ständig neue Meldungen auf dem Bildschirm auf.

»*Was?*«

Neben ihm ertönte auf einmal ein lautes Krachen, Adil drehte sich um und bemerkte entgeistert, dass Rashid von seinem Schreibtisch aufgesprungen war und dabei seinen Stuhl zu Boden geschleudert hatte. Der Mann packte den Schreibtisch nun mit beiden Händen, und seine Knöchel wurden weiß, als er entsetzt auf die Bildschirme starrte. Adil folgte seinem Blick.

Die Überwachungsmonitore zeigten an, dass der LNG-Tanker auf Backbord starke Schlagseite bekommen hatte und langsam in Richtung Pier kippte, an dem er lag.

KAPITEL 11

:

Grant schrie auf, als der Hammer auf seine ausgestreckten Finger krachte.

»Der Code«, zischte der Mann in sein Ohr. »Verrate uns endlich den Code.«

Grant holte zitternd Luft. »Ich kann nicht!«, keuchte er. »Ich kann mich nicht mehr erinnern!«

Er riss an den Lederbändern, die seine Arme an den Holzstuhl fixierten, trat gegen die Seile, die seine Füße an die Stuhlbeine fesselten und kotzte schließlich auf den Boden, als er die zerquetschten Überreste seines kleinen Fingers sah.

Der Mann blickte kurz zu seinem Kollegen hinüber, der mit weit aufgerissenen Augen panisch durch seine schwarze Maske atmete.

»Los, noch mal.«

»Nein!« Grant zappelte auf dem Stuhl hin und her und versuchte seine Hände aus der Reichweite des Hammers zu bringen.

Sein anschließender Schrei hallte von den Wänden des Kellers wider und durchschnitt die nasskalte Luft.

»Bitte«, wimmerte er. »Aufhören. Ich kann nicht …«

Sein Kopf fiel mit einem Stöhnen nach vorn.

Der Mann neben ihm richtete sich auf, packte ein Büschel von Grants Haaren und zog dessen Kopf mit einem Ruck zurück.

»Scheiße. Er ist ohnmächtig.«

Er drehte sich um, griff nach einer Flasche, die neben seinen Füßen stand und kippte den Inhalt über Grants Gesicht.

Der Ingenieur spuckte panisch, öffnete die Augen und hustete keuchend, dann fiel ihm der Kopf auf die Brust, als er das Wasser hinauswürgte, das in seine Lungen gedrungen war.

Der Mann krempelte die Hemdsärmel hoch, warf einen Blick auf seine Uhr und hob den Hammer erneut.

»Wir haben keine Zeit mehr.«

»Warte kurz.«

Der Mann neben Grant ging nun in die Hocke. »Hey, Grant.« Er klopfte dem Ingenieur leicht ins Gesicht und zwang den Mann so, sich zu konzentrieren.

»Bloß nicht wieder ohnmächtig werden. Wie lautet der Code? Das ist alles, was wir brauchen, Grant, nur den Code. Sag ihn mir.«

Grants Kopf fiel wieder nach vorn und ein Schluchzen erstickte seine Worte. »Ich kann mich nicht erinnern. Die Drogen … ich kann mich nicht konzentrieren.«

»Vielleicht hilft dir das hier ja.« Der Mann stand auf, nahm seinem Kollegen den Hammer ab und wedelte damit vor Grants Gesicht herum.

Der Ingenieur begann mit weit aufgerissenen Augen zu hyperventilieren. »Bitte, nicht …«

Der Mann lächelte, als er den Hammer lässig von einer Hand in die andere warf. »Komm schon, Grant. Sie zahlen dir doch gar nicht *so* viel. Verrate uns den Code.«

Grant runzelte die Stirn, dann senkte er den Kopf, während seine Gedanken rasten. *Wie lautete der Code? Warum konnte er sich bloß nicht an ihn erinnern?*

»Ich warte, Grant.« Die sanfte Stimme des Entführers bohrte sich in Grants Gehirn und ließ seinen Darm vor Panik explodieren.

»Jesus.« Der Mann sprang hastig zurück, als sich Grant in die Hosen schiss und der Gestank den kleinen unterirdischen Raum erfüllte.

Tränen strömten über das Gesicht des Ingenieurs. »Ich kann mich wirklich nicht mehr erinnern!«, schluchzte er.

»Was auch immer ihr mir gegeben habt … ich kann mich nicht erinnern!«

Der Mann wog den Hammer kurz in seiner Hand, dann trat er um den Stuhl herum und presste Grants Hand erneut auf den Tisch.

»Dann streng dich mehr an«, flüsterte er bedrohlich und ließ den Hammer erneut hinuntersausen.

***

»Etwas hat ihn getroffen!« Rashid starrte weiterhin geschockt auf die Monitore.

»Was soll ihn denn getroffen haben?«, wollte Adil wissen. »Da ist doch nichts in der Nähe!«

Rashid runzelte die Stirn. »Ihn hat definitiv etwas getroffen … ich habe es genau gesehen! Der Tanker hat sich bewegt, als ob … als ob er *geschoben* wurde.«

Er verstummte abrupt. »Schnell!«, rief er und gab Adil ein Zeichen. »Schalte sofort die abgehenden Pumpen aus, damit wir kein Gas mehr zu diesem Pier schicken!« Er stellte seinen Stuhl wieder hin, setzte sich und wischte sich mit den Händen über die verschwitzte Stirn.

Adil begann, seine Tastatur zu bearbeiten, und alles, was er auf der Universität gelernt hatte, wirbelte nun in seinem Kopf durcheinander, während er versuchte, sich an die Notfallübungen der Anlage zu erinnern.

»Wir pumpen bereits Gas durch die Röhre, Rashid! Was soll ich denn jetzt machen?«

Rashid zog seine eigene Tastatur zu sich heran und begann wie wild zu tippen. »Wir leiten es um, schicken es zuerst zu einer Überlaufpipeline und von dort aus wieder zurück in die Anlage.« Er deutete auf das Telefon, das auf dem Schreibtisch zwischen ihnen stand. »Ruf sie sofort an und warne sie, dass das Gas zu ihnen zurückgeleitet wird.«

Rashid blickte auf die Computermonitore und keuchte ungläubig, als eine weitere Reihe von Daten auf dem Bildschirm erschien. Der Cursor blieb am Ende der Textzeile stehen und blinkte unheilvoll.

Er las die Reihe von Befehlen, sein Verstand übersetzte automatisch, was der Hacker eingetippt hatte, und er begann sofort, einen Gegenbefehl einzugeben. Frustriert schüttelte er den Kopf, als der Hacker den Text genauso schnell wieder löschte, wie er die Befehle eingetippt hatte.

»Rashid, beeil dich! Das Gas fließt bereits!«, drängte ihn Adil, während seine Hände den Schreibtisch umklammerten.

»Ruf die Gasaufbereitungsanlage an ... sag ihnen, sie sollen das sofort stoppen ... *und zwar jetzt sofort*!«

Adil nickte, griff zum Telefon und hämmerte mit zitternden Händen die vierstellige Nummer der Aufbereitungsanlage ein.

Beide Männer blickten hoch, als Samir auf sie zu gerannt kam. »Die IT ist dran. Sie sagen, es ist definitiv ein Virus im System«, sagte er.

»Das spielt jetzt auch keine Rolle mehr«, antwortete Rashid und zog Adils Tastatur zu sich heran. »Wir müssen augenblicklich versuchen, die Notfallprozedur einzuleiten.«

Adil runzelte die Stirn. »Die ist aber doch noch nie unter Belastung getestet worden«, sagte er, das Telefon immer noch am Ohr. »Bist du dir sicher?«

»Hast du vielleicht eine bessere Idee?« Rashid öffnete auf dem Desktop seines Computers ein Programm und gab dort Benutzername und Passwort ein. Als sich das Programmfenster öffnete, scrollte er auf dem Bildschirm schnell zu einem roten Knopf, der mit dem Wort *FEUER* beschriftet war.

Er warf Adil einen Blick zu, dieser nickte kurz, dann aktivierte er den Button.

Das Programmfenster auf dem Monitor flackerte jetzt und plötzlich erschien ein weißes Feld, auf dessen voller Länge eine rote Linie verlief, anhand der sie den Fortschritt des neuen Antivirenprogramms verfolgen konnten.

»Nun mach schon!«, drängte Rashid den Computer. Sein Blick starrte auf die rote Linie und sein Herz schlug so heftig in seiner Brust, dass er sich krank fühlte.

Die rote Linie erreichte nun das Ende des Fortschrittsbalkens, die weiße Box verschwand vom Bildschirm und das Programmfenster erschien wieder.

Rashid bewegte vorsichtig die Maus über den Monitor und rechnete mit der Rückkehr des Hackers.

Doch nichts geschah.

Er beobachtete intensiv die Eingabemaske der neuen Software, deren roter *FEUER*-Button weiterhin ruhig blinkte. Rashid blickte zu den Bildschirmen der Überwachungskameras, die über den Computermonitoren hingen. Der Alarm heulte jetzt durch die gesamte Anlage ... seine Dringlichkeit hallte in Adils Stimme wider, während er mit den Leuten in der Aufbereitungsanlage sprach. Rashids Herz hämmerte wie wild in der Brust und als er die Finger von der Tastatur nahm, bemerkte er, dass seine Hände zitterten. Er blinzelte, als ihm eine Schweißperle von der Stirn ins Auge lief, dann jaulten auch die Alarmsirenen vom Pier zu ihnen hinüber und Notfallmannschaften verteilten sich um das havarierte Schiff.

Er rieb sich die Augen, sah Adil an, dann schüttelte er den Kopf und warf einen Blick zum Monitor und auf die neue Software, die er gerade noch rechtzeitig hatte starten können.

»Das war knapp und eindeutig zu nah dran.«

Adil runzelte die Stirn und deutete auf die Überwachungsmonitore. »Wir haben da unten aber immer noch ein Riesenproblem.«

Rashid folgte seinem Blick und starrte auf den eingestürzten Pier, wo sich ein Feuer um den beschädigten Schiffsrumpf herum ausbreitete, während die Rettungsmannschaften die Besatzung von Bord schafften. Ein Hubschrauber schwebte über dem Wrack und half mit seinem Suchscheinwerfer dabei, Crewmitglieder zu finden, die in das Wasser des Hafens gestürzt waren.

Er schüttelte ungläubig den Kopf. »Wir werden wochenlang außer Gefecht gesetzt sein.«

KAPITEL 12

Als die Limousinen sanft stoppten, schirmte Dan seine Augen vor dem Blitzlichtgewitter der Kameras ab. Er blickte zu den Leibwächtern des Scheichs hinüber und nickte kurz. Ein Bodyguard stieg auf der von den Kameras abgewandten Seite aus dem Wagen, spähte zu den Gebäuden hoch und suchte die Menge nach möglichen Bedrohungen für seinen Arbeitgeber ab. Er wurde von den Männern aus dem ersten Fahrzeug begleitet, die nun zur Beifahrerseite des Wagens gingen, die Fotografen einschüchternd anstarrten und anschließend die Autotür öffneten.

Dan rutschte über den Ledersitz und hielt den Scheich mit erhobener Hand zurück.

»Erst nach mir.«

Er wuchtete seine kräftige Gestalt aus dem Auto, richtete sich zur vollen Größe auf und überprüfte dann die Umgebung nach potenziellen Bedrohungen. Danach drehte er sich langsam um und spähte über das Dach des Wagens hinweg. Sein Blick fiel auf einen der Leibwächter, der nickte, bevor sie beide weiter die Umgebung überprüften.

Als er endlich zufrieden war, beugte sich Dan hinunter, legte einen Arm auf die Autotür und sprach dann leise mit dem Leibwächter, der neben dem Scheich saß.

»Jetzt!«

Er richtete seine Aufmerksamkeit nun auf den Scheich und sah ihm fest in die Augen. »Sie bleiben nicht stehen! Sie können mit jedem sprechen, aber erst, wenn Sie im Gebäude in Sicherheit sind.«

Der Scheich schürzte verärgert die Lippen, nickte dann aber zustimmend.

Dan richtete sich wieder auf, winkte die Leibwächter zu sich und wies sie an, eine Barriere zwischen den Pressevertretern und ihrem Arbeitgeber zu bilden.

Als der Scheich aus dem Wagen stieg, drängten die Fotografen bei dem Versuch, das perfekte Bild zu schießen, wie eine Welle vorwärts.

Dan funkelte die Fotografen, die ihm am nächsten standen, wütend an und konzentrierte sich darauf, den Scheich durch die Menge hindurch und in das Konferenzzentrum zu führen. Es lagen nur ein paar Meter zwischen der Limousine und ihrem Ziel, aber für Dan fühlte es sich an, wie ein Marathon. Sein Herz raste, denn die Verantwortung für das Leben eines anderen Menschen, lastete wie ein Gewicht auf ihm.

Endlich erreichten sie die Doppelflügeltür des Gebäudes. Bevor der Concierge ihm zuvorkommen konnte, benutzte Dan seine Schulter, um die Türen aufzudrücken, dann hielt er sie für den Scheich geöffnet, der, auf jeder Seite flankiert und beschützt von einem seiner Leibwächter, an ihm vorbeiging.

Während sich die Türen hinter ihnen schlossen, drehte sich der Leibwächter auf der anderen Seite des Wagens um und betrachtete die Fotografen. Anschließend hielt er seine Hand in die Höhe gestreckt. *Das war's.*

Dan atmete erleichtert auf, als die Kakofonie der internationalen Pressemeute durch den Lärm einer Party ersetzt wurde, die bereits im vollen Gange war. Er orientierte sich kurz, nickte dann einem vertrauten Gesicht zu, das in der Sicherheitsmannschaft des Veranstaltungsortes arbeitete, und hatte ein Auge auf den Scheich und seine Begleiter, während sich die Menge vor ihnen teilte.

Dan schlenderte nun zur Bar hinüber und bestellte sich ein Mineralwasser, dann wandte er sich um und lehnte sich rückwärts gegen die Holztheke, während er an seinem

Getränk nippte. Obwohl sein Befehl nur lautete, dem Sicherheitsteam Rückendeckung zu geben, führte sein jahrelanges Training automatisch dazu, dass er sich erst dann wieder entspannen könnte, wenn der Scheich sicher in sein Hotel zurückgekehrt war.

Als sich der Raum immer mehr füllte, bemerkte Dan aus dem Augenwinkel eine Bewegung in der Menge und entdeckte kurz darauf einen Kellner, der auf direktem Weg zum Scheich ging.

Der Mann hatte die offizielle Hoteluniform an, die aus einem dunklen Anzug, einem weißen Hemd und einer roten Krawatte bestand. Er war von mittlerer Größe, hatte braune Haare und dunkelbraune Augen. Er hielt ein Tablett mit Getränken in den Händen, eine Mischung aus Cocktails und Fruchtsäften, um den unterschiedlichen Geschmäckern oder religiösen Vorgaben der vielschichtigen Menge gerecht zu werden.

Noch während sich der Mann dem Scheich näherte, erkannte Dan, dass der Kellner schwitzte, und dass sein Blick beim Gehen unstet hin und her huschte. Er schaute kurz zu Dan und dann sofort wieder weg, zurück zum Scheich.

Stirnrunzelnd entfernte sich Dan von der Bar und sein Herz begann sofort schneller zu schlagen. Er bewegte sich hastig in Richtung des Scheichs, hielt dabei aber eine angemessene Distanz zwischen dem Mann und seinem Gefolge ein. Er sorgte allerdings dafür, dass er sich in der Sicherheitszone befand, die Al-Shahiris Leibwächter gebildet hatten.

Der Kellner hatte den Scheich inzwischen erreicht und warf dem nächststehenden Bodyguard einen kurzen Blick zu. Dann bot er Al-Shahiri und seinen Gästen Getränke an.

Eine Frau trat plötzlich in Dans Blickfeld. Er machte einen Schritt nach rechts und sah nun, wie der Kellner dem Scheich ein Smartphone hinhielt.

»Hier ist ein Anruf für Sie, Sir«, murmelte der Mann nervös und verbeugte sich leicht.

Der Scheich entschuldigte sich bei seinen Gästen und griff nach dem Telefon.

»Nein!« Dan drängte sich an den Leibwächtern und einem übergewichtigen Mann in einem grauen Anzug vorbei. »Ich übernehme das!«, befahl er.

Al-Shahiri drehte wegen der Unterbrechung seinen Kopf in seine Richtung.

Enttäuschung breitete sich im Gesicht des Kellners aus und seine Augen blickten leicht geschockt, als er dem Scheich das Telefon entgegenhielt.

Dan riss es ihm aus der Hand und hielt es sich ans Ohr. »Wer ist da?«, fragte er barsch.

»Sehen Sie sich das Video an«, antwortete eine verzerrte Stimme, dann war die Leitung tot. Dan starrte auf das Telefon in seiner Hand und hörte kurz darauf den unverwechselbaren Ton einer eingehenden Nachricht.

»Was ist los?«, fragte der Scheich beunruhigt.

Dan schüttelte den Kopf. »Ich bin mir nicht sicher.« Er hielt Al-Shahiri das Smartphone entgegen und zeigte ihm die Nachricht, die es gerade empfangen hatte.

Sehen Sie sich das an.

Dan warf dem Scheich einen Blick zu, dieser nickte, deshalb drückte er auf *Abspielen.*

Der Bildschirm offenbarte nun eine feurige Szenerie ... ein Fernsehbericht zeigte einen Tanker, der an einer Hafenmole gekentert war, Hubschrauber suchten mit Scheinwerfern die umliegenden Gewässer ab. Mehrere Brände fegten um den Schiffsrumpf herum und Feuerwehrleute ließen gewaltige Wassermassen auf den Tanker niederprasseln. Ein erregter Fernsehreporter berichtete vom Geschehen, während unter ihm der Nachrichtenticker lief. *Ras Laffan Hafenanlage in Katar angegriffen.*

Al-Shahiri riss das Smartphone aus Dans Hand und starrte fassungslos das Video an. Dann streckte er Dan das Bild mit dem Nachrichtenticker entgegen.

»Diese Anlage gehört meiner Familie«, sagte er heiser. »Was geht da vor sich?«

Dan blickte hoch und bemerkte, dass der Kellner immer noch an der gleichen Stelle stand, an der er zuvor mit dem Scheich gesprochen hatte. Allerdings sah er sich gerade nervös suchend im Raum um, machte abrupt kehrt und rannte auf den Flur zu, der zum hinteren Teil des Gebäudes führte.

Dan wandte sich an den Leibwächter, der ihm am nächsten stand. »Ich habe ein ganz ungutes Gefühl. Wir bringen ihn *sofort* zum Fahrzeug zurück. Lasst niemanden in seine Nähe. *Los!*«

Die Bodyguards begannen sofort, den Scheich in Richtung des Seiteneingangs zu drängen. Der Einsatzleiter hielt eine Hand über sein Kehlkopfmikrofon, während er mit den Fahrern der Limousinen sprach und ihnen befahl, die Gruppe vor dem Gebäude zu treffen.

Dan warf sich gegen eine Notausgangstür und zog Al-Shahiri eine Treppe hinunter, gerade als die beiden Limousinen mit quietschenden Reifen um die Ecke des Gebäudes bogen und vor ihnen zum Stillstand kamen.

Er sprang die letzten zwei Stufen hinunter, riss die Fondtür der vorderen Limousine auf, überprüfte kurz das Innere des Fahrzeugs, drehte sich um und griff nach dem Scheich.

»Steigen Sie ein … sofort!«

Dan trat schnell zur Seite, als zwei Leibwächter zusammen mit dem Scheich ins Auto sprangen, während die restlichen Bodyguards zum anderen Fahrzeug hinüberrannten. Beide Autos rasten daraufhin vom Gebäude weg.

Dan lief ins Haus zurück und auf den Empfangsbereich zu.

In der Nähe eines Kellners entstand jetzt ein Tumult, ein Tablett mit Getränken stürzte zu Boden und das Klirren zerspringender Gläser hallte durch den gesamten Raum. Dann ertönte ein Schrei und die Menge teilte sich, als der Kellner durch sie hindurchstürmte.

Dan runzelte die Stirn, blickte über seine Schulter und lauschte den hektischen, abgehackten Meldungen in seinem Ohrhörer.

»Wir haben die Treppe abgesperrt ... er hat versucht, über das Parkhaus zu flüchten ... er kommt direkt auf dich zu!«

Der Kellner schubste Dan aus dem Weg, aber er drehte sich blitzschnell um, um den Mann beim Vorbeirennen zu packen. Doch die Jacke des Mannes entglitt Dan und er setzte seine Flucht durch die Menge fort. Dan fluchte leise, bahnte sich einen Weg durch die Masse und nahm die Verfolgung auf.

Der Kellner blickte sich verzweifelt um und stolperte dabei, doch dann stürmte er weiter durch die aufgeregte Menge und floh aus dem Raum.

Dans Größe verschaffte ihm einen Vorteil, denn so konnte er über die Leute hinwegsehen und beobachten, wie der Mann den Korridor entlang an dem Büro vorbeilief, in dem Brownings Team untergebracht war. Er schubste dabei eine Frau in Richtung der Eingangstüren und damit in Richtung Sicherheit. Ein Mann kämpfte sich bis zu Dan vor, griff nach der Frau und drängte sie vorwärts.

Dan blickte über den Kopf des Mannes hinweg und entdeckte den Kellner, der ihn geschockt mit weit geöffnetem Mund ansah.

Dan erkannte zu spät, was gleich passieren würde.

Während einer von Brownings Sicherheitsleuten unter seine Jacke griff, schrie Dan bereits: »Waffe! Alle runter!«

Schreie gellten durch die Luft, als sich alle Gäste wie ein Mann hinhockten und in Richtung der Lobby krabbelten, während Browning auf den Kellner zusprintete.

Dan zog seine eigene Waffe aus dem Holster, blickte auf den menschlichen Teppich unter sich und sprang dann, während er auf den Wachmann zurannte, über etliche Gäste hinweg. Doch er würde es nicht schaffen.

»Nicht schießen!«, schrie er. »Wir brauchen ihn lebend!«

Doch der Sicherheitsmann hob seine Waffe und richtete sie genau auf den Kellner.

»Nein!«, brüllte Dan.

»Lassen Sie die Waffe unten!«

Er spürte das Echo des Schusses in dem abgeschlossenen Raum einen Sekundenbruchteil früher, als er ihn hörte.

Browning und der Kellner brachen nun in einem Gewirr aus Gliedmaßen auf dem Boden zusammen.

Dan drängelte sich verzweifelt durch die immer größer werdende Menge an Gästen, die jetzt auf die Eingangstüren des Hotels zustürmten. Er blickte über den Kopf einer Frau hinweg und sah, wie der Kellner Brownings bewegungslose Gestalt von sich herunterschob.

Der Mann erhob sich schwankend, schüttelte benommen den Kopf und entdeckte dann Dan, der auf ihn zugestürzt kam. Schnell wandte er sich um und rannte weiter den Korridor entlang.

»Weg da! Aus dem Weg!«, brüllte Dan.

Er erreichte Browning gleichzeitig mit dem Wachmann, der die Waffe abgefeuert hatte. Das Gesicht des Mannes war blass und panisch.

»Ich habe nicht gesehen, dass er angelaufen kam … ich habe auf den Kellner gezielt!«, flüsterte er mit zitternder Stimme.

»Es gab überhaupt keinen Grund, hier wild mit einer Waffe rum zu wedeln«, knurrte Dan. Er hockte sich neben Browning auf den Boden und rollte dessen Körper herum, dann schluckte er schwer, als er den Schaden entdeckte, den die Kugel im Brustkorb des Mannes angerichtet hatte.

»Ist er tot?«, fragte der Wachmann ängstlich und ging ebenfalls in die Hocke.

»Nein«, antwortete Dan, sah Browning aber besorgt an, als er ein gurgelndes Geräusch hörte. Blut begann jetzt zwischen den Lippen des Mannes hervorzusprudeln. Dan drehte den Kopf des Mannes sanft zur Seite und wandte sich an den Wachmann. »Bleiben Sie bei ihm!«

Er richtete sich wieder auf, blickte sich kurz um und starrte dann den Korridor entlang. Aus Richtung der Lobby kamen jetzt zwei Sicherheitsleute direkt auf ihn zu gerannt.

»Folgen Sie mir!«, schrie Dan und deutete den Flur hinunter. »Er ist dort lang!«

Dan sprintete durch den Korridor, stieß eine Notausgangstür auf und stürzte anschließend auf die Treppe zu. Er hielt sich am Treppengeländer fest, während er von einem Absatz zum nächsten sprang. Auf den Etagen über sich hörte er schnelle Schritte, als das Sicherheitsteam ebenfalls die oberen Stockwerke des Hotels verließ und hinter ihm herlief.

In seinem Ohrhörer gellten stakkatoartig Befehle, die er aber mental auszublenden versuchte … er konzentrierte sich jetzt ausschließlich auf diese eine Sache und auf nichts anderes. Darauf, den mysteriösen Kellner zu finden, der es geschafft hatte, die für die Veranstaltung so akribisch geplanten Sicherheitsmaßnahmen einfach auszutricksen.

Dan sprang die letzten vier Treppenstufen mit einem Satz hinunter und schlüpfte dann durch eine offene Notausgangstür. Er blieb keuchend stehen und sein Herz hämmerte zwischen den Rippen, während er auf die Gasse hinter dem Konferenzzentrum starrte.

Links war eine Sackgasse … die Rückseite eines anderen Gebäudes ragte als Backsteinwand vor ihm auf. Er wandte sich nach rechts, wo das offene Ende der Gasse durch rot und blau blinkende Lichter hell erleuchtet wurde. Die Silhouetten zweier Polizisten rannten jetzt auf ihn zu.

»Wo ist er hin?«, wollte Dan wissen und schirmte seine Augen gegen die grellen Lichter der Einsatzfahrzeuge ab.

Er wirbelte herum und überprüfte hektisch die Fassaden der umliegenden Gebäude. Als Brownings Sicherheitsteam durch die Notausgangstür drängte und auf ihn zukam, hörte er plötzlich einen von ihnen aufschreien: »Da ist er!«

Dan reckte den Hals und entdeckte den Kellner nun auch. Er kletterte gerade die Wand in Richtung Dach hinauf, seine Jacke flatterte dabei im Wind. Er steckte seinen Ohrhörer wieder vollständig ins Ohr und aktivierte das Mikrofon. »Wo sind die zusätzlichen Sicherheitsleute für die Dächer?«

Eine Stimme durchdrang kurz darauf das statische Rauschen. »Auf dem Weg.«

Dan spähte erneut nach oben, als der Kellner das Dach des Gebäudes erreichte.

Plötzlich schien der Mann mitten in der Luft stehenzubleiben. Sekundenbruchteile später hallte das Echo eines Schusses durch die Gasse und der Mann wirbelte wild durch die Luft, bevor er hinunterstürzte.

Dan wandte sich ab, musste aber trotzdem mit anhören, wie der Körper direkt neben ihm auf dem Bürgersteig aufschlug. Er zuckte zusammen, sah dann aber doch hin. Der Körper lag mit ausgestreckten Armen und Beinen auf dem Asphalt und unter dem eingedrückten Schädel des Mannes bildete sich bereits eine blutige Pfütze.

Dan blickte zum gegenüberliegenden Dach hinauf. Dort stand ein Scharfschütze, der sein Gewehr lässig zwischen den verschränkten Armen hielt. Als er Dan entdeckte, nickte er ihm einmal kurz zu.

***

Dan blieb neben dem Körper des Kellners stehen, während das Blut aus der zerfransten Austrittswunde über den durchlöcherten Asphalt floss. Er beobachtete, wie der neue Sicherheitschef die Augen schloss und sich mit der Antenne seines Funkgerätes gegen die Stirn klopfte. Schließlich öffnete der Mann die Augen wieder und schaltete das Funkgerät ein.

»Okay«, sagte er und riss Dan aus seinen Gedanken. »Sperrt das gesamte Gebiet ab und wartet auf die Polizei und die Spurensicherung.« Er steckte das Funkgerät an seinen Gürtel zurück und wandte sich nun an Dan.

»Sie können jetzt gehen. Sie werden hier nicht mehr gebraucht.«

Dan runzelte die Stirn. »Moment mal. Ich bin zur Unterstützung hier ... wollen Sie nicht wenigstens abwarten und sich anschauen, was die Überwachungskameras aufgezeichnet haben?« Er deutete auf den Körper des Kellners. »Außerdem müssen wir herausfinden, für wen er gearbeitet hat ...«

Der Sicherheitschef stürzte sich jetzt plötzlich auf ihn, packte seinen Kragen und stieß ihn gegen die Wand des Gebäudes.

»*Ich* habe jetzt hier das Sagen«, zischte er, »und nicht Sie. Hauen Sie bloß ab. Sie sollten hier nur als Beobachter fungieren. Jetzt habe ich eine Leiche und mein Chef ist in einem kritischen Zustand. *Mein* Team wird sich jetzt darum kümmern, nicht Sie!«

Dan befreite sich aus dem Griff des Mannes. »Das ist ein grober Fehler«, knurrte er.

Er drehte dem Mann den Rücken zu und ging dann die Gasse hinunter, dabei holte er sein Handy aus der Tasche, durchsuchte die Kontaktliste, bis er den gewünschten Namen gefunden hatte, und drückte auf den Wählknopf. Am anderen Ende meldete sich leider nur die Mailbox.

Er beendete den Anruf, trat auf die Hauptstraße hinaus und winkte sich leise fluchend ein schwarzes Taxi heran.

KAPITEL 13

:

Malta

Paul Spiteri brachte die Motoren der millionenteuren Jacht aufTouren, während sie durch die Wellen des kleinen Naturhafens brach. Er blinzelte wegen des grellen Lichtes der aufgehenden Sonne und rauchte eine Zigarette, wobei sein wettergegerbtes Gesicht vor Konzentration ganz angespannt war. Paul hustete leise und wedelte den Zigarettenrauch aus dem offenen Fenster neben dem Steuerrad hinaus.

Der Kapitän ließ seinen Blick aufmerksam über die Küstenlinie gleiten, als die Motoren das Schiff von der Küste weg und hinaus ins offene Meer trugen. Während er parallel zu den steilen Klippen fuhr, korrigierte Paul den Kurs etwas und betrachtete liebevoll die vertraute Umgebung. Anders als die weiter nördlich gelegene Küste war dieses Gebiet bisher zum Glück von Mainstream-Touristen verschont geblieben.

Nachdem er die Jacht für seinen neuen Besitzer von den griechischen Inseln abgeholt hatte, hatte Paul zunächst in seinem Heimathafen Marsaxlokk ausreichend Vorräte geladen. Schließlich stand ihm die Mammutaufgabe bevor, die Motorjacht über den Atlantik nach New York zu bringen. Er lächelte und gab in seiner Vorstellung bereits das großzügige Honorar aus, während er die letzten Checks auf dem Boot durchführte. Anschließend würde er zum internationalen Jachthafen von Vittoriosa weiterfahren.

Spiteri steuerte die Motorjacht um einen steilen Felsvorsprung herum, der den Klippen vorgelagert war und die darauf liegende Villa vor unliebsamen Blicken schützte. Als er das Boot nach links in Richtung seines gewohnten

Fischfangplatzes lenkte, fiel ihm die Zigarette aus dem Mund, während er mit weit aufgerissenen Augen auf etwas vor sich starrte.

Zweihundert Meter von der Jacht entfernt versank nämlich langsam ein großer schwarzer Umriss unter der Wasseroberfläche, wühlte dabei die Wellen in seinem Kielwasser auf und verschwand dann in der Tiefe.

Überwältigt von dem Anblick, lenkte Spiteri die Jacht ein wenig näher heran. Er wischte sich den Schweiß aus den Augen. Als er sich der Stelle näherte, verdunkelten die riesigen Felsen über ihm das Sonnenlicht. Spiteri erschauderte unwillkürlich. Er legte den Kopf in den Nacken und blickte die Klippen hinauf. Über ihm tauchten tief eingeschnittene Öffnungen in den Kalksteinfelsen auf; Überreste neolithischer und bronzezeitlicher Siedlungen, die überall entlang der maltesischen Küste zu finden waren.

Er strengte seine Augen an, während die Jacht im Wasser hin und her schaukelte. Paul lehnte sich über den Rand der verchromten Reling, die über die gesamte Länge des Schiffs verlief, spähte in die dunklen Tiefen und versuchte das Objekt zu entdecken.

Dann lief er zum Steuerrad zurück, schaltete die Motoren auf Leerlauf und starrte die über ihm aufragende Felswand an. Es kam ihm so vor, als hätte er einen Schrei gehört. Er beugte sich aus dem Steuerstand und sah angestrengt nach oben, konnte aber nichts entdecken. Deshalb schaltete er die Motoren ab und holte aus seiner Hemdtasche eine weitere Zigarette. Er lehnte sich rauchend gegen den Rahmen des Steuerstandes und blinzelte gedankenverloren in das aufgewühlte Wasser.

Der Schuss trieb ihn rückwärts in das Ruderhaus zurück. Die Kugel durchbohrte seine Schulter und hinterließ eine klaffende Wunde. Die Wucht des Schusses zerfetzte einen seiner Lungenflügel und Paul stürzte zu Boden. Geschockt und vor Schmerzen fast ohnmächtig hielt er sich die Hand vor das Gesicht und starrte entsetzt auf das Blut, das seine Finger bedeckte.

Eine Bewegung in der Felswand erregte nun seine Aufmerksamkeit und Spiteris Blick wanderte flatternd zu einer der Höhlenöffnungen, in der jetzt eine Gestalt zu sehen war. Es war ein großer Mann, der ein Scharfschützengewehr in den Händen hielt, das Gleißen der aufgehenden Sonne funkelte im Zielfernrohr, als der Mann auf ihn herabblickte. Voller Furcht riss Spiteri die Augen auf. Er versuchte noch zu schreien, als der Scharfschütze erneut zielte und einen letzten tödlichen Schuss abfeuerte.

Dann ließ der Mann das Gewehr fallen und griff nach einer Pistole Kaliber 50, die er in der Höhlenöffnung abgelegt hatte. Er zielte damit sorgfältig auf den Rumpf der Motorjacht und jagte unterhalb der Wasserlinie eine Kugel in den Fiberglasrumpf des Bootes.

Mithilfe des Zielfernrohrs kontrollierte der Scharfschütze sein Werk noch einmal. Wie zur Bestätigung begann Wasser in das Boot einzudringen. Als die Jacht immer weiter volllief, fing sie langsam an zu sinken und zog Spiteris Körper mit sich.

Zufrieden sammelte der Scharfschütze seine Waffen ein und verschwand.

***

Der Beamte trat zur Seite, ließ Dan ins Zimmer und schloss dann leise die Tür hinter sich.

Fünf Männer saßen mit grimmigen Gesichtern um einen riesigen ovalen Holztisch herum, der den größten Teil des Raumes ausfüllte.

David wandte sich auf seinem Stuhl um und stand dann auf, um ihn zu begrüßen. »Gutes Timing, Dan. Nimm dir einfach einen freien Stuhl. Den Vize-Admiral hast du ja bereits kennengelernt, ebenso Scheich Masoud Al-Shahiri und den Vertreter des Verteidigungsministers, Hugh Porchester.«

Dan schüttelte den Männern die Hände und suchte sich einen Platz, von dem aus er die Tür im Blick hatte.

David setzte sich wieder und fuhr fort: »Der Gentleman zu meiner Rechten ist Richard Fletcher, der für unsere Regierung Studien durchgeführt hat, die die Sicherheit der Energieversorgung im Vereinigten Königreich betreffen.«

Dan schüttelte auch Fletcher die Hand.

»Was gibt es Neues?«

David deutete auf einen großen LED-Fernseher am Ende des Raumes. Darauf liefen in einer Endlosschleife Nachrichten über die Katastrophe im Hafen von Ras Laffan. Gerade wurden die Aufnahmen eines Hubschraubers gezeigt, der über dem havarierten LNG-Tanker und dem brennenden Pier schwebte. »Schau selbst.«

Dan warf einen Blick auf den Fernsehbericht und dann auf den Scheich. »Ist Ihnen irgendetwas zu der Nachricht eingefallen, die Sie letzte Nacht erhalten haben?«

Der Scheich nickte unglücklich. »Es scheint so, als ob meine Feinde wirklich nicht wollen, dass ich einen Vertrag mit Ihrer Regierung abschließe, Mr. Taylor.« Er zog ein Taschentuch aus der Tasche und wischte sich die Stirn ab.

»Wissen wir inzwischen denn schon etwas über den Kellner?«, fragte Dan.

David nickte und reichte ihm ein Foto über den Tisch. »Ibrahim Abbas. Geboren in der Provinz Markazi, im Iran. 1978, als die Revolution begann, zog er als Zehnjähriger mit seinen Eltern hierher, 1992 hat er schließlich die britische Staatsbürgerschaft erworben.«

Dan runzelte die Stirn. »Wie zum Teufel ist er in die Sache reingeraten?«

»Er arbeitet seit zwei Jahren für das Hotel«, antwortete David und studierte seine Notizen. »Keine Vorstrafen, nicht einmal ein Bußgeld wegen Falschparkens.«

»Könnte er erpresst worden sein?«, meinte der Admiral.

»Ich habe die Aussage seiner Frau vorliegen, dass er gern Karten gespielt hat«, stimmte ihm David zu. »Vielleicht hat man ihn ja mit einem finanziellen Anreiz gelockt.«

»Möglicherweise ist er genau deshalb ausgewählt worden«, überlegte Dan.

»Was meinst du damit?«

»Nun, die Iraner konnten nicht selbst an der Gala teilnehmen«, antwortete Dan, »also schickten sie vielleicht einen Boten.«

»Ohne entsprechende Beweise ist das aber eine ziemlich wilde Behauptung«, warf Porchester ein und hob warnend den Finger. »Zweifellos sollten wir in dieser Sache keine voreiligen Schlüsse ziehen.«

»Das könnte mich für immer ruinieren«, flüsterte Al-Shahiri stöhnend. »Der Ruf meiner Familie ...« Er verstummte.

»Bei allem Respekt, Scheich«, fuhr Porchester fort, »wir sollten nicht davon ausgehen, dass dies der Fall ist, bevor wir nicht alle anderen Möglichkeiten genau untersucht haben.«

»Es wirkt tatsächlich sehr umständlich«, gab David zu. Er wandte sich an Al-Shahiri. »Wie lange wird die Flüssiggasversorgung durch diesen Vorfall unterbrochen?«

Der Scheich schüttelte den Kopf. »Das hängt ganz davon ab, wie lange es dauert, den Tanker zu bergen und sicherzustellen, dass sich im Hafenbereich keine weiteren Teile mehr befinden, die andere Schiffe beschädigen könnten.«

Er seufzte. »Inzwischen fangen unsere Kunden bestimmt schon damit an, die Formulierungen unserer Exportverträge genauestens zu prüfen, um uns die Lieferverzögerungen in Rechnung stellen zu können. An der Hauptmole des Hafens warten bereits drei LNG-Supertanker … ihre Besitzer haben garantiert schon mit ihren Versicherungsgesellschaften darüber gesprochen, weil sie wegen der Verzögerungen Geld verlieren. Wir haben noch einen voll beladenen Tanker im Hafen, der auf Beschädigungen überprüft werden muss. Immerhin konnten wir vor dem Angriff noch einen Q-Max-Tanker aus dem Hafen schaffen und auf den Weg nach Großbritannien schicken.«

»Wenn ich kurz unterbrechen dürfte«, warf Fletcher ein, »wir haben uns die Wetterprognosen für die nächsten drei Monate angesehen und darauf basierend werden die derzeitigen Gasreserven des Vereinigten Königreichs eine längere Unterbrechung der Lieferkette nicht auffangen können. Die Nachfrage nach einer ausreichenden Menge Gas für die Industrie und die Haushalte wird immens werden.«

David sah ihn über den Tisch hinweg an. »Wie schlimm könnte es werden, Richard?«

Der andere Mann schaute auf seine Hände und Dan hörte ihn leise seufzen, bevor er antwortete: »Ausgehend von der Situation, die wir vor einigen Jahren hatten, als es bereits massive Versorgungsengpässe gab, müssen wir mit einem signifikanten Verlust an Menschenleben rechnen … vor allem bei der älteren Bevölkerung und bei jenen, die von den Ärzten als gefährdet eingestuft werden. Menschen, die eine Lungenentzündung oder Ähnliches haben. Aufgrund des kalten Wetters ist es außerdem sehr wahrscheinlich, dass die Anzahl der Erkältungs- und Grippefälle zunehmen wird, und in diesem Fall müssten wir auch bei den jüngeren Bevölkerungsgruppen mit Todesfällen rechnen.«

Dan schüttelte den Kopf. »Wir halten es für selbstverständlich, dass unsere Häuser jedes Mal warm werden, wenn wir einfach einen Schalter betätigen«, sagte er. »Es scheint unvorstellbar, dass wir mit einer solchen Krise konfrontiert werden könnten.«

»Die Rationierung müsste schon innerhalb der nächsten Tage beginnen«, fuhr Fletcher fort. »Wir können schließlich nicht vorhersagen, wie lange Ras Laffan außer Gefecht gesetzt sein wird.«

Porchester gab dem Beamten, der an der Tür stand, ein Zeichen. »Ich werde meine Abteilung ein paar Anrufe machen lassen. Wir könnten die Tunesier bitten, uns einen Tanker zu überlassen. Das würde uns zumindest etwas Zeit verschaffen.«

Leise erteilte er dem Beamten einige Anweisungen, der daraufhin kurz nickte, ehe er aus dem Zimmer eilte.

Dan beugte sich vor. »Wir sollten ein Team zusammenstellen, das die Berichte der vorläufigen Untersuchungen überprüft. Mir war bisher nur bekannt, dass Schiffe dieser Größe in einem Hafen auseinanderbrechen können, wenn sie bis oben hin mit Erz beladen sind. Ich habe noch nie von einem leeren Tanker gehört, der einfach so im Hafen untergeht … oder wissen Sie mehr als ich?« Er wandte sich an den Vize-Admiral, der den Kopf schüttelte.

»Es ist tatsächlich außergewöhnlich. Ich werde Sie bei dieser Untersuchung unterstützen … im Moment können wir Sabotage nämlich nicht ausschließen. Derzeit sind zwei unserer Zerstörer im Atlantik unterwegs. Sie sollen sich dort mit dem Q-Max-Tanker treffen … das sollte jeden Angriff auf hoher See verhindern.«

Dan nickte. »Es könnte sein, dass dies gar kein persönlicher Angriff gegen den Scheich war, sondern einer, der auf die Energieversorgung Großbritanniens abgezielt hat. Falls es kein Unfall gewesen sein sollte, hätten die Täter das Vereinigte Königreich in eine äußerst angreifbare Lage gebracht.«

Porchester wurde blass. »Werden Sie nicht albern! Ich kann doch nicht zum Premierminister zurückgehen und ihm erzählen, dass dieses Land mithilfe eines Schiffs, das in einem Hafen versinkt, angegriffen wird! Der Scheich hat recht ... das ist ein lokales Problem, das nichts mit Großbritannien zu tun hat.« Er stand auf. »Die ganze Angelegenheit tut mir wirklich sehr leid, Scheich, glauben Sie mir, aber das sind Verschwörungstheorien, mehr nicht.« Er wandte sich an David. »Senden Sie mir bitte eine Kopie der Berichte, sobald Sie diese erhalten haben. Anschließend berufen Sie ein erneutes Treffen ein und wir unterhalten uns darüber, was *tatsächlich* passiert ist und was Sie dagegen unternehmen werden.«

Porchester stapfte wütend durch den Raum, riss die Tür auf und knallte sie lautstark hinter sich zu.

»Nun«, sagte Dan. »Das war äußerst hilfreich.«

Der Scheich schüttelte den Kopf. »Ich bin nur froh, dass unsere Computersysteme vor achtzehn Monaten aufgerüstet worden sind«, murmelte er, »denn ansonsten hätte dieses Unglück noch viel schlimmer ausfallen können.«

Dan schaute den Mann an und bemerkte, dass dessen Gesicht von Sorgenfalten durchzogen war. »Ein Upgrade?«

Der Scheich lächelte kurz. »Ein britischer Ingenieur ist während einer Energiekonferenz in Dubai auf uns zugekommen. Er hatte ein Computerprogramm entwickelt, das man auf unser bereits vorhandenes Kontrollsystem aufsetzen konnte. Bei einem Notfall würde es einem einzelnen Systembenutzer im Hauptkontrollraum erlauben, die gesamte Anlage zu kontrollieren.«

Dan runzelte die Stirn. »Auf welche Art?«

»Seine Software fragt permanent Daten aus dem System ab und erkennt ein auftretendes Problem punktgenau und innerhalb von Sekunden. Anschließend schützt sie die Anlage, indem sie selbstständig Ventile und Leitungen um den Problembereich herum schließt und isoliert.« Der Scheich hielt inne. »Und nicht nur das«, fuhr er fort und senkte dabei die Stimme, »er war sich auch unserer Befürchtungen hinsichtlich bestimmter Viren bewusst, die im

Nahen Osten verbreitet werden … Software-Attacken auf Versorgungsunternehmen und dergleichen. Sein Programm ist außerdem darauf ausgelegt, diese Viren aufzuspüren und sie in Echtzeit unschädlich zu machen … was es auch getan hat, als der Virus versucht hat, das System anzugreifen.« Der Scheich blickte kurz zu der Reportage hoch, die lautlos auf dem an der Wand montierten Bildschirm wiederholt wurde, und schaute dann zurück zu Dan. »Einzig und allein sein System hat unsere Anlage vor der vollständigen Zerstörung bewahrt.«

Dan lehnte sich in seinem Stuhl zurück und sah David stirnrunzelnd an, der bereits sein Handy herauszog. »Wie lautete der Name des Ingenieurs?«

***

»Grant Swift«, begann der Analytiker. »Geboren im Mai 1974 in Bristol. Zur Schule gegangen im Tudor House in Berkshire, erhielt außergewöhnlich gute Noten und wurde 1992 am Churchill College in Cambridge aufgenommen, wo er Computerprogrammierung und Physik studierte.«

Der Analytiker hielt inne und blätterte zur nächsten Seite des Berichts. Er räusperte sich und beging dann den Fehler, Dan anzuschauen, der ihn finster anstarrte und mit den Fingern auf dem Tisch trommelte.

»Ähm«, stotterte der Analytiker, »Mr. Swift hatte damals offensichtlich einen Job bei IBM in London angenommen, wo er acht Jahre gearbeitet hat, bevor er gekündigt hat und seine eigene Beratungsfirma gründete.«

Der Scheich schnippte ungeduldig mit den Fingern. »Ja, ja. Das weiß ich alles. Ich habe Mr. Swifts Referenzen von meinen eigenen Leuten gründlich überprüfen lassen, bevor wir ihm einen Vertrag angeboten haben.« Er zuckte mit den Schultern und griff nach seinem Wasserglas.

Der Analytiker errötete, sah David an, fuhr dann aber fort: »Die ersten beiden Jahre als selbstständiger Berater arbeitete Mr. Swift verdeckt für das Zentrum zum Schutz der nationalen Infrastruktur.« Er hielt inne und zog bei dem Geräusch, das Al-Shahiri verursachte, als er sich an seinem Wasser verschluckte, eine Augenbraue hoch.

»Das wussten wir nicht«, stammelte der Scheich in seine Serviette hinein.

David unterdrückte ein Lächeln und gab dem Analytiker ein Zeichen, weiterzumachen.

»Es ist wahrscheinlich, dass Mr. Swift während dieser Zeit die CPNI bei Untersuchungen zur Abwehr von Malware und DDoS-Attacken unterstützt hat.«

»Warten Sie«, unterbrach ihn Dan und lehnte sich nach vorn. »*Was?*«

»Computer-Hacking und Attacken, die das System durch Überlastung angreifen«, antwortete der Analytiker. »Außerdem hindert es Angreifer daran, in die Computer von Organisationen und Verwaltungen einzudringen und die Kontrolle zu übernehmen.«

Dan lehnte sich in seinem Stuhl zurück. »Nun, zumindest wissen wir jetzt, wo die Idee herstammt, ein Programm zu entwickeln, das Computer vor solchen Dingen schützt … und auch warum er entführt wurde, oder?« Er sah sich am Tisch um und blickte dann auf den Analytiker, der ihn fassungslos anstarrte, während sich sein Mund lautlos öffnete und schloss.

Dan grinste. »Entschuldigung, habe ich Ihnen etwa gerade die Überraschung verdorben?«

KAPITEL 14

:

Malta

Hassan durchquerte die Villa, wobei seine Schritte im Wohnbereich widerhallten, als er durch die Zimmer ging. Die weißen Wände reflektierten die Wintersonne, die durch teilweise geöffnete Fenster hereinschien und Schattenspiele auf die gefliesten Böden warf. Eine leichte Brise wehte durch das Gebäude, unterstützt von langsam drehenden Deckenventilatoren.

Er atmete den angenehmen Duft von Jasmin ein. Von der Rückseite des Hauses her hörte er aus der Küche eine laute Unterhaltung, die offensichtlich während der Zubereitung des Mittagessens geführt wurde. Er lächelte, genoss die Atmosphäre und die Tatsache, dass seine Pläne langsam, aber sicher alle aufgingen.

Als er in einen breiten Flur einbog, verlangsamte er sein Tempo, schritt über einen dekorativen Teppich und näherte sich dem Arbeitszimmer. Er zog den Pullover, der er lässig über seine Schultern gelegt hatte, über dem marineblauen Poloshirt zurecht und schob die Hände in die Taschen seiner beigefarbenen Hose, dann nickte er dem Bodyguard zu, der vor der schweren holzgetäfelten Tür stand und dort wartete. Der Mann machte nun einen Schritt zur Seite, stieß die Tür auf und gab Hassan mit gesenktem Kopf respektvoll den Weg frei.

Hassan ging daraufhin zu einem Schreibtisch hinüber, der neben den Terrassentüren stand. Er streckte die Hand aus und berührte einen Aktenkoffer, der auf dem Schreibtisch abgestellt worden war. Er hob ihn auf und fühlte das

Gewicht in seinen Händen. Hassan schloss die Augen und dachte: *Das ist eine Investition.*

Er blickte zu Mustapha hinüber, der geduldig an den Terrassentüren auf ihn wartete und über die karge Landschaft blickte.

Der Zweite der beiden Leibwächter wartete auf Hassans Signal und schob nun die getönte, verglaste Terrassentür auf. Hassan schloss die Augen, genoss die sanfte Meeresbrise, die von den nahegelegenen Klippen hereinwehte, und hob sein Gesicht der Sonne entgegen, die am blauen Himmel gerade im Zenit stand.

Er senkte sein Kinn wieder, öffnete die Augen und blickte in die öde Landschaft hinaus. Auf der Farm war schon lange nichts Brauchbares mehr angebaut worden und viele Nebengebäude waren infolge der jahrelangen Vernachlässigung verfallen. Trotzdem würden die Steinmauern, die vor hundert Jahren von geschickten Steinmetzen errichtet worden waren, wahrscheinlich auch dann noch stehen, wenn Hassan das Anwesen schon lange nicht mehr nutzte.

Er wog den Aktenkoffer noch einmal in seiner Hand und trat dann auf die Steinplatten der Terrasse hinaus, dort zog er in einer fließenden Bewegung die Sonnenbrille vom Kopf und über seine Augen.

Eine Pagode beschattete einen Sitzplatz im Garten, der nahe beim Haus lag. Kletterpflanzen, die sich auf dem Holzrahmen ausgebreitet hatten, boten einem schmiedeeisernen runden Tisch und vier Stühlen natürlichen Schatten. Zwei der Stühle waren momentan leer, denn ihre Nutzer standen außerhalb des Schattens auf der linken Seite, rauchten Zigaretten und unterhielten sich lebhaft miteinander.

Die anderen Stühle waren von einem Mann belegt, der in einem von ihnen saß und lässig seine Beine auf dem anderen ausstreckte. Während ein träges Lächeln über seine Lippen spielte, beobachtete er die beiden Männer bei ihrer

Unterhaltung. Als er Hassan näherkommen hörte, wandte er seinen Kopf um und sah zu seinem Gastgeber hoch.

»Ist alles in Ordnung?«

Hassan nickte und stellte den Aktenkoffer auf den Tisch. »Ihr Geld ist hier drin.«

Der Mann lächelte, drehte sich zu den beiden Rauchern um und winkte sie zu sich heran. Sie nickten, traten ihre Zigaretten auf den Steinplatten aus und kamen langsam auf ihn zu. »Sie sind nicht beleidigt, wenn wir es nachzählen?«

Hassan schüttelte den Kopf. »Ich bin ein ehrbarer Mann, Mr. Ivanov, aber nein, ich werde nicht beleidigt sein.«

Er wartete, als Dimitri Ivanov den Aktenkoffer herumschwenkte, einen Blick auf das Zahlenschloss warf, kurz zu Hassan aufschaute, lächelte und dann den Aktenkoffer öffnete. »Wenn Sie so ehrenwert sind, Hassan, woher kennen Sie dann meinen persönlichen Zahlencode?«

Hassan zuckte mit den Schultern. »Ich mag es einfach, zu wissen, mit wem ich es zu tun habe.«

Ivanov schüttelte seinen Kopf und lachte. »Ich glaube, ich sollte meine Passwörter lieber ändern.« Er schob seinen beiden Kollegen den Aktenkoffer hin. »Ihr wisst, was zu tun ist.«

Die Männer zogen sich daraufhin Stühle heran und begannen, die Geldscheine methodisch durchzuzählen, wobei sie die Bündel mit den hundert Dollar-Noten neben sich stapelten, während sie sich durch den Koffer arbeiteten.

»Laufen wir doch ein paar Schritte«, schlug Hassan vor, drehte sich um und ging über die Terrasse auf eine kurze Treppe zu.

Ivanov richtete sich auf, wobei er scharf Luft holte, als seine Knie knackten, und folgte ihm.

Die beiden Männer verließen nun den Bereich des Hauses und des ungepflegten Gartens. Ivanov holte Hassan ein und die beiden gingen schweigend weiter. Sie blieben in der

Nähe eines Nebengebäudes stehen, das im Vergleich zu den anderen anscheinend erst vor Kurzem repariert worden war.

»Gab es irgendwelche Probleme?«

Ivanov blickte auf die neuen Türen und Schlösser, die metallisch in der Sonne leuchteten. »Keine. Ihr Kontakt bei der iranischen Marine hat eine Fregatte mit dem Vorwand abgelenkt, die gemeldete Sichtung eines amerikanischen Schiffes zu untersuchen, und wir übernahmen daraufhin die Kontrolle über ihre Torpedos auf hoher See. Es war ein Manöver wie aus dem Lehrbuch.«

»Und wie wird er ihr Verschwinden erklären?«

»Hoffentlich geschickt. Er wurde schließlich äußerst großzügig für seine Hilfe bezahlt ... und meine Kontakte werden seine Familie dazu benutzen, um ihn bei Bedarf an seine Verpflichtungen Ihnen gegenüber zu erinnern.«

Hassan nickte. »Bei der Passage durch den Suezkanal gab es keine Beschädigungen?«

Ivanov schüttelte den Kopf. »Keine. Wir haben Ihre Anweisungen genau befolgt und uns an einen großen tunesischen Frachter gehangen, um unser Vorankommen zu verschleiern. Wir sind früher aufgetaucht und haben den Rumpf überprüft ... er hält sich gut.«

Hassan lächelte. »Die Israelis werden schockiert sein, wenn sie feststellen, dass sie nicht die Einzigen sind, die erfolgreich durch den Kanal manövrieren können.«

»Normalerweise haben sie dabei doch die Unterstützung der Ägypter, oder?«

Hassan winkte ab. »Das ist vollkommen egal. Es ist erledigt.« Er deutete mit dem Kinn auf das Gebäude und überreichte dem Kasachen eine Reihe von Schlüsseln. »Alles, was Sie und Ihre Männer brauchen, befindet sich dort drin. Die restlichen Vorräte sind im Keller der Hauptvilla.«

Ivanov nickte.

»Und wie transportieren wir das alles?«

»Es gibt einen Durchgang vom Keller zur Bucht. Ein Geschenk der Schmuggler, die sich in dieser Gegend herumgetrieben haben.«

»Wir fangen sofort damit an.«

»Es wird wahrscheinlich ein paar Nächte dauern, bis Sie alles vorbereitet haben.« Hassan drehte sich zu dem Mann um, legte ihm die Hand auf die Schulter und drückte diese dann. »Ich muss noch einmal kurz nach England zurückkehren, aber ich bin wieder da, bevor Sie abreisen. Es wäre mir eine Ehre, sie so lange hier als meine Gäste bewirten zu dürfen, bis es Zeit für ihren Aufbruch ist.«

Der andere Mann nickte. »Und es wäre uns eine Ehre, die Einladung zu akzeptieren.«

»Gut.« Hassan wandte sich vom Gebäude ab und ging durch das ausgedörrte Gras zum Haus zurück.

»Hassan?«

Er blieb stehen und drehte sich stirnrunzelnd um. »Was?«

Ivanov war an der Stelle stehen geblieben, an der sie geredet hatten, und warf die Schlüssel nun von einer Hand in die andere. »Was ist für Sie dabei drin?«

Hassan legte nachdenklich den Kopf zur Seite. »Genugtuung«, antwortete er schließlich, drehte sich um und setzte sich lächelnd erneut in Bewegung, während er den anderen Mann loslaufen hörte, um wieder zu ihm aufzuschließen.

»Genugtuung«, murmelte er vor sich hin und hob den Kopf, um einen Falken zu beobachten, der in den Luftströmungen über den Klippen schwebte.

KAPITEL 15

:

London

Dan wischte sich mit der Hand über die Augen, starrte mürrisch vor sich hin, als er die Stoppeln auf seinem Gesicht spürte, seufzte und lehnte sich dann in seinem Ledersessel zurück.

»Lass es noch einmal ablaufen.«

Die Frau neben ihm schob ihre Brille hoch, beugte sich vor und klickte mit dem Cursor auf die Schaltfläche für die Wiedergabe. »Wie oft haben wir das jetzt gemacht?«

»Ich habe aufgehört zu zählen, nachdem wir zweistellig geworden sind.« Er runzelte die Stirn. »Gibt es noch einen anderen Kamerawinkel, den wir ausprobieren könnten … vielleicht von der Backbordseite und nicht von der Mole aus?«

Die Frau raffte ihre langen roten Haare zusammen, griff auf dem Schreibtisch nach einem Stift, mit dem sie ihre Locken am Hinterkopf feststeckte und verhinderte so, dass ihr die Strähnen immer wieder ins Gesicht fielen. Nachdem das erledigt war, begann sie die Liste der Überwachungskameras zu durchsuchen, die um die Ras Laffan Anlage herum installiert worden waren.

»Du weißt aber schon, dass ich meine erstaunlichen analytischen Fähigkeiten auch dafür nutzen könnte, um David zu helfen, und du das hier selbst machen könntest?«

»Vier Augen sehen nun mal mehr als zwei, Philippa«, erklärte Dan. »Dir entgeht selten etwas, und genau deswegen hängst du hier mit mir fest.«

»Huh.« Philippa fand die Aufnahme, nach der sie gesucht hatte, und klickte auf Abspielen.

Sie starrten nun schweigend auf die inzwischen vertraute Szene … der von Flutlichtlampen erhellte Hafen, der LNG-Tanker, der an der Mole angelegt hatte und dessen gewaltige Masse sich vor der dahinter liegenden Beleuchtung als Silhouette abzeichnete.

Dan trommelte während des Zuschauens ungeduldig mit den Fingern auf den Tisch, sein Blick glitt auf der Jagd nach irgendeinem Anhaltspunkt ständig hin und her.

»Wonach suchst du eigentlich genau?«, fragte Philippa und unterdrückte ein Gähnen.

Dan hielt einen Bericht in die Höhe, während er der Aufzeichnung weiter seine volle Aufmerksamkeit schenkte. »Einer der Ingenieure im Hafen hat gemeldet, er hätte gesehen, wie das Schiff direkt vor der ersten Explosion kurz aus dem Wasser gehoben wurde«, sagte er. »Für mich klingt das entweder nach einem Sprengsatz am Schiff oder an der Mole … oder nach einem Torpedo.«

Philippa nickte, rückte etwas näher an den Bildschirm heran und starrte gebannt darauf. Beide schrien gleichzeitig auf.

»Stopp die Aufnahme!« Dan beugte sich vor und deutete auf den Monitor, sein Finger stach auf das Bild des Schiffes ein, auf dem als Momentaufnahme der Beginn einer Explosion zu sehen war.

Philippa spulte ein paar Sekunden zurück und arbeitete sich dann Bild für Bild durch die Aufnahme.

»Da!« Dan deutete mit dem Finger auf das Wasser, in dessen schwarzen Tiefen sich die Hafenbeleuchtung widerspiegelte.

Die Analytikerin runzelte die Stirn. »Was müsste ich denn da gerade sehen?«

Dan fuhr mit seinem Finger die Wasserlinie vor dem Schiff entlang. »Siehst du, wie das Wasser an dieser Stelle auf einmal anders ausschaut als die regulären Wellenbewegungen?«

Philippa nickte.

»Und jetzt weiter … Bild für Bild … bis zur Explosion. Dann wirst du den Aufschlagpunkt sehen können«, erklärte Dan.

Philippa folgte seiner Anweisung und beobachtete mit offenem Mund, wie Dans Finger die Spur eines Torpedos nachvollzog, der auf das Schiff zusteuerte. Den Bruchteil einer Sekunde später gab es eine kurze Pause, gefolgt von einem blendend weißen und gelben Blitz, als der Rumpf aufplatzte.

Sie drehte sich um und starrte Dan schockiert an. »Heiliger Strohsack.«

»Kannst du ein paar Standfotos davon machen?«, fragte er.

»Natürlich. Möchtest du sie ausgedruckt haben oder per E-Mail versenden?«

»Verschick sie per E-Mail an den Vize-Admiral, um zu sehen, was der davon hält. Ich denke, wir können davon ausgehen, dass ein U-Boot eingesetzt wurde, aber ich hätte gern seine Meinung dazu.«

Philippa nickte und strich mit den Fingern über ihre Tastatur. »Okay, ist erledigt … und was jetzt?«

»Lass die Aufnahme weiterlaufen«, antwortete Dan. »Im Protokoll des Gesprächs mit dem Ingenieur steht, dass es einige Augenblicke später eine zweite Explosion gegeben hat.«

Sie richteten ihre Aufmerksamkeit wieder auf den Bildschirm und starrten schweigend darauf. Keiner von ihnen bemerkte, dass sie in Erwartung des nächsten Aufschlages instinktiv den Atem anhielten. Als die Digitalanzeige fast zwei Minuten nach der ersten Explosion weitergezählt hatte, ließ eine zweite Explosion die bereits brennende Mole aufleuchten.

»Da!«, rief Philippa. Sie hielt die Aufzeichnung an und deutete auf die dunkle Wasseroberfläche, dann lehnte sie sich in ihrem Stuhl zurück und lächelte. »Erwischt.«

Dan runzelte die Stirn und starrte auf das eingefrorene Bild auf dem Monitor. »Es ist wohl an der Zeit, dass der Scheich ein Taucherteam zusammenstellt, das einen genaueren Blick auf den Schiffsrumpf wirft.«

Philippa beugte sich vor und griff nach dem Telefon. »Noch besser wäre es, wenn ich selbst eines zusammenstelle«, meinte sie. »Wenn es dort unten irgendwelche Sprengstoffspuren gibt, möchte ich nämlich, dass sie sofort zur Analyse zu uns geschickt werden, damit wir feststellen können, womit wir es genau zu tun haben.«

»Oder mit *wem*«, murmelte Dan. Er stand auf und klopfte Philippa dabei auf die Schulter. »Gute Arbeit.«

Philippa nickte lächelnd, während sie die Befehle bereits telefonisch an ihr Team weitergab.

KAPITEL 16

Dan betrat den Konferenzraum und die Beleuchtung schaltete sich automatisch ein, als er zum Tisch ging und den Papierstapel auf die Holzoberfläche fallen ließ.

Mitch folgte ihm, in jeder Hand einen Kaffeebecher und eine aufgerollte Karte unter dem Arm. Er trat die Tür hinter sich zu, reichte Dan einen Kaffee, warf die Karte auf den Tisch und begann, die Unterlagen zu durchforsten. »Womit willst du anfangen?«

Dan runzelte die Stirn, während er ein Dokument durchblätterte. »Der Admiral hat ein paar Telefonate geführt. Das hier sind Abschriften von Anrufen, die in den letzten zwei Jahren bei der Polizei eingegangen sind und in denen Leute etwas Verdächtiges gemeldet haben, das die nationale Sicherheit bedrohen könnte.« Er trank einen Schluck Kaffee. »Wir werden das hier alles durchgehen müssen. Schau, ob irgendetwas deine Aufmerksamkeit erregt und zu dem passen könnte, was wir bisher herausgefunden haben … alles, was auch nur seltsam erscheint. Folge einfach deinem Bauchgefühl.«

Mitch nickte. »Okay.« Er zog sich einen Stuhl heran, griff nach einem Bericht, legte die Füße auf den Tisch und begann zu lesen.

Dan spazierte um den Konferenztisch herum, während er ein Dokument weglegte und ein anderes auswählte, das er während des Gehens las. Sein Blick überflog eine Seite, dann blätterte er zur nächsten.

Die Berichte waren eine Mischung aus Abschriften von Anrufen, die von den Sicherheitsbehörden im Rahmen von Überwachungsmaßnahmen mitgeschnitten worden waren und die Aufmerksamkeit der Behörden erregt hatten, ohne allerdings Sofortmaßnahmen zu erfordern und von Anrufen aus der Öffentlichkeit, die direkt bei den Sicherheitsbehörden oder der Polizei gelandet waren, und bei denen es um verdächtige Aktivitäten ging. Viele der Fälle waren bereits von der Polizei oder den Sicherheitsbehörden untersucht und als nicht dringend eingestuft worden. Andere blieben so lange offen, bis eine tatsächliche Bedrohung festgestellt werden konnte.

Im Laufe des Morgens wuchs der Stapel der überprüften Protokolle und Dan spürte, wie die Worte mehr und mehr miteinander verschmolzen und auf den Seiten verschwammen. Er blickte zu Mitch hinüber, der einen ähnlich gelangweilten Gesichtsausdruck zeigte. »Schon Glück gehabt?«

»Nein, und ich glaube, ich habe gerade den gleichen Absatz dreimal hintereinander gelesen.«

Dan seufzte und senkte das Dokument, das er gerade kontrollierte. Er warf einen Blick auf seine Uhr. »Wenn wir keine Pausen einlegen, besteht die Gefahr, dass wir irgendetwas Wichtiges übersehen. Bist du nicht mit dem Mittagessen dran?« Abwesend wandte er sich der nächsten Seite zu und überflog die ersten Zeilen.

»Mitch?« Dan sah zu seinem Kollegen hinüber, der ganz gebannt auf den Bericht starrte, den er gerade durchlas »Alles okay bei dir?«

Mitch nickte langsam. »Uh-huh.«

»Was ist los?«

Ein Lächeln breitete sich langsam auf dem Gesicht des anderen Mannes aus. »Ich glaube, ich habe etwas gefunden.« Er legte den Bericht, den er gerade studiert hatte, auf den Tisch und schob ihn in Dans Richtung. »Was denkst du?«

Dan griff danach. Als seine Augen den Text überflogen hatten, begann sein Herz zu rasen. Er sah zu Mitch hinüber und grinste. »Ich denke, wir werden wohl einen

Museumsbesuch machen müssen und du kannst uns unterwegs etwas zu Essen kaufen.«

Omanische Botschaft, London

Hassan Nazari hörte auf zu schreiben und blickte hoch, als laut an die Tür seines Privatbüros geklopft wurde.

»Herein«, rief er und steckte den Füllfederhalter in sein goldenes Etui zurück. Er tupfte die Seite sorgfältig ab, warf einen Blick auf das Diplomatensiegel in der Kopfzeile und steckte das Blatt in einen schlichten weißen Umschlag, den er unter die Schreibtischunterlage schob. Als sich die Tür öffnete, verschränkte er die Arme auf dem Schreibtisch und wartete gespannt.

Ein großer Mann betrat den Raum. Er war extrem dünn; sein Körper füllte kaum das blassgraue Jackett und die Hose aus, die er trug, und sein weißes Hemd verbarg eine krankhaft gewölbte Brust. Sein Gesicht wirkte hoch konzentriert, was die leichten Zornesfalten über seinen Augen noch vertiefte.

Als er sich dem Schreibtisch näherte, konnte Hassan den rasselnden Atem des Mannes hören und erschauerte. Für so viele Menschen war dieses Rasseln das letzte Geräusch, das sie gehört hatten. Aus Höflichkeit stand er auf, um seinen Besucher zu begrüßen. Er ging um den Schreibtisch herum, legte die Hände auf die Arme des größeren Mannes und drückte sie sanft.

»Es ist schön, dich zu sehen«, log er. Obwohl der Mann für ihn nützlich war, verabscheute Hassan Fahd Baqir. Nicht nur, dass er größer war als er, er war das personifizierte Böse … Hassan hätte schwören können, dass es dem Mann aus jeder einzelnen Pore sickerte. »Deine Lungen wollen heute nicht so richtig?«

Der Mann schüttelte den Kopf, prustete leicht und zog dann ein Taschentuch aus seiner Jackentasche. Er hustete hinein und starrte seinen Gastgeber an.

»Dieses verdammte kalte und feuchte Wetter, Hassan«, knurrte er. »Warum um alles in der Welt hast du mich hierhergeschickt?«

Hassan runzelte die Stirn. »Weil ich mich wegen der neuen Vereinbarungen pro Einreise nur noch sehr kurz im Land aufhalten darf. Dir hingegen wurde Asyl gewährt, deswegen ist es für dich viel einfacher, herumzureisen.«

Er deutete auf einen Stuhl vor seinem Schreibtisch, und Baqir ließ sich hineinsinken, wobei er allerdings das Gesicht verzog.

Hassan setzte sich auf seinen eigenen Bürostuhl und hob eine Augenbraue.

»Rheumatismus«, spie Baqir aus. »Je früher ich wieder in ein wärmeres Klima komme, desto besser.«

Hassan lächelte wohlwollend. »Es dauert nicht mehr lange. Erzähl mir«, sagte er, während er sich nach vorn beugte und sein Lächeln verschwand, »welche Fortschritte du gemacht hast.«

Baqir seufzte und antwortete dann mit einem bronchialen Keuchen. »Es ist sehr schwierig, Fortschritte zu erzielen, wenn du mir verbietest, meine erfolgreichsten Techniken anzuwenden.«

Hassan schüttelte den Kopf. »Das ist leider nicht möglich, Baqir. Wir haben das doch gleich zu Anfang diskutiert. Wenn etwas schiefläuft und er stirbt, sind wir verloren. Er ist ein Zivilist, kein Soldat. Ein Verhör über eine bestimmte Zeit und Intensität hinaus ist zu belastend für ihn, also können wir stattdessen nur mit ausgesuchten Methoden arbeiten.« Er lehnte sich zurück. »Also, was hast du?«

Baqir hob beschwichtigend die Hand, erhob sich langsam von seinem Stuhl und schlurfte zur Tür. Er öffnete sie, sprach kurz mit jemandem, der draußen wartete, und schloss sie dann wieder.

Während Baqir zum Schreibtisch zurückkehrte, bemerkte Hassan einen ramponierten Aktenkoffer in seiner Hand. Als sich der ältere Mann hinsetzte und den Koffer zwischen ihnen auf den Schreibtisch legte, deutete er darauf. »Ist das seiner?«

Baqir nickte. »Ja, aber wir haben nichts Brauchbares darin gefunden.« Er zeigte auf die Schlösser und schob den Koffer näher an Hassan heran. »Öffne ihn. Der Koffer ist nicht abgeschlossen. Überzeuge dich selbst.«

Hassan drehte den Koffer um und betrachtete ihn. Dann fuhr er behutsam mit den Fingern über das abgewetzte, rissige schwarze Leder, öffnete ihn und durchsuchte stirnrunzelnd den Inhalt. Ein Krimi-Taschenbuch lag auf einem Dokumentenstapel. Hassan warf das Buch achtlos zur Seite und blätterte die Papiere durch. Es schienen Arbeitsmuster zu sein, Vermerke zu Kundenanforderungen und hastig hingekritzelte Notizen auf A4-Seiten, die aus Notizblöcken gerissen und zusammengeklammert worden waren.

Hassan warf die Seiten auf den Schreibtisch und schob seine Finger in die verschiedenen Taschen. Er zog zwei Kugelschreiber, ein Lineal und eine verblasste Visitenkarte heraus. Prüfend blickte er über den Deckel hinweg auf Baqir.

»Wir haben sogar das Futter überprüft … da war nichts«, erklärte Baqir.

Hassan grunzte, hob die Papiere wieder auf und warf sie in den Koffer zurück. Dann schlug er den Deckel zu und schob den Koffer wieder in Baqirs Richtung. »Es gab keine Computerdateien?«

Baqir schüttelte den Kopf. »Wir haben gewartet, bis seine Frau das Haus verlassen hatte, um sein Verschwinden zu melden, und dann alles durchsucht, doch wir haben nichts gefunden.«

»Ihr wart vorsichtig?«

»Niemand hat uns beim Reinkommen oder Verschwinden gesehen und wir haben auch keine Spuren hinterlassen. Der Ort war absolut sauber.«

Hassan verschränkte die Finger unter seinem Kinn. »Also ist das, was wir suchen, irgendwo sicher versteckt, zum Beispiel in einem Schließfach oder Ähnlichem.«

»Es gibt eine andere, etwas schwierigere Möglichkeit«, grübelte Baqir.

»Und welche?«

Baqir tippte sich an den Kopf. »Es ist hier drin.«

Hassan seufzte und lehnte sich in seinem Stuhl zurück. Es gab so viele Informationen, die sie herausbekommen mussten. Langsam und vorsichtig. Er schüttelte den Kopf, um seine Gedanken zu klären, und fuhr sich mit der Hand über die Augen. Auf keinen Fall war er bereit, Baqir jetzt schon freie Hand zu lassen … der Mann war in seiner Ungeduld viel zu gefährlich. »Hat er sich denn schon an irgendetwas erinnert?«

Baqir schüttelte den Kopf. »Das nächste Mal lassen wir das unsere eigenen Leute machen«, knurrte er. »Die Schwachköpfe haben ihm eine so hohe Dosis Drogen verpasst, dass es ein paar Tage dauern könnte, bis überhaupt irgendetwas zurückkommt … und selbst dann könnte es lückenhaft sein.«

Hassan seufzte. »Sorge dafür, dass er Tag und Nacht beobachtet wird … wenn er spricht, möchte ich sofort wissen, was er gesagt hat.«

»Ich bin mir sicher, ein wenig mehr *gutes Zureden* würde ihm dabei helfen, sich zu erinnern.«

»Warte noch, Baqir. Sei geduldig. Wir müssen vorsichtig sein, sonst könnten wir ihn verlieren, bevor er seine Geheimnisse preisgibt.«

»Uns läuft aber die Zeit davon.«

»Ich weiß sehr genau, was die möglichen Auswirkungen sind, also belehre mich nicht«, fauchte Hassan. Er verstummte und dachte noch einmal über seine Möglichkeiten nach, dann sah er zu Baqir hinüber, der ihn erwartungsvoll beobachtete. »Es könnte eine andere Möglichkeit geben, dieses Problem anzugehen«, meinte er schließlich.

Ein kleines Lächeln umspielte Baqirs Lippen, als er zuhörte.

KAPITEL 17

:

Dan ließ das Auto auf dem Kies des Parkplatzes ausrollen und brachte das Fahrzeug schließlich zum Stehen. Als sie auf das kleine Büro zugingen, reichte Mitch Dan eine Kopie des Protokolls, das sie am Morgen gelesen hatten.

»Sie haben die Meldung vor sechs Monaten reinbekommen. Ein Kerl wurde von jemandem angerufen, der meinte, dass er an dem U-Boot interessiert wäre … die örtliche Gesellschaft zur Erhaltung des historischen Hafens hat zwar versucht, Spenden zu sammeln, um es betriebsbereit zu halten, aber ihnen ist schließlich doch das Geld ausgegangen.« Er verstummte und beide blickten auf den kleinen Hafen, über den vom Meer her ein kalter Wind hinwegwehte.

Eine kunterbunte Ansammlung von Schiffen, alles Überbleibsel aus der Navy-Vergangenheit, schaukelten im unruhigen Wasser, sodass die Fender gegen den Kai stießen. Dan entdeckte einen kleinen Kreuzer, ein Patrouillenboot und, mit Tauen direkt daneben festgemacht, den schwarzen Rumpf eines U-Boots der Oberon-Klasse.

Er steckte seine Hände in die Taschen und versuchte die vom Wind verursachten Ohrenschmerzen zu ignorieren. »Was haben die Behörden daraufhin veranlasst?«

Mitch zuckte mit den Achseln. »Sie haben den Anruf zu einem Mobiltelefon zurückverfolgt. Die SIM-Karte war in Soho gekauft worden.« Er setzte sich wieder in Bewegung. »Allerdings tauchte das klassische Problem auf … die Rufnummer wurde seitdem nicht mehr verwendet, also wurde die SIM-Karte wahrscheinlich gleich nach dem Anruf zerstört.«

Dan grunzte. »Mit wem treffen wir uns jetzt?«

»Mit dem Kerl, der die Polizei angerufen hat. Sie haben sich mit ihm unterhalten und über das Gespräch ein Protokoll angefertigt, das uns als Kopie vorliegt. Ich denke aber, es lohnt sich, noch einmal mit dem Kurator direkt zu reden. Nur, um zu sehen, ob er sich vielleicht noch an irgendetwas erinnert, was er damals nicht erwähnt hat. Du weißt ja, wie nervös die Leute werden, wenn sie sich mit Ermittlern unterhalten müssen … sie machen irgendwann komplett dicht und geraten in Panik, weil sie denken, dass sie in Schwierigkeiten stecken könnten.«

Dan nickte und stieg mit Mitch die Treppe zum Hafenbüro hinauf. Er stieß die raue, verwitterte Tür auf und betrat nun einen überraschend modernen Eingangsbereich. Ein polierter Empfangstresen versperrte ihnen den Weg ins Museum und ein Schild wies sie darauf hin, dass nur Besucher mit gültigen Eintrittskarten durch das Drehkreuz und in das Innere der Ausstellung gelassen wurden.

Der Tresen war unbesetzt, der Ton eines Dokumentarfilms dröhnte durch das Museum, während das Geräusch von Explosionen und die Stimmen aufgeregter Kinder die Luft erfüllten.

Als Mitch zum Tresen ging und eine kleine Messingglocke läutete, nutzte Dan die Wartezeit und schlenderte durch den Raum, um sich die in hohen Glasvitrinen ausgestellten maritimen Erinnerungsstücke anzusehen.

Das Geräusch von Schritten, die sich auf den Holzdielen näherten, lenkte seinen Blick auf einen Mann, der jetzt auf sie zukam. Dan steckte das Protokoll in seine Jackentasche und ging zurück zum Empfangstresen.

Der Mann wischte seine ölverschmierten Hände an einem schmutzigen Lappen ab und streckte Dan dann die Hand hin.

»Sie müssen die Regierungsleute sein«, meinte er und lächelte, während er auch Mitch die Hand schüttelte. »Ich bin Doug Hastings, der Kurator des Museums. Kommen Sie doch hier durch … ich habe ein Büro, wo wir uns ungestört unterhalten können.«

Er drehte sich um und führte sie zu einem kleinen Raum, der ein Stück vom Empfangsbereich entfernt lag. Dort schob er einen Stapel Papier auf eine Seite des Schreibtisches, der den größten Teil des Raumes einnahm, warf den öligen Lappen darauf und bedeutete Dan und Mitch, sich auf die beiden Stühle zu setzen, die dem Schreibtisch gegenüberstanden.

»Okay, Gentlemen, wie kann ich Ihnen helfen? Sie sagten am Telefon, es gehe um die Meldung, die ich letztes Jahr bei der Polizei gemacht habe.«

»Das stimmt«, antwortete Dan, dann beugte er sich in seinem Stuhl vor und stützte die Ellbogen auf die Knie. »Ich entschuldige mich im Voraus, falls wir Ihnen eine Frage stellen, die Sie bereits beantwortet haben, aber so ist nun mal die übliche Vorgehensweise. Oft gibt es verschiedene Blickwinkel, wie man etwas betrachten kann, und wir können es uns nicht erlauben, irgendetwas zu übersehen.«

Hastings nickte. »Ist schon okay, das verstehe ich. Ich bin froh, dass es ernst genommen wird. Ich hatte schon Sorge, dass ein Vorfall, wie ich ihn gemeldet habe, Ihre Zeit verschwenden könnte.«

Dan schüttelte den Kopf und lächelte. »Es ist niemals eine Zeitverschwendung. Warum erzählen Sie uns nicht einfach, was genau passiert ist?«

Der Kurator lehnte sich in seinem Stuhl zurück. »Letzten September hat der Museumsvorstand entschieden, dass wir etwas tun müssen, um mehr Geld zu beschaffen.« Er deutete auf den Eingangsbereich des Museums. »Wie Sie sehen können, haben wir viel Geld für ein Sanierungsprojekt ausgegeben, das unsere Kassen erschöpft hat. Und das, obwohl wir dabei durch einige große Geldgeber unterstützt worden sind, die Organisationen helfen, die unsere Geschichte am Leben erhalten wollen. Es war eine schwierige Entscheidung, denn es ging um etwas, das wir eigentlich als eines unserer nächsten Projekte auf der Agenda hatten. Trotzdem hatten wir letzten Endes beschlossen, unser U-Boot der Oberon-Klasse namens *Oscar* zu verkaufen. Es liegt bereits seit zehn Jahren in unserem Hafenbecken und sieht schon ganz schön mitgenommen aus … sollte die Restaurierung nicht in den nächsten zwei Jahren in Angriff genommen werden, ist es zu spät, um noch etwas gegen die Korrosion zu unternehmen. Also entschieden wir uns schweren Herzens, das U-Boot an ein anderes Museum oder an einen privaten Sammler zu verkaufen.«

»Privatsammler?«, fragte Mitch. »Die Leute kaufen diese Dinge tatsächlich für sich selbst?«

Hastings nickte lächelnd. »Sehen Sie es als Spielzeug für große Jungs an«, meinte er. »Ich kenne sogar einen Kerl, der einen Sherman-Panzer in seinem Garten stehen hatte, bis ihm seine bessere Hälfte ein Ultimatum stellte.«

»Wie viele Anfragen hatten Sie denn?«, hakte Dan nach und lenkte die Unterhaltung damit wieder auf das ursprüngliche Thema zurück.

»Im ersten Monat überhaupt keine … wir haben zwar Werbung in der üblichen Fachpresse geschaltet, aber bei der momentanen Wirtschaftslage gab es kaum Interesse«, erklärte der Kurator. »Schließlich schlug eines unserer jüngeren Mitglieder vor, das U-Boot online zum Verkauf anzubieten. Natürlich haben wir zuerst gelacht, doch dann haben wir erkannt, dass er recht hatte … wir würden damit einen viel größeren internationalen Markt erreichen. Die Annonce sorgte nur für lokales Interesse … ein Interview in unserer Tageszeitung, Berichte in einigen der Sammlermagazine und Ähnliches …«

»Wie lange, nachdem Sie das U-Boot online zum Verkauf angeboten hatten, kam der Anruf?«

»Ungefähr drei Tage danach. Zwei Tage nach Platzierung der Anzeige erhielt ich eine Nachricht über die Webseite. Es gab einen interessierten Käufer, der weitere Fragen hatte und es für besser hielt, diese per Telefon zu klären, als per E-Mail. Das konnte ich natürlich nachvollziehen, also schickte ich ihm eine Nachricht mit unserer Telefonnummer. Der Anruf kam dann am nächsten Morgen, kurz nachdem wir geöffnet hatten.«

»Haben Sie noch eine Kopie dieser Nachricht?«, fragte Dan.

»Ich denke, dass sie immer noch in unserem digitalen Postfach liegt«, antwortete Hastings. »Ich kann gern eine Kopie für Sie ausdrucken.«

»Vielen Dank. Und die Telefonnummer, die der Käufer angerufen hat … war das die des Museums?«

»Nein, es war meine private Büronummer. Wir wollten ja nicht, dass sich unsere Museumsmitarbeiter neben ihrer täglichen Arbeit auch noch mit den Anfragen herumschlagen mussten.«

»Dann bräuchte ich diese Telefonnummer bitte auch noch«, erklärte Dan. »Würde es Ihnen etwas ausmachen, eine Genehmigung zu unterschreiben, damit wir anhand dieser Nummer versuchen können, dem Anrufer auf die Spur zu kommen?«

»Ganz und gar nicht.«

Dan zog ein Dokument aus seiner Jacke hervor, füllte die Lücken aus und reichte es Hastings, der es schnell durchlas, unterschrieb und dann zurückgab.

»Danke«, sagte Dan. »Okay, was hat der Anrufer denn gesagt, das Sie dazu bewogen hat, ihn als verdächtig zu melden?«

Hastings hielt einen Moment inne. »Es fing eigentlich ganz harmlos an. Er fragte, wie alt das U-Boot sei, in welchem Zustand es sich befinden würde, wie lange wir es schon hätten und was meiner Ansicht nach daran gemacht werden müsste. Ich habe ihm daraufhin erklärt, was wir geplant hatten, um es zu konservieren, und dass wir es erworben haben, nachdem es außer Dienst gestellt worden war.«

»An welchem Punkt sind Sie misstrauisch geworden?«

Ein dünnes Lächeln umspielte die Lippen des Kurators. »Als der Anrufer fragte, welche Kapazität die Treibstofftanks hätten, wie viel Treibstoff nach seiner Außerbetriebnahme noch übrig wäre und wie hoch die Reichweite sei. Er schien sehr enttäuscht zu sein, als ich ihm erklärte, dass das U-Boot überhaupt nicht mehr seetüchtig sei. Danach hat er sehr schnell aufgelegt.«

»Okay«, sagte Dan, »das ist großartig. Lassen Sie uns nun ein paar Schritte zurückgehen. Wie klang der Anrufer? Hatte er einen Akzent oder etwas, was seine Stimme wiedererkennbar machen würde, falls Sie sie noch einmal hören sollten?«

»Er wurde auf jeden Fall nicht hier geboren, das ist sicher. Sein Akzent klang ausländisch. Ein wenig rau, so als wäre er Raucher.«

»Alter?«

»Bei dieser Stimme schwer zu sagen. Vielleicht Ende vierzig, Anfang fünfzig?«

»Gab es Worte, mit denen er besondere Schwierigkeiten hatte? Lispelte er oder rollte er seine *Rs*?«

Hastings schüttelte den Kopf. »Nicht, soweit ich mich erinnern kann … nein.«

»Was ist mit Hintergrundgeräuschen? Haben Sie irgendetwas gehört, was einen Hinweis darauf geben könnte, von wo aus er angerufen hat?«

»Nein.«

»Okay.« Dan lehnte sich nachdenklich zurück und starrte auf die Oberfläche des Schreibtisches. »Ich denke, das ist alles, was wir im Moment brauchen, Doug. Könnten Sie sich bitte noch in Ihr Postfach einloggen und diese E-Mail für mich ausdrucken?«

»Sicher. Kein Problem.« Hastings drehte sich auf seinem Stuhl herum, zog seine Tastatur heran und loggte sich in seinen Computer ein. Kurz darauf begann der Drucker zu surren und spuckte eine einzelne Seite aus, die der Kurator über den Schreibtisch an Dan weiterreichte.

»Bitte schön.«

Dan drehte die Seite schnell um und warf einen Blick auf die Nachricht. Es handelte sich dabei um ein gewöhnliches E-Mail-Konto, das die Analysten in kürzester Zeit gehackt haben würden. Er lächelte, stand auf und streckte Hastings die Hand entgegen.

»Danke, dass Sie sich Zeit für uns genommen haben«, sagte er und gab dem anderen Mann eine Visitenkarte. »Hier stehen unsere Kontaktdaten drauf. Falls Ihnen noch irgendetwas einfallen sollte, rufen Sie uns bitte sofort an.«

»Selbstverständlich.«

»Was ist eigentlich danach mit dem U-Boot passiert?«, fragte Mitch, als der Kurator sie aus dem Büro heraus und zurück in den Empfangsbereich geführt hatte.

Hastings lächelte. »Einer der örtlichen Millionäre hat sich doch noch entschlossen, einzuspringen und uns zu helfen. Es stellte sich heraus, dass sein Vater in Greenock U-Boote der Oberon-Klasse gebaut hatte, und er konnte deshalb den Gedanken nicht ertragen, dass eines davon einfach verschrottet wird oder dass es ein ausländisches Museum kaufen könnte. Wir warten nun auf besseres Wetter im Mai, bevor wir loslegen. Geben Sie uns ein Jahr, dann können Sie gerne mal wieder vorbeikommen und sich *Oscar* genauer ansehen.«

»Es kann gut sein, dass wir das machen werden«, meinte Dan grinsend.

KAPITEL 18

:

Malta

Hassan blickte von seiner Arbeit auf, als ein Klopfen an der Bürotür seine Gedanken unterbrach.

Mustapha trat ein und sein Atem klang so, als wäre er gelaufen.

»Ja?« Hassan runzelte die Stirn.

»Bei allem Respekt, Sir, Sie müssen leider sofort mitkommen«, rief der Leibwächter mit gesenktem Blick. »Es gibt ein Problem.«

Hassan schob seinen Stuhl zurück, stand auf und griff nach der Jacke, die er über die Lehne geworfen hatte. Er legte sie sich über die Schultern und folgte Mustapha aus dem Raum heraus und einen natürlich beleuchteten Flur hinunter. »Was ist los?«

Als sie hinaustraten, blieb der Leibwächter stehen und drehte sich zu Hassan um.

»Eine Meuterei, Sir.«

Hassan gelang es, sein geschocktes Luftholen als Räuspern zu tarnen. Er wies Mustapha an, voranzugehen, und die beiden Männer liefen daraufhin quer über das Grundstück durch hohes Gras und verkümmerte Pflanzen bis zu den Klippen. Während Hassan mit den ausgreifenden Schritten seines Leibwächters mitzuhalten versuchte, hörte er zwischen seinen mühsamen Atemzügen das Brechen der Wellen am Fuß der Felsen.

Schließlich überquerten sie das letzte Stück Gras und entdeckten sechs Gestalten, die nur wenige Meter von der Klippe entfernt standen. Ein Mann von mittlerer Größe und zierlichem Körperbau, der als Kind wahrscheinlich an Unterernährung gelitten hatte, stand mit hängenden Schultern etwas abseits von den anderen. Er hatte die Arme vor der Brust verschränkt und den Blick auf seine Füße gerichtet.

Hassan blieb ein paar Meter von der Gruppe entfernt stehen und ließ Mustapha weiterlaufen, während er wieder zu Atem zu kommen versuchte und eine Bestandsaufnahme der Situation machte. Es sah nicht vielversprechend aus. Er ging zu Ivanov hinüber, der vor dem jungen Mann stand, die Fäuste fest in die Seiten gestemmt hatte, und den anderen mit zusammengepresstem Kiefer böse anstarrte.

Hassan stellte sich neben den U-Boot-Kapitän. »Was ist hier los?«, fragte er leise.

Ivanov atmete aus, was seine Anspannung etwas zu verringern schien. »Er hat es sich anders überlegt«, antwortete er ebenfalls leise.

»Ein wenig spät.«

»So ist es.«

»Das Geld?«

»Hat er seiner Mutter bereits geschickt. Es ist weg.«

»Ich verstehe.« Hassan rieb sich das Kinn und ging um die kleine Gruppe herum. Der Hauch eines nervösen Furzes stieg von einem der Männer auf. Hassan rümpfte angeekelt die Nase und hielt sie in die steife Meeresbrise.

»Ivanov, ich hatte der Besatzung doch *klare* Anweisungen gegeben, oder etwa nicht?«

»Doch das haben Sie, Sir.«

Hassan nickte. »Das habe ich bisher auch gedacht.«

Er erreichte den Mann und blickte wieder in Richtung Meer. Die unterschiedlichen Blautöne des Himmels und des Wassers vermischten sich funkelnd in der frühen Morgensonne. Er drehte sich um und ging zurück zu Ivanov.

»Wo haben Sie ihn gefunden?«

»Am Kai in Valletta. Er versuchte jemanden zu bestechen, der ihn nach Sizilien bringen sollte.«

Hassan schüttelte den Kopf und strich über seinen Schnurrbart. »Wissen Sie«, sagte er und wedelte mit dem Finger in Ivanovs Richtung. »Ich kann Verrat überhaupt nicht ausstehen.« Mit zwei schnellen Schritten stand er jetzt vor dem Möchtegern-Deserteur und starrte den jungen Mann durchdringend an. »Ich nehme das immer sehr persönlich.«

Er trat einen Schritt zurück und runzelte die Stirn, als der Mann sich einnässte und ein schwacher Dunst in der kühlen Morgenluft von ihm aufstieg. Die anderen vier Besatzungsmitglieder scharrten betreten mit den Füßen und vermieden es, Hassans Blick zu begegnen.

Hassan schaute über seine Schulter hinweg kurz zu Ivanov zurück. »Könnten Sie es auch mit einem weniger schaffen?«

Der Mann vor ihm wimmerte.

»Wir werden unser Bestes geben.«

Hassan nickte. »Okay, das reicht mir.« Er wandte sich an die restlichen vier Besatzungsmitglieder. »Als die Römer diesen Teil der Welt beherrscht haben, hatten sie einen sehr effektiven Weg, mit Misserfolgen, Fahnenflucht und Meuterei umzugehen«, sagte er und begann, um die Gruppe herumzugehen. »Sie nannten ihn *Dezimierung*. Einhundert Mann standen unter einem Zenturio. Jeder Zehnte dieser hundert Männer wurde irgendwann von neun seiner Kameraden zu Tode geprügelt. Ich habe das Gefühl, dass dies eine sehr effektive Lektion wäre, auch wenn unsere Ressourcen dafür leider etwas knapp sind.«

Er wandte sich nun wieder dem jungen Mann zu, der stark zitterte, während er unter seinem ungepflegten Pony zu Hassan aufblickte und nervös über seine Lippen leckte. Mustapha legte eine Hand auf dessen Schulter und hinderte ihn damit daran, wegzurennen.

»Tötet ihn!«, befahl Hassan. »Oder sterbt selbst!«

Als seine Mannschaftskameraden auf ihn zustürzten, stieß der Mann einen Schrei aus. Sie ließen ihre Fäuste auf seine Nieren, sein Gesicht und den Magen niederregnen. Ein lautes Knirschen ging einem ohrenbetäubenden Schrei voraus, als der Arm des Mannes unter einem Stiefel zerquetscht wurde, bevor Ivanov seine Männer von dem jungen Mann wegtreiben konnte und ihn auf die Füße zog. Mit einer schnellen Bewegung schleppte der Kapitän den Mann an den Rand der Klippe.

Hassan folgte ihm, achtete aber darauf, nicht in den Radius der wild um sich schlagenden Arme des Mannes zu geraten.

Als sie die Kante erreicht hatten, blickte Ivanov mit hochgezogener Augenbraue über die Schulter auf Hassan.

Hassan nickte kurz und seine Augen glänzten.

»Das hast du dir selbst eingebrockt«, knurrte Ivanov und lockerte dann seinen Griff. Der Mann schrie auf, als er über den Klippenrand stürzte, und das Geräusch hallte im Geschrei der Möwen wider, die über ihnen kreisten.

Hassan trat vorsichtig an die Kante heran und beobachtete dann, wie sich der Körper mehrmals in der Luft überschlug, bevor er unten von den schroffen Felsen abprallte.

Das Gesicht des Mannes und ein Arm tauchten kurz wieder auf, als er in der wütenden Brandung herumgeschleudert wurde, doch bereits einen Moment später verschwand er komplett in den Wellen.

Hassan drehte sich vorsichtig um und ging zu den vier übrigen Besatzungsmitgliedern zurück. Blut klebte an ihren Knöcheln und war über ihre Kleidung gespritzt, während ihre Gesichter vor Schock aschfahl und ihre Augen weit aufgerissen waren.

Hassan wartete, bis Ivanov und Mustapha zu ihm aufgeschlossen hatten, und bemerkte mit Genugtuung die Erschütterung in ihren Gesichtern.

»Es wird keine Fahnenflucht mehr geben und auch keine Meuterei«, sagte Hassan ruhig, dessen Worte im Krachen der Wellen kaum zu verstehen waren. »Ihr seid angestellt worden, um einen Job zu erledigen. Jetzt macht gefälligst damit weiter«, knurrte er und ging zur Villa zurück, wobei er seine Jacke als Schutz gegen die kalte Morgenbrise fester um sich zog.

KAPITEL 19

:

London

Dan reichte der jungen Frau hinter der Theke eine Zwanzig-Pfund-Note, wartete auf sein Wechselgeld und schob dann eine Flasche Bier in Mitchs Richtung. Sie stießen kurz miteinander an und nahmen anschließend einen kräftigen Schluck des europäischen Lagerbiers.

Dan stellte die Flasche auf der abgenutzten Holzoberfläche des Tresens ab und seufzte. »Vielleicht täusche ich mich ja, aber ich habe den Eindruck, dass dieser Besuch eine reine Zeitverschwendung war.«

Mitch zuckte mit den Schultern. »Liegt in der Natur der Sache. Manchmal hat man Glück und manchmal eben nicht.«

Dan nickte und sah sich im Pub um. Die Bar war bis auf Mitch und ihn verlassen, der Ansturm zur Mittagspause schon seit Stunden vorüber und der trübe Nachmittag verbreitete eine schwermütige Stimmung in dem kleinen Raum.

»Triffst du dich noch mit dieser Journalistin?«, fragte Mitch plötzlich.

Dan schüttelte den Kopf. »Nein.« Er nahm einen Schluck von seinem Bier. »Das hat nicht funktioniert.«

»Also bist du einfach in die Staaten abgehauen.«

Dan zuckte mit den Achseln. »Nun ja, guck dir an, was mir meine Rückkehr eingebrockt hat … jede Menge Ärger, auf den ich wirklich gut verzichten könnte.«

»Ich bin überrascht, dass du sofort nach Davids Anruf zurückgekommen bist. Es ist ja nicht so, als ob du für ihn arbeiten würdest.«

»Er kann sehr überzeugend sein. Außerdem klang es, als bräuchte er meine Hilfe wirklich, also bin ich hier.«

»Dafür ist die gesamte britische Regierung bereit, dich zu lynchen.« Mitch drehte seine Bierflasche auf der Theke hin und her. »Ich muss zugeben, das habe ich so nicht kommen sehen.«

Sie blickten auf, als die Tür zum Pub aufgestoßen wurde, David mit einem Aktenkoffer in der Hand hereinstürmte und sich kurz mit der Hand durch die Haare fuhr, während er sich suchend im Raum umschaute.

David schloss die Tür hinter sich und gab Dan und Mitch ein Zeichen, sich an einen Tisch zu setzen, der möglichst weit von der Theke entfernt war. Dann bestellte er ein Bier, bevor er auf den Stuhl zuging, den Dan ihm hinhielt und darauf zusammensank. Er stützte sich auf die Armlehnen und starrte die Männer an.

»Was ich euch jetzt sagen werde, wird außerhalb dieses Treffens solange nicht diskutiert werden, bis ich es erlaube, verstanden?«

Dan und Mitch nickten zustimmend.

David machte eine kurze Pause und legte dann seinen Aktenkoffer auf den Tisch. Er öffnete die Verschlüsse und hob den Deckel an, bevor er ein Blatt Papier herausnahm.

Dan bemerkte das Logo des Verteidigungsministeriums auf der Vorderseite und blickte David neugierig an. Doch dieser reagierte nicht und fuhr fort: »Welche Fragen auch immer ihr heute gestellt habt, sie haben im System der Geheimdienste einen Alarm ausgelöst. Diese haben daraufhin beschlossen, die Informationen mit uns zu teilen.«

Er schob ein Dokument in Dans Richtung. »Vor vier Tagen hat die indische Marine bemerkt, dass sie eines ihrer U-Boote, das stillgelegt werden sollte, verloren hat. Es verschwand plötzlich, nachdem es einen Bereich passiert hatte, der derzeit für eine gemeinsame Marineübung genutzt wird.«

»Du meinst, es ist durch eine Havarie gesunken?«, fragte Mitch.

David schüttelte den Kopf. »Nein, es ist nicht gesunken. Es ist verloren. Weg. Verschwunden.«

»Scheiße«, meinte Dan. »Sie haben tatsächlich vier Tage gebraucht, um das zu entdecken?«

David nickte. »Die Marineübung verlangte absolute Funkstille in diesem Bereich, nicht einmal das Sonar durfte eingesetzt werden. Die Inder haben es deshalb erst herausgefunden, nachdem die Amerikaner sie alarmiert hatten.«

Dan hob eine Augenbraue.

David zuckte mit den Schultern. »Als sie das Signal entdeckt haben, haben die Amerikaner gerade zusammen mit der britischen und der australischen Flotte an einer Marineübung im Indischen Ozean teilgenommen. Sie haben gemogelt. Wie sonst auch immer. Der Trick dabei ist, sie denken zu lassen, dass wir das alle nicht wüssten und sicherzustellen, dass wir sie trotzdem schlagen werden. Fragt die Australier.«

Dan grinste und wartete darauf, dass David fortfuhr.

»Das U-Boot war mit sechs aus Russland angeworbenen Seeleuten bemannt … externe Auftragnehmer. Unsere Analysten meinen, dass sie ursprünglich aus Kasachstan stammten. Die russische Marine hatte sie in den neunziger Jahren rekrutiert, aber jetzt sind sie freiberuflich tätig. Denkt daran, was das für ein Scheißjob ist. Im Prinzip bringen sie ein altes gebrauchtes Diesel-U-Boot auf einen Friedhof.« David lehnte sich in seinem Stuhl zurück. »Die Bedingungen auf diesen alten U-Booten waren schon von vornherein miserabel, also könnt ihr euch bestimmt vorstellen, wie sie sind, wenn das Boot in den letzten Zügen liegt.«

»Wohin war es denn unterwegs?«, fragte Dan.

David schüttelte den Kopf. »Die Inder werden uns das garantiert nicht verraten … was nicht verwunderlich ist.

Keine Marine der Welt würde offenlegen, wo sie ihre Altlasten außer Betrieb nimmt, denn sie wollen nicht, dass andere Länder Zugang zu den Schiffen erhalten und so über die Bordsysteme Informationen sammeln können.«

Dan lehnte sich in seinem Stuhl zurück, starrte an die Decke und rieb sich die Bartstoppeln am Kinn. »Also stehlen sie ein U-Boot, greifen einen Tanker in Ras Laffan an … und was dann?«

David legte das Schreiben beiseite und holte eine Aktenmappe aus dem Koffer. Er zog ein weiteres Blatt Papier hervor und legte es vor Dan und Mitch auf den Tisch.

»Vor sechsunddreißig Stunden hat der israelische Geheimdienst bei diesen Koordinaten ein schwaches Signal empfangen.«

Dan runzelte die Stirn, warf einen kurzen Blick auf das Dokument, reichte es an Mitch weiter und sah David verwirrt an.

»Das ist das nördliche Ende des Suezkanals.«

Mitch pfiff. »Ist das überhaupt *möglich*?«

Dan nickte. »Offensichtlich. Das U-Boot muss sich ins Kielwasser eines großen Schiffes eingeklinkt haben, direkt unter der Oberfläche geblieben sein und so ins Mittelmeer entkommen sein.«

David nahm Mitch das Dokument ab und steckte es in die Mappe zurück. Diese legte er wieder in die Aktentasche, bevor er den verschlossenen Koffer auf den Boden zwischen seine Füße stellte.

»Also, was sollen wir jetzt für dich tun?«, fragte Dan.

David seufzte. »Schau dir an, was wir bisher haben, und dann sag mir, wo wir deiner Meinung nach als Nächstes eingreifen müssen. Was auch immer wir tun, es muss schnell, effektiv, aber zugleich auch dezent sein … wir wollen keine offene Feldschlacht anfangen, wenn wir es auch im Verborgenen erledigen können.«

Er stand auf und deutete damit an, dass ihr Treffen vorbei war. »Falls ich euch die Dringlichkeit der Situation nicht ausreichend klar gemacht haben sollte, will ich euch daran erinnern, dass wir es mit einem abtrünnigen U-Boot auf der Flucht zu tun haben könnten …«

David verstummte, als die Tür aufgestoßen wurde, ein Mann in den Raum stürmte und sich einige Schneeflocken von der Schulter wischte. Er sah sich kurz im Pub um, entdeckte die drei Männer in der Ecke und lief dann zum Tisch hinüber, um David einen Zettel in die Hand zu drücken.

»Das hier müssen Sie unbedingt sehen«, erklärte er. »Wir haben gerade einen Anruf von diesem Schifffahrtsmuseum erhalten.«

David las die Notiz schnell durch und gab sie dann an Dan weiter.

»Oh mein Gott«, sagte Dan. »Das ist echt ein Glücksfall.«

»Was ist denn passiert?«, wollte Mitch wissen.

Dan hielt die Notiz in Höhe. »Der Kurator des Museums hat gerade angerufen. Er saß zu Hause und schaute sich die BBC-Nachrichten an, als ein Bericht darüber kam, dass Großbritannien und die USA weitere Sanktionen gegen den Iran fordern. Die BBC hat es geschafft, ein Interview mit dem derzeitigen iranischen Delegierten zu führen, der sich aktuell in der Botschaft von Oman verkrochen hat. Hastings schwört Stein und Bein, dass der Mann, den sie interviewt haben, derselbe Mann ist, der ihn vor sechs Monaten wegen *Oscar* angerufen hat.«

»Zurück ins Büro. *Jetzt!*«, rief David.

***

»Das ist Hassan Nazari«, begann Philippa. »Er fing seine Laufbahn bei der Revolutionsgarde an und übernahm dann irgendwann eine untergeordnete Position im

Regierungsapparat. Er arbeitete sich bis ins diplomatische Korps hoch. Erster Einsatz 2001 in Jordanien. Danach verschwand er vierzehn Monate von der Bildfläche und tauchte 2009 in Tanger wieder auf.«

»Was macht er zurzeit in der Botschaft?«, fragte Dan.

Philippa blätterte ihre Notizen durch. »Er ist einer von zwei Iranern, die derzeit in unser Land einreisen dürfen, um bei konsularischen Aktivitäten zu helfen ... Pässe, familienrechtliche Angelegenheiten wie Scheidungen, Eheschließungen und so weiter«, erklärte sie. »Seit die britische Regierung die iranische Botschaft im Jahr 2010 geschlossen hat, dürfen alle zugelassenen Diplomaten nur noch für kurze Zeit nach Großbritannien einreisen, bevor sie wieder ausreisen müssen. Damit soll es ihnen erschwert werden, außerhalb ihrer Botschaftsverpflichtungen irgendeine Art von verdeckter Beziehung herstellen zu können.«

»Okay, ich möchte, dass du Folgendes für mich erledigst«, sagte David. »Schau dir die Einträge in seinem Diplomatenpass an ... und auch die Pässe von jedem anderem aus seinem Büro. Er hat irgendetwas vor, und ich will wissen, was.«

KAPITEL 20

Hassan schaute aus seinem Bürofenster auf den grauen, schneeverheißenden Himmel hinaus, während seine Gedanken wie wild kreisten. Die Bearbeitung seines Antrages auf Visumsverlängerung für Großbritannien verzögerte sich, und die britische Regierung weigerte sich, ihm mitzuteilen, ob die derzeitige Regelung, die ihm vorübergehende Besuche im Land erlaubte, verlängert werden würde.

Die Omaner, in deren Botschaft er sich gegenwärtig aufhalten musste, konnten ebenfalls nichts zum aktuellen Stand in Erfahrung bringen.

Nachdem er ein leises Klopfen an der Tür gehört hatte, wischte er sich mit der Hand über die Augen und wandte sich wieder dem Raum zu.

»Herein«, sagte er.

Er ließ sich in seinen Stuhl sinken, als Fahd Baqir den Raum betrat und die Tür hinter sich schloss. Während der andere Mann sich setzte, dachte Hassan noch einmal über seine Optionen nach und fand sie weiterhin beunruhigend begrenzt.

»Ich habe die Information gerade von den Omanern erhalten«, sagte Baqir. »Ist unser Plan, deine maltesischen Verbindungen zu nutzen, um die britischen Visumsbeschränkungen zu umgehen, tatsächlich in Gefahr?«

Hassan runzelte die Stirn. »Ich glaube nicht, dass dich das irgendetwas angehen würde.«

Baqir senkte den Kopf. »Ich bitte um Entschuldigung, Hassan. Ich hoffe lediglich auf deine Zusicherung, dass wir unseren Vorsprung nicht verlieren werden, und ich möchte dich zugleich respektvoll daran erinnern, dass wir innerhalb der nächsten drei Tage Fortschritte erzielen müssen, wenn wir mit deinen Plänen Erfolg haben wollen.«

Hassan hob die Hand. »Das weiß ich alles und ich schätze dein Engagement für unsere Sache sehr. Gibt es denn irgendwelche Fortschritte, über die du berichten kannst?«

Der andere Mann lehnte sich in seinem Stuhl zurück. »Nicht so viele, wie ich gern hätte. Der Gefangene leidet leider immer noch an den Nachwirkungen der Drogen. Es hat schon eine immense Menge an … *Geduld* … erfordert, um nur die Bestätigung zu bekommen, dass er tatsächlich an den Computersystemen der englischen Einrichtung gearbeitet hat.«

»Das ist gut«, antwortete Hassan. »Jetzt finde noch heraus, was genau er dort gemacht hat.«

Baqir seufzte. »Hassan, bei allem gebührenden Respekt, der Mann wird solche Informationen bestimmt nicht ohne entsprechende *Überredungsversuche* preisgeben.«

Hassan erhob sich aus seinem Stuhl und begann, auf dem Teppich hin und her zu laufen. Dabei warf er einen Blick auf die Bürotür, um sich zu vergewissern, dass sie geschlossen war, bevor er weitersprach. »Du musst vorsichtig sein«, sagte er leise. »Verwende nicht gleich von Anfang an deine gewohnte Härte, verstanden?«

»Hassan, entweder möchtest du schnelle Resultate haben, oder eben nicht.«

»Bestimmt kennst du auch noch andere *Techniken*, die du zunächst anwenden könntest, bevor du diesen Weg beschreitest, oder?«

Baqir zuckte mit den Schultern. »Natürlich, aber Feuer ist immer ein ganz ausgezeichneter Anreiz, genauso wie Elektrizität …« Er hielt inne und lächelte, als er bemerkte, dass Hassan unwillkürlich zusammenzuckte. »Ich wusste gar nicht, dass du so zartbesaitet bist, verehrter Freund.«

Hassan schüttelte den Kopf, um die aufsteigenden Bilder zu vertreiben. »Ich habe die Überreste deiner Arbeit schon öfter gesehen, Baqir. Ich möchte nur nicht, dass dieser Mann stirbt, bevor wir die Geheimnisse erfahren haben, die in seinem Verstand verborgen sind.«

»Wie geht es mit der U-Boot-Besatzung voran?«, fragte Baqir. »Du brauchst diese Informationen, bevor sie ihr Ziel erreicht, oder alles, was du in Bewegung gesetzt hast, wird umsonst gewesen sein.«

Hassan runzelte die Stirn. »Ich habe vor einer Stunde in der Villa angerufen. Sie werden das Verladen der Ausrüstung und des Proviants innerhalb der nächsten sechsunddreißig Stunden abgeschlossen haben. Ich werde heute Abend zurückfliegen. Denk daran, dass sie zurzeit die Arbeit einer Crew von eigentlich sechzig Mann erledigen, es dauert also noch etwas länger als erwartet.«

»Zumal eines dieser Besatzungsmitglieder jetzt auf dem Meeresboden liegt«, sagte Baqir grinsend. Seine Augen funkelten belustigt, als Hassan ihn wütend anstarrte. »Und du traust dich, zu behaupten, *ich* sei böse?«

Hassan lächelte. »Ich hatte eben einen guten Lehrer«, antwortete er.

Baqir neigte anerkennend den Kopf und beobachtete, wie Hassan sich wieder hinsetzte und tief in Gedanken versunken die Finger unter dem Kinn zusammenlegte.

Nach einem Moment suchte Hassan Baqirs Blick.

»Bekommst du diese Informationen tatsächlich aus ihm heraus?«

Der andere Mann schob seinen Stuhl zurück und stand auf. »Wenn du es mir überlässt, die besten Techniken dafür auszuwählen, dann ja.«

Hassan schloss die Augen. »Dann fahr zurück ins sichere Haus«, sagte er leise, »und fang an.«

KAPITEL 21

Davids Gesichtsausdruck war grimmig, als das Team in den Konferenzraum zurückkehrte. Er ging mit gerunzelter Stirn am Kopfende des Tisches auf und ab, während Dan und die anderen ihre Plätze einnahmen. Nachdem die letzte Person den Raum betreten und die Tür hinter sich geschlossen hatte, bückte er sich und führte ein gemurmeltes Gespräch mit Scheich Al-Shahiri. Der Scheich blickte zu ihm hoch, nickte einmal kurz und betrachtete dann das versammelte Team, bis David seinen Platz an der Spitze des Tisches eingenommen hatte und das Treffen eröffnete.

»Nun, Philippa, was haben deine Analysten herausgefunden?«, fragte er.

Philippa schob ihre Brille nach oben, bevor sie an die Anwesenden eine einseitige Biografie von Hassan Nazari verteilte. »Das ist nur eine Kurzdarstellung, die helfen soll, sich mit unserem Hauptverdächtigen vertraut zu machen«, erklärte sie.

»Wir haben mit der Abteilung für Visa- und Einwanderungsangelegenheiten des Innenministeriums gesprochen. Es scheint so, als ob Nazari in Großbritannien nur begrenzt diplomatische Präsenz zeigt. Anhand der Aufzeichnungen, die der Abteilung zur Verfügung stehen, kann davon ausgegangen werden, dass er hier pro Monat nur vier bis fünf Tage seinen Botschaftsverpflichtungen nachgeht. Doch anstatt den ganzen Weg zurück nach Teheran zu fliegen, scheint er die restliche Zeit in einem Haus an der Nordküste von Malta zu verbringen.«

Dan beugte sich mit Hassans Biografie in der Hand nach vorn. »Was meinst du mit, *Aufzeichnungen, die der Abteilung zur Verfügung stehen*?«

Philippa seufzte und lehnte sich in ihrem Stuhl zurück. »Die Behörde hat nur digitale Aufzeichnungen für Ein- und Ausreisen, die über die großen Flughäfen erfolgen«, erklärte sie. »Das Verteidigungsministerium beklagt sich schon seit längerer Zeit, dass wir keine effektiven Grenzkontrollen auf den kleineren Flugplätzen haben, die über das ganze Land verteilt sind.«

»Also könnte Hassan hier in Großbritannien viel aktiver sein, als es die offiziellen Aufzeichnungen vermuten lassen?«, fragte David.

Philippa nickte. »Leider ja.«

»Aber wie finanziert er sich?«, hakte David nach. »Können wir eindeutig feststellen, ob seine Aktivitäten von der iranischen Regierung unterstützt werden?«

Philippa schüttelte den Kopf und überprüfte ihre Notizen, bevor sie antwortete: »Noch nicht. Die Regierungsmittel, die er erhält, entsprechen von der Höhe her dem, was wir erwarten würden. Allerdings muss er als Diplomat alle nicht-staatlichen Gelder angeben, die ihm zur Verfügung gestellt werden. Hier haben wir eine Unstimmigkeit entdeckt, die uns weiterhelfen könnte. Er scheint im Namen einer Wohltätigkeitsorganisation, die für Erdbebenopfer eingerichtet wurde, große Geldbeträge von einem Bankkonto abzuheben. Es dürfte bekannt sein, dass der Iran im Laufe der letzten Jahre von mehreren zerstörerischen Erdbeben heimgesucht wurde, und es sieht ganz so aus, als sei die Wohltätigkeitsorganisation vor fünf Jahren gegründet worden, um den Betroffenen vorübergehend Unterkunft und andere Hilfen zur Verfügung stellen zu können. Hassan ist einer der offiziellen Schirmherren.«

»Wie häufig kommen diese Abhebungen vor?«, fragte Dan neugierig.

»Wir haben ein paar unserer forensischen Buchhalter darauf angesetzt«, antwortete Philippa. »In den letzten drei

Wochen gab es zwei große Abhebungen … eine direkt im Iran, die andere wurde über einen Vermittler in Sizilien arrangiert.«

»Was von Malta aus nur einen kurzen Ausflug mit der Fähre entfernt ist«, stellte Dan fest.

»Haben Sie herausgefunden, wohin das Geld gegangen ist?«, fragte der Scheich.

»Nein«, antwortete Philippa. »In beiden Fällen handelte es sich um Barauszahlungen. Hassan scheint also in der Lage zu sein, jegliche Untersuchung nach dem Geldwäschegesetz zu vermeiden, indem er die Mittel der Wohltätigkeitsorganisation verwendet.«

David beugte sich vor und trank einen Schluck Kaffee, bevor er sich an Dan wandte.

»Okay, was hast du herausgefunden?«

Dan räusperte sich kurz, bevor er sprach: »Ich habe mich mit Philippa getroffen, nachdem sie die Verbindung zu Malta entdeckt hat, und habe die letzte Stunde damit verbracht, Online-Zeitungsartikel zu durchforsten, um herauszubekommen, wie viel öffentliche Präsenz Hassan in Malta zeigt. Im Prinzip überhaupt keine. Er ist sehr zurückhaltend, geradezu schwer zu fassen, also haben wir uns nach Aktivitäten umgesehen, die mit seiner Villa an der Nordostküste zu tun haben.«

Er verteilte daraufhin Kopien eines Zeitungsausschnitts an das Team. »Dies ist ein kleiner Artikel aus einem Gemeinde-Newsletter, der vor etwa drei Monaten veröffentlicht wurde. In ihm werden die Einheimischen davor gewarnt, sich dem Grundstück zu nähern, da der Weg dorthin im Herbst starkem Regen ausgesetzt war und die Gefahr von Erdrutschen besteht.«

»Also haben sie eine Sperrzone eingerichtet?«, vermutete David sofort.

»Genau«, erwiderte Dan.

»Deshalb habe ich mich weiter auf die Jagd gemacht und in einer anderen Lokalzeitung ein paar Absätze über eine Jacht gefunden, die letzte Woche nicht wie geplant in ihrer Marina aufgetaucht ist.«

Er hielt einen weiteren Zeitungsartikel in die Höhe. »Der Kapitän und die Luxusjacht, die er überführen sollte, wurden vor zwei Tagen als vermisst gemeldet. Beinahe hätte ich den Vorfall übersehen, aber als der Bericht erwähnte, dass in dem Gebiet, in dem sie verschwunden sind, das Meer extrem tief ist und die Behörden deshalb nicht erwarten, die Jacht jemals bergen zu können, wurde ich aufmerksam.« Er verstummte kurz. »Das ist ein perfekter Ort, um ein U-Boot zu verstecken; er befindet sich an der Küste direkt unterhalb von Hassans Villa. Ich will dort hinfahren und es mir selbst anschauen und überprüfen, ob es irgendetwas gibt, was die Zeitung oder die Behörden vielleicht übersehen haben.«

David drehte sich wieder zum Tisch um und inspizierte die Artikel, die darauf lagen. Er nahm seinen Kaffee in die Hand und tippte gedankenverloren gegen die Tasse.

»Konnten wir schon eine Luftraumüberwachung einrichten?«, fragte er.

»In der Kürze der Zeit war das leider kaum möglich«, antwortete Dan, »doch Mitchs Team spricht im Moment mit den Amerikanern und einigen unserer europäischen Verbündeten, um so bald wie möglich eine Satellitenüberwachung zu organisieren.«

David nickte. »Gut. Sag ihm, falls er meine Unterstützung braucht, soll er mir umgehend Bescheid geben.«

»Wird erledigt.« Dan lehnte sich in seinem Stuhl zurück und trommelte kurz mit den Fingern auf den Tisch, bevor er fortfuhr: »Ich will wirklich dort hinfahren und mir die Umgebung aus der Nähe ansehen. Obwohl es natürlich viel gibt, was wir auch von hier aus erreichen können.«

»Allerdings dürfte dies der einzige Ort sein, an dem wir eine Chance zur Installation von Aufnahmegeräten bekommen werden«, fügte Philippa hinzu. »Denn es ist absolut undenkbar, dass uns die Omaner gestatten, in den von Hassan in ihrer Botschaft genutzten Räumen Abhörwanzen zu installieren.«

»Wenn Sie das vor Ort untersuchen wollen, möchte ich aber, dass meine eigenen Leute mit eingebunden werden«, warf der Scheich ein und beugte sich nach vorn.

David runzelte die Stirn. »Das müsste ich erst mit den höheren Stellen klären«, meinte er. »An wen denken Sie dabei genau?«

»An meine Tochter Antonia«, antwortete der Scheich sofort.

»Ihre Tochter?«, fragte Dan. »Über welche einschlägigen Erfahrungen verfügt sie denn?« Er wandte sich an David. »Ich werde keine Zeit haben, den Babysitter für eine Prinzessin zu spielen«, knurrte er.

Der Scheich lehnte sich wieder in seinem Stuhl zurück und entgegnete: »Sie hat an der Universität im Fach Computerprogrammierung brilliert. Falls unsere Anlage wirklich von dort aus angegriffen wurde, werden Sie jemanden brauchen, der unsere Systeme kennt und Ihnen dabei helfen kann, herauszufinden, wie genau sie gehackt wurden.«

»Das kann sie doch aber auch von hier aus erledigen«, warf Dan ein.

Der Scheich schüttelte den Kopf. »Wenn Sie meine volle Zusammenarbeit wollen, dann ist sie mit dabei.« Er hob die Hand, um Dan, der weiter diskutieren wollte, zum Schweigen zu bringen. »Ich möchte jederzeit über Ihre Fortschritte informiert werden«, sagte er. Während er sich wieder an David wandte, zuckte er mit den Schultern. »Er ist für mich eine genauso unbekannte Größe«, erklärte er und nickte in Dans Richtung.

»In einem Punkt hat Dan aber recht«, sagte David. »Er hat auch so schon genug um die Ohren, ohne sich darum kümmern zu müssen, dass Ihre Tochter in Sicherheit ist.«

»Antonia ist eine ausgezeichnete Scharfschützin und hat mehrere Jahre lang Karate gelernt. Sie ist mindestens genauso belastbar wie ihre drei älteren Brüder. Eigentlich soll sie heute Nachmittag von Doha aus nach Heathrow fliegen. Ich kann sie aber stattdessen genauso gut anweisen, Taylor in Malta zu treffen. Ich muss heute Nacht nach Ras Laffan zurückkehren, um die Bergungsversuche zu überwachen«, sagte der Scheich und deutete dann auf Dan. »Antonia wird ihn begleiten.«

»In Ordnung«, stimmte David ihm zu und ignorierte Dans wütenden Blick. »Während wir auf die abschließenden Berichte aus Ras Laffan warten, werden wir den Ansatz mit dem U-Boot weiterverfolgen und bei der Polizei von Kent so viel wie nur möglich über Grant Swift in Erfahrung bringen«, fuhr David fort.

Er stand auf und ging zur Tür. »Flieg nach Valletta«, sagte er zu Dan. »Du hast achtundvierzig Stunden.«

KAPITEL 22

:

Malta

Dan wuchtete seinen Seesack vom Gepäckband, schwang ihn sich über die Schulter und steuerte dann auf den Flughafenausgang zu. Während er sich durch die Passagiermassen drängte, die mit dem Billigflieger nach ihm gelandet waren, studierte er die Gesichter der Leute und suchte nach der Tochter des Scheichs. Zusammen mit einem Schub Passagiere strömte er schließlich durch den Zoll und hinaus in eine luftige Ankunftshalle. Sein Blick fiel dort auf eine Frau, die ein weißes Hemd und Jeans trug. Dunkelbraunes lockiges Haar umrahmte ein kaffeefarbenes Gesicht mit hohen Wangenknochen und leuchtenden braunen Augen. Sie war nur ein paar Zentimeter kleiner als Dan und hielt ein Plakat in die Höhe, auf der HOFFNUNGSLOSER FALL stand.

Dan grinste, als er sich ihr näherte. »Offensichtlich hat Ihnen David schon alles über mich erzählt.«

Sie lächelte. »Ein bisschen.«

Er ging um die Absperrung herum auf sie zu und streckte ihr dann die Hand entgegen. »Dan Taylor.«

Sie ergriff seine Hand und schüttelte sie. »Antonia Almasi.« Dann wies sie mit einem Kopfnicken über die Schulter auf ein Schild an der Wand. »Willkommen in Malta. Kommen Sie. Ich habe draußen ein Auto stehen. Wenn Sie möchten, können wir sofort mit der Arbeit anfangen. Hat man Ihnen die Adresse des sicheren Hauses mitgeteilt, in dem wir unterkommen können?«

Dan griff in seine Tasche, holte sein Handy heraus und hielt es in die Höhe.

»GPS. Ich fahre«, sagte er und folgte ihr durch den Flughafenausgang. Das gleißende Licht der späten Nachmittagssonne überraschte ihn, als sie das Gebäude verließen. Er setzte seine Sonnenbrille auf und ließ seinen Seesack von einer Hand in die andere wandern, während er sich die Jacke von den Schultern schüttelte.

»Jetzt wird mir langsam klar, warum so viele englische Touristen im Winter hierher flüchten.«

Antonia lächelte. »Ganz zu schweigen vom ganzen Rest Nordeuropas. Es ist ein schönes Fleckchen Erde.« Sie blickte nach links, checkte den Verkehr und wandte sich dann einem Parkplatz für Kurzzeit-Parker zu.

»Wie lange sind Sie denn schon hier?«, fragte Dan.

»Gleich nachdem ich den Anruf letzte Nacht erhalten habe, bin ich losgeflogen«, antwortete sie mit einem Blick über die Schulter.

»Schon mal hier gewesen?«

Sie strich sich die Haare aus dem Gesicht, ein leichter Wind wehte sie ihr über die Schultern. »Zweimal. Allerdings waren es immer nur kurze Besuche«, fügte sie hinzu. Sie zeigte auf einen kleinen weißen Zweitürer. »Das ist unserer.«

Dan wartete, bis Antonia das Fahrzeug entriegelt hatte, dann wuchtete er seinen Seesack auf die Rückbank. Er ging nun zur Fahrerseite und öffnete die Tür des Mietwagens, die bedrohlich in den Angeln knarrte. Er ignorierte das Geräusch, ließ sich auf den Fahrersitz fallen und schrie dann erschrocken auf, als das heiße Leder seine Oberschenkel selbst durch die Jeans hindurch verbrannte. Er funkelte Antonia böse an, die ihn angrinste, während sie ein Handtuch über ihren Sitz legte, vorsichtig hineinkletterte und erst dann die Tür zuknallte. Anschließend startete er den Motor und legte den Gang ein.

***

Sie parkten ein paar Straßen von der Wohnung entfernt, die ihnen für die nächsten zwei Tage als Basis dienen sollte. Danach näherten sich Dan und Antonia dem Gebäude auf einer verschlungenen Route, um sicherzugehen, dass ihnen auch niemand vom Flughafen aus gefolgt war. Die Wintersonne begann nun langsam am Horizont unterzugehen und badete das Sandstein-Mauerwerk des Wohnblocks in rosarotes Licht.

Dan lief die zwei steinernen Treppen hoch, schloss die Wohnungstür auf und trat ein, kurz darauf zog Antonia die Tür hinter sich zu.

Er warf seinen Seesack auf den Boden und holte ein Gerät zum Aufspüren von Wanzen hervor. Dann ging er sorgfältig in der Wohnung herum und überprüfte nacheinander jedes Zimmer.

Antonia schlenderte derweil zu einem der Fenster hinüber, durch die das späte Nachmittagslicht ins Wohnzimmer drang, und blickte auf die schmale Straße hinunter. Als Dan den Raum erneut betrat, drehte sie sich zu ihm um.

»Sie trauen wohl niemandem, oder?«, fragte sie.

Er blickte sie an und runzelte die Stirn. »Nein.«

Antonia verschränkte die Arme vor der Brust und beobachtete Dan dabei, wie er mit dem Aufspürgerät in der Hand weiter in der Wohnung hin und her ging.

»Kann ich auch irgendetwas tun?«, fragte sie.

Dan blieb stehen, drehte sich um und grinste sie an. »Können Sie kochen?«

Antonia starrte ihn finster an und stampfte wortlos aus dem Raum.

***

Dan öffnete die Tasche, zog drei Papierrollen heraus und legte sie auf den Tisch.

Als er begann, die Dokumente auseinander zu rollen, griff Antonia nach ihren Tellern, stellte sie in die Spüle, lehnte sich dagegen und sah zu, wie Dan die Berichte und Fotos vor sich ausbreitete.

»Was ist das?«, fragte sie.

»Die neuesten Satellitenbilder von Hassans Villa«, erklärte Dan. »Ich habe einen Kollegen in London, der einen Satelliten-Feed auf entsprechende Aktivitäten hin überwacht. Wir müssen überprüfen, ob sich seit diesen Aufnahmen irgendetwas verändert hat.«

Als Nächstes zog er einen Laptop aus dem Seesack, zusammen mit einer Reihe von Kabeln und einem kleinen Gerät, das wie eine Box aussah, und legte die gesamte Ausrüstung auf den Tisch.

Antonia stellte ihr Weinglas ab, griff nach der schwarzen Box und drehte sie neugierig in der Hand hin und her. »Und was ist das … ein Chiffriergerät oder etwas in der Art?«

»Ja, etwas in der Art«, sagte Dan knapp, nahm ihr das Gerät ab und legte es wieder auf den Tisch zurück.

»Dies ist ein sicheres Haus. Unsere Signale können hier nicht verfolgt werden.«

Dan sah kurz zu Antonia hinüber und dann wieder zurück auf seine Arbeit. »Es ist aber nicht *mein* sicheres Haus, also kann ich nicht hundertprozentig davon ausgehen, dass ich nicht aufgespürt werden kann.« Er begann, die einzelnen Teile miteinander zu verbinden, startete den Laptop und sah Antonia stirnrunzelnd an. »Nichts für ungut, aber kannst du bitte in die andere Richtung schauen, wenn ich den Zugangscode eintippe?«

Antonia zuckte mit den Schultern, griff nach ihrem Weinglas und wandte sich ab.

»Kein Problem.«

Dan lächelte und tippte anschließend den zwölfstelligen Code ein. »Ja, bestimmt«, murmelte er leise.

Innerhalb weniger Minuten hatte er eine Satellitenverbindung zwischen sich und London hergestellt. Der Bildschirm flackerte kurz, dann erschien Mitch mit einer riesigen Kaffeetasse in der Hand vor ihm.

»Komm her«, rief Dan über die Schulter. »Lass uns anfangen.«

Nachdem Dan sie einander vorgestellt hatte, warf Antonia erst Mitch einen Blick zu und dann Dan. »In Ordnung«, sagte sie, »was habt ihr denn bisher herausgefunden?«

Dan beugte sich vor und nahm eine der Luftaufnahmen in die Hand. »Okay, das ist eine Totale auf das Anwesen, die alle Gebäude zeigt. Das hier ist die Hauptvilla, daneben ein Gebäude, das scheinbar als Lager genutzt wird, und dann gibt es noch diesen Bereich hier«, sagte er und tippte mit dem Fuß seines Weinglases auf das Foto. »Das ist ein offenes Bauwerk … nur ein Dach, keine Wände … wo sie wahrscheinlich ihre Fahrzeuge abstellen.«

Antonia ließ sich das Foto geben und schaute es intensiv an. »Wissen wir, wie viele Wachen es dort gibt?«

Mitch nickte. »Nicht besonders viele. Hassan hat einen Fahrer, einen Koch und einen Haushälter in der Villa. Dann gibt es noch die beiden Leibwächter, mit denen er immer unterwegs ist. Deine Leute in der katarischen Botschaft haben uns erzählt, dass vermutlich nur noch zwei oder drei weitere Männer auf dem Grundstück sind, die das Außengelände bewachen.«

»Das sind wirklich nicht viele«, stimmte Antonia stirnrunzelnd zu.

Dan zuckte mit den Achseln. »Mehr brauchen sie ja auch nicht. Die Villa wird an zwei Seiten von den Klippen begrenzt, sodass sie nur ein relativ kleines Gebiet überwachen müssen.« Er hob sein Weinglas und trank einen Schluck.

»Wie oft verlässt Hassan die Villa?«

Dan griff nach einem Bericht und sein Blick überflog schnell eine Reihe hervorgehobener Abschnitte. »Nur einmal pro Woche, um sich mit einigen Leuten in Valletta zu treffen. Wir glauben, dass dies Vertreter der iranischen Regierung sind. Bisher ist es uns allerdings leider noch nicht gelungen, irgendjemanden in dieses Gebäude einzuschleusen, um Abhörvorrichtungen installieren zu können.«

»Ich dachte, das wäre in Botschaften illegal?«

Mitch schüttelte den Kopf. »Sie treffen sich ja nicht in einer Botschaft. Sie benutzen ein kleines dreistöckiges Bürogebäude in der Nähe des Fährterminals.«

Antonia zog sich einen Stuhl heran, setzte sich und nahm noch einen Schluck von ihrem Wein, bevor sie ihr Glas wieder auf den Tisch stellte. »Also, wie lautet der Plan?«

Dan nahm sich ebenfalls einen Stuhl und setzte sich genau neben sie. Er füllte ihre Weingläser nach, bevor er weitersprach: »In London kommen wir nicht in Hassans Nähe, denn er hat sich offensichtlich in der omanischen Botschaft verkrochen«, erklärte er ihr. »Wir wissen, dass er jeden Mittwoch ein regelmäßiges Treffen in einem Gebäude hier auf Malta hat … in Valetta«, fügte er hinzu und deutete auf das Foto. »Das Gebäude wird schwer bewacht und wahrscheinlich von der iranischen Regierung genutzt, also können wir, wie ich schon sagte, auch dieses Objekt nicht verwanzen. Was uns …«, sagte er und warf Antonia ein Foto quer über den Tisch zu. »… zur Villa führt. Sie ist ungefähr vier Meilen von hier entfernt und von dort aus hat unser Kommunikationsteam bereits einen Anruf von Hassan mitgehört.«

»Du willst doch nicht etwa versuchen, dort einzubrechen und das Haus zu verwanzen?«, fragte Antonia stirnrunzelnd.

Dan schüttelte den Kopf. »Nein, das ist zu gefährlich. Ich habe vor, ein paar getarnte Richtmikrofone zu verwenden, die wir an die Fenster kleben werden.« Er beugte sich nach unten, zog ein flaches Aluminiumetui aus seinem Seesack und klappte den Deckel auf. Darin lag auf einer Samtunterlage ein Set von vier unechten handgefertigten Zikaden.

Antonia streckte die Hand aus, um sie zu berühren. »Die sind wunderschön«, murmelte sie.

Dan zog das Etui schnell aus ihrer Reichweite. »Unser Kommunikations-Abteilungsleiter ist ein begeisterter Fliegenfischer«, erklärte er. »Mit etwas Glück werden sie ein paar Tage lang nicht bemerkt und wir bekommen die Informationen, die wir haben wollen.«

Er steckte den Behälter zurück in seinen Seesack und durchforstete die Fotos auf dem Tisch. »Mitch, hat sich irgendetwas bei der Bewachung geändert, seit diese Bilder aufgenommen wurden?«

»Nein, aber denk dran, dass wir immer nur ein zweistündiges Fenster haben, in dem sich der Satellit über dem Gebiet befindet.«

»Und wie häufig passiert das?«

»Im Moment dreimal am Tag. Wir haben uns an einen amerikanischen Satelliten gehängt, der uns bei der Überwachung hilft.«

»Okay. Dann werden Antonia und ich morgen dort hinfahren und uns ein wenig in der Gegend umsehen.« Er deutete auf ein Gebiet in der Nähe des Grundstücks. »Dort gibt es einen Hügel, etwa eine Meile von der Villa entfernt. Den sollten wir von der Straße aus gut erreichen können.« Er stieß mit dem Finger auf das Foto und schob es Antonia hin. »Ich will mir unbedingt anschauen, womit wir es zu tun haben, bevor wir irgendetwas in Angriff nehmen.«

Er kratzte sich nachdenklich am Kinn. »Mitch, ich möchte, dass du sofort losfliegst, sobald wir hier fertig sind. Wenn wir morgen die erste Vor-Ort-Begehung erfolgreich absolviert haben, könnte ich, wenn Hassan das nächste Mal unterwegs ist, das Grundstück im Schutz der Dunkelheit betreten. Du kannst dann seine Bewegungen via Satellit verfolgen, während ich überprüfe, was sich in den Nebengebäuden befindet.«

Mitch nickte. »Hört sich gut an. Ich bringe dann auch die Kommunikationsausrüstung mit. Antonia kann dich begleiten und für dich die Augen offenhalten.«

»Geht für mich in Ordnung«, stimmte Antonia zu.

Dan begann nun die Fotos und Dokumente auf dem Tisch zusammenzusuchen. »Okay. Mitch, wir sehen uns morgen. In der Zwischenzeit werden wir etwas Schlaf nachholen und dann zu dem Jachthafen fahren, von dem, aus diese Luxusjacht ursprünglich gestartet ist.«

Mitch salutierte spöttisch und sagte: »Fröhliches Jagen.«

KAPITEL 23

:

»Wohin fahren wir eigentlich?« Dan schob seine Sonnenbrille wieder auf die Nase, um seine Augen vor der grellen Morgensonne zu schützen.

»Vittoriosa Marina«, erklärte Antonia. »Vielleicht können wir dort ein paar Fragen stellen und damit etwas Licht ins Dunkel bringen.«

Dan nickte. »Hört sich gut an.«

»Hast du auf Malta gelebt?«, fragte Antonia.

Er zuckte mit den Schultern. »Vor einer ganzen Weile, war aber eher eine Durchreise«, antwortete Dan und blickte dabei aus dem Fenster. Die zwei Monate Arbeit vor vier Jahren schienen schon eine Ewigkeit her zu sein und es war nicht gerade seine glücklichste Zeit gewesen.

Antonia bemerkte seine Zurückhaltung und ließ ihn deshalb vor sich hin brüten. Sie steuerte das kleine Auto aus dem Parkhaus und bog nach links ab, dann schaltete sie das Radio ein und schlug im Takt der Musik mit den Händen auf das Lenkrad.

Sie fuhr schnell die Hauptstraße zum südlichen Ende der Insel hinunter. Dan beobachtete die vorbeiziehende Umgebung. Reste mittelalterlicher Mauern und Gebäude unterbrachen die überwiegend flache Landschaft, dazwischen lagen, vertrocknet und gepflügt, kleine ummauerte Felder und warteten auf den Frühling.

Dan kurbelte sein Fenster hinunter, legte den Ellbogen auf den Türrahmen und wandte sich wieder an Antonia. »Hat David dir etwas Genaueres über diese Mission erzählt?«

Sie schüttelte den Kopf. »Nur, dass ich dich am Flughafen treffen und dich dann bei Bedarf unterstützen und zum Jachthafen bringen soll, wenn du dorthin willst.« Sie lächelte. »Ich habe mir aber erlaubt, vorher dort anzurufen, damit auf alle Fälle jemand da ist, um mit uns zu reden.«

Dan nickte. »Gute Idee.« Als das Auto von der Schnellstraße abbog und einer schmaleren, kurvenreicheren Straße folgte, erzählte er ihr von der vermissten Jacht.

»Warum ist diese Jacht so wichtig?«, fragte sie neugierig und nahm Gas weg, während sich der Wagen einem alten Bus näherte, der über die Straße rumpelte.

»Sie könnte uns helfen, einige Fragen in einem Fall zu klären, an dem wir gerade arbeiten«, antwortete Dan. »Es ist zwar ziemlich weit hergeholt, aber wir stehen momentan so unter Druck, Antworten zu finden, dass wir nach jedem Strohhalm greifen.«

Antonia nickte, spähte rechts am Bus vorbei und überholte ihn dann. Die Straße führte in eine hübsche Küstenstadt hinab, vor der das Meer in der Morgensonne funkelte. Sie steuerte das Auto geschickt in eine schmale Parkbucht neben einem Souvenirgeschäft und stellte dann den Motor ab. Die Kaianlage folgte auf der gegenüberliegenden Straßenseite dem Verlauf des natürlichen Hafens, die bunt bemalten Fischerboote bildeten einen leuchtenden Kontrast zu der sandigen Hafenmauer.

»Der Jachthafen liegt weiter unten«, sagte sie und wies auf eine Reihe von Bootsmasten in der Nähe. »Dort könnten wir anfangen.«

Dan kletterte aus dem Auto, drückte die Beine durch und wandte sich dann um, um seine Umgebung zu betrachten. »Okay, zeig mir den Weg«, sagte er und folgte Antonia, als sie zwischen einem alten Minibus und zwei Autos hindurch die Straße überquerte.

Sie gingen Seite an Seite an der Hafenmauer entlang, eine leichte Brise wehte Antonia das lange Haar ins Gesicht. Sie schob es aus dem Weg und rollte es mit einer geübten

Handbewegung zu einem Knoten zusammen. Dann deutete sie auf die Geschäfte entlang des Kais. »Das ist eines der beliebteren Reiseziele auf der Insel«, erklärte sie, »weil es hier entlang der Uferstraße bereits früher eine Menge Bars und Cafés gab. Irgendwann wurde der Jachthafen fertiggestellt und das Geschäftsleben im Ort explodierte.«

»Es ist ganz anders, als ich es in Erinnerung habe«, meinte Dan. Er ließ seinen Blick über die Umgebung schweifen. Seine Größe war hier von Vorteil, denn so konnte er über den Verkehr hinwegsehen und die Reihe von Läden und Cafés betrachten, die sich in einer sanften Kurve entlang der Hafenmauer erstreckten.

»Du warst schon mal hier?«, fragte Antonia überrascht. »Wann?«

Dan zuckte mit den Achseln. »Vor ein paar Jahren.« Er deutete auf ein Gebäude an einer Straßenecke, in dem sich im Erdgeschoss ein stilvolles Café befand, während die darüber liegenden Stockwerke anscheinend als Wohnraum genutzt wurden. »Das war früher eine ziemlich zwielichtige Bar.«

Antonia runzelte die Stirn. »Ja, es gab hier viele Läden, in denen die Kundschaft, aber auch das Personal, etwas rau sein konnten.«

Dan grinste. »Ich weiß. Schließlich habe ich dort gearbeitet.«

»Tut mir leid. So war das nicht gemeint.« Antonia errötete.

Dan lachte, als sie am Café vorbeikamen. »Mach dir keine Sorgen, ich war damals tatsächlich nicht besonders gut drauf.«

»Ah«, sagte Antonia nur und schaute dabei lächelnd zur Seite.

Die Reihen der Fischerboote lichteten sich und machten Platz für kleine private Motorboote und Jachten. Dan warf jedem Boot einen flüchtigen Blick zu, bewunderte einige der Außenbordmotoren und stellte fest, dass mehr als eine Jacht einen neuen Anstrich nötig hatte. In der sanften Brise flatterten diverse Wäschestücke auf den Decks, während Leinen klappernd gegen Masten schlugen. Ein Mann mit einem Wischmopp in der Hand machte gerade eine kurze Pause und winkte ihnen freundlich zu, dann drehte er sich um und setzte seine Arbeit fort.

Nachdem sie um die letzte Kurve der Hafenstraße gebogen waren, kam der kleine Jachthafen in Sicht. Dan starrte bewundernd auf einen großen Motor-Cruiser, der am Kai festgemacht war. Sein frisch polierter schwarz-weißer Rumpf glänzte in der Morgensonne, die große Badeplattform war von braunen Ledersesseln umgeben und am Heck hing in einer Haltevorrichtung ein Jet-Ski.

Antonia beobachtete amüsiert seinen Blick. »Du magst Boote anscheinend.«

»Ich mag die *Idee* von Booten«, antwortete Dan grinsend. »Ich bin mir nur nicht sicher, ob ich auch die Arbeit haben möchte, die zwangsläufig dazu gehört.«

Antonia lachte und deutete auf den Cruiser. »Wenn du dir den leisten kannst, dann kannst du dir auch das dazugehörige Personal dafür leisten«, meinte sie. »Jetzt komm, das Büro ist dort unten.«

Das Büro des Hafenmeisters war ein kleines, modernes Holzgebäude mit einer überdachten Terrasse an der Vorderseite, auf der neben der Eingangstür mehrere Tische, Stühle und ein Getränkeautomat standen. Ein älterer Mann, der in eine Zeitung vertieft war, blickte auf, als sie die Stufen zur Veranda hinaufgingen, nickte kurz und wendete sich dann wieder seiner Lektüre zu, als sie die Bürotür öffneten.

Ein kleines Glockenspiel, das an einem Stück Schnur über der Tür hing, kündigte ihre Ankunft an. Eine Frau erschien daraufhin aus einem Hinterzimmer, wischte sich die Hände an einem Handtuch ab und lächelte sie an.

»Morgen«, sagte sie. »Wie kann ich Ihnen helfen?«

Antonia streckte ihr die Hand entgegen. »Mein Name ist Antonia Almasi«, sagte sie. »Ich glaube, wir haben heute Morgen miteinander telefoniert.«

»Ach ja«, antwortete die Frau. »Sylvia Camelleri.«

Antonia stellte nun Dan vor und zeigte dann auf die Marina. »Kannten Sie Paul Spiteri?«

Sylvia nickte. »Er hatte hier in den letzten zwei Jahren seine Basis«, erklärte sie. »Ich denke, vorher hat er in Griechenland gearbeitet. Ich bin mir allerdings nicht ganz sicher. Aber er hat auf jeden Fall immer mit Jachten zu tun gehabt. Die Kunden haben ihm vertraut.«

»Hatte er nur Stammkunden oder nahm er jede Arbeit an?«, fragte Dan.

Sylvia runzelte nachdenklich die Stirn. »Als er das erste Mal hier aufgetaucht ist, musste er keine Werbung machen, die Leute kannten seinen guten Ruf bereits. Aber dann wurden die Zeiten schlechter, immer mehr Eigentümer mussten ihre Spielsachen verkaufen und Paul nahm schließlich jede Arbeit an, wo auch immer er sie finden konnte.«

»War er denn vertrauenswürdig?«, fragte Antonia und hob die Hand, um die Frau zu beschwichtigen. »Ich meine, wenn die Auftragslage so schlecht war, hat er trotzdem noch genau darauf geachtet, für wen er arbeitete?«

Sylvia stützte sich auf die Theke auf und betrachtete den Jachthafen. »Wissen Sie, da bin ich mir nicht sicher. Ich würde ja gern sagen, dass es so war, aber«, sie zuckte mit den Schultern, »wenn du einen Job brauchst, und zwar wirklich dringend, wer weiß das dann schon?«

»Welche Aufzeichnungen führen Sie über die Nutzer des Jachthafens?«, fragte Dan nun.

Sylvia lächelte, bückte sich und griff nach einem großen Buch, das sie auf die Theke legte. »Das hier ist unser Anmeldeverzeichnis«, erklärte sie. »Jeder, der im Hafen bleiben will, muss einen Ausweis, wie zum Beispiel einen Reisepass, vorlegen und uns mitteilen, wie lange der Aufenthalt dauern wird, wo er herkommt, uns seine Telefonnummer geben … Informationen dieser Art.«

Dan warf einen neugierigen Blick auf das Buch. »Stört es Sie, wenn ich mal kurz hineinschaue?«

Sylvia schüttelte den Kopf und schob das Verzeichnis in Dans Richtung.

Er blätterte beiläufig in den Seiten herum und überlegte dabei, dass, nur weil die Leute hier ihre persönlichen Daten eintrugen, es nicht automatisch bedeutete, dass diese auch korrekt waren oder überprüft wurden.

»Die Jacht, die verschwunden ist«, hakte Antonia nach. »Wem gehörte sie?«

Sylvia ließ sich das Verzeichnis zurückgeben und fuhr dann mit dem Finger über eine bestimmte Seite. »Hier ist sie ja. Paul hatte sie Anfang der Woche von Rhodos herübergebracht. Eigentlich sollte er gestern damit in Richtung New York losfahren.«

Dan griff in seine Jeanstasche und zog eine Fotokopie des Berichtes über die vermisste Jacht heraus. »Angeblich hat ein Filmproduzent die Jacht gekauft, nachdem er sie bei Dreharbeiten in Rhodos gesehen hatte«, meinte er und faltete das Blatt dann wieder zusammen. »Ich schätze mal, er wird gerade zeternd bei seinem Versicherungsvertreter auf der Matte stehen.« Er lehnte sich an die Theke. »Was ist mit Pauls Familie? Ist hier irgendjemand auf der Suche nach Antworten aufgetaucht?«

Sylvia schüttelte den Kopf. »Paul war ein Einzelgänger. Ich erinnere mich noch daran, dass wir einmal eine Party bei uns zu Hause veranstaltet haben, auf der einige von uns am Schluss ziemlich betrunken waren. Er hat mit Antony, meinem Mann, auf der Terrasse gesessen und ihm erzählt, dass er es deshalb so lieben würde, Jachten für andere Leute zu überführen, weil er auf diese Weise hin und wieder auch so etwas wie eine Familie finden würde.« Sie sah traurig aus dem Fenster. »Ich glaube deshalb nicht, dass irgendjemand nach ihm suchen wird.«

»Wie gut war er denn als Seemann?«, fragte Antonia.

»Sehr gut«, antwortete Sylvia augenblicklich. »Viele Leute glauben ja nur, dass sie tolle Seeleute sind, aber Paul verfügte tatsächlich über jahrelange Erfahrung, selbst unter den schwierigsten Bedingungen. Sich einfach so direkt hier an der Küste in Luft aufzulösen …« Sie runzelte die Stirn. »Das ist unmöglich.«

KAPITEL 24

»Also, Daniel«, meinte Antonia, stützte sich auf ihre Ellbogen auf und schaute blinzelnd das Haus in der Ferne an. »Wie lautet jetzt dein Plan?«

»Daniel stimmt nicht.«

Sie wandte sich ihm zu. »*Wie bitte*?«

Dan lächelte. »Mein Name ... ich heiße nicht Daniel.« Er hob das Fernglas und spähte zur Villa hinüber.

»Und wie heißt du dann?«

Er seufzte. »Ist doch egal.«

Antonia grinste. »Nun komm schon, sag's doch einfach. Welchen Namen haben dir deine Eltern verpasst, der dich so sehr in Verlegenheit bringt?«

Er stöhnte. »Dazu muss man die ganze Vorgeschichte kennen, und das tust du nicht.«

»Ich werde es irgendwann so oder so herausfinden.«

»Dante«, murmelte er.

Antonia hielt sich die Hand vor den Mund und rollte sich dann lachend im Gras herum.

»So lustig ist das nun auch wieder nicht.«

»Doch, ist es!«, rief sie keuchend. »Oh mein Gott, du solltest Kunstwerke oder etwas in der Art verkaufen und nicht für die britische Regierung arbeiten!« Hustend verstummte sie.

»Pass auf, dass du dich nicht verschluckst«, knurrte Dan, hob das Fernglas erneut an die Augen und ignorierte das Kichern neben sich.

Antonia stupste Dan in die Rippen. »Gib mir mal das Fernglas.«

»In einer Minute.«

»Dann sag mir wenigstens, was du gerade siehst.«

Dan schwenkte das Fernglas nach rechts in Richtung Nebengebäude, wobei er darauf achtete, seinen Kopf und seine Schultern nicht zu hoch über den Felsvorsprung zu heben, damit niemand seine Silhouette vor dem Felsen entdeckte.

»Okay, ich sehe eine unbefestigte Straße, die eine Steigung hinaufführt und auf der anderen Seite bis zur Villa verläuft. Am Ende liegt ein bewachtes schmiedeeisernes Doppelflügeltor. Sieht ganz so aus, als würde der Wachposten im Moment auf und ab gehen, um nicht einzuschlafen. Wahrscheinlich ist seine Schicht bald zu Ende.« Langsam bewegte er das Fernglas nach links. »Das Grundstück ist von einer Betonmauer umgeben. Oh, warte …« Dan stellte das Fernglas neu ein. »Die Mauerkrone ist voller Stacheldraht.«

»Steht er unter Strom?«, fragte Antonia nervös und beugte sich auf den Ellbogen vor.

»Nein, ich kann keine Transformatoren entdecken.«

»Gut.«

Dan nahm das Fernglas nun langsam hinunter. »Direkt hinter dem Tor steht ein kleines, eingeschossiges Nebengebäude.«

Antonia schirmte mit der Hand ihre Augen ab. »Ich sehe es.«

»Könnte sein, dass sie es als Lagerhaus verwenden«, vermutete Dan. »Allerdings stehen zwei Typen davor, die rauchen. Vielleicht nutzen sie es also auch gleichzeitig noch als Unterkunft.«

»Schon möglich«, stimmte ihm Antonia zu. »Jetzt gib mir endlich das Fernglas.«

»Nur noch eine Minute.« Er veränderte seine Position und zuckte schmerzerfüllt zusammen, als sich kleine scharfe Steine in seine Haut bohrten. »Weiter oben liegen die Hauptvilla und das kleinere Nebengebäude. So wie es aussieht, wird es tatsächlich als Garage genutzt. Ich kann zumindest einen kleinen Jeep darin erkennen.«

Antonia schlug mit der Faust in den Sand. »Es reicht.« Sie klatschte Dan mit der flachen Hand auf den Arm. »Gib es jetzt endlich her.«

Dan hielt das Fernglas von sich weg. Als Antonia danach griff, riss er es wieder zurück und grinste breit.

Dieses Mal schlug sie ihm fest mit der geballten Faust auf den Arm.

Dan hörte auf zu grinsen und ließ das Fernglas überrascht auf den Boden fallen. »Wo zur Hölle hast du gelernt, *so* zuzuschlagen?«, zischte er.

»Ich habe einen älteren Bruder«, erwiderte Antonia lächelnd, hob das Fernglas auf und hielt es sich vor die Augen.

***

Das rhythmische Zirpen der Zikaden erfüllte die Abendbrise, während das Team versteckt hinter einer niedrigen Mauer in ihrem Fahrzeug saß.

Nachdem Mitch an diesem Nachmittag aus London angekommen war, hatte er zunächst zusammen mit Dan die Telekommunikationsausrüstung überprüft und dann das beste Kit für diesen Auftrag zusammengestellt. Jetzt gab er Dan und Antonia ihre Ohrstecker und Kehlkopfmikrofone, schaltete sein Tablet ein und überprüfte, ob die Verbindung funktionierte, dann nickte er Dan zu, während sein Gesicht von dem schwachen Leuchten des Bildschirms angestrahlt wurde.

»Du bist startklar.« Er warf einen Blick über seine Schulter. »Bist du dir sicher, dass ich dich nicht begleiten soll?«

Dan schüttelte den Kopf. »Ich brauche dich hier als meine Augen und Ohren«, erklärte er. »Das Ganze wird auch so schon schwierig genug werden.« Er platzierte den Ohrstecker und tippte an das Mikrofon, um die Verbindung zu überprüfen. »Beobachtet uns David eigentlich?«

»Ja, das tue ich«, hörte man nun seine Stimme zerhackt über den Kommunikationskanal. »Also vergeig' es nicht.«

»Okay, verstanden.« Dan beugte sich vor und deutete auf das Satellitenbild auf Mitchs Tablet. »Ich gehe hier rein, denn die Bäume auf der anderen Seite der Mauer geben mir für den Anfang ein bisschen Deckung.«

Mitch nickte. »Sobald Hassan das Grundstück verlassen hat, werde ich seine Bewegungen über den Satelliten-Feed aus London verfolgen und dich dann vorwarnen, sobald er auf dem Rückweg von Valletta ist.«

Dan grunzte zustimmend und warf einen kurzen Blick auf seine Uhr. »Gut, das sollte mir eine halbe Stunde Zeit verschaffen, um wieder vom Grundstück verschwinden zu können.« Er drehte sich auf dem Beifahrersitz um und sah Antonia an, die auf der Rückbank gerade einen langärmeligen schwarzen Pullover über den Kopf zog. »Ich brauche dich als Unterstützung an der Mauer, damit ich den Stacheldraht durchschneiden kann. Denkst du, dass du mein Gewicht tragen kannst?«

Sie nickte. »Das wird schon klappen, mach dir keine Sorgen. Wo soll ich denn auf dich warten?«

Dan nahm Mitch das Tablet aus der Hand und hielt es in die Höhe, damit Antonia das Satellitenbild des Grundstücks sehen konnte. »Hier, in diesem Graben gegenüber der Mauer. Stemme mich darüber und warte dann dort. Rühr dich solange nicht, bis es dir einer von uns beiden sagt.«

»Verstanden.« Antonia zog sich eine schwarze Wollmaske über den Kopf.

»Hey, das ist aber eine deutliche Verbesserung«, rief Mitch grinsend, schreckte aber zurück, als Antonia ihm seitlich gegen den Kopf schlug.

Dan runzelte die Stirn. »Lass uns gehen.«

***

Antonia und Dan lagen ausgestreckt in einem Graben neben Hassans Anwesen. Dan spürte seinen Herzschlag in den Ohren pochen, als er die Hand um das leuchtende Ziffernblatt seiner Uhr legte.

»Wie liegen wir in der Zeit?«, flüsterte Antonia.

Dan zog seinen Ärmel wieder über die Uhr und befestigte ihn sorgfältig mit einem Stück Gaffertape, sodass das Ziffernblatt nicht seine Position verraten würde, wenn er die Mauer überwunden hatte und von vollkommener Dunkelheit umgeben war.

»Sieht gut aus«, murmelte er. »Er muss jeden Moment …«

Er verstummte, als sich ein Fahrzeug der gegenüberliegenden Seite des schmiedeeisernen Tores näherte. Beide duckten sich gleichzeitig.

Nachdem die Wachen die Torflügel geöffnet hatten, spähte Dan vorsichtig über den Grabenrand und entdeckte ein Auto, das gerade das Tor passiert hatte und sich auf der Straße von ihnen entfernte. Seine Bremsleuchten blitzten kurz auf, als es um eine Ecke fuhr und außer Sicht verschwand.

Er gab Antonia das Zeichen, so lange unten zu bleiben, bis das Geräusch des starken Automotors nicht mehr zu hören war.

Dann hoben sie langsam ihre Köpfe und starrten zum Tor hinüber, während der Wachmann die beiden Torflügel schloss und eine Kette darum schlang. Zufrieden griff er danach in die obere Jackentasche und zog eine Zigarette heraus. Eine Flamme leuchtete kurz hell auf und verschwand dann wieder, zurück blieb ein deutlich sichtbarer roter Punkt, der in der Dunkelheit glühte.

»Wenn die Katze aus dem Haus ist …«, murmelte Antonia.

Der Wachmann wandte sich nun vom Tor ab und begann, an der Innenseite der Mauer zu patrouillieren. Dan zählte im Stillen langsam bis zehn.

»Los!«, flüsterte er.

Gebückt huschten sie über den holperigen Pfad auf die gegenüberliegende Seite und pressten sich dort eng an die Betonmauer.

Sie lauschten nun schweigend, ob sich auf der anderen Seite der Mauer irgendetwas bewegte.

Nichts.

Dan stieß sich von der Wand ab, nickte Antonia einmal kurz zu und zog dann einen Seitenschneider aus seiner schwarzen Hose.

Antonia verschränkte die Hände ineinander, bückte sich und lehnte sich dann mit dem Rücken gegen die Wand.

Dan schob seinen Stiefel in ihre Hände und stützte sich mit einer Hand auf ihrer Schulter ab. Er blickte kurz die Mauer hoch, dann zu Antonia hinunter und zwinkerte ihr zu.

»Fertig?«, flüsterte er.

Sie nickte. »Lass dir aber nicht zu viel Zeit, um den Draht durchzuschneiden.« Sie spreizte die Beine und bohrte ihre Stiefel fest in den Boden. »Auf mein Kommando …«

Dan ließ sich gegen die Mauer fallen und sein Schwung verstärkte sich, als Antonia unter seinem Gewicht ächzend ihre Beine durchdrückte, bis sie aufrecht stand. Sofort stieg Dan auf ihre Schultern, die fest gegen die Mauer gepresst waren und durchschnitt den Stacheldraht, so schnell er konnte. Er ließ den Seitenschneider vorsichtig auf den Boden fallen und zog die zerschnittenen Drahtstücke auseinander, dann legte er seine Hände auf die Mauerkrone, zog sich hinauf und ging tief in die Hocke.

Antonia schnappte angestrengt nach Luft und stolperte vor Erleichterung, als sie endlich von seinem Gewicht befreit war. Nachdem sie ihr Gleichgewicht wiedergefunden hatte, griff sie nach dem Seitenschneider, der vor ihren Füßen ins hohe Gras gefallen war und kontrollierte kurz die Straße in beide Richtungen, bevor sie über den Pfad rannte und sich in den Graben warf.

Dort drehte sie sich noch einmal um und beobachtete, wie Dan sich auf der anderen Seite der Mauer heruntergleiten ließ. Er blickte noch einmal kurz auf, winkte ihr zu und verschwand dann aus ihrem Sichtfeld.

Antonia klopfte auf ihr Kehlkopfmikrofon und flüsterte: »Tango Eins, hier ist Tango Drei. Bestätige, dass Tango Zwei drüben ist, ich wiederhole, Tango Zwei ist drüben.«

KAPITEL 25

Dan ließ sich auf den Boden fallen und blieb so lange in gehockter Haltung, bis sein Herzschlag wieder langsamer geworden war. Als sich seine Atmung ebenfalls beruhigt hatte, lauschte er in die Dunkelheit hinein.

Niemand kam näher.

Schließlich richtete er sich bedächtig zu seiner vollen Größe auf, kontrollierte den Boden vor sich und ging vorsichtig, Schritt für Schritt, durch das unebene Unterholz.

Während er sich unter einem niedrigen Ast versteckte, starrte er suchend zwischen den Bäumen hindurch, um sich zu orientieren.

»Okay, ich kann deine Hitzesignatur erkennen«, meldete sich Mitch über Funk.

Dan bahnte sich nun langsam seinen Weg durch die Bäume, wobei er ständig die Auffahrt zu seiner Rechten im Auge behielt. Hinter dem letzten Baum kauerte er sich wieder nieder und spähte über den unbewachsenen Boden zum Größeren der beiden Nebengebäude hinüber.

Von Nahem sahen die Gebäude deutlich baufälliger aus als beim Blick durch das Fernglas einige Stunden zuvor, aber eines davon war in einem besseren Zustand und schien zumindest von außen erst kürzlich renoviert worden zu sein. Neue Betonteile waren mit älteren, von Hand bearbeiteten Kalksteinblöcken verbunden worden, die die Zeit und die Elemente verwittert hatten.

Das Dach des Gebäudes bestand aus gebogenem Zink, an einigen Stellen bereits verrostet, an anderen frisch verzinkt. Die Vorderseite wurde von einer stabilen Holztür dominiert, deren neue Scharniere im Mondlicht schimmerten.

Er blickte zum Nachthimmel hinauf. Wolken huschten unregelmäßig am Mond vorbei und verdeckten den Vollmond damit zumindest vorübergehend immer wieder.

Er berührte sein Kehlkopfmikrofon. »Wo sind die Wachleute gerade, Mitch?«

Die Verbindung knisterte kurz, dann war durch die Statik Mitchs Stimme zu hören. »Auf der anderen Seite des Grundstücks. Moment, ich zoome mal eben auf deine Position.«

Dan wartete und beobachtete weiterhin das Gebäude vor sich. Es war nur fünfzig Meter entfernt, aber die musste er ohne jede Deckung überwinden.

»Okay«, meldete sich Mitch nun wieder. »Es sind zwei Leute in dem Gebäude, aber sie befinden sich in einem Raum auf der anderen Seite. Du hast also freies Feld.«

»Verstanden. Ich warte nur auf Deckung durch die Wolken.«

Dan richtete sich auf und beobachtete, wie die Wolken über den Nachthimmel huschten. Eine schwache Brise wehte ihm salzig riechende Luft ins Gesicht. Er atmete mehrmals tief ein und aus, um seine Nerven zu beruhigen, während er den Boden vor sich kontrollierte und nach Steinen oder Hindernissen suchte, die ihn zum Stolpern bringen könnten.

Dann verschwand der Mond plötzlich hinter einer dicken Wolke. Sofort sprintete Dan los, seine Schritte wurden dabei von der lockeren Erde unter seinen Stiefeln gedämpft. Nach wenigen Sekunden stieß er bereits gegen die Steinmauer und ging in die Hocke.

Er wartete, bis sich sein Atem wieder beruhigt hatte, und griff dann in seiner Tasche nach den Mikro-Sendeempfängern.

»Wie sieht es aus, Mitch?«, murmelte er.

»Alles okay. Die Männer haben sich nicht bewegt. Es scheint so, als würden sie Karten spielen. Zwei Wachleute patrouillieren in dem bebauten Gebiet östlich von deiner Position. Ich schätze mal, sie werden sich in circa fünf Minuten wieder auf den Rückweg in deine Richtung machen.«

»Verstanden.«

Dan öffnete leise das Etui und nahm einen der getarnten Mikro-Transceiver in die Hand. Er steckte den Behälter in seine Tasche zurück und schlich dann langsam auf der Rückseite des Nebengebäudes entlang, bis er sich unter dem Fenster des Zimmers befand, in dem die Wachleute Karten spielten.

Er blickte vorsichtig nach oben. Licht fiel durch die Glasscheibe und ergoss sich über den Boden.

»Mitch, kannst du mir bestätigen, dass sich niemand zwischen meiner Neun- und Drei-Uhr-Position befindet?«, murmelte er. »Ich werde hier nämlich absolut ungeschützt sein.«

Ein paar Sekunden Stille gingen der Antwort des anderen Mannes voraus. »Alles okay.«

Dan klopfte daraufhin zweimal bestätigend gegen sein Kehlkopfmikrofon. Er zog auf der Unterseite der Zikade die Schutzfolie von der Klebefläche ab und richtete sich dann langsam neben dem Fensterrahmen auf. Anschließend atmete er tief durch, um seine Hände zu beruhigen, drehte sich zur Wand um und brachte das winzige Zikaden-Gadget vorsichtig in Position. Seine Hand verharrte danach am Rand des Holzrahmens, denn falls die Wachleute jetzt durch das Fenster eine Bewegung wahrnehmen würden, könnte ihre ganze Mission scheitern.

»Die Wachen kommen zurück«, flüsterte Mitch. »Ich schätze mal, du hast noch etwa fünfzehn Minuten.«

Dan schloss seine Augen. Nur noch fünfzehn Minuten, und er hatte noch drei weitere Mikro-Transceiver, die er in Position bringen musste.

Ein plötzliches Brüllen aus dem Raum ließ ihn erschrocken zusammenzucken, doch dann hörte er Gelächter und Stimmen, als ein gutmütiger Streit losbrach.

Jetzt! Dan streckte sich, platzierte die Zikade vorsichtig auf dem Glas und ging dann sofort wieder in die Hocke.

»Hast du ein Signal?«, zischte er in sein Mikrofon.

»Ja, funktioniert perfekt«, antwortete Mitch. »Klingt so, als hätte gerade jemand zu schummeln versucht.«

»Okay.« Dan löste das Klebeband, schob den Ärmel hoch, warf einen Blick auf seine Uhr und tippte dann gegen sein Kehlkopfmikrofon.

»Drei sind noch übrig.«

***

Antonia verzog das Gesicht und verlagerte ihr Gewicht, um das Kribbeln in den Armen und Beinen zu lindern. Die Temperatur war seit Sonnenuntergang deutlich gesunken und eine kühle Brise wehte über den Weg. Durch ihren Ohrhörer konnte sie das Gespräch zwischen Dan und Mitch perfekt mithören. Als Dan auf das Nebengebäude zu rannte, stieg auch ihr Adrenalinspiegel unwillkürlich an.

Plötzlich nahm sie aus dem Augenwinkel eine Bewegung wahr und blickte auf.

»Scheiße!«, murmelte sie erschrocken.

Zu ihrer Linken war auf einmal ein Wachmann aufgetaucht, der an der *Außenseite* der Mauer patrouillierte.

»Mitch!«, zischte sie in ihr Kehlkopfmikrofon. »Was zum Teufel soll das? Hier kommt gerade eine Wache außerhalb der Mauer direkt auf mich zu!«

Mitch fluchte am anderen Ende der Funkverbindung. »Sofort runter in den Graben mit dir und rühr dich nicht!«

»Warum haben wir nicht gewusst, dass die Mauer auch von außen kontrolliert wird?«, mischte sich David über Funk ein.

»Vielleicht hat sich etwas an den Wachabläufen in der Villa verändert«, antwortete Mitch. »Eventuell sind sie aus irgendeinem Grund in Alarmbereitschaft.«

»Und das hast du nicht bemerkt?«, fragte David angespannt.

»Ich war damit beschäftigt, Dan den Rücken freizuhalten!«, zischte Mitch wütend.

Antonia zog ihre Sturmhaube vom Kopf und hielt ihr Gesicht so dicht über dem Boden, wie es ging. Denn, wenn sie entdeckt wurde, würde es viel schwerer werden, ihre Anwesenheit mit einer Maske auf dem Kopf zu erklären als ohne.

Sie verhielt sich ruhig und lauschte den Stimmen in ihrem Ohrhörer.

»Antonia, nicht eingreifen«, befahl David. »Ich wiederhole, nicht eingreifen. Solange er dich nicht entdeckt, lass ihn einfach vorbeigehen.«

Antonia tippte zweimal bestätigend gegen das Kehlkopfmikrofon, damit der Wachmann ihre Stimme nicht hörte.

Als sich die Schritte des Mannes weiter näherten, hielt sie unwillkürlich den Atem an. Der Strahl seiner Taschenlampe fegte nun von einer Seite der unbefestigten Straße zur anderen und traf auch kurz das Gras neben ihr, bevor er die Mauer anleuchtete.

Ihr Herzschlag setzte kurz aus, als der Wachmann vor ihr stehen blieb und leise fluchte.

Antonia hob vorsichtig den Kopf.

Der Wächter leuchtete nun mit seiner Taschenlampe zur Mauerkrone hinauf und reckte den Hals, während er den Lichtstrahl auf den zerschnittenen Stacheldraht richtete.

Antonia erhob sich daraufhin in eine kauernde Position und ihre Finger umklammerten fest den Griff des Seitenschneiders in ihrer Tasche. Jetzt zog sie ihre Hand heraus und tippte dreimal gegen ihr Kehlkopfmikrofon.

»Scheiße«, rief Mitch. »David, sie muss jetzt eingreifen, sie hat keine andere Wahl.«

»Zugriff bestätigt«, antwortete David. »Aber keine Spuren.«

Mit einer fließenden Bewegung sprang Antonia hoch und über den Graben hinweg.

Der Wachmann drehte sich um und seine Kinnlade klappte herunter, während die linke Hand nach dem Funkgerät tastete und die rechte Hand in der Jacke nach seiner Waffe suchte.

Antonia zögerte nicht eine Sekunde. Mit einem tiefen Knurren sprang sie auf den Rücken des Wachmannes und stieß ihm den Drahtschneider seitlich in den Nacken.

Als er zu Boden ging, packte Antonia sein Bein und zog ihn keuchend in den Graben hinein.

Blut begann aus der Wunde herauszusprudeln und auch zwischen seinen Lippen quoll Blut hervor, als der Wachmann erstickt nach Luft schnappte.

Sie starrte ihn an, hob ein Stück des Stacheldrahts, den Dan abgeschnitten hatte, auf, und wickelte ihn rasch um den Hals des Mannes, dann stemmte sie ihre Füße gegen die Seite des Grabens und begann zu ziehen, als plötzlich der Lauf einer Waffe fest gegen ihre Schläfe gedrückt wurde.

»Sofort aufhören, oder ich schieße!«, sagte eine Stimme; kurz darauf wurden ihr das Kehlkopfmikrofon und der Ohrhörer abgerissen.

Antonia ließ die Enden des Drahtes aus ihren Fingern gleiten. Als der verletzte Wachmann stöhnend auf dem Boden zusammensackte, hob Antonia langsam die Hände und drehte sich um, kurz bevor die Faust eines Mannes gegen ihre Wange donnerte und sie zu Boden schickte.

KAPITEL 26

:

Dan schlich um die Ecke des Nebengebäudes und lauschte dabei dem hektischen Funkverkehr in seinem Ohrhörer.

Ein lauter Fluch von Mitch beendete allerdings das Gespräch.

»Was zur Hölle geht da vor?«, zischte Dan.

»Antonia ist offenbar außer Gefecht gesetzt worden«, erklärte David. »Wir haben jeden Kontakt zu ihr verloren.«

»Scheiße!« Dan starrte auf die freie Fläche zwischen dem Nebengebäude und der Villa. »Mitch, ich muss immer noch drei Wanzen anbringen. Wie sieht es mit den Wachleuten aus?«

»Du kannst jetzt loslegen. Alles soweit sauber, aber du hast vielleicht nur Sekunden, wenn die Männer im Gebäude von Antonia und den beiden Wachen erfahren und du dich aus dem Staub machen musst.«

»Verstanden«, antwortete Dan und sprintete auf die Villa zu.

Er rutschte die letzten fünf Meter über Kies und Sand und kam schließlich schlitternd an der rechten Villenseite zum Stehen.

Als vom Nebengebäude aus, laute Stimmen hinüberschallten, blickte er auf. Die beiden Wachleute kamen jetzt aus der Tür gerannt und schrien aufgeregt in ihre Funkgeräte.

Er hörte, wie ein Motor stotternd auf Touren gebracht wurde und sah einen offenen Jeep, der rückwärts aus dem Garagengebäude herausfuhr. Die Räder drehten auf dem losen Kies kurz durch, dann schoss der Wagen die Auffahrt hinunter in Richtung Eingangstor.

»Sieht ganz so aus, als hätten sie Antonia erwischt«, murmelte er.

»Lebt sie noch?«, fragte David besorgt.

»Das weiß ich nicht. Ich melde mich später wieder.«

Dan zog das Aluminiumetui heraus und wählte eine weitere Zikade aus. Dann schlich er langsam an der Hauswand entlang und näherte sich einem Fenster, durch dessen hölzerne Jalousien nur wenige Streifen Licht fielen.

Er blieb darunter stehen und hörte jetzt durch das offene Fenster mehrere Stimmen, wobei er sich konzentrieren musste, um verstehen zu können, was gesprochen wurde. Ein metallisches Scheppern bestätigte seinen ersten Eindruck ... er befand sich unterhalb der Küche.

Behutsam bewegte sich Dan in geduckter Haltung weiter an der Hauswand entlang, blieb unter jedem Fenster einen Moment lauschend stehen und platzierte in kurzer Zeit zwei weitere Mikro-Transceiver. Während dieser Aktion behielt er die ganze Zeit die Freifläche im Blick, bereit, sich sofort auf den Boden fallen zu lassen, sobald dort jemand auftauchte.

Ein paar Minuten später hörte er ein zurückkommendes Fahrzeug, dessen Motor immer lauter wurde, je mehr es sich ihm näherte.

Vorsichtig hob er den Kopf und spähte um die Ecke des Gebäudes; sein Herzschlag setzte kurz aus.

Antonia saß zwischen zwei Wachleuten auf dem Rücksitz des Fahrzeugs. Man hatte ihr die Arme auf dem Rücken zusammengebunden.

Der Fahrer blieb nun schlitternd hinter der Tordurchfahrt stehen. Einer der Wachmänner sprang heraus und schloss das Tor wieder.

Dan fiel auf, wie Antonia sich unauffällig auf dem Gelände umsah und duckte sich sofort tiefer. Er durfte nicht riskieren, dass sie ihn entdeckten. Zorn stieg in ihm auf, als er die rote Schwellung auf ihrer Wange bemerkte.

Der Jeep schoss jetzt erneut vorwärts. Der Wachmann sicherte das Tor mit der Kette, bevor er sich umdrehte und in Richtung Villa lief.

Dan hob den Kopf und beobachtete, wie der Wagen anhielt und Antonia von ihrem Platz gezerrt wurde. Ihr Protest wurde von der leichten Brise, die das Gras zu seinen Füßen erzittern ließ, zu ihm hinübergetragen, dann folgte ein Schlag und Antonias Stimme erstarb abrupt.

Dan tippte auf sein Kehlkopfmikrofon und flüsterte: »Ich greife ein.«

»Negativ, Dan. Halt dich da raus. Wir werden eine anständige Rettungsmission organisieren«, blaffte David.

»Dafür ist aber keine Zeit«, zischte Dan. »Gott weiß, was diese Bestien mit ihr anstellen werden, und wenn Hassan erst mal wieder hier ist …«

»Dan, nein. Es ist einfach zu riskant.«

»Sie ist eine von *uns*, David. Ich lasse sie bestimmt nicht hier zurück.«

Dan riss sich daraufhin wütend seinen Ohrhörer heraus und nahm auch das Kehlkopfmikrofon ab. Er ging in die Knie und kratzte mit bloßen Händen eine kleine Vertiefung in die Erde, dort steckte er die Kommunikationsausrüstung hinein und bedeckte sie mit Sand.

Zufrieden schlich er weiter. Am Ende des Gebäudes holte er tief Luft und spähte um die Ecke.

Vor ihm lag eine gepflasterte Terrasse, die das Mondlicht noch nicht erreicht hatte. Eine kühle Brise wehte vertrocknete Blätter zwischen den Beinen eines gusseisernen Tisches und mehrerer Stühle hindurch, die unordentlich herumstanden und aussahen, als wären sie noch vor Kurzem genutzt worden.

Dan schätzte gerade seine Möglichkeiten ab, als eine Bewegung an der nach Westen ausgerichteten Hausseite seine Aufmerksamkeit erregte … eine Gardine, die sich in einem Windhauch bauschte, der über die Terrasse wehte.

Lautlos näherte er sich daraufhin der Terrassentür. Dabei entdeckte er, dass die Tür ein wenig offenstand. Er hielt an und reckte den Hals, um durch das Fenster sehen zu können. Der Vorhang wurde von der Brise erneut nach außen geweht, und Dan konnte einen Blick auf ein Arbeitszimmer mit Bücherregalen an einer Wand und einem Schreibtisch erhaschen, der direkt neben der Tür stand. Am anderen Ende des Raumes bemerkte er eine geöffnete Tür, von der er vermutete, dass sie in den Flur führte.

Er schaute schnell über seine Schulter, konnte aber niemanden entdecken, deshalb ging er zielstrebig zu der angelehnten Terrassentür, schob den Vorhang zur Seite und betrat den Raum, wobei er vorher noch sorgfältig den letzten Mikro-Transceiver auf der Glasscheibe der Terrassentür anbrachte.

***

Das Erste, was Dan auffiel, war der Geruch. Es war eine Mischung aus Gewürzen, süßem Tee und einem Hauch kalten Zigarrenrauch.

Er blieb direkt hinter der Terrassentür stehen, zog sie hinter sich zu, schloss den Vorhang und lauschte.

Irgendwo in den Tiefen der Villa konnte er das Dröhnen von Stimmen hören. Es waren zwei oder drei Männer, die aufgeregt miteinander sprachen.

Er musste unbedingt herausfinden, wohin Antonia gebracht worden war, deshalb schlich er zum Schreibtisch und kauerte sich daneben nieder. Der Schreibtisch war aus dunkel gebeiztem Mahagoni und seine Kanten waren mit dekorativen Schnitzereien verziert. Er schien schon mehrere Jahrzehnte alt zu sein. Dan fuhr mit den Fingern über das wertvolle Holz und spürte unter seiner Berührung die kunstvolle Verarbeitung.

Er zog nun an dem eisernen Griff der obersten der vier Schubladen, doch diese war leider verschlossen. Als er die

Ecke eines Blattes entdeckte, das aus der untersten Schublade herausragte, machte er einen Schritt zurück und bückte sich. Dann starrte er frustriert auf seine zu kurzen Fingernägel und fluchte leise.

Nachdem er jede Schublade einzeln ausprobiert und festgestellt hatte, dass alle verschlossen waren, richtete er sich wieder auf und begann sorgfältig die Unterlagen zu durchsuchen, die in ordentlichen Stapeln auf dem Schreibtisch herumlagen.

Als die Stimmen lauter und aggressiver wurden, hob er allerdings schnell den Kopf. Sein Herz machte einen Sprung, als er plötzlich Antonia vor Angst flehen hörte.

»Bitte, *nicht*!«

Das Geräusch einer Ohrfeige drang bis zu ihm vor.

Dan ließ die Seiten in seiner Hand sofort fallen, sodass die Blätter achtlos über die Tischoberfläche flatterten, dann durchquerte er mit großen Schritten den Raum und warf einen Blick durch die offene Tür. Der Korridor war immer noch verlassen, also spähte er am Türrahmen vorbei, um sich zu orientieren. Die Stimmen kamen von rechts, aus Richtung der Küche. Auf der linken Seite führte eine Treppe nach oben, knickte dann aber ab und verhinderte so den Blick in die nächste Etage.

Dan wandte sich nach rechts, wobei er sich dicht an der Wand hielt und regelmäßig prüfend über seine Schulter schaute, während er schnellen Schrittes auf die Stimmen zuging. Als er sich näherte, konnte er endlich auch den Inhalt der Unterhaltung verstehen.

»Für wen arbeitest du?«

»Das habe ich doch schon gesagt … für niemanden!«

»Und warum warst du dann hier? Die Straße ist eindeutig Privatgelände.«

Dan runzelte die Stirn. Der Akzent klang vertraut nach Nahem Osten.

»Ich bin nur spazieren gegangen und habe mich verlaufen. Deshalb wollte ich nach dem Weg fragen.«

Dan zuckte zusammen, als ein weiterer Schlag aus der Küche drang und Antonia aufschrie. Er griff instinktiv nach seiner SIG Sauer.

Vorsichtig schlich er auf die offene Küchentür zu, die jetzt nur noch wenige Schritte entfernt war. Kurz davor blieb er stehen und überlegte, wie er Antonia lebend hier herausbekommen sollte. Außerdem fragte er sich, wie viel Zeit ihm nach dem ersten Schuss wohl bleiben würde.

Dan atmete kräftig ein und aus. Er hörte zwei Stimmen dort drin, wahrscheinlich waren aber noch weitere Wachleute irgendwo im Haus.

Er vernahm nun ein metallisches Klappern aus der Küche, als offenbar ein Gürtel gelöst wurde.

»Ich denke, es wird Zeit, dass wir dir beibringen, was mit unbekannten Frauen passiert, die einfach unsere Freunde angreifen«, sagte eine der Stimmen hämisch.

Zeit für eine Entscheidung!

Er schüttelte den Kopf. Dies könnte sich als die schlechteste Entscheidung seines ganzen Lebens herausstellen, oder vielleicht sogar als die letzte. Er hob seine Waffe und trat in den Türrahmen.

»Lasst sie los!«

Die Unterhaltung endete daraufhin mitten im Satz und zwei Männer wandten sich ihm finster zu.

KAPITEL 27

Dan überprüfte mit einem schnellen Blick sowohl den Raum als auch die Situation. Zwei Männer und Antonia befanden sich darin. Sie hatten sie gezwungen, sich auf einen der hölzernen Küchenstühle zu setzen. Ihre Augen weiteten sich vor Schock, als Dan plötzlich auftauchte.

Der Größere der beiden Männer hockte hinter Antonia und presste ihr die Arme um den Körper, während sich sein Komplize zu ihr hinunterbeugte und seinen Kopf drehte, um Dan anzustarren.

»Wer zum Teufel bist du denn?«, knurrte er und richtete sich auf, während seine Hand automatisch nach der Waffe tastete, die unter seinem Hemd steckte.

»Tu das lieber nicht«, warnte ihn Dan. »Ich werde dich und deinen Freund getötet haben, bevor du auch nur darüber nachgedacht hast, ob du feuern sollst oder nicht.«

Der Mann lachte spöttisch, zog die Hand aber dennoch langsam wieder hervor und hielt beide in einer beschwichtigenden Geste in die Höhe. »Beruhige dich. Das hier ist Privatbesitz. Deine Freundin hier«, er deutete mit dem Kopf auf Antonia, »hat das Grundstück unerlaubterweise betreten. Genauso wie du.«

»Entschuldigung«, antwortete Dan. »Lasst sie jetzt trotzdem gehen.«

Der Mann hinter Antonia grinste und streichelte ihr aufreizend das Gesicht. Antonia riss ihren Kopf angewidert zur Seite, doch der Mann verstärkte seinen Griff um ihre Arme daraufhin nur. Sie wimmerte vor Schmerzen.

»Vielleicht lassen wir dich ja gehen und behalten sie hier«, knurrte er.

Dan hob seine Waffe leicht an und konzentrierte sich auf den anderen Mann. »Das hättest du wohl gern«, murmelte er. Er machte einen Schritt in die Küche hinein und blickte von einer Seite zur anderen. Sonst war tatsächlich niemand im Raum.

Der Mann mit dem Gürtel blinzelte einmal, warf seinem Komplizen dann einen Blick zu und deutete mit dem Kinn auf Antonia. »Lass sie los.«

Dan entspannte sich leider einen Sekundenbruchteil zu früh, denn zu spät bemerkte er, wie sich Antonias Augen weiteten. Dann explodierten auch schon seine Nieren und seine Beine gaben nach, während er zu Boden stürzte.

Zusammengekrümmt wälzte er sich auf dem Fußboden, während ihm der unerträgliche Schmerz die Tränen in die Augen trieb und ihn keuchend nach Atem ringen ließ. Als er über sich hämisches Lachen hörte, entdeckte er einen Angreifer, der grinsend auf ihn herabsah und einen Billardqueue in der Hand hielt.

»Das hast du wohl nicht erwartet, was?«, sagte der Mann lachend.

»Warum hat das denn so lange gedauert, Mustapha?«, fragte der erste Schläger.

Dans Angreifer zuckte mit den Schultern. »Ich wollte nur sichergehen, dass er wirklich allein ist. Das muss ihr Freund sein.«

»Das erklärt aber trotzdem nicht, was er hier zu suchen hat«, meinte der andere Mann, bevor er sich bückte und Dans Waffe aufhob. »Oder was er damit vorhatte«, fügte er hinzu und drehte die Pistole in seiner Hand hin und her. Er sah auf Dan hinunter und trat ihm voller Wucht in den Rücken.

Dan stöhnte und befürchtete, dass er ein paar Tage lang Blut pissen würde, falls sie hier überhaupt lebend herauskommen würden. »Du kannst mich mal«, murmelte er und versuchte den Schmerz abzuschwächen, indem er sich keuchend herumrollte.

»Hoch mit ihm«, befahl Mustapha.

Die beiden Schläger bückten sich zu Dan hinunter und zwangen ihn unsanft auf die Knie.

»Wer bist du?«, fragte der dritte Mann. »Und was willst du hier?«

»Süßes oder Saures«, antwortete Dan provozierend.

Dieses Mal sah er den Schlag kommen und bereitete sich darauf vor. Als ihn die Faust traf, wurde sein Kopf nach links geschleudert und er schmeckte Blut. Grunzend ließ er den Kopf einen Moment lang hängen, während seine Zunge durch den Mund wanderte, um seine Zähne zu überprüfen. Einer fühlte sich locker an, aber wenigstens immer noch da.

Er hob seinen Kopf und starrte den Wachmann an, der grinsend einen Schritt zurückgetreten war und den Männern, die Dans Arme hinter seinem Rücken festhielten, jetzt zunickte.

»Ali, wirf sie beide in den Keller und sperr sie ein. Der Boss kann sich später mit ihnen unterhalten, wenn er wieder da ist. Spätestens dann werden sie auch verstehen, was echter Schmerz ist«, knurrte er, bevor er sich umdrehte und den Raum verließ.

»Nein!«, schrie Antonia, als Ali auf sie zustürzte, ihr Handgelenk packte und sie mit dem Revolver an der Schläfe dazu zwang, die Steintreppe zum Keller hinunterzusteigen.

***

Dan versuchte mit einem schnellen Blick die Umgebung zu erfassen, bevor ihre Kidnapper die Kellertür schlossen. Ihm fiel eine Reihe von Regalen ins Auge. Er rannte auf diese zu, als der Raum mehr und mehr in Dunkelheit versank und das Geräusch der sich schließenden Riegel in der unterirdischen Kammer widerhallte.

»Was machst du da?«, fragte Antonia mit zitternder Stimme.

»Warte mal kurz.« Dan tastete langsam über die Regalböden. Er war sich sicher, dass er etwas gesehen hatte, das sie benutzen konnten, und er wollte nicht, dass es auf den Boden fiel, denn dort würde er es nie wiederfinden.

Seine Finger strichen über die raue Oberfläche und berührten staubige alte Pappboxen. Er nieste und als sich seine Hand in einem unwillkürlichen Reflex dabei bewegte, streiften seine Finger die Oberfläche dessen, wonach er gesucht hatte. Er grinste, als er es vorsichtig zu sich heranzog.

Lass sie bitte funktionieren.

Er drehte das Objekt langsam in seinen Händen, um es genauer untersuchen zu können. Dann hielt er es senkrecht, drückte den Schalter, den er an der Seite ertastet hatte, und hielt den Atem an.

Die Taschenlampe erwachte mit einem zögerlichen Flackern zum Leben. Dan schlug leicht mit der flachen Hand gegen die Seite, um den Lichtstrahl zu stabilisieren. Dann schwang er die Lampe von links nach rechts, um sich zu orientieren, schließlich blieb sein Blick an Antonia hängen, die ihn ängstlich anstarrte.

»Lass uns einen Weg hier rausfinden«, sagte er zu ihr.

Er schlängelte sich an ausrangierten Kisten vorbei, die über den ganzen Boden verstreut waren, und reichte Antonia dann die Taschenlampe. Nun stieg er die Treppe hinauf und drückte mit den Händen kräftig gegen die Kellertür.

Leider saß sie absolut fest und rührte sich auch unter Dans Anstrengungen keinen Millimeter. Er fluchte leise.

»Das wäre ja auch zu einfach gewesen«, meinte Antonia, als sie ihm die Lampe zurückgab und beobachtete, wie er den Strahl langsam durch den Keller gleiten ließ.

»Ich weiß, aber wenn du nicht zuerst das Offensichtliche überprüfst, könntest du Zeit damit verschwenden, nach unnötigen Alternativen zu suchen«, erklärte er. Er leuchtete mit der Taschenlampe in die Dunkelheit. An allen freiliegenden Balken hingen Spinnweben. Dan erschauderte, als eine über seine Wange strich. Er fuhr sich angewidert mit der Hand über das Gesicht.

»Hast du etwa Angst vor Spinnen?«, flüsterte Antonia mit offensichtlicher Belustigung in der Stimme.

»Nur vor den großen«, zischte er.

Dann bahnte er sich einen Weg in den hinteren Teil des Kellers hinein, wofür er über leere Kisten und Boxen steigen musste. Langsam ließ er den Lichtstrahl über die verblassten Buchstaben auf den diversen Holzkisten gleiten und runzelte die Stirn. Die Deckel waren allesamt mit einer militärisch aussehenden Kombination aus Buchstaben und Zahlen bedruckt. Er verdrehte den Kopf und versuchte die Abkürzungen und Nummernfolgen zu entziffern, doch dann schüttelte er den Kopf und ging weiter zu einem Stapel leerer Pappkartons.

»Was ist das?«, fragte sie, während ihr Blick dem Lichtstrahl folgte, als sie Dan vorsichtig durch den Keller folgte.

»Versorgungsgüter«, murmelte er. »Was bedeutet, dass wir auf der richtigen Spur sind.«

»Richtige Spur?«

Dan blieb stehen und leuchtete mit der Taschenlampe die gegenüberliegende Wand an. »Als ich oben in Hassans Arbeitszimmer war, habe ich eine alte Karte an der Wand gesehen. Auf ihr sind Linien eingezeichnet gewesen, die von der Villa wegführen. Ich dachte, dass es alte Fußwege wären, aber jetzt frage ich mich, ob es nicht vielleicht auch Tunnel sein könnten.«

Antonia runzelte die Stirn. »Tunnel? Und wohin sollten diese führen?«

Dan ließ den Strahl durch den höhlenartigen Keller schwingen, bis er weitere leere Holzkisten entdeckte. »Das hier sind militärische Bezeichnungen«, erklärte er. »Ich bin mir zwar nicht sicher, was sie bedeuten«, er zuckte mit den Schultern, »aber in Verbindung mit den leeren Nahrungsmittelkartons denke ich, dass von hier aus, das gestohlene U-Boot ausgerüstet worden ist. Aus diesem Grund sind wir nämlich wirklich hier. Ich konnte es dir vorher nur nicht sagen. Wenn wir also den Eingang zu einem Tunnel finden, dann wette ich, dass er bis zu den Klippen hinunterführt, und dass er dazu benutzt worden ist, um die Versorgungsgüter bis zum U-Boot transportieren zu können.«

Antonia nickte. »Hört sich gut an.« Sie sah zu ihm auf. »Und wo fangen wir an?«

Dan deutete mit dem Daumen über seine Schulter. »Dort hinten. Denn das ist die Außenmauer, und wenn mich mein Orientierungssinn nicht ganz täuscht, liegt sie der Küste am nächsten.«

Er drehte sich um, trat eine leere Kiste aus dem Weg und begann dann, auf den hinteren Teil des Kellers zuzugehen.

Antonia packte ihn plötzlich am Arm.

»Dan!«

Er blieb stehen und drehte sich zu ihr um.

Antonia blickte sich im Keller um. »Wenn sie uns mit diesem ganzen Zeug hier unten eingesperrt haben, dann beabsichtigen sie doch bestimmt nicht, uns wieder lebend rauszulassen. Schließlich könnten wir es dann irgendjemandem erzählen.«

Dan trat einen Schritt vor und zog sie an sich. »Nein, bestimmt nicht.« Er umarmte sie fest, dann trat er zurück und drückte ihre Schulter. »Aber wir werden einen Weg finden, okay?«

Sie nickte, als Dan sich umdrehte, eine leere Kiste zur Seite kickte, ihre Hand nahm und weiterging.

Nachdem sie die Wand erreicht hatten, begannen sie auf der Suche nach einer Öffnung systematisch mit den Fingern darüberzustreichen.

»Uns läuft die Zeit davon«, zischte Antonia, während sie verzweifelt die Steine anfasste, die in den alten Mörtel eingelassen waren.

»Such weiter. Es muss hier irgendwo sein.«

Antonia fluchte leise, als ihr ein Fingernagel abbrach, dann schlug sie frustriert gegen die Wand, drehte sich um und lehnte sich mit dem Rücken dagegen. »Das ist doch Irrsinn«, sagte sie. »Es ist ja nicht so, als würde es hier einen versteckten Mechanismus oder etwas in der Art geben. Wir verschwenden …«

Sie verstummte keuchend, als plötzlich die Wand unter ihrem Gewicht nachgab und sie rückwärts stolperte, weil sie das Gleichgewicht verlor.

Dan streckte schnell die Hand nach ihr aus, packte ihren Arm und beruhigte sie, wobei sich ein jungenhaftes Grinsen auf seinem Gesicht ausbreitete. »Jetzt hast du die Mauer kaputt gemacht! Ich habe dir doch gesagt, dass du das zusätzliche Croissant zum Frühstück weglassen sollst.«

Sie schlug ihm lachend auf den Arm. »Du …!«

»Na komm schon«, drängte er. »Du kannst mich auch später noch verprügeln. Jetzt müssen wir uns erst mal beeilen.«

Er bückte sich und leuchtete mit der Taschenlampe in den Mauerspalt hinein. Ein sandiger, unebener Pfad führte vom Haus weg, genauso, wie es auf der Karte im Büro eingezeichnet gewesen war. Dan blickte über seine Schulter, nahm Antonias Hand und drückte sie aufmunternd.

»Bereit?«

Sie nickte, dann schlüpfte sie geduckt durch den Mauerspalt und folgte ihm.

Nachdem sie ein paar Schritte gegangen waren, hörten sie hinter sich ein schwaches Rumpeln und blieben augenblicklich stehen. Dan hob die Taschenlampe und leuchtete den Weg zurück, den sie gekommen waren, wobei sich seine Befürchtungen in dem enger werdenden Lichtkegel bestätigten.

Die Maueröffnung, und damit auch ihr Rückweg in den Keller, schloss sich gerade wieder.

Als sie erkannte, dass sie jetzt unter der Villa begraben waren, keuchte Antonia bestürzt auf.

Dan warf ihr einen kurzen Blick zu und richtete den Strahl der Taschenlampe anschließend auf den Gang vor ihnen. »Ich denke, wir sollten jetzt besser schnell weitergehen.«

KAPITEL 28

:

Hassan Nazari trat durch die Seitentür des Sandsteingebäudes in den Schatten hinaus, den die St. Augustine Church über die Straße warf. Er blickte auf seine Uhr, ließ den Aktenkoffer von einer Hand in die andere wandern und zwang sich, ruhiger zu atmen. Bevor er die Stufen zum wartenden Auto hinunterging, zuckte sein Kopf kurz von links nach rechts, als er die Massen von Touristen musterte, die auf den Bürgersteigen unterwegs waren.

Sein Fahrer öffnete die Tür zum Fond der funkelnden schwarzen Limousine, wartete, bis Hassan sich in das kühle Innere gesetzt hatte, dann schloss er die Tür, nahm auf dem Fahrersitz Platz und blickte in den Rückspiegel.

»Ist es gut gelaufen?«

Hassan nickte. »So gut, wie man es eben erwarten konnte.« Er löste die Krawatte, öffnete den obersten Knopf seines Hemdes und seufzte. Dann wedelte er mit der Hand in Richtung des Fahrers. »Fahr schon los. Je eher ich in die Villa zurückkomme, um eine sichere Verbindung benutzen zu können, desto besser.«

Der Fahrer nickte, schaltete in den ersten Gang und ordnete sich vorsichtig in den Verkehr auf der Triq I-Ifran ein. Er fuhr die Scheibe hoch und drehte die Klimaanlage höher, um die Auspuffgase zu vertreiben, die sich im Fahrzeug auszubreiten drohten.

Hassan starrte durch das getönte Glas, während seine Gedanken wild durcheinanderwirbelten. Die Wahrheit war, dass es eigentlich ein Treffen unter Leuten hätte sein sollen, die alle das gleiche Ziel verfolgten. Stattdessen hatten sich seine Vorgesetzten gegen seine Pläne gesträubt, hatten durchblicken lassen, dass sie einen Schritt zu weit gingen und ihn an seine Stellung innerhalb ihrer Regierung erinnert.

Nur, dass es inzwischen viel zu spät war, um aufzuhören. Er schürzte die Lippen. Vielleicht sollte er es einfach darauf ankommen lassen … ihnen zeigen, dass er recht hatte und sich ihr Lob später abholen.

Er lächelte, lehnte sich entspannt in den Lederpolstern zurück und stellte sich ihre zerknirschten Gesichtsausdrücke vor. Dann blickte er verwirrt auf die Straße und beugte sich nach vorn. »Wieso geht das so langsam? Was ist der Grund?«

Der Fahrer zuckte mit den Schultern und schaute in eine Seitenstraße, als der Wagen im ersten Gang vorbeischlich, dann blickte er im Rückspiegel zu Hassan. »Es sieht ganz so aus, als würden sie sich hier gerade auf ein Fest vorbereiten«, erklärte er. »Wahrscheinlich ein Feiertag oder so.« Er deutete auf ein paar Arbeiter, die zwischen den Straßenlaternen rote Absperrbänder befestigten. »Es wird wohl eine Weile dauern, bis wir zu Hause sind.«

Hassan ließ sich auf seinen Platz zurückfallen und knurrte. Er zog sein Handy aus der Hemdtasche, tippte frustriert auf der Oberfläche herum und hielt es dann in die Höhe, damit der Fahrer es im Rückspiegel sehen konnte. »Empfang haben wir auch nicht.«

Der Fahrer zuckte mit den Achseln. »Das Netz funktioniert bestimmt wieder, sobald wir auf der Hauptstraße sind. Der Empfang ist auf dieser Seite von Tas-Samra immer schlecht.«

»Wie lange wird das ungefähr dauern?«, fragte Hassan und starrte durch die Windschutzscheibe auf einen Bus, der vor ihnen rülpsend seine Abgase ausstieß.

»Eine halbe Stunde, vielleicht auch ein bisschen weniger, wenn wir erst mal die Hauptstraße erreicht haben.«

***

»Gar nichts?«, fragte Firuz.

Ali schüttelte den Kopf und knallte den Hörer auf die Station zurück. »Ich habe es von diesem Telefon und auch von meinem Handy aus versucht. Er muss sich gerade in einer Gegend befinden, in der er keinen Empfang hat.«

Firuz warf einen Blick auf seine Uhr. »Das Treffen müsste schon seit zehn Minuten vorbei sein. Ich will mit den beiden solange nichts anstellen, bis er wieder zurück ist.« Er blickte über die Schulter zur Kellertür hinüber, deren vier neue Scharniere im schwachen Licht glänzten.

Ali erschauderte merklich. »Ich möchte nicht in der Nähe sein, wenn er sie sich vornimmt«, sagte er.

Firuz lachte. »Was? Wirst du etwa mit den Jahren weich?«

Ali schüttelte den Kopf. »Nein, aber er soll genauso schlimm wie Baqir sein, wenn er angepisst ist. Ich habe gehört, dass …«

Er verstummte sofort, als Mustapha den Raum betrat, und machte schnell einen Schritt zur Seite, um ihn vorbeizulassen.

Der Mann deutete auf das Telefon. »Hast du ihn kontaktiert?«

»Ich kriege leider keine Verbindung.«

»Versuch es weiter.« Der Leibwächter ging zu den raumhohen Fenstern hinüber. In ein paar Stunden würde es hell werden, dann sollten sie bereits unterwegs sein. »Wir können erst aufbrechen, wenn wir das mit den beiden da unten geklärt haben.« Er drehte sich um und sah die zwei Schläger an. »Ich schätze die Chance allerdings ziemlich gering ein, dass sie uns in einem Taxi verlassen werden.«

***

Dan und Antonia kamen in dem engen Tunnel einigermaßen zügig voran. Man sah, dass er erst vor Kurzem genutzt worden war, denn man hatte die größeren Steine an die Wände geräumt, während der Boden mit Kratzern und Schrammen übersät war, wo man den Inhalt der diversen Kisten und Kartons über die Oberfläche geschleppt oder gezogen hatte.

Dan folgte den Spuren mit dem Strahl seiner Taschenlampe. Nur gelegentlich schaute er beim Gehen hoch, um zu überprüfen, wie weit sie bereits gekommen waren.

Irgendwann blieb er kurz stehen und wischte sich mit dem T-Shirt den Schweiß aus dem Gesicht. »Jesus, ist das heiß hier unten.«

Antonia nickte. Sie zog ihr Sweatshirt aus, band es sich um die Hüften und fuhr sich mit ihren Händen durch die Haare. »Je schneller wir hier wieder raus sind, desto besser«, keuchte sie und wedelte sich mit der Hand Luft zu. »Was meinst du, wie weit sind wir noch von den Klippen entfernt?«

Dan warf einen Blick auf seine Uhr und stellte unter Berücksichtigung des schnellen Tempos, zu dem er sie angetrieben hatte, eine kurze Berechnung an. »Ich schätze mal, wir müssen schon mindestens eine Meile geschafft haben. Vielleicht sogar mehr.«

Antonia drehte sich besorgt um. »Was denkst du, wie viel Zeit uns noch bleibt?«, fragte sie angespannt.

»Nicht mehr sehr viel. Ich glaube nicht, dass Hassan die Insel verlassen hat. Es sah so aus, als wäre er nur mit leichtem Gepäck unterwegs.« Er blickte über Antonias Schulter hinweg in die Dunkelheit hinter ihnen. »Und diese Insel ist nicht groß genug für einen langen Roadtrip.«

Der Durchgang bog jetzt nach rechts ab. Dan blieb abrupt stehen und warf Antonia einen Blick zu. »Hörst du das?«

Sie nickte. Ein gedämpftes *Bumm* war von vorn zu hören. »Was war das?«

Dan schüttelte den Kopf und legte einen Finger auf seine Lippen. Dann starrte er auf seine Uhr und zählte die Sekunden, bis ein weiteres *Bumm* durch die Luft rumpelte. Nun grinste er breit.

»Was ist das?«, fragte Antonia erschrocken und umklammerte seinen Arm.

»Das Meer«, antwortete er erleichtert. »Das sind die Wellen, die gegen die Klippen donnern. Komm, wir müssen schon ganz in der Nähe sein.« Er griff nach ihrer Hand und zog sie hinter sich her, um im schnellen Tempo auf das Geräusch zuzulaufen.

Dan wurde langsamer, als eine Brise über sein Gesicht strich und salzige Luft seine Lungen füllte. Er ließ den Lichtstrahl der Taschenlampe vorsichtig von links nach rechts wandern, weil er keine Lust hatte, aus dem Tunnel direkt auf die Klippen hinabzustürzen. Als sie um eine Linkskurve bogen, sah er sie plötzlich: eine Öffnung, durch die das Licht des aufgehenden Mondes schien.

Dan schaltete die Taschenlampe aus und reichte sie Antonia. »Verlier' sie bloß nicht«, sagte er und lief auf die Öffnung zu.

***

Der Wagen fuhr nun um das Kriegerdenkmal herum und nahm auf der Triq Sant 'Anna Fahrt auf.

Hassan runzelte die Stirn, als sie die amerikanische Botschaft passierten. Das Auto wurde in den Verkehr hineingezogen, der durch Floriana in südwestlicher Richtung unterwegs war und hinter einem Bus eingepfercht, der dunkle Abgaswolken ausspuckte. Er griff nach seinem Handy und entdeckte, dass er einen Balken Signalstärke hatte, der fast zögernd auf dem Display auftauchte. Seine Augenbrauen hoben sich, als ein dumpfes *Ping* eine Reihe verpasster Anrufe anzeigte. Nachdem er die Rufnummer der Villa erkannt hatte, runzelte er die Stirn. Als das Signal wieder verschwand, beugte er sich knurrend nach vorn.

»Beeil dich. Ich habe das Gefühl, dass es zu Hause ein Problem gibt.«

Der Fahrer nickte, trat das Gaspedal voll durch und scherte dann hinter dem Bus aus. Hassan wurde nach hinten gedrückt, als der Fahrer auf die Gegenfahrbahn raste, auf der ihnen gerade ein Lastwagen voller Wassermelonen entgegenkam. Von seinem Sitz aus konnte er die Buspassagiere sehen, die das Fahrmanöver angespannt beobachteten und deren Münder sich zu einem lautlosen »O« öffneten, als sie ungläubig zu ihnen hinüberschauten.

Er starrte durch die Windschutzscheibe und betrachtete das unbewegte Mienenspiel seines Fahrers im Rückspiegel. Der Mann fuhr nun in aller Ruhe weiter auf den Lastwagen zu, eine Hand fest am Lenkrad, während die andere mehrere Gänge hinunterschaltete. Hassan hielt den Atem an, als der Lastwagen immer näherkam und sein Fahrer plötzlich wieder nach links ausscherte und sich in einer Staubwolke direkt vor den Bus setzte.

Hassan atmete erleichtert aus, als der Lastwagen an ihnen vorbeizog, wobei dessen Fahrer hupte und wild durch das Fenster hindurch gestikulierte. Hinter ihnen machte der Busfahrer das Gleiche. Doch Hassan ignorierte sie alle und hielt sein Handy in die Höhe, um den Empfang zu verbessern.

Als er wieder nach vorn blickte, bemerkte er, dass sie sich der Kreuzung näherten, von der die Schnellstraße abging. *Zwanzig Minuten noch, höchstens.*

»Wir sind gerade an Tas-Samra vorbeigekommen«, meinte der Fahrer. »Sie sollten ab jetzt wieder volles Signal haben.«

Wie aufs Stichwort fing das Handy an zu klingeln. Hassan nahm den Anruf entgegen und hielt sich das Handy ans Ohr. Er hörte aufmerksam zu, fluchte leise und sprach dann drei Worte.

»Überlasst sie mir!«

KAPITEL 29

Während er sich langsam auf die Öffnung in der Felswand zubewegte, prüfte Dan jedes Mal gewissenhaft den Boden unter seinen Füßen, bevor er den nächsten Schritt machte. Als er näherkam, entdeckte er eine Reihe von Steinstufen, die in die Felswand geschlagen worden waren. Er griff nach dem Vorsprung, der neben ihm aus der Klippe ragte, und lehnte sich vorsichtig aus der Öffnung heraus.

Der Wind verfing sich in seinen Haaren und er blinzelte, als die Wellen auf die Klippen unter ihm trafen und ihm die Gischt ins Gesicht trieben. Dan blickte nach unten auf die Stufen, die vom Gang aus zu einem schmalen Plateau führten. Die Klippen schmiegten sich um das Plateau herum und bildeten dort eine kleine Bucht, die vom Meer aus nicht zu erkennen war.

Als er seinen Blick vom Plateau zum Meer hinauswandern ließ, stieß er mit dem Fuß gegen etwas. Er schaute nach unten. *Patronenhülsen.*

Er ging in die Hocke und hob die Messingzylinder auf. Sie waren offenbar erst vor Kurzem benutzt worden. Als Antonia nähertrat und über seine Schulter spähte, blickte er hoch.

»Was hast du da?«

»Ich befürchte, den Beweis dafür, dass einer von Hassans Leuten ein Scharfschütze ist«, antwortete Dan grimmig. Während er sich aufrichtete, um die Hülsen in seine Jeans zu stecken, nahm er plötzlich aus dem Augenwinkel eine Bewegung wahr. Sofort stieß er Antonia in den Gang zurück und sie fiel fluchend zu Boden.

»Was …?«

Dan drehte sich schnell zu ihr um. »Entschuldige bitte, ich hatte keine Zeit für gutes Benehmen.« Er schlich zur Öffnung zurück und kroch vorsichtig an den Rand heran, bis er hinausspähen konnte und tatsächlich … da war es.

Vor dem sich auf der Wasseroberfläche spiegelnden Mond entdeckte er die Silhouette eines U-Boot-Turms, der nun langsam zwischen den Wellen versank.

»Scheiße!«, stieß er hervor. »Wir sind zu spät gekommen!«

Antonia schlich zu ihm hinüber und blickte seitlich an ihm vorbei. »War das das U-Boot?«

Dan nickte und beugte sich noch weiter über die Kante. Unter ihm wühlte das Meer inzwischen die Abfälle auf, die die U-Boot-Crew vor dem Abtauchen über Bord geworfen hatte. »Jetzt müssen wir aber wirklich einen schnellen Weg hier raus finden, um den Vize-Admiral warnen zu können.«

Er drehte sich um und betrachtete die Gangwände. »Fangen wir damit an, nach einem anderen Ausgang zu suchen. Den muss es hier zwangsläufig irgendwo geben, immerhin war die Karte in Hassans Arbeitszimmer mit Linien übersät, und Schmuggler würden niemals ein Tunnelsystem bauen, das nur in eine Richtung führt. Sie haben garantiert irgendwo einen Fluchtweg gebaut.«

***

Hassans Hand lag bereits auf dem Türöffner, als die Limousine vor der Villa zum Stehen kam. Er wartete gar nicht erst darauf, dass ihm sein Fahrer die Tür öffnete. Sobald der Motor verstummt war, sprang er aus dem Wagen und lief die Stufen zur Haustür hinauf. Als er sie erreichte, schwang sie bereits vor ihm auf.

»Was ist passiert?«, fragte er, während er an Firuz vorbeistürmte.

Hinter ihm erklang nun das Geräusch schneller Schritte. Er drehte sich um und starrte Ali und Mustapha an, die ihm aus Richtung seines Arbeitszimmers entgegengelaufen kamen.

»Was ist los?«

»Die Wache am Tor hatte uns über Funk gemeldet, dass Marik nicht von seiner Patrouille zurückgekommen war. Firuz ging daraufhin der Sache nach und erwischte eine Frau an der Mauer, die einen Kampfanzug trug«, antwortete Ali und drückte seinem Boss Dans SIG Sauer in die Hand. »Sie hatte Marik angegriffen. Wir haben sie gefangengenommen und zum Verhören hier hochgebracht. Sie behauptete die ganze Zeit, dass sie nur eine Touristin wäre, die sich verirrt hat«, höhnte er.

Hassan hielt die Waffe in die Höhe. »Und das hier?«

»Ein Mann ist kurz danach in das Haus eingebrochen. Er versuchte sie zu retten, aber Mustapha hat ihn vorher ausgeknockt.«

»Wer sind die beiden?« Hassan überprüfte die Waffe auf Munition und zielte dann mit ihr durch den Flur auf die Haustür.

»Er hatte keinen Ausweis bei sich, die Frau übrigens auch nicht«, antwortete Firuz, »also haben wir für alle Fälle Fotos von ihnen gemacht.« Er reichte Hassan sein Handy, der die Aufnahmen intensiv betrachtete, wobei sein Blick etwas länger bei Antonia verweilte und gab dann das Telefon zurück.

»Wo sind sie jetzt?«, fragte Hassan, als er durch den Flur zum Arbeitszimmer ging.

»Im Keller.«

Hassan blieb stehen und drehte sich abrupt auf dem Absatz herum, um den Mann fassungslos anzustarren. »*Was*?«

Firuz trat einen Schritt zurück. »Im … im Keller«, wiederholte er, und sein Blick irrte zu Ali und Mustapha, die ihr Bestes taten, um sich von ihm zu distanzieren.

Hassan testete kurz das Gewicht der Waffe in seiner Hand, hob sie und schoss Firuz dann direkt in die Brust.

Der Mann stürzte zu Boden, sein Blut quoll unaufhaltsam über die Fliesen und an der Wand hinter ihm klebten nun die Überreste seines Rückgrats.

Hassan steckte die Waffe in seinen Gürtel, drehte sich um und starrte Ali und Mustapha an, wobei er das Klingeln des Schusses in seinen Ohren ignorierte. »Ihr solltet lieber hoffen, dass sie immer noch im Keller sind.«

***

Dan verfolgte in dem schmalen Durchgang ihren Weg zurück, indem er mit seinen Händen über die rissige Oberfläche der Felsen strich. Antonia ließ den Strahl der Taschenlampe im schnellen Wechsel von links nach rechts gleiten. Beide waren sich mehr als nur bewusst, dass ihnen, falls sie in den Felswänden keinen Fluchtweg entdecken sollten, nur die Möglichkeit blieb, die Stufen bis zum Plateau hinunterzugehen und dort auf ein Wunder zu hoffen.

Dan wandte sich erschrocken nach links, als er aus Richtung der Villa ein Geräusch hörte. *Ein Schuss.* Das Geräusch hallte von den Wänden wider, wobei es durch die Entfernung und die natürlichen Windungen des Tunnels verzerrt wurde.

»Wir haben ein Problem«, erklärte er. »Such weiter … und beeil dich.«

Der Strahl der Taschenlampe irrte fahrig umher, während Antonia mit ihm über die Felsoberfläche fegte und nach irgendetwas … ganz egal was … suchte, was sie zu einem Ausgang führen könnte.

»Hier!«, schrie sie plötzlich. »Schau dir das an!«

Dan rannte zu der Stelle, auf die sie den Strahl gerichtet hatte. Ein breiter, vom Boden bis zur Decke reichender

Riss spaltete die Felswand und wurde zum Teil durch große Steine blockiert, die sich im Laufe der Jahrhunderte gelöst hatten und heruntergefallen waren.

»Das muss reichen«, sagte Dan. »Leg die Taschenlampe auf den Boden und hilf mir, die Steine wegzurollen … schnell!«

Während sie den Riss freiräumten, rollten sie in dem verzweifelten Versuch, ihre Verfolger aufzuhalten, jeden einzelnen Stein in Richtung Villa. Der Riss enthüllte nun langsam eine Öffnung. Dan griff nach der Taschenlampe und leuchtete hinein. Ein Gang führte von den Klippen weg, wandte sich dann nach rechts und verschwand irgendwann außer Sicht.

Er gab Antonia die Lampe zurück und zwängte sich in den Riss hinein. Sein kräftiger Körper passte allerdings kaum hindurch. Er atmete tief aus, um den Brustkorb flacher zu machen und schob seinen Körper dann in die Lücke hinein, dabei ignorierte er die gezackten Ränder, an denen seine Schultern und Hüften ständig hängen blieben.

Doch plötzlich hatte er es geschafft. Er spähte durch die Lücke zu Antonia zurück und winkte sie heran. »Komm her, du bist kleiner als ich, für dich wird es viel einfacher«, erklärte er.

Antonia nickte, warf einen Blick über ihre Schulter und reichte Dan dann die Taschenlampe. Nun griff sie mit beiden Händen nach oben, kletterte über den letzten umgestürzten Felsen und begann, sich durch die Lücke zu quetschen. Antonia fluchte verhalten, als sie sich den Ellbogen aufschürfte und Dan kicherte auf der anderen Seite leise.

»Ich weiß zwar nicht, was du gerade gesagt hast, aber es hat auf jeden Fall jede Sprachbarriere überwunden«, sagte er lachend.

»Halt die Klappe und die Taschenlampe ruhig, damit ich sehe, wo ich hintrete!«, zischte sie sauer.

Sie schlängelte sich weiter, fühlte, wie etwas nachgab, und fand sich dann auf einmal auf der anderen Seite des

Steinhaufens wieder. Dan griff nach oben und half ihr vorsichtig hinunter. Dann umarmte er sie kurz.

»Alles Okay?«

Sie nickte, blickte an sich herunter und dann zurück in Richtung des Hauptganges. »Mist, ich habe mein Sweatshirt verloren!«

Auf einmal hallte ein gedämpfter Schrei durch den Tunnel.

»Keine Zeit«, murmelte Dan. Er drückte ihr die Taschenlampe in die Hand und schob sie vor sich her. »Renn!«

***

Hassan hielt den Atem an, als die Kellertür aufgeschlossen und geöffnet wurde. Noch während Ali von außen den Lichtschalter betätigte, lief Hassan bereits die Stufen hinunter. Doch es war niemand da, um ihn zu begrüßen. Er drehte suchend den Kopf in alle Richtungen und begann, sich seinen Weg durch die verstreuten Kisten und Kartons zur rückwärtigen Wand zu bahnen, indem er sie einfach achtlos zur Seite schleuderte.

Hassan presste seine Hand gegen das Mauerwerk und hielt die Luft an, als sich der Eingang zum Tunnel öffnete. Er warf Ali und Mustapha einen hasserfüllten Blick über die Schulter zu und brüllte dann in den Gang hinein.

»Ihr könnt nirgendwo hin!«, schrie er. »Wenn ich euch finde, werde ich euch töten!«

Er schlug aufgebracht mit der Faust gegen die Felswand und winkte anschließend mit der anderen Hand die beiden Leibwächter heran. »Bewegt euch! Schafft sie gefälligst wieder her. Wenn ihr sie nicht findet, braucht ihr gar nicht mehr zurückzukommen.«

Er machte einen Schritt zur Seite, um die beiden Männer passieren zu lassen. Während sie losliefen, wurde das Licht ihrer Taschenlampen von den Wänden und der Decke des

Ganges reflektiert. Hassan trat zurück in den Keller, schloss den Durchgang wieder, ging die Kellertreppe hinauf und anschließend in sein Arbeitszimmer. Er sah sich in der vertrauten Umgebung um.

Dann kehrte er zur Eingangstür zurück und winkte dem Fahrer, der neben der Limousine stand. Dieser nickte, beugte sich nach hinten und drehte sich mit Hassans Aktenkoffer in der Hand um.

»Sorge dafür, dass wir in zehn Minuten zum Flughafen fahren können«, befahl ihm Hassan, während er den Koffer entgegennahm. »Ruf vorher dort an und lass das Flugzeug startklar machen.« Er wandte sich wieder dem Haus zu und lief hastig zum Arbeitszimmer zurück.

Dort schloss er den Schreibtisch auf, öffnete der Reihe nach jede Schublade und durchsuchte den Inhalt. Die Unterlagen, die er benötigte, warf er in den Aktenkoffer, bevor er energisch den Deckel schloss. Hassan blieb noch kurz in der Mitte des Raumes stehen, nickte und ging dann zum wartenden Auto.

KAPITEL 30

Dan starrte auf die feste Wand, die ihnen den Weg versperrte und schüttelte frustriert den Kopf.

Sie waren einige Zeit lang in einem schnellen Tempo unterwegs gewesen, weil Dan sie brutal angetrieben hatte, um Hassans Wachleuten zu entkommen.

Antonia blickte auf die Taschenlampe hinunter, deren weißer Strahl sich mehr und mehr zu einem kränklichen Gelb verdunkelte. »Wir müssen unbedingt bald einen Ausgang finden.«

»Das Ganze ergibt einfach keinen Sinn«, erwiderte Dan. »Der Gang muss doch irgendwo hinführen.«

Er trat an die Wand heran und strich langsam mit seinen Händen über die Oberfläche. Sie war aus großen Steinen gebaut worden.

Von Menschenhand gemacht und nicht aus Felsgestein.

Er streckte Antonia die Hand entgegen. »Gib mir mal eben die Taschenlampe.«

Er schüttelte die Lampe leicht und leuchtete dann damit die Wand an. Das Mauerwerk bröckelte an einigen Stellen ab, und er sah, dass die großen, von Hand bearbeiteten Kalksteinziegel nur von einer dünnen Mörtelschicht zusammengehalten wurden. Dan fuhr auf der Suche nach Schwachstellen prüfend mit den Fingern über den Mörtel.

Dabei bewegte sich ein Ziegelstein leicht und sandte einen Staubschauer auf den Steinboden. Dan warf Antonia einen aufgeregten Blick zu. »Ich denke, hier könnte es rausgehen. Hilf mir mal, diese Steine zu lockern.«

Antonia schob sich an ihm vorbei und fing an, mit ihren Fingernägeln den Mörtel um die Ziegel herum herauszukratzen. Dan zerrte anschließend an den freigelegten Steinen. Langsam, einer nach dem anderen, begannen die Ziegel tatsächlich zu verrutschen.

Dan fing an, die Steine hinter sich zu werfen.

»Was meinst du, wo wir hier rauskommen?«, fragte Antonia.

Er schüttelte den Kopf. »Keine Ahnung, vielleicht wieder in einem Keller. Ich denke, wir haben einige Meilen geschafft, aber die Luft hier ist kühler, also müssen wir ziemlich nahe an der Oberfläche sein.«

Schnell hatten sie die ersten Steine entfernt. Dan ging in die Knie und leuchtete mit der Taschenlampe in das Loch hinein, das sie in der Mauer freigelegt hatten. Etwas Lehmartiges versperrte ihnen den Weg. Er griff hindurch und berührte die Oberfläche, die leicht nachgab und anscheinend im Laufe der Jahre weich geworden war.

»Wo auch immer wir hier sind, es ist sehr alt«, stellte er fest. Er richtete sich auf und leuchtete mit der Taschenlampe ihre Umgebung ab. »Diese Mauer steht hier offenbar schon seit ein paar Hundert Jahren.«

Er bückte sich wieder und benutzte seine Finger, um die lehmartige Erde wegzukratzen. Schnell gelang es ihm, ganze Hände voll davon herauszuholen. Antonia stand neben ihm und begann, die Erdhaufen mit dem Fuß zur Seite zu schieben.

»Hilf mir mal«, forderte Dan sie auf. »Hier ist irgendetwas Festes.«

Antonia hockte sich ebenfalls hin und er reichte ihr die Taschenlampe, bevor er mit beiden Händen in die Öffnung griff. Er räumte noch mehr von der Erde und dem Schutt beiseite, bis er das Objekt endlich fest zu fassen bekam. Dann zog er daran und spürte, wie es ein wenig nachgab. Er griff fester zu und zog erneut.

Mit einem überraschten Grunzen fiel er nach hinten, während er das Objekt weiterhin fest umklammert hielt.

Antonia unterdrückte nun einen Schrei, denn Dan hielt einen verwesten Schädel in den Händen, die Augenhöhlen voller Erde, die Zähne zu einem makabren Grinsen entblößt. Er ließ ihn angewidert zu Boden fallen und wischte sich die Hände hastig an der Jeans ab, dann sah er zu Antonia hinüber.

»Bist du in Ordnung?«

Sie nickte schaudernd. »Ja. Es hat mich nur überrascht, das ist alles. Ich nehme an, wir hätten etwas in der Art erwarten müssen.«

Er nickte, beugte sich nach vorn und spähte durch das Loch. »Leuchte mal mit der Taschenlampe hinein.«

Im Lichtstrahl entdeckten sie weitere Knochen, die im Staub lagen. Reste von Kleidungsstücken hingen an den klapprigen Gelenken. Der Geruch von Verwesung durchdrang nun die Luft und er schien im Laufe der Jahre anscheinend nur wenig schwächer geworden zu sein.

Dan blickte nach unten und zeigte auf etwas. »Schau dir das mal an.«

Auf der linken Seite des Durchbruchs flatterte sanft ein Stück blaues Tuch auf einem Schädel hin und her.

»Da muss irgendwo eine Öffnung sein!«, meinte Antonia aufgeregt.

»Und ein Ausgang«, fügte Dan hinzu. »Wir müssen uns nur ganz hindurchgraben.«

Innerhalb von Minuten hatten sie zwei weitere Skelette aus der Nische gezerrt und die Knochen hinter sich auf dem schmutzigen Boden des Tunnels aufgeschichtet.

Plötzlich unterbrach Dan seine Arbeit und hob die Hand. »*Shh*, hör mal.«

Antonia zwang sich dazu, gleichmäßig zu atmen, während sie intensiv lauschte, dann sah sie Dan an. »Ist das Musik?«

Dan grinste. »*Kirchenmusik*. Wir müssen in einer Krypta sein.«

Sie griffen wieder in die Öffnung hinein und fuhren fort, Schutt und Knochen herauszuschaufeln. Schon nach kurzer Zeit hatten sie die Lücke so weit verbreitert, dass Antonia auf Händen und Knien hindurchkriechen konnte. Dan reichte ihr die Taschenlampe und sagte: »Lass mich hier bloß nicht zu lange allein.«

Sie nickte und begann durch den engen Spalt zu kriechen. Sie erschauderte, als sie spürte, wie sich Knochen und Spinnweben in ihren Haaren verfingen, während sie sich durch die Öffnung schob, die sie freigelegt hatten. Sie zuckte angewidert zusammen, als sie ihre Hände zwischen die Toten setzte, die sich unter ihr auftürmten.

Doch plötzlich brach der Boden vor ihr weg.

Mit einem gedämpften Schrei rollte sie kopfüber einen Berg übereinander gestapelter Skelette herunter. Die Taschenlampe drehte sich in der Luft über ihr, bevor sie ein paar Meter von der Stelle entfernt, an der sie gelandet war, zu Boden fiel.

Sie blieb ruhig liegen und überprüfte ihren Körper sorgfältig nach Anzeichen von Verletzungen.

»Sag mir, dass es dir gut geht.« Dans Stimme hallte besorgt hinter der Steinmauer hervor.

»Mir geht es gut«, rief sie. »Warte kurz.«

Sie krabbelte über den Boden bis zur Taschenlampe und hob sie auf. Das Licht flackerte immer mehr. »Halte noch kurz durch«, murmelte sie. Sie drehte sich um und richtete den Strahl auf das Loch in der Krypta-Wand.

»Kannst du das sehen?«, rief sie.

Ein kratzendes Geräusch und gedämpftes Fluchen waren aus der Öffnung zu hören.

»Ja.« Dans Kopf erschien nun ebenfalls in dem Durchbruch. Er blinzelte in das Licht.

»Nächstes Mal machen wir das Loch größer und ich geh als Erster durch«, sagte er.

Antonia grinste, als er vorsichtig den Skelettberg herunterkletterte. Als er unten angekommen war, umarmte sie ihn erleichtert. »Wir haben es geschafft!«

Dan drehte sich hastig um, als er hinter der Wand einen weiteren Schrei hörte. »Gib mir die Lampe«, zischte er und griff nach Antonias Hand.

Er verdeckte den Lichtstrahl und dämpfte ihn soweit ab, dass er zwar genug sehen konnte, um wieder bis zum Durchbruch in der Krypta-Mauer hochklettern zu können, gleichzeitig aber ihren Verfolgern keine Chance bot, sie schneller zu entdecken.

Oben angekommen zog er sich bis zur Öffnung hoch, um vorsichtig hindurch zu spähen. Er spitzte die Ohren, um verstehen zu können, was ihre Verfolger sagten. Sein Herzschlag hämmerte ihm in den Ohren und er zwang sich dazu, langsamer zu atmen, um seinen Puls zu beruhigen.

Plötzlich fiel ein blendender Lichtstrahl durch das Loch und Dan drehte blitzschnell den Kopf zur Seite.

»Sie sind hier lang!«, hallte eine Stimme hohl durch das Innere der Krypta. »Schnell!«

»Scheiße!«, stieß Dan hervor und rutschte wieder auf Antonia zu. Er griff nach ihrer Hand und zerrte sie durch die Krypta hinter sich her. »Beeil dich!«

Sie stolperten über eingestürztes Mauerwerk und unebenes Kopfsteinpflaster, bis sie eine schmale Steintreppe erreichten, die nach oben führte. Dan duckte sich unter dem niedrigen Torbogen hindurch, der aus der Krypta herausführte und zusammen rannten sie anschließend die Treppe hinauf. Während sie liefen, schaute er die sich in engen Bögen windende Treppe entlang und bemerkte, dass sie sich dem Kirchenschiff näherten. Oben angekommen, hörte er gedämpfte Stimmen. Als er nach der Quelle suchte, entdeckte er eine kleine Gruppe von Nonnen, die geschäftig die Platten des Kirchenbodens schrubbten, deren feuchte

Oberflächen im Licht der von der Decke herabhängenden Lampen glänzten.

Plötzlich nahmen die Nonnen den Klang von Dan und Antonias Schritten wahr. Ihre Unterhaltungen verstummten, als alle zu arbeiten aufhörten. Geschockt starrten sie mit mitten in der Bewegung eingefrorenen Schrubbern auf die beiden verwahrlosten Gestalten, die so plötzlich vor ihnen aufgetaucht waren.

Antonia fuhr sich selbstbewusst durch die Haare und zog die Spinnweben aus ihren Locken. Dan wischte sich Mörtelstaub von den Schultern und lächelte die Nonnen verlegen an.

»Entschuldigen Sie, meine Damen, aber wo befindet sich hier der Ausgang?«

Eine der jüngeren Novizinnen kicherte verhalten, brach aber schnell wieder ab, weil eine ältere Nonne zwischen zwei Bankreihen auf sie zueilte, wobei ihre Schritte laut auf den Steinplatten klackerten und sie sah definitiv nicht besonders fröhlich aus.

Als sie sich den beiden näherte, warf sie Antonia einen Schal zu. »Bedecke dich im Hause des Herrn!«, rief sie aufgebracht.

Antonia sah auf ihre nackten Arme und Schultern hinunter, griff nach dem Schal und entschuldigte sich zerknirscht.

Die Nonne wandte sich nun mit finsterem Gesichtsausdruck an Dan. »Was hat das zu bedeuten?«, wollte sie wissen.

Dan setzte sein charmantestes Lächeln auf. »Es tut mir sehr leid, ehrwürdige Schwester, aber wir sind in großen Schwierigkeiten.«

Die Nonne warf Antonia einen Blick zu und schlug Dan dann mitten ins Gesicht.

»Autsch!« Vollkommen überrascht brauchte Dan eine Sekunde, um das Missverständnis zu verstehen. Er sah kurz Antonia an, die daraufhin errötete und wandte sich dann wieder der Nonne zu. »Nein, nicht *solche* Schwierigkeiten, Schwester!« Er rieb sich das Gesicht und blickte dabei über seine Schulter. Sie hatten vielleicht noch zwanzig, höchstens dreißig Sekunden, bevor ihre Verfolger sie einholen würden.

»Wir werden von Leuten verfolgt, die uns wahrscheinlich Schaden zufügen, wenn sie uns erwischen«, erklärte er schnell.

Die Nonne spähte um Dan herum in Richtung Krypta und dann wieder zu ihm.

Als er hinter sich plötzlich ein krachendes Geräusch hörte, warf Dan erneut einen Blick über seine Schulter. Er nahm die Hand der Nonne sanft in seine. »Bitte, wo geht es hier raus?«

Die Nonne starrte ihn an. *Du liebe Zeit*, dachte sie. *Diese Augen. Wenn ich nur zwanzig Jahre jünger wäre!* Sie schüttelte den Kopf, um das Bild zu vertreiben, machte sich eine mentale Notiz, Buße für diesen unkeuschen Gedanken zu tun und zeigte dann nach links. »Der Haupteingang ist dort hinten«, sagte sie, »aber«, fügte sie hinzu und hielt Antonias Arm fest, als diese bereits losstürmen wollte, »da drüben ist noch ein kleinerer Seitenausgang.« Sie deutete nach rechts. »Er führt auf eine belebte Straße, auf der man in der Menge leicht verloren gehen könnte.«

Dan zog die Nonne in eine feste Umarmung. »Ich danke Ihnen!«, sagte er, ließ sie los und grinste ihr dann ins errötende Gesicht.

Das Kichern der Novizinnen ließ sie schnell wieder aktiv werden und Dan bekam noch mit, wie sie die Jüngeren beschimpfte, während er und Antonia bereits zum Seitenausgang rannten.

Als er sich den schweren Holztüren näherte, hörte er hinter ihnen auf einmal jemanden aufschreien. Er blickte kurz über die Schulter und entdeckte tatsächlich Hassans Männer. Diese drängten sich gerade durch die Nonnen, die eine vorübergehende Barriere zwischen ihnen und ihren Verfolgern gebildet hatten. Dan drehte sich schnell um und stieß die Tür auf.

Helle Straßenlaternen blendeten sie beide für einen Augenblick, sodass sie ihre Augen mit den Händen abschirmen mussten, bevor sie die flachen Stufen hinunterhasteten, die von der Kirchentür zum Bürgersteig führten.

Dan nahm die Geräusche in ihrer Umgebung in sich auf. Genau, wie es die Nonne gesagt hatte, war die Straße voller Busse, Fußgänger und Autos. Der geballte Straßenlärm stürmte auf seine Ohren ein, während er hektisch nach einem Taxi oder nach irgendetwas anderem suchte, was ihnen die Flucht erleichtern könnte. Er stolperte jetzt zwei Schritte zurück, als ein Moped auf dem Bürgersteig an ihm vorbeisauste, weil der Fahrer dem Verkehrschaos zu entkommen versuchte. Es herrschte eine Atmosphäre wie bei einem Volksfest, Leute schmückten die Straße mit roten Laternen und Luftballons und riefen sich von einer Straßenseite zur anderen, Grüße zu.

Während Dan sich durch die Menschenmenge kämpfte, zog er Antonia mit sich. Er blickte nervös über seine Schulter, entdeckte dann aber ein Taxi, das ein paar Hundert Meter entfernt in die Straße einbog. Er hob die Hand und winkte heftig, um die Aufmerksamkeit des Taxifahrers zu erregen, als plötzlich ein weiteres Taxi auftauchte und direkt vor ihnen an der Bordsteinkante anhielt. Dan schob Antonia darauf zu und öffnete die Fondtür für sie.

»Schnell, rein mit dir!«, sagte er und sprang neben sie auf den Rücksitz. »Losfahren!«, rief er dem Fahrer zu. »Einfach nur los!«

Sein Kopf wurde gegen die Kopfstütze geschleudert, als das Taxi rasant abfuhr. Ein Busfahrer hupte wie wild, während das Taxi direkt vor ihm einscherte und den Kotflügel des größeren Fahrzeugs nur knapp verfehlte.

Dan beugte sich vor, um mit dem Fahrer zu sprechen. »Bringen Sie uns bitte zur britischen Botschaft.« Er ließ sich in den Sitz zurücksinken und schloss erschöpft die Augen.

Antonia drückte seine Hand. Er öffnete seine Augen wieder und sah zu ihr hinüber.

Sie lächelte. »Wir sind endlich in Sicherheit.«

KAPITEL 31

:

Dan zog Antonia zu sich und flüsterte ihr ins Ohr: »Kichere, als hätte ich etwas Lustiges gesagt und dann hör mir genau zu.«

Antonia hob die Hand vor den Mund und lachte, wobei sie ihr Bestes gab, um im Rückspiegel des Fahrers schüchtern zu wirken.

»Okay, so ist es gut«, flüsterte Dan, während ein Lächeln auf seinem Gesicht lag. »Lehn dich in einer Minute entspannt zurück und leg deine Hand unauffällig auf den Türgriff. Wenn wir zur nächsten Kreuzung kommen, warte auf mein Zeichen … ich werde dein Knie drücken … dann öffne die Tür und spring raus. Lauf um den Wagen herum und folge mir so schnell wie du nur kannst.«

Antonia sah ihn an und runzelte die Stirn. Sie neigte ihren Kopf zur Seite. *Warum?*

Dan zog sie näher an sich heran. »Der Fahrer überprüft ständig seine Rückspiegel und unsere Geschwindigkeit schwankt viel zu sehr. Ich vermute deshalb, dass wir verfolgt werden und er dafür sorgt, dass sie uns nicht verlieren.«

Antonia sah ihn an, nickte einmal und rutschte dann wieder auf ihren Sitz zurück. Sie legte den Unterarm auf die Armlehne der Autotür und schien lässig aus dem Fenster auf die vorbeigleitende Umgebung zu schauen.

Dan warf mehrere prüfende Blicke in die engen Straßen entlang der Hauptstraße. Die Bürgersteige in den schmalen Gassen waren überfüllt mit nächtlichen Käufern, Touristen und Händlern, die miteinander um die Gunst der Kunden wetteiferten. Er blickte auf, als er spürte, dass das Fahrzeug leicht abbremste. Das Taxi näherte sich nun einer Kreuzung, vor der Dan ein Stoppschild entdeckte. Er zwang sich, bedächtig durch die Nase zu atmen, um möglichst ruhig zu bleiben. Sie hatten nur eine einzige Chance.

Das Auto bewegte sich jetzt nur noch langsam vorwärts, zwei weitere Fahrzeuge rollten vor ihnen auf die Kreuzung zu.

Jetzt!

Dan drückte Antonias Knie und zog im gleichen Atemzug den Türöffner zu sich heran. Die Tür flog auf, er rutschte von seinem Sitz und schnellte aus dem Taxi heraus. Er rannte über die Straße, schaffte es gerade noch, einem Bus auszuweichen, der abrupt vor ihm bremste, und sprang danach über die Bordsteinkante auf den unebenen Bürgersteig. Schnell schaute er nach links und rechts, entdeckte den Durchgang zu einer Gasse und stürzte darauf zu. Er konnte Antonias Schritte dicht hinter sich hören.

»Bist du in Ordnung?«, rief er ihr über die Schulter hinweg zu.

»Ja!«

Während er in die enge Gasse eintauchte, spürte Dan das Kopfsteinpflaster unter seinen Füßen, das nun leicht anstieg. Schmiedeeiserne Balkone überragten die Gasse, deren Geländer mit Wäschestücken und Topfpflanzen übersät waren.

Beschlagene Holztüren führten in die Innenhöfe der Häuser hinein. Als er an ihnen vorbeihastete, blickte Dan kurz hindurch und entdeckte dort kleine Gärten, Springbrunnen und Hühnerställe. Er schlitterte um eine Ecke und warf dabei unabsichtlich einen Blumentopf um. Erde und Terrakotta-Scherben verteilten sich hinter ihm auf dem Kopfsteinpflaster.

Er erreichte nun eine kleine Kreuzung und blieb stehen, um wieder zu Atem zu kommen. Antonia holte ihn ein und lehnte sich keuchend an ihn.

»Wo geht's jetzt lang?«, fragte sie erschöpft und schaute über die Schulter zurück. »Sie sind, glaube ich, immer noch hinter uns her.«

Dan blickte zum Mond und dem schmalen Himmelsstreifen hinauf. Dann schaute er nach links und entdeckte eine weitere enge Gasse, die von der Hauptstraße weg und weiter nach oben führte.

»Hier entlang. Wir müssen unseren Vorsprung unbedingt ausbauen und etwas an Höhe gewinnen, damit wir uns besser orientieren können«, erklärte er.

Er begann weiterzulaufen, bewegte sich dabei eng an den Hausfassaden entlang und hielt sich fortwährend im Schatten der Straßenlaternen, die von den Gebäuden herabhingen. Antonia folgte ihm dicht auf den Fersen. Sie rannten nun vorsichtiger weiter und versuchten, ihre Schritte auf dem Kopfsteinpflaster so weit wie möglich abzudämpfen.

Dan eilte an einer weiteren Hofeingangstür vorbei, blieb dann aber so abrupt stehen, dass Antonia gegen ihn stieß.

»Was ist los?«, zischte sie.

Die Tür stand leicht offen und bewegte sich in den Angeln hin und her. Dan nahm ihre Hand. »Hier rein … los, komm.«

Er stieß die Tür ganz auf und zog Antonia hinter sich her. Sobald sie beide sicher im Innenhof standen, drehte er sich um und drückte die Tür vorsichtig wieder zu. Sie beugten sich jetzt keuchend nach vorn und versuchten, wieder zu Atem zu kommen.

Doch plötzlich hob Dan seine Hand und legte einen Finger an seine Lippen, um Antonia zum Schweigen zu bringen. *Da waren Schritte … und sie kamen näher.*

Dan schob Antonia hinter sich und spähte vorsichtig durch einen Spalt zwischen Tür und Rahmen. Er konnte zwar einen Teil der Gasse sehen, die sie gerade passiert hatten, doch sein Blick wurde durch eine große rot-weiße Flagge behindert, die vom Balkon eines patriotischen Bewohners herabhing. Er hörte, wie sich die Schritte weiter näherten, und entdeckte dann drei Männer, die um die Ecke bogen. Er hielt den Atem an, als sie stehen blieben und sich suchend umschauten. Sie schienen offenbar darüber zu diskutieren, welchen Weg sie jetzt nehmen sollten. Der Kleinere der drei, ein stämmiger, dunkelhaariger Mann mit einer Narbe, die quer über Nase und Wange verlief, zeigte in die Gasse hinein und sie begannen, in Dans Richtung zu rennen.

Als die Schritte der Männer näherkamen, löste er sich vorsichtig von dem Spalt und zog Antonia mit sich in den Schatten. Die Drei waren inzwischen langsamer geworden und suchten nach Spuren ihrer Opfer. Dan spitzte die Ohren, als die Männer an ihrem Versteck vorbeiliefen. Dann hörte er sie weiter oben in der Gasse. Er zog Antonia noch dichter an sich heran, schlich langsam zurück zur Holztür und öffnete sie dann ein wenig. Von rechts, aus der Richtung, in die die drei Männer gerannt waren, hörte er nun ihre aufgeregten Stimmen. Er wartete noch ein paar Sekunden und spähte dann am Türrahmen vorbei. Im Halbdunkel entdeckte er schließlich die Gestalten ihrer Verfolger.

»Komm mit«, flüsterte er, »aber schnell und leise.«

Sie drängten sich durch die enge Lücke und wandten sich nach links, dann rannten sie, so schnell sie konnten. Als sie um die Ecke bogen, schaute Dan über seine Schulter zurück und bemerkte, dass ihn der Größere ihrer Verfolger direkt ansah. Einen kurzen Moment lang zögerten die Männer, doch dann nahmen sie erneut die Verfolgung auf.

Dan schob Antonia hastig vor sich her. »Los, lauf!«, trieb er sie an, als das Geschrei der drei Männer von den Wänden der dicht gedrängten Gebäude widerhallte.

Dan überholte Antonia und ergriff ihre Hand. »Hier lang!«

Er schlitterte um die Ecke, duckte sich unter einer Laterne hindurch, die an der Hausfassade hing, und bog anschließend in die nächste Straße ein. Er wagte es nicht, sich noch einmal nach ihren Verfolgern umzuschauen, doch er spürte bereits, wie seine Lungen durch die Anstrengung und vor Adrenalin brannten.

Plötzlich keuchte Antonia erschrocken auf.

Dan sah besorgt zu ihr, ob sie sich vielleicht den Knöchel verstaucht haben könnte, doch stattdessen zeigte sie auf die Straßenlaternen.

»Schau dir das an!«, flüsterte sie entsetzt.

Die Straßenlaternen in der Gasse erloschen flackernd eine nach der anderen und ließen die enge Straße vor ihnen wie den Korridor eines stockdunklen Gebäudes wirken.

»Was passiert da gerade?«, fragte Dan. »Ist das eine Falle?«

Antonia schüttelte den Kopf. »Ich habe keine Ahnung.« Sie versuchte mit Dans Tempo Schritt zu halten. »Warte mal«, sagte sie. »Das muss ein Gedenktag für einen Heiligen oder etwas in der Richtung sein!«

»Wie bitte?«

»Wenn das heute für die Einheimischen ein Feiertag ist, dann werden alle Straßenlampen einige Stunden lang für eine Lichterparade abgeschaltet.«

Dan bog scharf nach rechts ab und verlangsamte dann sein Tempo wieder. Die Straßen waren jetzt vollkommen dunkel und wurden nur von dem abnehmenden Mond erhellt. In den Fenstern der Häuser, an denen sie vorbeikamen, entdeckte er jetzt die ersten Kerzen.

»Das könnte funktionieren«, meinte er. »Lass uns diese Parade finden!«

KAPITEL 32

Als Dan Antonia die dunkle Straße hinunterführte, hörten sie, wie sich der Lärm des Festumzugs immer mehr näherte. Musik, Jubel und Pfiffe wurden in den engen Gassen von den dicht beieinanderstehenden Gebäuden zurückgeworfen.

Dan zog Antonia durch einen steinernen Torbogen hindurch. Er führte zu einem steilen Abhang, von dem aus man die breite Hauptstraße überblicken konnte. Vorsichtig beugte er sich nach vorn und hielt sich dabei an der Steinmauer fest. Die Spitze des Umzuges bog gerade unter ihnen um die Ecke.

»Los, komm, beeil dich«, rief er.

Sie schauten durch den Torbogen zurück und hörten dabei, wie die Schritte ihrer Verfolger näherkamen. Schnell bogen sie nach rechts ab und hielten sich in der Gassenmitte, die, von den Straßenlaternen unbeleuchtet und weit entfernt vom sanften Licht der Kerzen in den Fenstern, in vollkommener Dunkelheit lag.

Sie bogen erneut rechts ab und erreichten dann das Ende der engen, kopfsteingepflasterten Straße. Eine hohe Steinmauer mit einem turmhohen Bogen führte direkt zur Hauptstraße, auf die die Menschen aus ihren Häusern strömten, um sich dem Umzug anzuschließen.

Dan bemerkte, dass Antonia erschöpft war.

»Nur noch ein bisschen, danach können wir gemütlich weitergehen«, drängte er sie. Er zog sie durch den Torbogen. »Setz jetzt bitte dein schönstes Touristenlächeln auf.«

Er steuerte auf die Mitte der Prozession zu und grinste die Umstehenden an, während er Antonia hinter sich in das Gedränge zog. Innerhalb weniger Sekunden verschluckte die Menschenmenge sie und sie wurden mit dem Strom mitgerissen.

Dan drängte sich mit einem entschuldigenden Lächeln durch die Feiernden, versuchte dabei aber jede Aufregung zu vermeiden, die von ihren Verfolgern bemerkt werden könnte, und schob sie auf der anderen Seite der Prozession wieder hinaus. Als sie an einem Café vorbeikamen, dessen Tische mit Kerzen dekoriert waren, schnappte sich Dan ein Paar der längeren Wachskerzen und reichte Antonia eine davon.

»Geh mit der Prozession mit und halte die Kerze dabei über deinen Kopf«, erklärte er. »So bleibt dein Gesicht im Schatten.«

Antonia nickte und folgte seinem Beispiel.

Dan hielt ihre Hand fest in seiner. Sollten sie getrennt werden, würde er sie in der Menschenmenge, die jetzt die Straße säumte, nie wiederfinden. Er riskierte einen schnellen Blick über die Köpfe der Feiernden und entdeckte ihre Verfolger sofort. Diese traten gerade durch den Bogen auf die Straße. Der Kleinere der drei kratzte sich frustriert am Kopf, während der Größere mit den Händen in den Hüften stehen blieb und intensiv die Menge absuchte. Der Dritte schien ein Mobiltelefon ans Ohr zu halten.

Dan wandte seinen Blick wieder von ihren Verfolgern ab und versuchte herausfinden, wohin die Menge ging. Die Feiernden schienen in Richtung Hafen zu laufen. Er überlegte schnell. Es wurde Zeit, einen *richtigen* Abstand zwischen ihnen und ihren Verfolgern herzustellen.

Als sich die Menge um eine sanfte Kurve wälzte, beugte er sich zu Antonia hinüber und murmelte ihr ins Ohr: »Wenn wir den Hafen erreicht haben, setzen wir uns bei der ersten Gelegenheit ab.«

»Okay. Über das Meer?«

Er nickte. »Genau daran dachte ich. Halte nach einem geeigneten Kandidaten Ausschau.«

Sie nickte mit geschürzten Lippen.

Die Prozession wurde immer langsamer, als sie sich dem Hafen näherte und die Straße am Kai schmaler wurde.

Dan und Antonia arbeiteten sich bis zur Kaimauer vor. Dan begann, die bunten Fischerboote abzusuchen, die an der Mauer festgemacht waren. Einige Fischer und ihre Familien saßen in den Booten, beobachteten den Umzug und winkten ihren Freunden zu, wenn sie diese in der Menge entdeckten. Ein Mann grüßte eine kleine Gruppe Feiernder am Rand der Menge, indem er sein Weinglas hob und dabei laut schrie. Er lachte ausgelassen, als sie seine Rufe erwiderten.

Dan gab Antonia einen Stups in die Rippen. »Das sieht vielversprechend aus.«

Sie blickte in die Richtung, in die er zeigte. Ein paar geschäftstüchtige Fischer hatten kleine Tafeln in ihren Booten aufgestellt, auf denen sie sich als Wassertaxis für den Abend anboten.

Er führte Antonia einige steile Steinstufen hinunter, die in die Kaimauer gehauen worden waren, und näherte sich schnell dem nächstgelegenen Boot.

»Wir haben eine Verabredung zum Dinner auf der anderen Seite und sind bereits etwas zu spät dran«, erklärte er. »Wie schnell ist Ihr Boot?«

Der Fischer grinste. »Schnell genug«, antwortete er und löste bereits die Leinen von den gusseisernen Ringen in der Kaimauer. »Springen Sie rein.«

Dan nahm Antonia die Kerze ab, warf sie auf den Steinboden und trat die Flamme aus, dann hielt er stützend ihren Arm, als sie in das Boot stieg, bevor er ihr folgte.

Er bugsierte sie in das Heck des Bootes. »Behalte den Kopf unten«, murmelte er. Er schaute theatralisch auf seine Uhr, als er sich neben sie gleiten ließ und dabei der Straße den Rücken zukehrte.

Der Fischer kicherte. »Keine Panik, wir sind in ein paar Minuten da.«

Dan grinste ihn an. »Das klingt gut. Geben Sie einfach alles, was sie draufhaben, ich verhungere nämlich.«

Der Mann lachte, startete den Motor und steuerte das Boot geschickt vom Kai weg. Während es sich seinen Weg durch den Hafen bahnte, sah Antonia über Dans Schulter zurück. Plötzlich riss sie erschrocken die Augen auf.

»Dan, schau!«

Er warf einen Blick über seine Schulter und sah, dass die drei Verfolger sich ihren Weg durch die Menschenmenge bahnten und versuchten, zu den Wassertaxis zu gelangen.

Der Fischer schaute über seine Ruderpinne zu der Stelle, auf die sie beide so aufgeregt starrten. »Ärger?«

Dan sah ihn an und nickte. »Großen Ärger.«

Der Mann grinste. »Dann sollten wir wohl lieber die landschaftlich schönere Route nehmen. Festhalten!«, meinte er und gab Vollgas.

Als das Boot Fahrt aufnahm und über die kleinen Wellen im Hafen sprang, spürte Dan, wie ihm der Wind die Haare zerzauste.

»Wissen Sie denn, wo Sie hinwollen?«, schrie der Fischer nun über das Dröhnen des Motors hinweg.

»Sizilien wäre nicht schlecht«, erklärte Dan trocken, »aber am besten bringen Sie uns einfach nach Sliema.«

Dan spürte, wie das Boot nach links abdrehte und vorwärts schoss. Antonia drehte sich zu ihm um und runzelte die Stirn. Er grinste und schaute über seine Schulter zurück. Es waren einfach zu viele Menschen auf dem Kai … zu viele Zeugen … sodass ihre Verfolger nicht die Pistolen ziehen und das Feuer auf sie eröffnen konnten. Er entdeckte, wie sie ihnen wütend vom Rand der Prozession aus hinterher starrten.

KAPITEL 33

Dan bezahlte den Bootsbesitzer und führte Antonia anschließend durch ein Labyrinth von Straßen, bis er ein öffentliches Telefon fand.

Er steckte eine Telefonkarte in den Apparat, nahm den Hörer ab, tippte eine Reihe von Nummern ein, nannte einen sechsstelligen Code und wartete dann darauf, verbunden zu werden. Er drehte sich in der kleinen Telefonzelle um, um die Straße im Blick zu behalten. Antonia ging währenddessen stirnrunzelnd mit verschränkten Armen auf dem Bürgersteig hin und her. Sie sah hoch, als sie bemerkte, dass er sie beobachtete, und zog fragend eine Augenbraue in die Höhe.

Doch Dan hob beruhigend seine Hand. »Ich verspreche dir, es dauert nicht lange. Halte in der Zeit bitte nach Ärger Ausschau.«

Sie nickte und ging weiter auf und ab.

Als am anderen Ende der Leitung eine Stimme ertönte, hielt er den Hörer näher ans Ohr. »Hallo?«

Die Stimme war weiblich und klang nach Oberschicht. »Hier ist der *England Club*. Wie kann ich Ihnen helfen?«

Dan lächelte. »Hat jemand Lust auf Tennis?«

»Vielen Dank. Ich verbinde Sie weiter.«

Er hörte jetzt eine Reihe von Klicks im Telefon, dann war die Stimme wieder da. »Okay, Dan, die Leitung ist jetzt sicher und das Einsatzteam ist zugeschaltet. Leg los.«

»David, wir haben hier leider einige ernsthafte Probleme.« Dan berichtete schnell, was er herausgefunden hatte. »Allerdings sind wir nun in Gefahr. Sie werden weiter nach uns Ausschau halten. Wie schnell kannst du uns von der Insel schaffen?«

»Nun mal langsam, Dan. Wir brauchen erst ein paar anständige Beweise, bevor ich damit zum Premierminister gehen kann. Hast du irgendetwas in der Art in Hassans Villa gefunden?«

»Negativ. Sein Arbeitszimmer war sauber. Er ist zu vorsichtig, um etwas offen herumliegen zu lassen. Es war reines Glück, dass ich die Landkarte entdeckt habe, auf der die Tunnel eingezeichnet waren. Wir haben Patronenhülsen gefunden, die nach Kaliber 50 aussehen. Möglicherweise dieselben, mit der sie die Luxusjacht versenkt haben.«

»Das reicht nicht, Dan. Du musst noch mal zurück.«

Dan blinzelte. »Wie bitte?«

»Geh zurück und besorg mir etwas, das ich wirklich verwenden kann, und zwar eindeutige Dinge. Ich brauche Beweise, dass die Iraner tatsächlich dahinterstecken, oder falls sie es nicht sind, von wem die Bedrohung dann ausgeht. *Ich* glaube dir, dass du das U-Boot gesehen hast, aber andere werden das nicht tun. Sie werden Beweise erwarten, die diese Behauptung untermauern.«

Dan lehnte sich neben der Telefonzelle an die Wand und schloss die Augen. David hatte leider recht. »Dann brauche ich aber einen anderen Unterschlupf, während wir uns darum kümmern. Die Wohnung könnte nämlich aufgeflogen sein. Dorthin können wir also nicht zurück.«

»Wir haben ein Haus gefunden, in dem ihr unterkommen könnt. Es liegt am Rand einer ehemaligen Royal Marines-Basis in Ghajn Tuffieha. Ruf diese Nummer an«, er ratterte eine örtliche Telefonnummer herunter. »Jemand wird sich darum kümmern, dass ihr den Schlüssel für das Haus bekommt und du ein Fahrzeug für die Operation erhältst. Er weiß bereits, dass ihr auf dem Weg seid und hat dafür gesorgt, dass genug Proviant für einige Tage vorhanden ist. Mitch hat die letzten drei Stunden verzweifelt versucht, dich zu erreichen. Ich werde ihm ausrichten, dass er dich dort treffen soll.«

»Okay, danke. Ich melde mich wieder, sobald wir haben, was du brauchst.«

»Beeil dich, Dan. Falls du mit dem U-Boot richtig liegst, müssen wir schnell handeln. Ich werde den Vize-Admiral informieren und dafür sorgen, dass sein Team alle Aktivitäten im Mittelmeer überwacht.«

Dan legte auf, drehte sich um und ergriff Antonias Arm. »Komm mit«, sagte er. »Wir müssen los.«

***

Nachdem er den Wagen hinter einer niedrigen Mauer geparkt hatte, stand Dan am Straßenrand und blickte zum Eingang der verlassenen Royal-Marines-Kaserne hinüber. Eine Meile entfernt war ein Hotel mit eigener Zufahrt gebaut worden, doch die alte Straße, die durch die Militäranlage hindurchführte, war noch immer vorhanden. Ein metallenes Tor mit fünf Querstangen versperrte den Eingang, allerdings war es nur mit einer schmalen Kette mit Vorhängeschloss gesichert, die man um den oberen Teil des Tores geschlungen hatte. Die Fahne des örtlichen Pfadfinderverbandes flatterte an einer Schnur im Wind.

Dan wandte sich an Antonia: »Bereit, eine Zeitreise zu machen?«

Sie lächelte. »Das könnte interessant werden.«

Dan half Antonia dabei, über das Tor zu klettern und sich auf der anderen Seite herunterzulassen.

Unkraut hatte die Oberfläche der alten Straße durchbrochen und den Beton an einigen Stellen so weit hochgedrückt, dass er gerissen war und sich im Laufe der Jahre in weißen Betonstaub verwandelt hatte. Einige der ursprünglichen Gebäude standen allerdings noch immer. Dan näherte sich einem von ihnen durch das hohe Gras und steckte den Kopf in eine fensterlose Öffnung. Als sich seine Augen an die Dunkelheit gewöhnt hatten, entdeckte er eine alte Leinwand, die von der Decke hing und ein paar Stühle, die auf dem Boden verstreut herumlagen. Wahrscheinlich war es einst das Kino des Lagers gewesen.

Er kehrte nun zum Weg zurück und betrachtete Antonia, die einige Meter vor ihm entfernt mit in den Hüften gestemmten Händen dastand und die Landschaft musterte. Sie wandte sich zu ihm um und fragte: »Wo bringst du mich eigentlich hin?«

Er grinste und deutete die Straße entlang, die in sanften Kurven einen Hügel hinauf und schließlich nach rechts bis zu den Schießständen führte. Auf der Spitze des Hügels stand ein zweistöckiges quadratisches Steinhaus, dessen weiß getünchte Wände im hellen Mondlicht schimmerten.

»Dorthin.«

Er schloss zu Antonia auf und beide gingen schweigend nebeneinander her, während die Straße langsam anstieg und ihre Stiefel kleine Staubwolken aufwirbelten. Das Klicken der Zikaden im hohen Gras erfüllte jetzt die Luft.

Je näher sie dem Haus kamen, desto mehr löste sich die Straßenoberfläche auf, bis schließlich nur noch ein kaum erkennbarer Weg den restlichen Hügel hinaufführte. Als sie die Hügelkuppe erreichten, hörten sie das Geräusch der gegen die Klippen brandenden Wellen. Dann bog der Weg nach rechts ab und das Haus kam vollständig in Sicht. Verblasste weiße Wände, die von wildem Efeu und Sträuchern überwuchert wurden, waren wegen der langen Verwahrlosung an einigen Stellen bereits dabei, komplett zu zerfallen. Auf einer Seite lehnte in einem Gewirr von Kaktusfeigenbüschen ein baufälliger Hühnerstall, der halb zusammengebrochen war. Die Hühner waren natürlich längst verschwunden.

Dan trat an den Stall heran, ging in die Hocke, bog vorsichtig einen Kaktusfeigenbusch beiseite und legte ein mit einem Drahtgeflecht verschlossenes Abflussrohr frei.

Mit beiden Händen zog er kräftig an dem Maschendraht. Das Netz gab nun ein wenig nach, aber der Rost hielt es weiterhin an den Rändern fest. Dan ruckte noch einmal heftig daran und endlich löste sich das Geflecht. Er legte die Abdeckung beiseite, griff hinein und tastete solange den oberen Teil des Rohres ab, bis seine Finger etwas Metallisches berührten.

Vorsichtig warf er einen Blick über seine Schulter. Antonia hatte ihm den Rücken zugewandt und die Arme vor der Brust verschränkt. In Gedanken versunken starrte sie über die Klippen hinweg auf den in einiger Entfernung liegenden Hotelkomplex. Er wandte sich wieder dem Abflussrohr zu, schloss seine Finger um die metallische Oberfläche, zog eine Pistole aus der versteckten Halterung und steckte sie verstohlen unter sein Hemd.

Dann griff er noch tiefer in das Rohr hinein, bis seine Finger über ein kleineres Metallobjekt glitten. Grinsend zog er es heraus und setzte die Abdeckung wieder darauf.

»Was hast du gefunden?«, fragte Antonia und drehte sich neugierig zu ihm um.

Er hielt ihr seine geöffnete Hand hin.

»Den Haustürschlüssel«, sagte er. »Du hast doch nicht etwa geglaubt, dass ich hier einbrechen werde, oder?«

***

Dan spielte geistesabwesend mit den zylindrischen Hülsen und rollte sie auf dem Tisch langsam von einer Hand in die andere … hin und wieder zurück. Er zuckte zusammen, als Antonia sich plötzlich vorbeugte und die Handfläche fest auf die Hülsen presste, um ihre Bewegung zu stoppen.

»Es reicht«, sagte sie. »Du machst mich noch ganz wahnsinnig.«

Dan grunzte entschuldigend.

»Wir müssen unbedingt herausfinden, ob das U-Boot immer noch da ist und falls nicht … woher die Mannschaft kommt.« Er stand auf, schob den Holzstuhl zur Seite und schlenderte dann zum geöffneten Fenster. Er schloss kurz die Augen und lauschte dem Lockruf der Zikaden. Donnergrollen wurde vom Wind herangeweht. »Es muss doch einen Weg geben, um das herausfinden zu können«, murmelte er.

Blitze zuckten über den Himmel und dichte graue Wolken türmten sich übereinander auf, als ein zweiter Donnerschlag durch die kleine Bucht hallte.

Dan ging zur hinteren Veranda, lehnte sich gegen eine der Holzsäulen, die das Blechdach trugen und starrte hinaus auf das Meer.

Zunächst begann der Regen nur sporadisch mit großen Tropfen auf das Dach zu platschen. Doch plötzlich öffneten sich die Schleusen des Himmels und ein Sturzregen brach über die Bucht herein. In einer ohrenbetäubenden Kakofonie trommelten die Tropfen auf das Blechdach.

Er konnte das Ozon in der Luft riechen und schreckte zurück, als sich direkt vor ihm ein Blitz über dem Wasser gabelte und purpurfarbenes und weißes Licht in alle Richtungen zucken ließ.

»Hier«, sagte Mitch und unterbrach seine Gedanken. »Ein Bier.«

Dan drehte sich um und nahm die kalte Flasche entgegen. »Prost.« Er trat wieder etwas näher ans Haus heran. So sehr er Stürme normalerweise auch genoss, jetzt wurde er von dem Wasser, das aus der Regenrinne auf den Boden schoss, komplett durchnässt.

Mitch zog einen Stuhl unter dem kleinen Holztisch im Essbereich hervor und schleifte ihn zur offenen Eingangstür. Dann setzte er sich, drehte seine Bierflasche in der Hand hin und her und betrachtete nachdenklich das Spektakel.

Als Dan sich ihr näherte, wandte sich Antonia mit einem Holzlöffel in der einen Hand und ihrem Glas Wein in der anderen vom Herd ab. Sie beobachtete ihn und winkte ihm dann warnend mit dem Löffel zu.

»Ich weiß genau, was dir gerade durch den Kopf geht, aber du musst sehr vorsichtig sein«, warnte sie ihn. »Die Klippen werden von Hassans Bodyguards bewacht und es gibt dort auch für Taucher keine Möglichkeit, unbemerkt an Land zu gehen. Das Meer ist an der Stelle außerdem sehr tückisch.«

Sie wandte sich wieder um, stieß den Holzlöffel in die blubbernde Soße und rührte sie wütend um.

Dan runzelte die Stirn. Es musste einfach irgendeinen Weg geben. »Was ist mit Abseilen?«

Antonia hörte auf zu rühren, blickte über die Schulter und lachte. »Nicht dort. Nur ein Verrückter würde an diesen Klippen herumklettern.« Sie wandte sich wieder dem Herd zu.

Dan nahm die Bierflasche in die Hand und sah Mitch an, der gerade beobachtete, wie sie der Sturm von allen Seiten einschloss, dann lächelte er in sich hinein.

KAPITEL 34

Dan bremste sanft und fuhr den Mietwagen dann von der Schnellstraße herunter. Nachdem sie die Hauptstraße verlassen hatten, schleuderten ihre Reifen kleine Steine und Kies zur Seite und wirbelten hinter ihnen eine Staubwolke auf, die ihr Vorankommen auf der schmalen Straße bereits aus großer Entfernung offenbarte.

»Angesichts deines letzten erfolglosen Versuches, was hast du denn dieses Mal geplant?«, fragte Mitch, während er auf dem Beifahrersitz herumlümmelte und seinen Arm aus dem Fenster baumeln ließ.

»Ich hätte dich auch in London lassen können«, brummte Dan.

»Nein, hättest du nicht. Du kommst ohne mich doch gar nicht zurecht und das weißt du auch«, erwiderte Mitch, zog den Arm wieder herein und fuhr sich mit der Hand durch das Haar. »Hast du eigentlich heute Morgen Blut gepisst?«

Dan warf Antonia im Rückspiegel einen Blick zu und runzelte dann die Stirn. »Das geht dich überhaupt nichts an.«

»Ha!«

Antonia beugte sich vor und legte eine Hand auf jeden der Vordersitze. »Ihr wisst aber schon, dass ihr wie ein altes Ehepaar klingt, oder?«

Dan deutete mit dem Kopf auf Mitch. »Er hat angefangen.«

Antonia hob eine Augenbraue und ließ sich mit verschränkten Armen in den Sitz zurückfallen. »Du bist echt unmöglich.«

Dan grinste und schaltete einen Gang hinunter, während ihr Auto einen Hügel hinauffuhr, dann riss er das Steuer abrupt nach links, als auf der anderen Seite des Hügels plötzlich eine riesige Staubwolke auftauchte.

Mitch fuhr schnell die Beifahrerscheibe hoch. »Was ist da los?«

Dan schüttelte den Kopf. »Ich denke, das werden wir gleich herausfinden.«

Sie beobachteten, wie zwei Feuerwehrfahrzeuge die Hügelkuppe erreichten und auf sie zurasten. Sie waren schmutzig und voller Asche. Während der erste Einsatzwagen an ihnen vorüberfuhr, sah Dan zu den offenen Fenstern der Mannschaftskabine hinauf und bemerkte die verschmierten Gesichter der Feuerwehrmänner.

»Das sieht gar nicht gut aus«, murmelte er.

Dann raste auch schon das zweite Feuerwehrfahrzeug an ihnen vorbei den Hügel hinunter und brachte ihr Auto heftig ins Schaukeln. Anschließend herrschte auf dem Hügel wieder Stille.

Jetzt erst bemerkten sie den schwarzen Rauch, der hinter der Hügelkuppe aufstieg.

»Oh nein«, keuchte Dan. »Das darf doch nicht wahr sein.«

Mit einem Ruck legte er den ersten Gang ein und gab Vollgas. Die Reifen drehten kurz auf dem losen Kies der Schotterstraße durch, dann hatten sie die Hügelkuppe endlich erreicht. Dan stellte den Motor ab und sie stiegen aus.

»*So* lässt man Beweise verschwinden«, sagte Mitch bitter.

Dan lehnte sich gegen die Autotür und schüttelte ungläubig den Kopf, während er die Szene unter sich betrachtete.

Die verkohlten Überreste der Villa qualmten in der Morgenbrise. In der Mitte der Ruine stieg eine Rauchfahne auf, die vom aufkommenden Wind verweht wurde.

Die Außenwände des Gebäudes standen noch und ein einzelner Schornstein lehnte gefährlich schräg an der östlichen Wand. Das Dach war komplett eingestürzt, nur ein einsamer Dachbalken zeigte noch trotzig in Richtung Himmel.

Dan drehte sich um und trat frustriert gegen den Vorderreifen. Mitch schüttelte den Kopf.

Antonia stand neben dem Auto, hatte die Hände in die Hüften gestemmt und den Mund zu einer feinen Linie zusammengepresst. Sie drehte sich langsam um und sah Dan an. »Na ja, wenn wir schon mal hier sind, können wir genauso gut nachsehen, ob noch irgendetwas übrig ist«, erwiderte sie.

Er nickte. »Lasst uns gehen.«

Er ließ das Auto langsam den Hügel hinabrollen und vermied dabei sorgfältig die zahlreichen Schlaglöcher und Spurrillen, die die Feuerwehrfahrzeuge noch weiter eingegraben hatten. Während er den größeren Löchern auswich, schwankte ihr Wagen leicht hin und her. Als sie sich der Außenmauer näherten, bemerkte Dan, dass die Feuerwehr das Zufahrtstor offengelassen hatte. Er fuhr hindurch und dann bis zu den verkohlten Überresten der Villa hinauf.

Als sie aus dem Wagen stiegen, bohrte sich ihnen der Gestank von verbranntem Plastik, verkohltem Holz und beißendem Rauch in die Nasen.

Dan hustete unwillkürlich und drehte sich zu Antonia und Mitch um. »Seid vorsichtig«, sagte er. »Geht kein Risiko ein. Diese Wände können immer noch einstürzen, also passt genau auf, wo ihr hintretet und lauft unter nichts durch, okay?«

Sie nickten einstimmig.

Dan wandte sich nun den Ruinen zu und deutete auf eine Stelle vor sich. »Hier war ursprünglich die Eingangstür.« Er blickte nach links. »Ich werde mich mal da hinten umsehen, in dem, was noch von Hassans Arbeitszimmer übrig ist.«

Er wandte sich an die anderen beiden. »Sucht nach irgendetwas, was Hassan mit dem U-Boot in Verbindung bringen könnte oder uns einen Hinweis darauf gibt, für wen er arbeitet.«

Sie teilten sich auf und suchten am Rand der Ruine nach einem sicheren Zugang. Dan schritt über das versengte Gras eine kleine Böschung hinauf und folgte dabei den verkohlten Wänden bis zu den mit Asche bedeckten Bodenfliesen der Terrasse. Vor seinem inneren Auge stellte er sich die Terrassentür vor, die in Hassans Arbeitszimmer geführt hatte.

Er trat vorsichtig durch die aufgeweichte Asche, wobei er seine Nase angesichts des Gestanks nach verkohltem Holz und Plastik rümpfte und ging dann so weit hinein, bis er mitten in dem stand, was einmal das Arbeitszimmer gewesen war.

Rechts von sich entdeckte er die verbrannten Überreste des Schreibtisches. Er näherte sich ihm und kletterte dabei vorsichtig über einen durchgebrochenen Dachbalken, dessen Oberfläche trotz der Löscharbeiten immer noch lauwarm war.

Dan bückte sich, zog die erste Schublade des Schreibtisches auf und begann dann, den Inhalt zu durchsuchen. Flocken aus schwarzem Papier lösten sich bei seiner Berührung auf, Farben und Worte waren von der unbändigen Kraft des Feuers komplett ausgelöscht worden.

Er fluchte, warf die Schublade auf den Boden und riss dann die nächste heraus. Anschließend blickte er auf, schüttelte wegen der fast vollständigen Zerstörung des Gebäudes den Kopf und kam zu dem Schluss, dass man bei der Brandstiftung einen Brandbeschleuniger verwendet haben musste, um ein so effektives Ergebnis zu erzielen.

Er warf die letzten Schreibtischschubladen wütend zur Seite und stapfte über die Reste des Arbeitszimmers hinweg den Flur entlang bis zu der Stelle, an der sich die Küche befunden hatte. Mitch stand gerade am oberen Ende der Kellertreppe.

»Hast du irgendetwas gefunden?«

Mitch schüttelte mit rußverschmiertem Gesicht den Kopf. »Nichts. Ich bin so weit reingegangen, wie es die eingestürzte

Decke zugelassen hat, aber alle Kisten und Kartons sind verschwunden. Nichts ist mehr übrig und zum Tunneleingang kommt man auch nicht mehr.«

Dan nickte und drehte sich wieder um. Während eine leichte Brise sein Haar zerzauste, starrte er über die unbestellten Felder. Sein Blick blieb am Horizont hängen und er entdeckte einen einsamen Falken, der in den Luftströmungen am Rand der Klippe schwebte.

Er wandte sich wieder Mitch zu. »Ich denke, dann müssen wir wohl einen anderen Weg finden, um das Ganze zu beweisen.«

Die beiden verließen die Küche und machten sich auf die Suche nach Antonia. Diese hockte auf dem Boden des ehemaligen Wohnzimmers und hielt einen zerbrochenen Bilderrahmen in den Händen. Das Foto war verkohlt und hinterließ schwarze Rußflecken an ihren Fingern.

»Hast wenigstens du Glück gehabt?«, fragte Dan hoffnungsvoll.

Antonia richtete sich auf, warf den Bilderrahmen achtlos zur Seite und schüttelte den Kopf, während sie das beschädigte Foto betrachtete. »Nichts. Was machen wir jetzt?«

»Wir gehen klettern«, antwortete Dan.

***

Dan und Mitch näherten sich vorsichtig dem Klippenrand und schoben dabei kleine Steine und Sand zur Seite. Antonia lehnte sich gegen das Auto, wobei sie zum einen ihr Vorankommen im Auge behielt, zum anderen aber immer wieder einen Blick auf den Weg von der Villa zur Hauptstraße warf.

Dan ließ sich auf den Boden gleiten und kroch auf seinen Ellbogen nach vorn, bis er über den Rand der Klippe spähen konnte. Mitch gesellte sich zu ihm.

»Kannst du irgendetwas erkennen?«

Dan schüttelte den Kopf, während er weiter das aufgewühlte Wasser unter ihnen absuchte. »Die alten dieselbetriebenen U-Boote müssen regelmäßig auftauchen, um ihre Batterien über die Dieselgeneratoren aufzuladen und um frische Luft zu bunkern«, erklärte er. »Die Wahrscheinlichkeit ist also groß, dass sie die Gelegenheit genutzt haben, um gleich noch irgendwelchen Müll loszuwerden.«

Mitch blinzelte in das Wasser. »Von hier oben werden wir aber bestimmt nichts entdecken können.«

Vorsichtig spähte Dan erneut über die Klippe. »Ich schätze, wenn du dich bis zur Spitze des Plateaus abseilst, könntest du bis zu der Stelle kriechen, wo die Wellen auf das Plateau treffen«, meinte er und zeigte während des Sprechens die Klippe hinunter. »Falls irgendetwas angespült worden ist, dann müsste es in dieser Spalte hängen geblieben sein.«

Mitch stieß ein leises Lachen aus.

Dan sah zu ihm hinüber. »Was ist?«

Mitch schaute zu der Stelle hinunter, auf die Dan gezeigt hatte. »Ich steig doch nicht da runter!«

Dan blinzelte. »Was meinst du damit? Natürlich wirst du … deswegen bist du doch überhaupt hier.«

Mitch lachte, richtete sich wieder auf und machte dann einige Schritte vom Klippenrand weg. Danach verschränkte er die Arme vor der Brust und schüttelte nachdrücklich den Kopf. »Auf keinen Fall. Denkst du wirklich, dass ich so verrückt bin?«

Dan stand ebenfalls auf und warf Antonia über Mitchs Schulter hinweg einen Blick zu, während sich ein amüsiertes Lächeln auf ihrem Gesicht ausbreitete.

Sie hob ihre Hände. *Und nun?*

Dan blickte hinunter auf das schäumende Meer unter ihnen und auf die Wellen, die wild gegen die Klippen donnerten. Während sie sich für einen weiteren Angriff zurückzogen, wühlten sie das Wasser zu einer schwarzen, undurchdringlichen Masse auf. Er seufzte leise.

»Okay, dann werde *ich* eben gehen.«

KAPITEL 35

Mitch krabbelte unter dem Auto hervor, lehnte sich mit dem Rücken gegen die Beifahrertür, beugte seine Knie, um den zu erwartenden Zug besser abfedern zu können und hielt das rot-schwarze Seil fest in seinen behandschuhten Händen.

Dan sah zu ihm hoch. »Lass bloß nicht los.«

Mitch grinste, während sich das Meer und der Himmel in seiner Sonnenbrille spiegelten. »Ich habe das Seil um die Achse gebunden und werde es noch einmal sichern, damit du dich darauf konzentrieren kannst, in einem Stück dort unten anzukommen. Solange ich nicht niesen muss, dürftest du eigentlich sicher sein.«

Nach einer ersten Erkundung stellten die beiden Männer fest, dass Dan wegen der Oberfläche des Kliffs wohl eher daran herunterklettern als sich daran abseilen musste. Die Kalksteinoberfläche der Felsen verlief wellenförmig die Küste entlang und war an vielen Stellen von der stetig anbrandenden See zerklüftet.

Während der Wind an seinen Haaren zerrte, blickte Dan nach unten, überprüfte das Haltegeschirr unter Belastung und nickte dann zufrieden.

Kein schlechter Anfang.

Langsam ließ er sich über die Kante des steilen Kliffs gleiten. Als er nach einem Halt für seine Füße suchte, trat er mit seinen Schuhen kleine Felssplitter und Steine ab, die sofort am Kliff hinunterstürzten.

Er blickte nach unten, konzentrierte sich darauf, wo er seine Füße hinsetzte und rammte seine Schuhe in den Kalkstein, um eine ausreichend tiefe Kerbe zu schaffen, damit seine Füße einen sicheren Halt fanden. Dabei vermied er es, die Kliffwand hinunter auf die Felsen zu schauen.

Er löste eine Hand vom Seil und suchte nun auf der porösen Oberfläche nach einem Haltepunkt für seine Hand … nach einer Stelle, von der aus er seinen Abstieg beginnen konnte. Seine Finger kratzten über die raue Oberfläche und über Erde, die von einigen vorwitzigen Pflanzenwurzeln mühsam im Kalkstein festgehalten worden war. Dan atmete einmal tief durch, um sich zu entspannen und überprüfte dann, ob das Seil korrekt durch den Haltegurt um seine Hüfte lief. Dann begann er langsam damit, sich an der Felswand abzuseilen.

Er verschwand kurz darauf unter dem Rand und spürte sofort den Wind, der heftig die Küste entlangwehte. Als er eine Hand vom Felsen löste, drohte eine plötzliche Bö ihm die Füße wegzureißen. Auf der Suche nach einem stabilen Halt für seine Hände, krallte er sich an der Oberfläche fest und presste sich eng an den Felsen, um dem Wind eine möglichst geringe Angriffsfläche zu bieten. Langsam, Zug um Zug, ließ er sich den steilen Abhang hinunter. Unter ihm prallten die Wellen weiterhin gegen die Klippen; das Geräusch wurde mit dem Wind mal schwächer und dann wieder stärker.

Als er noch weiter hinabstieg, hüllten die Wellen, die unter ihm gegen die Felsen donnerten, seinen Körper in einen feinen Sprühnebel. Das Salzwasser brannte in seinen Augen und Dan versuchte das Wasser wegzublinzeln. Er stellte einen Fuß auf einen abgerundeten, verwitterten Felsen, der etwas hervorragte, während er sein Gewicht vorsichtig verlagerte und mit seinem Stiefel gegen die Felswand trat.

Mit einem lauten Knall zerbrach plötzlich der Kalkstein um den abgerundeten Felsen herum und bröckelte ab. Dans Bizepse waren zum Zerreißen gespannt, als seine Finger versuchten, sich in den Kalkstein zu graben. Verzweifelt suchte er nach einem besseren Halt für seine Hände und warf dabei den mörderischen Felsen unter sich einen kurzen Blick zu. Beim Anblick der graublauen Brandung, die dort unten zornig kochte, sah er schnell wieder nach oben.

Dans Füße traten nun hektisch gegen die Felsoberfläche und suchten nach einem festen Halt, um sein Hin- und Herschwingen stoppen zu können. Er grunzte, als sein Körper gegen die Felswand knallte, dann streckte er blitzschnell eine Hand aus, um nach einer knorrigen alten Baumwurzel zu greifen, die aus der rauen Oberfläche herausragte.

Sie hielt zum Glück.

Keuchend ließ Dan das Gesicht auf seine Handrücken sinken, dann hob er langsam den Blick und entdeckte Mitch, der kopfschüttelnd zu ihm hinunterstarrte.

Dan sah vorsichtig zwischen seinen Füßen nach unten. Er war schon ganz nah. Langsam atmete er ein und aus. Seine Kniegelenke brannten vor Anstrengung, seine Fingernägel bluteten und die großen Blasen auf seinen Handflächen waren bereits aufgeplatzt.

Er streckte seinen linken Fuß nach unten und tastete dort nach dem nächsten Halt für seinen Schuh. Ein paar kleinere Steine lösten sich und fielen hinunter.

Plötzlich durchdrang ein hohes Kreischen die Luft. Dans Füße verloren erneut den Halt, als eine Möwe von einem Felsvorsprung in seiner Nähe flog und sich flatternd und laut krächzend in Sicherheit brachte. Er schrie erschrocken auf und löste instinktiv eine Hand vom Felsen, um sein Gesicht zu schützen. Die abrupte Bewegung brachte ihn allerdings aus dem Gleichgewicht, und er spürte, wie er mit einem widerlichen Ruck zu fallen begann.

Nach einer gefühlten Ewigkeit spannte sich das Seil wieder an und sein Sturz wurde gestoppt. Dan wurde auf die Felswand zugeschleudert und seine Schulter prallte hart gegen den Felsen. Vor Schmerzen schrie er kurz auf, doch dann setzten seine Instinkte wieder ein. Er streckte die Hand aus, rammte seine Finger in den nächsten Griffpunkt, den er finden konnte und krallte sich dort fest. Die Bewegung des Seils verlangsamte sich und Dan zog sich keuchend dichter an die Felswand heran.

»Bist du okay?«, rief Mitch von der Kliffkante zu ihm hinunter.

»*Verkackte* Vögel!«

»Du bist offenbar okay, das kann ich hören.« Nach einer kurzen Pause fuhr er fort. »Du gibst das Tempo vor.«

Dan schüttelte ungläubig den Kopf. Während er sich mit dem Fuß weiter den Klippen näherte, traf die kalte Gischt immer öfter auf seinen Körper. Er spähte über seine Schulter. Die Brandung prallte gegen die Felsen, nur um sich kurz darauf wieder ins Meer zurückzuziehen. Nachdem sich seine Augen an das Muster der Brandung gewöhnt hatten, begann er allerdings Unregelmäßigkeiten in den wirbelnden Fluten zu entdecken.

Abfälle!

Dan holte tief Luft und setzte den Abstieg fort. Er ignorierte dabei das heftige Brennen in seinen Schultern, denn er würde nicht wieder hochgehen, ohne irgendeine Bestätigung für seine Theorie gefunden zu haben.

Das Brüllen der tosenden See stürmte auf seine Sinne ein und ihr unaufhörliches Donnern gegen die Felsen war so intensiv, dass es fast schon hypnotisch wirkte. Dan konzentrierte sich darauf, einen Fuß unter den anderen zu setzen, seine Hände langsam das Seil entlanggleiten zu lassen und seine Füße beim Abstieg immer wieder in die kleinen Haltepunkte im Felsen zu stoßen.

Doch ein scharfes Kältegefühl riss ihn aus seiner Konzentration. Er hatte den Fuß der Klippe nun erreicht und seine Schuhe standen bereits knöcheltief in der wirbelnden Brandung. Er sah sich um und durchsuchte den Abfall, der an die Felsen geschleudert wurde, nach etwas Brauchbarem. Dabei kletterte er weiter in das kalte Wasser hinein, weil er auf einem Felsvorsprung balancierte. Müll trieb auf den Wellen und klatschte in der kräftigen Strömung gegen seinen Körper.

Dan keuchte erschrocken auf, als ihn eine große Welle traf. Während sie über ihn hinwegrollte, hielt er unwillkürlich den Atem an und klammerte sich an dem Seil fest. Dann schüttelte er den Kopf, um seine Augen und Ohren vom Wasser zu befreien und drehte ihn ruckartig von links nach rechts, um etwas zu finden, *irgendetwas*, das einen Hinweis auf die Besatzung des U-Boots oder dessen endgültiges Ziel geben könnte.

Er hielt sich jetzt nur noch mit einer Hand am Seil fest, die andere ließ er durch das kalte Wasser gleiten und durchsuchte die Küchenabfälle und die wasserdurchtränkten Lebensmittelverpackungen. Als die nächste Welle die Felsen neben ihm traf, schaute er prüfend über die Wasseroberfläche und entdeckte dann ein Kleiderbündel, das langsam in seine Richtung trieb.

Dan betrachtete die Felswand, versuchte das Auf und Ab des Wassers zu berechnen und bewegte sich danach paddelnd auf die Ansammlung farbiger Kleidungsstücke zu. Als seine Finger die Oberfläche berührten, runzelte er die Stirn.

Sie fühlten sich fest an, nicht wie etwas, das von einem U-Boot entsorgt wurde, indem man es durch die Torpedorohre jagte.

Er zog es näher zu sich heran und spürte dann das Gewicht, als eine weitere Welle auf die Felswand zurollte und das Bündel in seine Richtung schleuderte.

Zuerst weigerte sich Dans Verstand zu akzeptieren, auf was er da gerade schaute …

Wo ein Gesicht hätte sein sollen, starrten ihn nur noch zwei leere Augenhöhlen an … eine kleine Krabbe hielt sich an einem Hautfetzen fest, der aus einer der Öffnungen heraushing … die Nase war abgefressen oder von den Felsen abgerissen worden … der Schädel war auf einer Seite stark eingedrückt … schwere Schläge hatten Teile davon herausgebrochen, während die weiche Haut der Lippen und Ohren bereits von den Fischen abgefressen worden war.

Dan schrie entsetzt auf und stieß den Körper von sich weg.

Er rutschte von dem Felsvorsprung, auf dem er balanciert hatte, und stürzte in die eisige Brandung.

Sein Herz raste wie wild, als er kurz auftauchte und nach Luft schnappte. Seine rechte Hand durchpflügte das Wasser, bis er die Sicherheitsleine wiederfand. Er schloss seine Finger fest darum und zog sich, unterstützt von Mitch, an die Oberfläche zurück, der das Seil soweit die Klippen hinaufzog, bis Dan wieder auf den Felsvorsprung klettern konnte. Er zitterte nun heftig … sowohl vor Kälte als auch vor Schock.

Ein lautes Rufen vom Klippenrand ließ ihn nach oben schauen und beruhigend die Hand heben.

Ich bin okay.

Er wartete, bis er seine Atmung wieder halbwegs unter Kontrolle hatte, bevor er irgendetwas tat.

»Das hab ich allerdings nicht erwartet«, murmelte er und hustete eine Ladung Meerwasser aus.

Er würgte, spuckte es seitlich über den Felsen und begann dann, die Wasseroberfläche nach dem Körper abzusuchen.

Seine Augen entdeckten ihn bald darauf auf der rechten Seite. Die Wellen hielten den Leichnam am Fuß der Kalksteinklippe gefangen.

Er atmete mehrmals tief durch. »In Ordnung«, sagte er leise, »dann lass uns mal herausfinden, wer du bist.«

Er band sich das Seil sorgfältig um die Hüfte, zog zweimal kurz daran, zeigte Mitch den hochgereckten Daumen und ließ sich dann langsam in das aufgewühlte Wasser gleiten.

Anschließend kletterte er an der Felswand entlang und grub seine Finger dabei in die poröse Oberfläche, während er immer weiter auf den Körper zukroch, der von den Wellen hin- und herbewegt wurde. Als er nah genug war, streckte er eine Hand aus, bis sie die Jeans des Toten berührte. Vorsichtig steckte er seine Finger in den Ledergürtel, den die Leiche um die Taille trug und zog so den Körper näher an sich heran.

Er ignorierte die zerfetzten Überreste des Gesichts so gut es ging und begann, den Körper und die Kleidung zu durchsuchen. Er griff in die Vordertaschen der Jeans und zog die Reste eines Dokuments heraus. Die Papiere lösten sich allerdings, zersetzt vom Salzwasser, sofort in seiner Hand auf. Angeekelt warf er die Schnipsel in die Wellen.

Dann verstärkte er den Griff an der Felswand und ignorierte den brennenden Schmerz in seinen Schultern, während er die Leiche umzudrehen versuchte. Als der Körper ins Rollen kam, bemerkte er, wie sich neben dem Toten im Wasser etwas bewegte. Ein quadratisches, farbiges Objekt war aus der hinteren Jeanstasche gerutscht und begann nun fortzutreiben.

»Scheiße!«, stieß Dan hervor und schob die Leiche aus dem Weg.

Seine Augen suchten hektisch die Wasseroberfläche nach einem Farbtupfer ab … nach irgendetwas, was ihm einen Hinweis darauf gab, in welche Richtung das Objekt verschwunden war.

Dann sah er es endlich. Es war eine Zigarettenschachtel, die nur zwei Meter zu seiner Rechten dahintrieb. Sie schaukelte sanft auf dem Wasser und schien ihn förmlich zu verspotten, während sie Welle für Welle überstand. Die blauweiße Verpackung fing das Sonnenlicht ein, als sie sich im Wasser hin und her drehte.

Dan runzelte die Stirn. Die Farbkombination der Schachtel wirkte auf ihn seltsam vertraut, aber er konnte sich nicht daran erinnern, wo er sie schon einmal gesehen hatte.

Er warf einen Blick auf das Seil über sich und dann auf die Brandung, als sie wieder auf die Felswand zutrieb. Er würde sein Timing sorgfältig abstimmen müssen. Das Seil im falschen Moment loszulassen und aufs Meer hinausgezogen zu werden, war keine Sache, die er ausprobieren wollte.

Dan hielt unwillkürlich den Atem an, als die nächste Welle auf ihn zukam. Als er spürte, wie sie über seinen Körper hinwegrollte und wieder zurückzufließen begann, ließ er das Seil mit einer Hand los und nutzte die Dynamik der zurückweichenden Welle, um näher an die Zigarettenschachtel heranzukommen. Seine Finger pflügten durch das Wasser und versuchten verzweifelt, das Objekt zu erreichen, bevor ihn die Überlastung seiner anderen Hand losschreien ließ und er wieder nach dem Seil greifen musste.

Gerade noch rechtzeitig!

Eine weitere Welle donnerte jetzt gegen die Felswand und presste ihm die Luft aus den Lungen. Als sie zurückrollte, kam er spuckend an die Oberfläche und griff sofort nach der Zigarettenschachtel. Seine Finger streiften die Oberfläche zwar, aber unter dem Gewicht seiner Hand glitt sie davon.

»Verdammt!«

Dan warf einen Blick über seine Schulter und sah die nächste Welle auf sich zukommen. Er füllte seine Lungen mit Luft und klammerte sich mit zusammengepressten Augen am Seil fest, während ein weiterer Schwall kalten Wassers seinen Körper erfasste.

Als das Wasser wieder zurückfloss und er sich hustend zusammenkrümmte, spürte er, wie er unkontrolliert zu zittern begann und wusste instinktiv, dass dies seine letzte Chance sein würde.

Er paddelte auf die Zigarettenschachtel zu und schaufelte in dem verzweifelten Versuch, das Päckchen auf diese Weise zu sich zu treiben, mit der Hand das Wasser in seine Richtung. Als er sicher war, dass er das Objekt dieses Mal gut zu fassen bekommen würde, stürzte er sich darauf. Einen winzigen Moment lang spürte er, wie seine linke Hand von dem Seil abrutschte, bevor er wieder fester zu griff und sich seine rechte um die Zigarettenschachtel schloss.

Er steckte sie sich kurzerhand zwischen die Zähne und griff mit beiden Händen nach dem Seil, als eine weitere Welle über seinen Kopf hinweg gegen die Felsen prallte.

Er wartete, bis die Brandung sich wieder zurückzog, dann begann der lange, qualvolle Rückweg am Seil entlang. Es fing damit an, dass er sich mithilfe des Seils aufrichtete, und als sich der Zug auf das Seil verstärkte, spürte Mitch, dass Dan zurückwollte.

Er kletterte mit schmerzenden Beinen die Klippen hinauf, seine Hände und Arme waren noch vom Abstieg und den kräftezehrenden Minuten in der Brandung erschöpft. Als er sich dem Klippenrand näherte, bemerkte er Mitch, der mit einem Grinsen auf dem Gesicht über die Kante spähte und dabei das Seil leicht durch seine Hände zog.

Dan hievte sich mit letzter Kraft über den Rand der Klippe, kroch einige Meter weiter und brach dort zusammen. Er spuckte die Zigarettenschachtel aus und blieb keuchend auf dem Boden liegen.

Mitch ging zu ihm hinüber und schaute auf ihn herab, dabei fiel sein Schatten auf Dans Gesicht.

»Weißt du«, sagte er grinsend und deutete mit dem Fuß auf die Zigarettenschachtel neben Dans Kopf, »die meisten Leute sind der Ansicht, dass eine nach der anderen deutlich besser ist als eine komplette Packung auf einmal.«

Dan grinste ebenfalls mit immer noch geschlossenen Augen und spürte, wie die Sonne seinen Körper erwärmte.

»Ich hatte leider keine Nikotinpflaster mehr.«

KAPITEL 36

:

Straße von Gibraltar, Mittelmeer

»Lass sie auftauchen. Ich will mir das genauer ansehen.« Ivanov hielt sich die Nase zu und presste sanft, um den Druck in seinen Ohren auszugleichen, während das U-Boot langsam aufzusteigen begann.

Als sich das Boot der Oberfläche näherte, bremste Ilya den Aufstieg ab, um den Turm weiterhin unter Wasser zu halten, während Ivanov das Periskop ausfuhr und hindurchspähte. Regen prasselte auf die Linse, als er es langsam kreisen ließ, um sich zu orientieren und dabei den dunkler werdenden Horizont absuchte.

Weitere fünf Grad nach rechts und er hatte sein Ziel entdeckt. Das Kreuzfahrtschiff tauchte nun in seinem Sichtfeld auf. Eine hoch aufragende schwimmende Stadt, die gerade dabei war, das Mittelmeer zu verlassen. Es wurde vom Licht aus den Bullaugen und von dem der unzähligen Lichterketten, die man über die Oberdecks gespannt hatte, hell erleuchtet.

Als eine große Welle über dem Periskop zusammenschlug, blinzelte Ivanov unwillkürlich. Er fluchte leise wegen der instinktiven Reaktion, denn schließlich befand er sich trocken und geschützt einige Meter unter der Oberfläche.

Er trat vom Periskop zurück und gab seinem Waffenspezialisten, Alexei, ein Zeichen. »Komm und sieh dir das an.«

Alexei löste sich daraufhin von dem Schott, an dem er gelehnt hatte, und trat an das Periskop heran. Er warf einen Blick hindurch, nickte und machte dann wieder einen Schritt zurück. »Das müssten wir schaffen.«

»Das Timing ist extrem wichtig«, sagte Ivanov. »Zu früh und wir sind gefangen, zu spät und wir laufen Gefahr, entdeckt zu werden.«

Alexei lotste den Kapitän zu einem kleinen Kartentisch und setzte sich auf einen der Stühle, die am Boden festgeschraubt waren. »Im Moment sind sie einundzwanzig Seemeilen vor Gibraltar«, erklärte er und fuhr mit dem Finger eine Linie entlang, die er in die Karte eingezeichnet hatte. »Wenn sie *diesen* Punkt hier erreichen«, fügte er hinzu und stach mit seinem Finger auf die Karte, »dann gibt es für uns kein Zurück mehr.«

Ivanov beugte sich interessiert über die Karte. »Also werden wir an ihnen vorbeifahren, sie überholen und dann angreifen?«

»Ich würde es vorziehen, wenn wir schon vorher in Position wären. Mit diesem alten Ding hier kann ich nämlich nicht garantieren, dass wir einen direkten Treffer landen werden«, meinte Alexei. »Erinnere dich nur daran, was letztes Mal passiert ist.«

Ivanov nickte. »Einverstanden.« Er wandte sich an Ilya. »Bring uns wieder runter und dann in Position. Halte uns aber unter fünf Knoten, diese Kiste scheppert nämlich wie eine Dose voller Steine. Ich will nicht so weit gekommen sein und dann die Mission abbrechen müssen, nur weil wir von irgendeiner Marinepatrouille entdeckt werden.«

***

Captain Brad Martin musterte die Menge, seine braunen Augen hatten sich vor Frustration verdunkelt. Er nickte ab und zu und vermittelte der kleinen Gruppe von Passagieren, die um ihn herumstanden, dadurch den Eindruck, dass er von ihrer Unterhaltung ganz begeistert war. Doch dann entdeckte er den Ersten Offizier, der an der Bar stand. Er runzelte die Stirn, als dieser zu grinsen anfing und sein Glas mit einem spöttischen Salut in Brads Richtung hob.

Brad blickte nach unten, entschuldigte sich höflich bei der fülligen Dame, die in einem hellen Kaftan neben ihm stand, streifte sanft ihre Hand von seinem Arm und lächelte dabei entschuldigend, bevor er den Ballsaal des Schiffes durchquerte. Während er ging, richtete er seine Krawatte und seufzte erleichtert auf, weil er erfolgreich der nächsten sterbenslangweiligen Geschichte dieser Frau entkommen war.

Der Erste Offizier, Jim Stokes, grinste, als Brad neben ihn trat. »Du musst diese Zusammenkünfte doch lieben. Schließlich ist das doch der Grund, warum du immer wieder zu uns zurückkommst.« Er zwinkerte und trank einen Schluck von dem Erfrischungsgetränk, dessen Rest in dem Kristallglas sprudelte, das er in seiner Hand hielt.

Brad stöhnte. »Mein Gott. Wann können wir denn endlich zurück auf die Brücke fliehen? Ich hoffe doch bald, oder?«

Er nahm von einem Kellner ein Glas Limonade entgegen und lehnte sich an die Bar neben Stokes. Das Kreuzfahrtschiff hatte Rhodos vor zwei Tagen verlassen, über Nacht in Barcelona angelegt und näherte sich jetzt der Straße von Gibraltar, bevor es nach Norden in Richtung Southampton weiterging. Zwei Wochen Wintersonne für die Gäste, zwei Wochen Nonstop-Aktivitäten und Kundenservice für die Crew. Brad rieb sich den Unterkiefer und bemerkte, wie sehr dieser nach all dem falschen Lächeln beim abendlichen Captains Dinner schmerzte.

»Es ist doch nur einmal in der Woche, Captain«, meinte Stokes lachend. »Hör auf, darüber nachzudenken.«

Brad quittierte diese kleine Stichelei mit einem Lächeln. »Ich weiß, ich weiß … ich würde jetzt nur viel lieber oben auf der Brücke sein.«

Plötzlich ging ein fürchterlicher Ruck durch das gesamte Schiff und die beiden Männer griffen erschrocken nach dem

Messinggeländer des holzgetäfelten Bartresens, um nicht zu stürzen.

Brad warf Stokes einen beunruhigten Blick zu, der sich sein Getränk über das Dinner-Jackett geschüttet hatte, und ihn mit weißem Gesicht anstarrte.

»W…was zur Hölle war das?«, stammelte er.

Brad schüttelte den Kopf. »Ich habe keine Ahnung, aber ich …« Er brach abrupt ab, als das Schiff unvermittelt zur Backbordseite trieb.

Das furchtbare Geräusch von Stahl, der bis zum Bersten strapaziert wurde, ließ das Kreuzfahrtschiff erneut erschaudern. Schreie gellten nun durch den Ballsaal, während die Passagiere versuchten, den umherstürzenden Möbelstücken auszuweichen. Brad zuckte zusammen, als hinter der Bar die Schnapsflaschen krachend aus ihren Regalen zu Boden fielen. Er drehte sich zu Jim um.

»Ab auf die Brücke … sofort!«, befahl er und rannte über das schräg stehende Parkett des Ballsaals in Richtung Ausgang.

Als er die Tür erreicht hatte, stolperte er gegen die Wand, stützte sich dort ab und griff dann nach dem Notfunkgerät. »Schicken Sie sofort einen Notruf mit unseren Koordinaten raus!«, rief er.

»Sir!« Der Kommunikationsoffizier am anderen Ende drückte nun eine Reihe von Knöpfen. »Bestätige, ist gesendet, Sir.«

»Legen Sie mich jetzt auf die Hauptlautsprecher!«, befahl Brad.

»Ist erledigt, Sir.«

Brad atmete tief durch, um seine Stimme ruhig klingen zu lassen. »Meine Damen und Herren«, begann er. »Hier spricht Ihr Kapitän. Das Schiff scheint von irgendetwas im Wasser getroffen worden zu sein und wir gehen der Ursache momentan noch auf den Grund. Doch Ihre Sicherheit hat für uns oberste Priorität. Bitte begeben Sie sich daher vorsichtig zu den Ihnen zugewiesenen Rettungsstationen. Denken Sie dabei an die Rettungsübung. Unsere Crew wird Sie bei allem unterstützen. Vielen Dank.«

Er hängte das Funkgerät wieder ein, drehte sich um und legte eine Hand an die Wand, um das Gleichgewicht halten zu können. Gleichzeitig hielt er sich von dem Strom der Leute fern, die jetzt aus dem Ballsaal in Richtung der Rettungsboote eilten. Das Schiff neigte sich mittlerweile gefährlich zur Seite. Er griff erneut nach dem Funkgerät, bellte einen Befehl und wurde sofort zum Maschinenraum durchgestellt. »Bericht.«

»Wir haben ein verdammt großes Loch im Rumpf, Sir!«

Brad runzelte die Stirn, als er der panischen Stimme am anderen Ende zuhörte. »Wie lange haben wir noch Zeit?«

»Ich würde sagen zwanzig Minuten … maximal«, antwortete der Ingenieur beklommen. »In den unteren Ebenen breitet sich ein Feuer aus und wir laufen voll.« Er hielt inne. Brad konnte jemanden im Hintergrund schreien hören, bevor der Ingenieur wieder zum Telefon zurückkehrte. »Captain? Wenn Sie den Notruf rausschicken, melden Sie, dass wir von einem Torpedo getroffen wurden.«

Brad riss die Augen auf, als er diese Information in seinem Kopf zu verarbeiten versuchte. »Von einem *Torpedo*?«

»Ja, Sir. Nach den Meldungen, die mir vorliegen, scheint er das Heck getroffen zu haben. Wir müssen sofort evakuieren.«

Brads Gesicht wurde blass. *Wir werden niemals alle retten können.* »Verlassen Sie augenblicklich das Schiff«, befahl er, »und sagen Sie den Rettungsbootbesatzungen, dass sie sich vom Heck fernhalten sollen.«

Er hängte das Funkgerät ein und begann dann durch den Ballsaal in Richtung eines langen Korridors zu stolpern, der über die gesamte Länge des Kreuzfahrtschiffes verlief.

Während er den Flur entlangging, öffnete er Kabinentüren, um nach Nachzüglern zu suchen, und gab seiner Mannschaft die Anweisung, älteren oder verletzten Passagieren zu helfen und sie zu den Ausgängen zu bringen. »Los, los!«, drängte er.

Als die ersten Akkorde eines Rolling-Stones-Songs erklangen, blickte er verwirrt nach unten und zog sein Handy aus der Tasche. »Ja?«

»Wo zur Hölle steckst du denn?«, fragte Jim Stokes. »Wir haben die Evakuierung von hier oben zwar im Blick, aber ich kann dich nicht sehen.«

»Ich bin im Nord-Süd-Korridor, Deck zwei«, erklärte Brad. »Ich helfe dabei, zu überprüfen, ob die Kabinen auch wirklich leer sind.«

»Hast du schon mit dem Maschinenraum gesprochen?«

»Ja, ich habe ihnen befohlen, sich ebenfalls in Sicherheit zu bringen. Smith scheint zu glauben, dass wir von einem Torpedo getroffen worden sind.«

Am anderen Ende herrschte erstaunte Stille, dann sprach Stokes: »Tatsächlich?«

»Ich denke, das werden wir herausfinden, wenn wir es lebend von diesem Schiff herunterschaffen sollten. Wie geht es euch dort oben denn?«

»Es ist der helle Wahnsinn«, antwortete Stokes, »zum Glück konnten bisher alle Rettungsboote ohne Probleme ausgebracht werden, die Crew durchsucht gerade die Stockwerke unter und über dir nach Passagieren und gleicht sie sicherheitshalber mit der Passagierliste ab. Im Moment läuft noch alles nach Lehrbuch.«

Brad musste trotz der Ernsthaftigkeit der Situation lächeln. Die gelassene Stimme des Ersten Offiziers beruhigte auch ihn. Die Qualität der umfangreichen Ausbildung, die die Mannschaft durchlaufen hatte, kristallisierte sich erst jetzt unter diesen schlimmen Umständen.

»Ich muss noch ungefähr hundert Meter Flur überprüfen, dann werde ich mich auf den Weg zu den Rettungsbooten machen und du solltest das Gleiche tun.«

»Wird erledigt.«

Brad legte auf, steckte das Handy in seine Hemdtasche und knöpfte sie zur Sicherheit zu. Er verließ den Gang, doch bevor er die Außentreppe hinaufstieg, öffnete er eine Tür zum Deck und spähte hinaus auf das Meer. Er nahm sich einen Moment Zeit, um am Schiff hinunterzublicken. Das Meer brodelte und der Regen prasselte auf die Seiten des Kreuzfahrtschiffs, während es in der Dünung schaukelte und schwankte.

Er lief schnell die Stahltreppe hinunter und entdeckte gerade noch rechtzeitig eine Frau, die auf der nassen Oberfläche des schräg stehenden Decks ins Stolpern geraten war. Sie schrie auf, als sie auf die Reling zu rutschte, außerstande, sich an irgendetwas festzuhalten, um ihre Bewegung zu stoppen.

Brad machte ein paar Schritte nach vorn, streckte die Hand aus und ergriff ihren Arm, damit sie nicht noch weiter rutschte. Dann zog er sie hoch und lenkte sie über das rutschige Deck. Sie sah ihn mit einem panikerfüllten Blick an.

»Es ist alles in Ordnung«, sagte er beruhigend, »es ist genau wie bei der Übung, die Sie Anfang dieser Woche absolviert haben.«

Sie nickte, ließ seine Hand los und nahm jetzt die Hilfe eines anderen Crewmitglieds an, das sie zu einem der Rettungsboote führte.

Er wandte sich nun an die Mannschaftsmitglieder in seiner Nähe: »Ihr auch … los.«

Er schob einen Steward in das Rettungsboot und trat zurück, als das Boot vom Kreuzfahrtschiff weg in die Wellen geschoben wurde, bevor er seinen Blick auf den dunklen Horizont richtete. Das Wasser wirkte undurchdringlich und kein einziges anderes Schiff war in Sicht. In der Ferne entdeckte er einige Lichter entlang der Küste von Gibraltar. Er berechnete die Entfernung und schüttelte dann frustriert den Kopf. Es würde fast eine Stunde dauern, bevor sie irgendjemand erreichen würde.

Brad drehte sich mit weit aufgerissenen Augen um, als aus dem Schiffsrumpf ein dumpfes Stöhnen ertönte. Er spürte, wie das ganze Schiff erzitterte, während eine Vibration durch die Konstruktion lief und selbst die Haltekabel der Rettungsboote erschütterte.

Er zog sein Handy aus der Hemdtasche. »Stokes, raus da, *sofort.* Wir haben keine Zeit mehr.«

***

Dimitri Ivanov stand neben Alexei und sein Herz raste.

In den letzten zwanzig Minuten hatten sie die Kommunikationskanäle überwacht und die Meldungen des Kreuzfahrtschiffes mitgehört, die immer verzweifelter klangen.

Er warf einen Blick auf seine Uhr. »Das war jetzt genug Zeit. Lasst uns das Ganze beenden.«

Alexei ging zur Waffenkontrollsteuerung hinüber. »Bist du dir sicher, Dimitri?«

Ivanov nickte. »Wir müssen das hier abschließen. Im Moment ist unser Auftrag nur zur Hälfte erledigt.«

Alexei zuckte mit den Schultern und wandte sich wieder den Kontrollen zu.

»Ilya«, rief Ivanov, »du musst uns von hier wegbringen, sobald Alexei den Torpedo abgeschossen hat. Ich will, dass wir aus diesem Gebiet verschwunden sind, bevor die Rettungsmannschaften eintreffen.«

»Ja, Sir.«

Alexei programmierte daraufhin die Koordinaten des angeschlagenen Kreuzfahrtschiffes ein und wandte sich dann Ivanov zu.

»Auf dein Kommando!«

Ivanov beugte sich vor, um das Funkgerät abzuschalten, ließ damit die verzweifelten Stimmen vom Kreuzfahrtschiff verstummen und drehte sich dann zu Alexei um.

»Feuer!«

KAPITEL 37

:

London

Dan zog sich einen Barhocker mit Lederbezug heran und ließ sich stöhnend darauf fallen. Er war von den morgendlichen Aktivitäten und dem Flug zurück vom Mittelmeer vollkommen erschöpft. Leise stöhnend lehnte er seinen Ellbogen auf die polierte Holzoberfläche und drehte sich dann zu einem Fernseher um, der links von ihm an der Wand hing und dessen Ton stummgeschaltet war. Er überprüfte das Spielergebnis und schüttelte den Kopf wegen des Rückstands, den Manchester United in den nächsten fünfzehn Minuten ausgleichen musste, und winkte den Barmann heran.

»Welche Biere haben Sie vom Fass?«

Der Barkeeper blickte die Bar entlang. »Stella, San Miguel, Heineken, Guinness …«

»Dann bitte ein Guinness.«

Während er in seiner Hosentasche nach Kleingeld kramte, beobachtete Dan den Barmann dabei, wie dieser sich entfernte und nach einem sauberen Pintglas griff. Plötzlich nahm er aus dem Augenwinkel eine Bewegung wahr und entdeckte Antonia, die neben ihm stand und ihre Handtasche von einer Seite zur anderen schwingen ließ.

»Spendierst du mir einen Drink?«

Dan legte den Kopf zur Seite. »Ich hätte nicht gedacht, dass du in der Öffentlichkeit trinken darfst.«

Sie lächelte. »Was meinst du damit? Wegen meines Jobs oder weil du denkst, dass mir meine Religion das möglicherweise verbietet?«

Er grinste.

»Erwischt. Es tut mir leid, normalerweise bin ich nicht so engstirnig.«

Antonia hob eine Augenbraue. »Ich werde das im Hinterkopf behalten.«

»Was möchtest du denn trinken?«

Der Barkeeper kam zurück und stellte Dans Guinness vor ihn auf einen Bierdeckel. Antonia gab ihm ein Zeichen. »Noch eins bitte, aber nur ein kleines.«

Dan stand auf und schob einen weiteren Barhocker in Antonias Richtung. Sie dankte ihm, stellte ihre Tasche auf den Boden und setzte sich dann auf den Hocker.

Dan beobachtete sie dabei gebannt. Es war das erste Mal, dass er ihre Gesichtszüge aus der Nähe betrachten konnte. Sie hatte ihre Haare offenbar vor Kurzem gewaschen, die dunklen Locken fielen ihr über den Rücken und betonten ihre dunkle Haut. Sie trug ein schwarzes Kleid, das ihren Körper umschmeichelte und bis zu ihren Waden hinabreichte, und an ihrem linken Handgelenk schimmerte eine einfache silberne Uhr.

Dan wurde bewusst, dass er eigentlich nichts über sie wusste, aber unbedingt mehr über sie erfahren wollte. Seine Überlegungen wurden abrupt durch Antonias Lachen unterbrochen. Er blinzelte und sah sie verwirrt an.

»Du hast kein einziges Wort von dem gehört, was ich gerade gesagt habe, oder?« Sie lächelte.

»Das stimmt. Entschuldigung.« Er bemerkte, dass der Barkeeper geduldig neben ihnen wartete. »Tut mir leid. Könnte das auf Rechnung gehen?« Er warf Antonia einen Blick zu, die kurz nickte. »Ich denke, wir werden noch eine Weile hierbleiben.«

Er wartete, bis der Barmann wieder ans andere Ende des Tresens verschwunden war, drehte sich dann zu Antonia um und deutete auf ihr Getränk. »Hast du das schon mal probiert?«

Sie schüttelte den Kopf.

»Für manche Leute ist es ein etwas gewöhnungsbedürftiger Geschmack«, erklärte er. »Mein Großvater hat mich darauf gebracht, als ich drei war.«

Antonia nahm einen Schluck Guinness und wischte dann behutsam mit dem Finger den Schaum von ihrer Oberlippe.

Dan musste bei dieser Geste unweigerlich lächeln. »Also, wie hast du dich hier bei uns eingewöhnt?«

»Ganz gut. Es ist ein bisschen anders als das, was ich normalerweise gewohnt bin.«

»Kälter?«

Sie zuckte mit den Schultern. »In Katar wird es auch kalt. Ich nehme an, ich habe einfach nicht erwartet, dass es so … *grau* ist.«

Dan lachte. »Das ist nur in London so.« Er hielt inne. »Wenn das hier alles irgendwann mal vorbei ist, könnte ich dir vielleicht auch einige der schöneren Teile von England zeigen. Natürlich nur, falls du das möchtest.«

Antonia lächelte. »Ja, das würde mir gefallen.« Sie streckte die Hand aus und legte ihre Finger auf seine.

Er blickte sie, beeindruckt von ihrer Schönheit, an.

»Woran denkst du gerade?«, fragte sie.

Er lächelte. »Dass du dafür, dass du noch vor nicht allzu langer Zeit durch Skelette gekrochen bist, richtig gut aussiehst.«

Sie grinste. »Nun«, sagte sie und warf einen prüfenden Blick auf seine Erscheinung. »Du siehst aber auch nicht so schlecht aus. Ich glaube, das ist das erste Mal, dass ich dich ohne deine Desert Boots sehe.«

Dan deutete mit seinem Kinn in Richtung des Barkeepers. »Er hat ein bisschen komisch wegen der Schuhe reagiert. Deshalb dachte ich, ich sollte lieber auf Nummer sicher gehen.«

Antonia lachte und nahm einen weiteren Schluck von ihrem Bier. Sie deutete mit dem Finger auf ihn, als sie das Glas auf die Theke zurückstellte. »Sie sind ein sehr lustiger Mann, Mr. Taylor.« Sie drückte seine Hand. »Aber manchmal, wenn ich dich ansehe, bemerke ich auch eine gewisse Traurigkeit.«

Dan drehte seine Hand herum und streichelte ihre Handfläche. Ihre Finger waren lang und schlank, die kurzen Fingernägel blassrosa lackiert.

»Hast du schon etwas gegessen?«

»Noch nicht.«

»Ich habe gehört, das Restaurant hier hat eine hervorragende Speisekarte.«

Sie drückte seine Hand erneut. »Dann sollten wir besser mal überprüfen, ob sie nicht lügen.«

Dan grinste, leerte sein Bier, stand auf und bot Antonia den Arm an. »Dann komm. Ich weiß zwar nicht wie es dir geht, aber ich bin nach den letzten Tagen am Verhungern.«

Sie grinste, griff nach ihrer Tasche und erlaubte ihm, sie von der Bar in den Restaurantbereich zu führen.

***

Ihr Kellner hatte für sie einen Tisch im hinteren Teil des Restaurants ausgesucht, direkt neben zwei französischen Fenstern, von denen aus man auf einen begrünten Innenhof sehen konnte, in dem zwischen Farnen und Büschen Lämpchen flackerten. Nachdem Antonia Platz genommen hatte, setzte sich Dan so hin, dass er den Raum im Blick behalten konnte, und beobachtete amüsiert, wie sie ihren Stuhl soweit um den Tisch herum schob, bis sie fast neben ihm saß.

»Ich kann auch nicht mit dem Rücken zum Raum sitzen«, erklärte sie achselzuckend.

»Ich würde für dich mit aufpassen«, murmelte Dan.

»Ich weiß«, sagte sie und sah ihm dabei fest in die Augen. »Aber unsere Chancen stehen noch besser, wenn jeder von uns für den anderen mit aufpasst.«

Dan griff nach ihr, zog sie zu sich heran und küsste sie. »Geht klar für mich«, sagte er, als er sich lächelnd wieder zurückfallen ließ.

»Gut«, sagte sie und blickte hoch, als der Kellner sich ihnen näherte, um ihre Bestellung aufzunehmen.

Nachdem er wieder in Richtung Küche verschwunden war, wandte sich Antonia wieder Dan zu. »Nun«, sagte sie und drehte den Stiel ihres Weinglases in der Hand hin und her. »Bist du in London zu Hause?«

Dan nahm einen Schluck von seinem Wein, ließ die Aromen auf der Zunge zergehen, schluckte und lächelte dann. »Nein, ich wohne immer da, wo David mich braucht, wenn ich für ihn arbeite.« Er machte eine kurze Pause und beugte sich auf dem Tisch vor. »Ich habe aber ein Haus in Oxfordshire. An einem guten Tag braucht man von hier aus nur paar Stunden dorthin. Es hat mal meinem Vater gehört.«

Antonia lehnte die Ellbogen auf den Tisch und stützte ihr Kinn auf die Hand auf, wobei sie den Kopf leicht zur Seite neigte. »Er lebt nicht mehr?«

Dan schüttelte den Kopf. »Nein, er ist leider bereits vor ein paar Jahren gestorben.«

Antonia streckte die Hand aus und legte sie sanft auf Dans Handrücken. »Ich verstehe. Meine Mutter ist ebenfalls vor einigen Jahren gestorben. Ich vermisse sie noch immer.«

Dan drehte seine Hand herum, verschränkte seine Finger mit Antonias und drückte sie sanft. »Was ist mit deinem Vater?«

Sie lachte. »Er ist normalerweise mit seinen Geschäften voll ausgelastet. Ich sehe ihn nur selten, aber er ist ein sehr kluger Mann, also vergebe ich ihm dies. Und deine Mutter? Lebt sie noch?«

Dan schüttelte den Kopf. »Ich kann mich nicht wirklich an sie erinnern, denn sie starb, als ich ungefähr drei Jahre alt war.«

Antonia sah ihn fragend an.

Dan zuckte mit den Schultern. »Es war ein Skiunfall. Ein ungewöhnlicher Unfall, denn offenbar war sie wirklich gut.«

Antonia nickte und schaute hoch, als der Kellner mit ihren Vorspeisen kam.

Sie warteten, bis er ihre Weingläser aufgefüllt hatte und beobachteten ihn dabei, wie er zu anderen Gästen ging, bevor sie einander ansahen, grinsten und sich in das Essen vor ihnen vertieften.

»Hier«, sagte Antonia, »das musst du einfach kosten, es schmeckt toll.« Sie steckte eine Gabel voll Essen in Dans Mund und beobachtete mit einem Lächeln auf ihren Lippen, wie er genüsslich kaute.

»Das ist wirklich gut«, stimmte er ihr zu. »Mal sehen, was du davon hältst.«

Antonia stibitzte mit ihrer Gabel etwas von seiner Vorspeise, ließ sie in den Mund gleiten und schloss dann die Augen. »Mm, wundervoll«, meinte sie lächelnd, »aber bestimmt schlecht für die Hüften.«

Dan warf einen Blick nach unten. »Ich kann da keine Probleme erkennen«, sagte er und lachte, als Antonia ihm spielerisch auf den Arm schlug.

»Du hast mir noch nicht erzählt, als was dein Vater gearbeitet hat«, meinte Antonia nun.

Dan zuckte mit den Achseln, schluckte etwas Essen hinunter und griff nach seinem Weinglas. »Er war Geologe, obwohl auch ein wenig Abenteurer in ihm steckte. Er war oft monatelang auf der ganzen Welt unterwegs und führte Tests und Studien für Bergbauunternehmen durch.«

Antonia runzelte die Stirn. »So allein zu Hause muss das ziemlich langweilig für dich gewesen sein.«

Dan lächelte.

»Eine Zeit lang habe ich eine Internatsschule besucht. Sobald ich allerdings alt genug war, habe ich ihn während der Schulferien zu einigen wirklich erstaunlichen Orten begleitet, also war es gar nicht so schlimm.«

»Und wie bist du schließlich bei deinem Job gelandet?«

Dan legte seine Gabel zur Seite und schluckte schwer.

»Dan? Geht es dir gut?« Antonia streckte die Hand aus und berührte sanft seinen Unterarm.

»Ja, entschuldige bitte.« Er lächelte und trank einen Schluck Wein. »Es überrumpelt mich immer noch.«

Er griff nach ihrer Hand und erzählte ihr kurz, wie er der Army beigetreten war, dann über seinen Einsatz im Irak als Mitglied eines Bombenräumungskommandos und von dem Sprengsatz, der die Hälfte seiner Freunde getötet und ihn mit Narben zurückgelassen hatte ... sowohl physischer als auch psychischer Natur ... und wie er letzten Endes eines Tages von seinem alten Army-Captain David, kontaktiert worden war.

»Und jetzt sorgst du für Englands Sicherheit«, stellte Antonia fest.

Dan lächelte. »Nun, wenn es nach mir geht, wohl eher für ganz Großbritannien«, antwortete er.

Antonia lehnte sich zurück, als der Kellner näherkam und ihre Teller abräumte.

»Was ist mit dir?«, fragte Dan, nachdem die Hauptgerichte vor ihnen abgestellt worden waren. »Wie bist du in all das hineingeraten?«

Antonia zuckte mit den Achseln, während sie begeistert ihr Steak zerkleinerte. »Tatsächlich rein zufällig«, antwortete sie. »Ich habe Computerprogrammierung studiert und mir fehlte noch ein Fach für meine Abschlussprüfung, also habe ich mich für einen Kurs in Politikwissenschaften eingeschrieben. Noch vor Semesterende trat dann plötzlich eine der Regierungsstellen mit einem Jobangebot an mich heran. Ich dachte, die Arbeit würde mir Stabilität bieten und mir ein stetiges Einkommen verschaffen.«

Dan lachte. »Dann müssen ja die letzten paar Tage ein ziemlicher Schock für dich gewesen sein.«

Antonia lächelte, als sie ihr Weinglas an die Lippen hob und es dann wieder abstellte. »Es war auf jeden Fall besser, als in einem Büro eingesperrt zu sein«, sagte sie und grinste.

Während ihres Drei-Gänge-Menüs stellte Dan fest, dass er mehr Zeit mit Antonia verbringen wollte. Als sie Geschichten und Erfahrungen austauschten, wurde ihm klar, dass er in der Vergangenheit viel zu viel Zeit allein verbracht hatte und er fragte sich, ob es nicht langsam an der Zeit war, dauerhaft nach England zurückzukehren.

Der Kellner kam zurück, um ihre Weingläser erneut aufzufüllen. »Möchten Sie noch eine Flasche haben, Sir?«, fragte er und hielt die leere Flasche in die Höhe.

Dan schüttelte den Kopf und wandte sich an Antonia. »Kaffee?«

»Nein«, antwortete sie. »Ich habe eine bessere Idee.«

***

Die Lifttüren öffneten sich und Dan führte Antonia durch den mit Teppichen ausgelegten Flur. Als sie langsamer wurden und sich vor ihrem Zimmer gegenüberstanden, ließ er ihre Hand los und streichelte ihren nackten Arm. Er spürte, wie sie unter seiner Berührung erschauderte. Er sah auf sie hinunter und hielt ihrem Blick stand.

»Woran denkst du gerade?«, flüsterte er.

»Geh jetzt nicht«, antwortete sie leise und lehnte sich an seine Brust.

Dan vergrub sein Gesicht in ihren Haaren und atmete ihren Duft ein. Er schloss die Augen und wurde sich bewusst, dass er kurz davorstand, jede professionelle Regel zu brechen, die er sich irgendwann selbst auferlegt hatte. *Sich auf nichts einlassen.*

Er streichelte ihr über den Rücken und spürte ihr Rückgrat durch das dünne Kleid, dann legte er seine Hände auf ihre Hüften und zog sie an sich.

Zu spät.

Sie keuchte, als sie ihn so nah an sich spürte und schob ihn ein Stück zurück, um ihm in die Augen sehen zu können, dann nickte sie leicht und zog ihn mit sich ins Zimmer. Nachdem sich die Tür hinter ihnen geschlossen hatte, begann sie sofort, an den Knöpfen seines Hemdes zu zerren, sie schob es über seine breiten Schultern und dann die Arme hinunter.

Er fuhr mit seinen Fingern durch ihr Haar, bog ihren Kopf zurück und ließ seine Lippen dann liebkosend ihren Hals entlang bis zum Schlüsselbein hinuntergleiten. Sie erschauderte erneut unter seiner Berührung und stöhnte, dann knabberte sie an seiner Schulter, während sie mit den Fingern über seine Brustwarzen strich.

Dan stöhnte leise auf, löste sich kurz von ihr und schob seine Finger langsam unter die dünnen Träger ihres Kleides. Seine Augen trafen ihre … beide atmeten schwer.

»Dein Vater wird mich umbringen«, murmelte er.

Sie schüttelte den Kopf. »Alles nur Gerüchte«, antwortete sie lächelnd und beugte sich vor, um die Narben zu küssen, die über seiner Brust verliefen.

»Jesus«, flüsterte er und schloss die Augen. »Dreh dich um.«

Sie tat es, und er öffnete ungeduldig den Reißverschluss ihres Kleides. Er beobachtete sie, als das Kleid zu Boden fiel und ihre Brüste und einen schwarzen Spitzentanga offenbarte.

Er grinste. »Wenn ich gewusst hätte, dass du das in Malta getragen hast …«

»… hätten wir bestimmt noch mehr Ärger gehabt«, sagte sie grinsend, zog ihn zu sich heran und küsste ihn intensiv.

Dan hob sie hoch und während sie ihre Beine um ihn schlang, trug er sie zum Bett hinüber. Er legte sie darauf und ließ seine Finger wieder zärtlich durch ihr Haar gleiten, während sie begann, seinen Gürtel zu öffnen. Ihr Atem ging jetzt ganz flach.

»Warte, ich helfe dir«, sagte er mit rauer Stimme und stieg aus seiner Jeans.

Sie stützte sich auf ihre Ellbogen auf und ihre Augen loderten auf, als er sich zu ihr umdrehte, dann streckte sie ihre Arme nach ihm aus, zog ihn auf sich und er glitt in sie hinein.

Als ihre Körper sich gemeinsam bewegten, vergrub er sein Gesicht in ihren Haaren und schloss seine Augen. »Dir ist schon klar, dass das jede Einsatzregel bricht, die jemals eingeführt wurde?«, murmelte er.

»Na dann erschieß mich doch.«

***

Dan öffnete langsam die Augen und sah sich im Zimmer um. Durch die schweren Vorhänge drang das Licht einer grauen Morgendämmerung, und der Eisregen, der gegen das Fenster prasselte, veränderte seinen Rhythmus durch die Windböen, die durch die Stadt heulten.

Er blickte auf Antonias Kopf hinunter, der auf seiner Brust ruhte, und streichelte sanft ihr Haar. Sie bewegte sich leicht und schaute zu ihm hoch, während sie ihre Finger über die erhabenen Narben gleiten ließ, die seine Haut bedeckten.

»Alles in Ordnung?«, fragte er.

»Mm«, murmelte sie und lächelte. »Wie spät ist es?«

Dan zog den Arm unter ihr hervor und hielt seine Uhr ins Licht, dann blinzelte er mit verschlafenen Augen. »Sieben Uhr. Wir müssen also so langsam in die Gänge kommen.«

Antonia knurrte. »Manchmal hasse ich diesen Job. Es ist so schade, dass wir nicht einfach hierbleiben können.« Sie sah ihn verschmitzt an, als sich ihre Hände über seine Brust und seinen Bauch bewegten.

Er lachte und fing ihre Hand ein, bevor sie zu weit ging. »Später.«

Sie hielt inne und richtete sich auf ihre Ellbogen auf, wobei ihr die Locken in dunklen Wellen über die Schultern fielen.

Dan hielt den Atem an. »Weißt du eigentlich, wie schön du bist?«

Antonia lächelte, dann beugte sie sich hinunter und küsste ihn. Als sie sich wieder von ihm löste, bemerkte sie, dass er die Stirn runzelte. »Was ist los?«

Er schüttelte den Kopf. »Nichts. Ich habe mich nur gerade gefragt, wie hoch die Wahrscheinlichkeit ist, dass ich dich zum Hierbleiben überreden kann, wenn das alles irgendwann vorbei ist.«

Sie lachte kehlig, schob die Laken zurück und setzte sich dann auf ihn. »Nun, ich denke, *das* wäre zum Beispiel eine Möglichkeit.«

Er stöhnte, als sie sich aufreizend bewegte. »Ich befürchte, dass wir zu spät kommen werden …«

KAPITEL 38

:

London

Das Gemurmel am Konferenztisch verstummte, als Dan und Antonia den Raum betraten.

Dan schloss die Tür hinter sich, nickte Mitch kurz zu, der sich mit Philippa unterhielt, ging dann zum Tisch und zog sich gegenüber von Antonia einen Stuhl heran. Während er sich setzte, zwinkerte er ihr kurz zu, und blickte hoch, als David anfing, zum Team zu sprechen und dabei im Raum auf und ab ging.

»Okay, Leute, die letzten achtundvierzig Stunden waren anstrengend und arbeitsreich, also verschaffen wir uns zuerst einen kurzen Überblick über die bisherigen Geschehnisse und dann schauen wir, ob man daraus irgendwelche Schlüsse ziehen kann«, sagte er. »Allerdings sollte uns klar sein, dass ich in drei Stunden im Büro des Premierministers erwartet werde, also sollten Sie lieber alle Ergebnisse für mich haben. Dan, du zuerst.«

Dan nickte und fing dann an, das Team darüber zu informieren, was er, Mitch und Antonia in Malta herausgefunden hatten. Er stand auf und ging zu einem kleinen Tisch in der Ecke hinüber, ergriff dort mehrere durchsichtige Beweismittelbeutel und nahm sie zum Besprechungstisch mit. Während er sie herumgehen ließ, berichtete er ihnen allen, wo sie die jeweiligen Inhalte gefunden hatten.

»Abschließend«, sagte er, »ist festzustellen, dass wir eine Zigarettenpackung mit einem fremdsprachigen Textaufdruck gefunden haben, der ein wenig wie Arabisch aussieht – wobei ich mir nicht sicher bin – sowie ein paar

Lebensmittelverpackungen, auf denen auch einiges an Text steht, aber …«, er schaute zu Philippa hinüber und hielt ihr die Beutel hin, »ich könnte einen deiner Sprachexperten brauchen, der mir bestätigt, um welche Sprache es sich genau handelt.«

Philippa nickte und nahm die Beutel entgegen. »Ich werde mich sofort darum kümmern. Wenn wir Glück haben, bekommen wir die Übersetzung schon in der nächsten halben Stunde.«

David nickte ihr zu und Philippa verließ schnell den Raum. »Okay, und was ist das Ergebnis der Berichte zum Angriff auf Ras Laffan? Antonia, Sie sind unsere Programmierexpertin, also, warum fangen Sie nicht an?«

Antonia nickte kurz, stand auf, ging um den Tisch herum und verteilte dabei an jede Person einen Bericht. »Sie können ihn später in Ruhe lesen, ich gebe Ihnen aber einen kurzen Überblick«, begann sie, »sodass wir zügig weitermachen können.«

Sie setzte sich wieder auf ihren Stuhl, schob ihn näher an den Konferenztisch heran und öffnete ihren Bericht. »Das Team gab als Erstes für jeden Computer in der Leitstelle den Inhalt des Arbeitsspeichers aus, sodass wir die Systemzeit, die hergestellten Netzwerkverbindungen, alle geöffneten Dateien und eine Aufstellung der eingeloggten Benutzer erfassen konnten. Darüber hinaus haben sie für jeden Computer Images der Festplatten erstellt, die eure Analysten benötigen, falls sie weitere Untersuchungen anstellen wollen. Danach identifizierten sie alle Benutzerkonten, die aussahen, als wären sie ausgespäht oder manipuliert worden.« Sie blätterte eine Seite um und warf ihr Haar über die Schulter. »Als Nächstes befragten sie alle Administratoren und Ingenieure in der Leitstelle … die Leute also, die das System tagtäglich benutzen. Jeder von denen hat Zugang zu E-Mails, sodass das Team mit der Frage anfing, ob sie in den letzten drei Monaten vielleicht ungewöhnliche E-Mails erhalten hätten.«

»Warum?«, fragte Dan.

»Der einfachste Weg für einen Hacker, ein System zu infiltrieren, ist der, eine E-Mail an einen Empfänger im System zu senden«, erklärte Antonia. »Diese E-Mail enthält dann einen Hyperlink. Wenn der Empfänger diesem Link folgt, ist der Hacker drin. Der Empfänger sieht lediglich eine Fehlermeldung, die besagt, dass die gesuchte Seite nicht gefunden werden konnte … er wird wahrscheinlich mit den Schultern zucken, das Fenster schließen, die E-Mail löschen und einfach weiterarbeiten. Der Benutzer merkt nicht einmal, dass jemand in das System eingebrochen ist.«

»In einer Einrichtung wie dieser werden sie doch bestimmt Firewalls und Ähnliches haben, um jede zweifelhafte Nachricht abzufangen, oder nicht?«, fragte Mitch argwöhnisch.

Antonia nickte. »Ja, die haben sie natürlich, aber der Hacker agierte als Grant Swift, der der leitende Ingenieur des Programm-Upgrade-Projekts war, und der ihnen in einer E-Mail mitgeteilt hat, dass ein neues Update verfügbar sei. Mehr als einer der Ingenieure in der Leitstelle hat daraufhin auf den Hyperlink geklickt, der in dieser Nachricht enthalten war.« Sie sah die Leute, die sich um den Tisch versammelt hatten, nacheinander aufmerksam an. »Diese Mitarbeiter haben daraufhin eine Fehlermeldung auf ihrem Bildschirm erhalten und ihren Internetbrowser geschlossen. Ohne, dass sie es ahnten, war das alles, was der Hacker brauchte, um das System infiltrieren zu können.«

Sie blätterte die Seite um und überflog ihre Notizen. »Sobald der Hacker im E-Mail-System war, konnte er auf jede einzelne E-Mail-Adresse in der gesamten Einrichtung zugreifen. Der nächste Schritt war es, zu versuchen, die Kontrolle über das System zu übernehmen. Dafür verwendete der Hacker die E-Mail-Adresse eines Ingenieurs, der kürzlich erst in den Ruhestand gegangen war, und schickte eine Nachricht, die angeblich seine Kontaktdaten enthielt. Der Hacker fügte der Nachricht einen Hyperlink zu einer Webseite hinzu, die gar nicht existierte, die aber von den meisten Ingenieuren aufgerufen wurde, weil sie natürlich wissen wollten, was ihr Kollege momentan so trieb. Durch das Aufrufen dieses Hyperlinks lösten sie erneut eine Fehlermeldung aus. Auf diese Weise konnte der Hacker jetzt ganz einfach auf die Computer jedes einzelnen Mitarbeiters zugreifen, über die Protokollierung der Tastenanschläge alles aufzeichnen, was vom und im System veranlasst wurde und so herausfinden, wie die Anlage genau arbeitete.«

»Wie lange lief das schon, bevor die Anlage angegriffen wurde?«, fragte Dan.

Antonia blätterte im Bericht herum. »Aufgrund der Befragungen und der forensischen Beweise geht das Team in Katar davon aus, dass dies alles etwa sechs Monate vor dem Angriff angefangen hat.«

»Für so etwas benötigt man aber doch eine enorme Menge an Rechnerleistung«, sagte David. »Wie um alles in der Welt haben die das geschafft?«

»Ganz einfach: mit Zombie-Computern.«

Dan beugte sich vor und fragte verwirrt: »*Zombie*-Computer?«

Antonia nickte heftig. »Das ist eine Möglichkeit, wie sich der Hacker mehr Rechenleistung verschaffen kann, und sie schützt gleichzeitig seine Identität, weil er einfach den gleichen Trick anwendet, indem er eine Spammail an etliche Computer sendet. Nicht nur in Katar, sondern weltweit. Dadurch, dass die Malware über mehrere Zombie-Computer verteilt wird und diese Computer dann für den Angriff genutzt werden, verringert der Hacker das Risiko, dass seine eigene Identität aufgedeckt wird …«

Antonia verstummte, als plötzlich die Tür zum Konferenzraum aufschwang und Philippa in den Raum stürmte.

»Ich habe es!«, verkündete sie aufgeregt. Sie ging mit den zwei Beweismittelbeuteln zu David, legte sie auf den Tisch und deutete auf den ersten. »Die Zigarettenschachtel stimmt mit einer iranischen Tabakmarke überein«, sagte sie, »und auch die Lebensmittelverpackung kommt ursprünglich aus Persien.«

»Könnte aber auch importiert worden sein«, warf Mitch ein.

Philippa schüttelte den Kopf. »Vertrau mir, wenn du in Malta wärst, würdest du eine westliche Marke rauchen und nicht so etwas. Unser Farsi-Experte meinte sogar, er würde eher altes Schuhleder rauchen als das hier.«

»Also hat jemand auf dem U-Boot einen Vorrat an Zigaretten gehortet«, meinte Dan.

»Und so wie es aussieht, hat ihm seine Mutter auch noch ein paar Snacks eingepackt«, fügte Mitch hinzu und erntete dafür leises Gelächter von den anderen Teammitgliedern.

David hob seine Hand. »Okay, beruhigen wir uns wieder«, sagte er. »Uns läuft nämlich die Zeit davon. Ich brauche einfach mehr …«

Er blickte hoch, als sich die Tür zum Konferenzraum erneut öffnete und ein Analytiker auf ihn zu eilte. Davids Gesicht wurde blass, als er die Nachricht überflog.

»In den frühen Morgenstunden ist vor der Küste von Gibraltar ein Kreuzfahrtschiff angegriffen worden«, las er mit zitternden Händen vor. »Berichten zufolge ist der Verbleib von schätzungsweise siebenundfünfzig Personen ungeklärt, darunter von acht Besatzungsmitgliedern.«

Geschockte Stille erfüllte den Raum.

»Angegriffen?«, fragte Dan nach.

David nickte. »Bevor das Schiff gesunken ist, hat der Kapitän noch eine Meldung absetzen können, laut der das Schiff von einem Torpedo getroffen worden sein soll.«

Der Raum füllte sich nun mit einer Kakofonie von Stimmen, als die versammelten Analytiker alle gleichzeitig zu sprechen begannen.

Dan schob seine leere Kaffeetasse zur Seite und begann, die auf dem Tisch verstreuten Unterlagen zu durchsuchen. Während sein Verstand fieberhaft arbeitete, ließ er die aufgeregten Stimmen über sich hinwegfluten. Seine Gedanken wurden plötzlich von einem höflichen Husten vom anderen Ende des Tisches unterbrochen. Er sah auf und bemerkte, dass David ihn angespannt musterte.

»Was hältst du von der ganzen Sache?«, fragte David.

Dan lehnte sich in seinem Stuhl zurück.

»Ende letzter Woche sinkt auf einmal ein LNG-Tanker bei Ras Laffan in Katar … und zwar, kurz nachdem das U-Boot verschwunden ist. Alle Exporte von LNG müssen auf Eis gelegt werden, bis sie das Schiff entladen und geborgen haben. An der Nordküste von Malta wird plötzlich eine Jacht vermisst und wir finden dort Hinweise auf ein U-Boot. Wir müssen also wohl oder übel davon ausgehen, dass Hassan es jetzt auf die britischen Gaslieferungen abgesehen hat.«

»Warum um alles in der Welt sollte Hassan der U-Boot-Besatzung befehlen, ein Kreuzfahrtschiff anzugreifen?«, fragte Philippa. »Das ergibt doch gar keinen Sinn.«

David hielt den Bericht in die Höhe. »Doch, nämlich dann, wenn man berücksichtigt, dass aufgrund der Rettungs- und Bergungsarbeiten jetzt die gesamte Straße von Gibraltar für die Großschifffahrt blockiert ist«, erklärte er. »Inklusive der Notversorgung mit LNG, die die britische Regierung bei den Tunesiern besorgt hat.«

»Moment mal«, warf Mitch ein und hob die Hand. »Jetzt mal ganz langsam … ich dachte, das Vereinigte Königreich produziert immer noch sein eigenes Erdgas? Warum sind wir denn so abhängig davon, dass es importiert wird?«

Richard Fletcher wandte sich nun an die anderen im Raum. »Wenn ich darf …«, meinte er und schaltete einen Beamer ein. Eine Reihe von Diagrammen erschien daraufhin auf dem Bildschirm auf der gegenüberliegenden Wand. »Die britischen Gasreserven haben 2009 ihren Höhepunkt erreicht und sind seither leider rückläufig. Wir sind von einem Gasproduzenten, der sogar ins Ausland exportiert hat, innerhalb von ein paar Jahren zum Gasimporteur geworden. Das Vereinigte Königreich hat in den letzten Jahren sogar wieder alte Gasfelder erschlossen. Einige dieser Felder waren zuvor aufgegeben worden, weil das Gas zu schwer zu fördern war. In letzter Zeit haben wir neue Technologien angewandt, um diese Vorkommen erneut zu erschließen, vor allem seit die Gas-Preise auch das Schürfen in größeren Wassertiefen wieder lukrativ gemacht haben.«

Der Analytiker verstummte kurz, um einen Schluck Wasser zu trinken. »In Zeiten wie diesen sind wir also weiterhin auf Importe angewiesen, zumal wenn der Winter so hart ist wie dieses Jahr und die Nachfrage nach Gas in ganz Nordeuropa so hoch ist. Unsere eigene Gasproduktion wird derzeit durch Importe aus Norwegen und den Niederlanden unterstützt, die über Pipelines unter der Nordsee und dem Ärmelkanal zu uns gelangen, sowie durch Gas, das wir von Katar kaufen.«

»Ist dies das Flüssiggas, das auf der Isle of Grain und Milford Haven an Land gepumpt wird?«, fragte Dan.

»Richtig.«

»Nachdem die Vereinten Nationen, unterstützt durch uns und die Amerikaner, mehr und mehr Sanktionen gegen den Iran verhängt haben, haben die Iraner leider angefangen, mit den Säbeln zu rasseln«, unterbrach ihn David. »In den nächsten paar Monaten werden sie ihre Arbeiten an der neuen transpersischen Pipeline abschließen und einige europäische Länder mit Erdgas versorgen.«

»Ich kann mir nicht vorstellen, dass sie angesichts der derzeit geltenden Sanktionen mit Europa Handel treiben dürfen, oder?«, fragte Mitch.

David schüttelte den Kopf. »Nicht Westeuropa ... *Osteuropa.* Einige osteuropäische Staaten neigen nämlich dazu, bei der Auswahl ihrer Handelspartner ein wenig liberaler zu sein. Vor allem angesichts des Preises von russischem Gas und der Probleme, dieses überhaupt aus Russland heraus zu bekommen, wenn gerade mal wieder einer seiner Nachbarn einen Anfall bekommt und die Versorgung kappt.«

»Also versuchen die Iraner momentan, ihre Kundenbasis zu erweitern?«, fragte Mitch. »Willst du uns das damit sagen?«

David nickte. »Wenn man bedenkt, wie stark die europäischen Volkswirtschaften in den letzten Jahren in Mitleidenschaft gezogen worden sind, kann man schon erkennen, warum das überhaupt möglich ist. Selbst Frankreich und Deutschland unterhalten sich klammheimlich mit ihnen. Sie kämpfen darum, für ihre Volkswirtschaften wieder Haushaltsüberschüsse zu erzielen, weshalb sie weniger pingelig bei der Frage sind, auf welche Weise sie ihren Energiebedarf decken. Wenn man die Probleme bezüglich des iranischen Atomprogramms mal außer Acht lässt, sind sie eigentlich ein ganz lukrativer Lieferant. Der Iran drängt ziemlich stark auf langfristige Exportverträge, da es nur eine Frage der Zeit ist, bis auch Israels neue Gasfelder voll erschlossen sind und die nordamerikanische Schiefergasindustrie den Markt überflutet. Angesichts der Tatsache, dass die Iraner verzweifelt versuchen, ihr Gas in Europa breit gefächerter zu verkaufen, weil sie hoffen, damit die durch die Sanktionen der Vereinten Nationen verursachten Probleme auszugleichen, könnten sie inzwischen ihre Strategien wesentlich aggressiver verfolgen.«

Fletcher schüttelte den Kopf. »Es bringt inzwischen nichts mehr, nur dem Protokoll zu folgen und dem iranischen

Botschafter mitzuteilen, dass wir sein Land beschuldigen, uns angegriffen zu haben.« Er schaltete den Beamer aus und setzte sich.

David seufzte. »Nun, wir können die Vorfälle aber auch nicht einfach ignorieren. Wir befinden uns mitten im Winter und alle Prognosen gehen davon aus, dass die diesjährige Kälteperiode so hart wie im Jahr 2010 werden wird, wenn nicht sogar noch schlimmer. Schon damals war die Gasversorgung des Vereinigten Königreichs äußerst angespannt. Falls wir uns also dazu entscheiden sollten, diese Bedrohung zu ignorieren, was passiert dann?«

Dan kratzte sich am Kinn. »Der Iran hat genug Verbündete, um sich mit illegalen Waffen zu versorgen. Da stellt sich doch die Frage, warum sie ein altes, verrottetes U-Boot brauchen, das eigentlich verschrottet werden sollte.«

Mitch nickte. »Wahrscheinlich wollen sie nur vermeiden, auf sich aufmerksam zu machen. Ich kann mir nicht vorstellen, welche Absicht sie sonst verfolgen könnten. Ich meine, wenn sie uns plötzlich angreifen, glaube ich nicht, dass sie sich darüber Sorgen machen würden, was die Welt von ihnen denkt. Sie würden es einfach machen, und zwar mit ihren eigenen Waffen.«

Dan spielte vor seinem geistigen Auge blitzschnell alle Szenarien durch. Plötzlich richtete er sich kerzengerade auf, weil ihm ein Gedanke durch den Kopf schoss. »Was, wenn Hassan allein agiert, ohne das Wissen seiner Regierung?«

»Warum?«, fragte David.

»Macht. Gier. Vielleicht versucht er, sich in der Regierung hochzuarbeiten, um die Aufmerksamkeit der Mullahs zu erregen«, schlug Dan vor. »Vielleicht denkt er ja auch, dass, wenn es ihm gelingt, das Vereinigte Königreich zu zwingen, die Sanktionen gegen den Iran aufzuheben und Gas von ihnen zu kaufen, dass er dann den derzeitigen Präsidenten aus dem Amt drängen kann und vielleicht sogar selbst gewählt wird.«

»Das würde zumindest erklären, warum er ein U-Boot stehlen musste.«

»Aber warum hat er Grant entführt?«, fragte Philippa.

»Vielleicht will Hassan die britische Regierung mit einem Ultimatum konfrontieren, sobald das U-Boot seine Position erreicht hat«, warf Mitch ein. »Wir sollen das Gas von seiner Organisation kaufen, sonst …«

»… wird er die Anlage auf der Isle of Grain zerstören, so wie er es bei Ras Laffan versucht hat«, beendete Dan seinen Gedanken. »Und wenn Grant nicht vor Ort ist, wird es dort kein Programm geben, das einen Hacker daran hindern könnte, so viel Zerstörung wie nur möglich zu verursachen.«

David stand auf. »Okay, damit hat die Aufgabe, Grant Swift zu finden, gerade oberste Priorität bekommen«, sagte er. »Philippa, setze dich mit der Polizei in Kent in Verbindung und beschaffe dir alle Informationen zu Grants Verschwinden. Dan, mach, was immer du tun musst, um ihn zu finden. Die Uhr tickt.«

KAPITEL 39

»Fangen wir vierundzwanzig Stunden vor dem Zeitpunkt an, zu dem sein Fahrzeug verlassen aufgefunden wurde«, meinte Dan. »Ich möchte sehen, ob seine Entführer so clever waren, zuerst das Gebiet zu erkunden. Es war immerhin schon ziemlich gewagt, ihn gerade an dieser Stelle zu kidnappen, also mussten sie sich absolut sicher gewesen sein, dass sie nicht gestört werden würden.«

Er schob seinen Stuhl zurück und sah sich im Raum um. Die Wände waren voller Bildschirme, auf denen Live-Bilder von Überwachungskameras zu sehen waren, die an diversen Straßen im ganzen Land standen.

Der Mann, der am Steuerungspult der Überwachungsanlage saß, nickte, tippte nun eine Reihe von Befehlen ein und die Bildschirme direkt vor ihnen erwachten daraufhin flackernd zum Leben.

»Das Beste, was ich Ihnen anbieten kann, ist eine Kamera am Anfang der Abfahrtsrampe«, sagte er und deutete auf den Bildschirm, »sie zeigt die Rückseite der Fahrzeuge, die die Schnellstraße in Richtung dieser Kreuzung verlassen.« Er deutete auf einen anderen Bildschirm. »Diese Kamera befindet sich in der Unterführung unter der Schnellstraße, gegenüber der Kreuzung. Das sollte Ihnen eigentlich einen guten Überblick verschaffen.«

»Okay, dann versuchen wir das mal«, meinte Dan und beugte sich auf seinem Platz vor. »Lassen Sie das Band bitte vorlaufen und stoppen Sie es jedes Mal, wenn ein Fahrzeug auftaucht. Wir werden von jedem Auto ein Bild aufnehmen, um hinterher zu versuchen, die Nummernschilder identifizieren zu können.«

Der andere Mann nickte und begann nun die Aufnahmen abzuspielen. Jedes Mal, wenn ein Auto die Abfahrt hinunter auf die Kreuzung zufuhr und unter den wachsamen Augen der Kameras die Unterführung passierte, nahm der Computer ein Foto des Fahrzeugs und eine Großaufnahme seines Nummernschilds auf, markierte jedes Foto in der unteren rechten Ecke mit Datum- und Zeitstempel und druckte es dann automatisch aus. Dan fing an, die Fotos einzusammeln und sie auf einem Tisch neben dem Mitarbeiter auszubreiten.

Nachdem sie die Aufnahmen eine Stunde lang überprüft hatten, lag vor Dan eine Sammlung von zehn Fahrzeugfotos.

»Zumindest zeigt uns das, dass es eine ruhige Ecke ist«, erwiderte Dan.

»Zu dieser Nachtzeit schon«, stimmte der Kameraspezialist zu. »Bevor Sie kamen, habe ich mir den Straßenabschnitt einmal tagsüber angesehen. Er scheint während der Schulzeit belebter zu sein als zu jeder anderen Zeit.«

»Was ist mit dem Verkehrsunfall in dieser Nacht?«

Der Mann sah ihn von der Seite an. »Nichts. Als die Rettungskräfte am Unfallort eintrafen, waren die Fahrer der beiden beteiligten Fahrzeuge verschwunden. Man geht deshalb davon aus, dass der Unfall inszeniert worden ist, um sicherzustellen, dass Grant Swift eine alternative Route wählen würde.«

Dan runzelte die Stirn und deutete dann auf ein Standbild auf dem Bildschirm. »Ist das alles?«, fragte er. »Gibt es nicht vielleicht doch noch andere Aufnahmewinkel?«

Der Kameraspezialist schüttelte den Kopf. »Am anderen Ende der Unterführung ist eine weitere Kamera installiert, aber die ist leider vor zwei Wochen kaputtgegangen, und wir haben es bisher noch nicht geschafft, sie von einem unserer Techniker reparieren zu lassen.«

Dan grunzte. »Was für ein Zufall.« Er seufzte und setzte sich. »Okay, dann schauen wir uns mal an, was genau passiert ist, als unser Projektingenieur verschwand.«

Er kaute auf seiner Unterlippe, während der Kameraspezialist eine Reihe von Anweisungen in seinen Computer eintippte. Die Kamera-Feeds sprangen daraufhin auf zwei Stunden vor dem Zeitpunkt, als Grants verlassenes Auto gefunden worden war. Der Mann blickte Dan über die Schulter hinweg an.

»Okay. Spielen Sie es ab. Dieses Mal allerdings etwas langsamer … wir wissen nämlich nicht genau, wann er entführt wurde.«

Zwanzig Minuten später spürte Dan, wie das permanente Starren auf die Bildschirme anfing, seine Augen zu belasten. Er rieb sich ein Auge, blinzelte, fühlte dann aber plötzlich, wie sein Herz einen Satz machte.

»Anhalten. Und bitte noch mal«, rief er, während er aufstand.

Der Kameraspezialist spulte beide Aufnahmen etwas zurück.

Grant Swifts silberner Mercedes fuhr nun langsam die Ausfahrtsrampe hinunter, seine Rücklichter waren in Regen kaum zu erkennen, während er beim Heranfahren an die Kreuzung langsamer wurde. Plötzlich tauchte ein grauer Transporter im Bild auf, dessen Bremslichter kurz aufleuchteten, bevor das Fahrzeug in das Heck des Mercedes knallte und ihn über die Kreuzung schob. Dann wendete Grant sein Auto und verschwand aus dem Aufnahmebereich der Kamera.

Dans Kopf fuhr zum nächsten Bildschirm hinüber, auf dem die Kamera in der Unterführung Grants Auto mit dem grauen Lieferwagen im Schlepptau erfasst hatte. Grants Gesicht war kurz durch die Windschutzscheibe zu sehen, als er abwechselnd in seinen Rückspiegel sah, um sicherzugehen, dass ihm der Van noch folgte, und auf die Straße vor sich blickte. Dann rollte der Mercedes unter die Überwachungskamera. Als er aus dem Sichtfeld verschwand, wurde der Van hinter dem Mercedes augenblicklich langsamer und glitt ebenfalls unter die Kamera.

Dan knallte frustriert die Hand auf den Schreibtisch. Bei dem Geräusch zuckte der Kameraspezialist heftig zusammen.

»Sie tragen alle Baseballmützen«, knurrte Dan. »Sie *wussten* genau, dass die Kamera ihre Gesichter erfassen würde.« Er wandte sich dem Mann am Steuerungspult zu. »Wie spät war es da?«

»Neunzehn Uhr zweiunddreißig.«

Dan runzelte die Stirn. »Sichern Sie diesen Abschnitt und lassen Sie ihn noch einmal durchlaufen.«

Die beiden Männer sahen schweigend zu, wie die Aufnahme erneut abgespielt wurde. Dan tippte sich stirnrunzelnd mit dem Zeigefinger an die Unterlippe. Als der Transporter ein zweites Mal aus dem Blickfeld verschwunden war, ging er zum Tisch hinüber und begann, die Fotos zu durchsuchen, die er auf der Tischplatte verteilt hatte.

»Bei diesen Aufnahmen war kein Transporter dabei«, meinte der Spezialist.

»Ich weiß«, antwortete Dan, »und genau das stört mich. Sie wussten, dass die Kamera ihre Gesichter aufnehmen würde, das heißt, sie waren mit den örtlichen Gegebenheiten vertraut.«

Er nahm jedes Foto der Reihe nach in die Hand und betrachtete prüfend die Fahrzeuge, die an den Kameras vorbeifuhren. Sein Herz setzte für einen Schlag aus, als er beim zwölften Foto angekommen war. Er sah zu dem Kameraspezialisten hinüber, der immer noch den grauen Lieferwagen auf dem Bildschirm anstarrte.

»Wie lautet das Kennzeichen des Transporters?«

Der Mann las es langsam vor und drehte sich dann stirnrunzelnd zu Dan um.

»Warum ist das wichtig?«

Dan hielt ein Foto in die Höhe. »Weil das Kennzeichen vierundzwanzig Stunden vorher noch an diesem Fahrzeug befestigt war.«

Das Standbild zeigte eine weiße Limousine, die offensichtlich die Rampe heruntergekommen war, die Kreuzung überquert hatte und schließlich auf dem Weg zur Unterführung gezielt langsam an der zweiten Kamera vorbeigefahren war.

Und der Mann auf dem Beifahrersitz starrte genau in die Linse der Überwachungskamera.

***

Dan breitete nun die Straßenkarte auf dem Tisch aus, wobei er sie mit den Händen flach strich, dann drehte er sich zu den anderen um und erklärte ihnen, was die Kameras genau aufgenommen hatten.

»Als Nächstes müssen wir das Material der Überwachungskameras, die hinter der Unterführung installiert sind, mithilfe des ANPR überprüfen, bis wir den Transporter aufgespürt haben, um ihn dann zu seinem endgültigen Bestimmungsort zu verfolgen.«

»Was ist ANPR?«, fragte Antonia und beugte sich über den Tisch.

Dan bemühte sich, ihr nicht in den Ausschnitt zu schauen. »Das ist das automatische Nummernschilderkennungssystem, das die Polizei verwendet«, erklärte er. »Die Nachrichtendienste nutzen das System ebenfalls und können darüber auf das Videoüberwachungs-Netzwerk des ganzen Landes zugreifen, um Fahrzeuge verfolgen zu können.«

Antonia schüttelte verwundert den Kopf. »Ich habe zwar schon gehört, dass das Vereinigte Königreich mehr Überwachungskameras als jedes andere Land verwendet, aber bis jetzt habe ich das nicht geglaubt.«

Mitch zog das Foto der weißen Limousine zu sich heran.

»Wissen wir denn inzwischen irgendetwas über diesen Kerl hier?«

»Philippa lässt ein Foto von ihm durch ihr Gesichtserkennungsprogramm laufen. Hoffentlich hat er irgendeine Vorstrafe oder etwas in der Art«, antwortete Dan.

David steckte jetzt einen USB-Stick in den Laptop und begann, sich die Aufzeichnungen der Überwachungskameras anzusehen. Dann warf er Dan einen Blick zu. »Was hast du sonst noch erreicht?«

»Zugriff auf das Intranet des Systems, damit wir uns dort einklinken und die möglichen Routen überprüfen können«, berichtete Dan. »Sie haben uns die Zugriffsrechte allerdings nur für vierundzwanzig Stunden gewährt, also sollten wir uns beeilen.«

David nickte und machte einen Schritt zur Seite, damit Dan einige Befehle in den Laptop eintippen konnte. Als er die Eingabetaste drückte, erschien die Startseite des Intranets auf dem Bildschirm.

»Okay, los geht's«, sagte Dan. »Ich gebe das Nummernschild des Transporters und den Standort der Überwachungskamera an der Unterführung ein. Das ANPR sollte den Rest erledigen.«

»Wie funktioniert das Ganze genau?«, fragte Antonia neugierig.

»Jedes Mal, wenn eine Kamera das Kennzeichen des Transporters erfasst, wird es an das ANPR gemeldet. Auf diese Weise können wir das Fahrzeug genau verfolgen, und zwar hoffentlich bis zu seinem endgültigen Ziel.« Er brach ab, als die erste Meldung auf dem Bildschirm erschien. »Auf geht's.«

Nach zwanzig Minuten konnte das Team eine Route bis in den nördlichen Teil von Kent, entlang der M25 und auf der M4, nachvollziehen, dann verließ der Transporter die Schnellstraße und löste weitere Meldungen aus, als er in nordwestlicher Richtung durch Reading fuhr.

Antonia durchquerte den Raum, um sich neben Dan zu stellen und über seine Schulter auf den Laptopbildschirm zu spähen. »Was passiert, wenn der Wagen in eine Gegend kommt, die nicht durch Überwachungskameras abgedeckt ist?«

Mitch lachte. »Vertrau mir, das ist in dieser Gegend sehr unwahrscheinlich.«

Dan hob eine Augenbraue.

»Hey«, fuhr Mitch achselzuckend fort, »ich sollte das wissen, schließlich bin ich dort zur Schule gegangen.«

KAPITEL 40

:

Baqir wischte sich die Hände an einem fleckigen Handtuch ab, das weiche Material tat seinen rauen Händen gut. Während er mit einer Ecke des Tuches unter seine Fingernägel ging, um das Blut zu entfernen, warf er dem Mann, der in dem Holzstuhl vor ihm zusammengesackt war, einen gleichgültigen Blick zu.

Er ließ Handtuch und Skalpell auf eine Werkbank fallen, trat auf die Gestalt zu und schlug Grant so lange ins Gesicht, bis dessen Augenlider zuerst flatterten und er schließlich mühsam seine Augen öffnete. Angst und Schmerz hatten sich tief in sein Gesicht gegraben.

»Das hast du gut gemacht«, keuchte Baqir. »Aber wir sind noch nicht fertig.«

Er ließ Grants Kopf nach vorn sinken, drehte sich um und ging schnaufend die Steintreppe hinauf, die aus dem Keller hinausführte. Dort klopfte er einmal an die Holztür, wartete, bis die Riegel zurückgezogen wurden, nickte dem Wachposten kurz zu und ging dann durch den Flur und die Eingangstür des Bauernhauses hinaus ins Freie.

Er blinzelte in das helle Morgenlicht, das von der frischen Schneedecke reflektiert wurde, und atmete tief ein und aus, um den Geruch von Scheiße und brennendem Fleisch aus seinen Nasenlöchern zu vertreiben.

Baqir begann zu husten; es war ein schmerzhafter, krampfartiger Anfall, der seinen gesamten Körper erschütterte und ihn Schleim in den makellos weißen Pulverschnee spucken ließ.

Fluchend wandte er sich wieder dem Haus zu und machte sich auf die Suche nach Hassan.

Er fand ihn im Wohnzimmer, wo er auf dem bereits abgenutzten Teppich hin- und herlief. Als Baqir eintrat, sah ihn der Mann mit bleichem Gesicht an.

»Hast du etwas für mich?«

Baqir lächelte. Der Keller war offensichtlich doch nicht ganz so schalldicht, wie er gedacht hatte, von daher war es gut, dass sie eine Immobilie an einem abgelegenen Ort gemietet hatten. »Sie sind gerade dabei, die Implementierung seiner Antiviren-Software fertigzustellen«, berichtete er. »Der Vorgang ist allerdings noch nicht ganz abgeschlossen und ich muss noch herausfinden, ob sie das Projekt auch ohne ihn beenden können.«

Hassan nickte. »Wie lange wirst du noch mit ihm brauchen?«

Baqir grinste. »Nicht mehr lange. Er hat bisher wirklich gut durchgehalten, obwohl ich vermute, dass das mehr auf seine angeborene Sturheit als auf ein formelles Verhörtraining zurückzuführen ist.«

Er hustete wieder und ließ sich dann in einen abgenutzten Sessel sinken. »Du fährst nach London zurück?«

»Ich muss, es ist einfach zu riskant für mich, wenn ich hierbleibe.«

»Warum diese spezielle Gasanlage, Hassan?«, fragte Baqir. »Warum nicht Milford Haven oder eine der anderen?«

Der jüngere Mann lächelte. »Aus demselben Grund, aus dem die britische Regierung die Isle of Grain Anlage erweitert hat«, antwortete er und deutete auf eine Karte der britischen Inseln, die auf einem Kaffeetisch vor ihm ausgebreitet war. Eine Reihe blauer Linien schlängelte sich durch die Grafschaften Großbritanniens. Hassan zog die netzartigen Linien mit seiner Hand nach. »Je nach Bedarf versorgt ihr nationales Transportnetz Haushalte und Industrie in ganz Großbritannien mit Gas«, erklärte er. »Damit können sie es überall hinschicken. Grain leitet das Gas direkt dorthin und üblicherweise versorgt die Anlage vorrangig London mit Energie.«

Baqir runzelte die Stirn. »Aber selbst, wenn du Grain zerstörst, werden sie noch immer in der Lage sein, sich über ihre anderen Einrichtungen zu versorgen.«

Hassan hob einen Finger und lächelte. »Da wir ihre Gaslieferungen aus Katar unterbrochen haben, können sie das jetzt nicht mehr«, sagte er grinsend. »Gewiss, normalerweise könnten sie Lieferungen aus Europa über die Verbindungspipeline Bacton-Zebrugge unter dem Ärmelkanal hindurch oder aus Amerika per Schiff erhalten. Wir befinden uns allerdings gerade mitten im härtesten Winter, den Europa seit hundert Jahren erlebt hat. Länder wie die Vereinigten Staaten, die Niederlande oder Deutschland sind deshalb nicht in der Lage, dem Vereinigten Königreich zu helfen, ohne ihre eigene Versorgung zu gefährden.«

Hassan nahm einen Stift aus seiner Jackentasche und kreiste den Bereich, in dem sich die Gasanlage befand, ein. »Und schließlich«, erklärte er, trat einen Schritt zurück und steckte den Stift wieder in die Tasche zurück, »wird hier eine riesige Menge Gas gelagert. Alles, was wir tun müssen, ist, ihre Systeme zu übernehmen und eine Kettenreaktion auszulösen.« Er lächelte. »Der Rest wird dann durch Chemie und Physik erledigt.«

»Und sobald ihre Versorgungskette erst einmal unterbrochen ist, kannst du ihnen großzügigerweise anbieten, Gas aus deiner neuen persisch-kasachischen Pipeline zur Verfügung zu stellen«, sagte Baqir grinsend.

Hassan lächelte. »Es wird ein sehr lukratives Geschäft für die Republik werden.«

Baqir trat neben Hassan und seine Augen suchten die Karte ab. »Ist es denn nicht ziemlich riskant, davon auszugehen, dass es das U-Boot unentdeckt durch den Ärmelkanal schafft?«

Der andere Mann nickte. »Sie kennen die Risiken durchaus. Allerdings können wir diese auch zu unserem Vorteil nutzen. Der Ärmelkanal ist einer der verkehrsreichsten Schifffahrtswege der Welt«, erwiderte er. »Gibt es also eine bessere Möglichkeit, ihr Kommen zu tarnen, als sich so lange im Schatten des vorhandenen Schiffsverkehrs zu bewegen, bis sie ihr Ziel erreicht haben?«

Baqir strich sich über den Bart und seine braunen Augen glitzerten, als er die Route in seinem Kopf nachverfolgte, dann ließ er seine Hand zur Seite fallen und sah Hassan an.

»Vielleicht wird es ja doch funktionieren«, murmelte er. »Sie könnten es tatsächlich schaffen.«

Hassan lächelte, griff nach seiner Aktentasche und machte sich auf den Weg zu seinem Auto. »Ich vertraue ihnen da voll und ganz.«

***

»Scheiße!«, rief Dan. »Wo ist er hin?«

Philippa scrollte durch die Informationen auf dem Bildschirm, während ihr Finger gleichzeitig den Weg des Transporters auf der Straßenkarte neben sich verfolgte. Kurz nachdem er die Grenze von Berkshire passiert hatte, war der Transporter von der Hauptstraße abgefahren und in die Landschaft von Buckinghamshire eingetaucht.

»Nichts«, sagte sie frustriert, »aber ich habe einen Suchlauf für alle Hauptstraßen in einem Radius von zehn Meilen um die letzte Kamerasichtung herum durchgeführt. Sie müssen sich irgendwo in dieser Gegend versteckt halten.« Sie zeichnete auf der Karte einen groben Kreis ein.

Dan griff nach dem Foto des Transporterbeifahrers und tippte mit dem Daumen darauf. »Ich möchte, dass du Folgendes machst«, wies er sie an. »Auch wenn es vielleicht wenig Aussicht auf Erfolg hat, schick doch bitte dieses Foto an alle Immobilienmakler in der Gegend. Die Kidnapper haben offensichtlich einige Zeit dafür aufgewendet, die Entführung zu planen, also haben sie wahrscheinlich ein Grundstück gemietet, auf dem sie ungestört sein können.«

»Alles klar«, sagte Philippa und nahm das Foto entgegen, dann warf sie einen Blick auf ihre Uhr. »Allerdings kann ich mir nicht vorstellen, dass es einer von denen schätzen wird, heute Nachmittag länger arbeiten zu müssen«, meinte sie grinsend und verließ das Zimmer.

Dan wandte sich an Mitch. »Kontaktiere alle Tankstellen in der Gegend, wenn ich mich in Bezug auf das Mietgrundstück irren sollte, werden wir irgendwann Überwachungsbilder des Transporters von einer Tankstelle finden und ihre Spur dann dort wieder aufnehmen können.«

»Verstanden.« Mitch schnappte sich die Straßenkarte, zog sich einen Stuhl zum Computer und begann sofort, nach Telefonnummern zu suchen.

»Was kann ich tun?«, fragte Antonia.

Dan lächelte. »Du kannst mir mit deinem Charme dabei helfen, David zu überreden, uns kurzfristig einige Luftüberwachungsaufnahmen zu beschaffen«, meinte er. »Falls wir das Grundstück finden, ist es nämlich wichtig, dass wir die erste Erkundung des Geländes durchführen, bevor die Sonne in zwei Stunden untergeht.«

***

Nachdem er David davon überzeugt hatte, die Überwachung zu veranlassen, half Dan Philippas Team eine frustrierende halbe Stunde lang dabei, die Liste der Makler aus der Gegend abzuarbeiten, in der der Transporter verschwunden war … solange, bis ein Junior-Analyst sein Telefon auf den Tisch knallte, kurz aufschrie und dem Mann neben sich ein High Five gab.

»Na hoffentlich ist das unser Makler«, sagte Philippa und starrte den Analysten über den Rand ihrer Brille hinweg an.

Der Mann grinste, stand auf und lief mit einem Notizbuch in der Hand zu ihr hinüber.

»Es kommt sogar noch besser«, sagte er. »Prescott und Durcher, ein Maklerbüro in High Wycombe, hat unserem Verdächtigen vor zwei Wochen ein Farmhaus vermietet, das fünf Meilen von der Stadt entfernt liegt.« Er blätterte zur nächsten Seite um. »Der Mann hatte alle erforderlichen Referenzen und war sogar bereit, sechs Monate im Voraus zu bezahlen.«

»Ist der Makler denn sicher, dass es unser Verdächtiger ist?«, fragte Dan nervös und umklammerte die Tischkante.

Der Analytiker lächelte. »Ja, und es wird sogar noch besser. Denn nach einem Einbruch vor acht Monaten sind überall in der Agentur Überwachungskameras installiert worden. Die Kameras laufen ständig, um jeden zu erfassen, der ihre Büroräume betritt. Die Agentur wird uns jetzt per E-Mail ein Foto schicken, das unseren Verdächtigen zeigt.«

Dan schlug mit der flachen Hand auf die Tischplatte. »Geben Sie mir die Adresse«, rief er. »Mitch, Philippa, stellt ein Überwachungsteam zusammen, das *sofort* dort rausfährt. Es ist ziemlich abgelegen, also müssen sie sehr vorsichtig sein. Wir können es uns nicht leisten, Grant zu verlieren, wenn wir so nah an ihm dran sind.«

***

Dan drehte sich um, als er ein Klopfen an der Tür hörte. Philippa kam mit vier Papierrollen unter dem Arm herein und balancierte gleichzeitig ein Tablett mit Kaffeebechern in der Hand.

»Das sind die Pläne des Hauses und des umliegenden Geländes«, erklärte sie, legte die Pläne auf den Tisch und rollte sie auseinander. »Das Gebäude stammt aus dem Jahr 1870, also haben wir mit der örtlichen historischen Gesellschaft gesprochen, die uns daraufhin Kopien der ursprünglichen Pläne aus ihren Archiven geschickt hat. Die nächsten Unterlagen«, fuhr sie fort und schob den ersten Satz Blätter zur Seite, »sind uns von der Kommunalverwaltung zur Verfügung gestellt worden. Der Besitzer des Hauses hat vor etwa fünfzehn Jahren einige Umbauarbeiten durchgeführt und nach Aussage des zuständigen Mitarbeiters soll sich zumindest das Erdgeschoss jetzt wesentlich vom ursprünglichen Grundriss unterscheiden.« Sie hielt kurz inne. »Er würde es auch begrüßen, wenn wir dem Grundstück nicht allzu viel Schaden zufügen würden. Er ist sich nämlich nicht sicher, ob die Versicherung das abdeckt.«

Sie starrte Dan bei diesen Worten an, der einen unschuldigen Blick aufzusetzen versuchte und mit den Schultern zuckte. Philippa schüttelte daraufhin den Kopf, beugte sich vor und zog die letzten beiden Rollen auseinander.

»Schließlich haben wir hier noch eine Luftbildaufnahme des Gebietes, die heute am späten Nachmittag aufgenommen wurde, sowie eine topografische Karte, die vielleicht nützlich sein könnte«, meinte sie. »Das Gebäude ist von Wald umgeben und bis zum Haus führt lediglich ein Feldweg. Es sollte also ausreichend Möglichkeiten geben, um eure Annäherung an das Objekt zu verbergen.«

Als sie den Raum verließ, zog Dan sich das Luftbild zusammen mit dem begleitenden Bericht des Analystenteams näher heran. »Auf diesem Foto konnten sie den Transporter eindeutig identifizieren«, informierte er Mitch, während dieser um den Tisch herumkam und sich neben ihn stellte. Mit dem Finger markierte Dan auf dem Foto den Feldweg. Der schneebedeckte Weg wurde von zwei tiefen Narben durchzogen, die der Transporter in den Boden gegraben hatte.

»Ist das wirklich das Fahrzeug, das die Überwachungskameras aufgenommen haben?«

»Ja, dieses Mal war der Aufnahmewinkel so günstig, dass das Foto vergrößert werden konnte und die Analysten zumindest einen Teil des Nummernschildes entziffern konnten.«

Mitch nahm den Bericht zur Hand und begann, ihn durchzublättern, wobei er mühsam ein Gähnen unterdrückte und nach einem der Kaffeebecher griff. »Eines unserer taktischen Teams überwacht diesen Ort seit heute Abend neun Uhr. Bisher haben sie nur zwei Verdächtige entdeckt. Einer der beiden hat das Gebäude verlassen, um zu einem Schuppen in der Nähe zu gehen und kam mit einer Autobatterie zurück. Den anderen haben sie nur durch das Küchenfenster sehen können.«

Dan breitete den Grundriss des Gebäudes auf dem Tisch aus. »Das könnte auch erklären, warum der Transporter seit ein paar Stunden nicht mehr bewegt wurde.« Er tippte mit dem Finger auf den Plan. »Die Küche hat einen Ausgang zum Hinterhof. Der einzige andere Zugang ist die Haustür.«

»Was ist mit den Umbauarbeiten, die vorgenommen wurden?«

»Es sieht ganz so aus, als hätte der Besitzer eine Mauer zwischen der Küche und dem Esszimmer eingerissen. Das Wohnzimmer ist separat. Die Eingangstür öffnet sich in einen Flur. Treppe rechts, Wohnzimmer links, Küche und Essbereich am Ende des Flures.«

»In einem so alten Gebäude muss es doch einen Keller oder etwas in der Richtung geben«, vermutete Mitch und zog sich die ursprünglichen Gebäudepläne heran. »Siehst du … unter der Haupttreppe gibt es noch eine Treppe, die nach unten führt. Schau dir mal die Dicke der Wände an, das sind ja schon fast Schallschutzwände.«

»Der Keller scheint der gesamten Grundfläche der oberen Etagen zu entsprechen«, erwiderte Dan.

»Ein perfekter Ort, um ein vermisstes Genie zu verstecken«, stellte David fest.

»Stimmt.« Dan fuhr mit dem Finger über die Pläne. »Drei Schlafzimmer im Obergeschoss und ein Badezimmer.«

»Wer geht mit uns rein?«, fragte Mitch nun.

»Das sechsköpfige Team, das wir für die erste Erkundungsmission hingeschickt haben ... sie werden sich vor Ort mit euch treffen«, antwortete David. »Sie haben sich bereits mit dem Grundriss des Gebäudes und mit der Umgebung vertraut gemacht. Wir haben leider nicht die Zeit, ein weiteres Team zu organisieren und es als Verstärkung dort hinzubringen, sodass ihr nur zu acht sein werdet.«

»Ich komme auch mit«, warf Antonia ein und ging um den Tisch herum. »Ihr könnt mich unmöglich außen vor lassen.«

»Nein.« Dan schüttelte entschieden den Kopf.

»Aber du brauchst jede Hilfe, die du kriegen kannst«, protestierte Antonia.

David warf Dan und Mitch einen vielsagenden Blick zu, bevor er sprach. »Er stellt hier nicht deine Fähigkeiten infrage, Antonia ... wir können es uns nur unmöglich erlauben, einen nicht-britischen Bürger mit einer Waffe durch das Land rennen zu lassen. Uns beobachten sowieso schon zu viele Leute, die nur darauf warten, dass wir etwas vermasseln. Wenn du uns helfen willst«, fuhr er in einem etwas milderem Tonfall fort, »warum schließt du dich dann nicht dem medizinischen Team an? Sie wären bestimmt für ein zusätzliches Paar Hände sehr dankbar, falls das Ganze in die Hose geht.«

Antonia verschränkte die Arme vor der Brust. »Ich sage immer noch, dass ihr meine Fähigkeiten verschwendet.«

»Ist angekommen.«

Dan warf David mit hochgezogener Augenbraue einen Blick zu und fuhr dann fort: »Okay, dann lasst uns loslegen.« Er schaute kurz auf seine Uhr. »Es ist jetzt viertel vor eins, also sollten wir innerhalb von zwei Stunden vor Ort sein. Mitch und ich werden uns noch schnell um unsere Ausrüstung kümmern.«

»Gut«, meinte David. »Ich kontaktiere jetzt das Team und sage ihnen, dass ihr unterwegs seid, und ich werde außerdem unser Medevac-Team losschicken, um euch dort zu treffen.«

Als er die Tür öffnete, drehte er sich noch einmal um und sah Dan und Mitch intensiv an. »Vergesst nicht, wenn etwas schiefgeht, werdet *ihr* zur Rechenschaft gezogen. Wenn ihr Swift rettet, ist alles in Ordnung, wenn ihr aber den falschen Kerl erschießt, dann müsst ihr mit einer Mordanklage rechnen.«

KAPITEL 41

Dan zitterte, weil die Kälte allmählich durch die Vorderseite seiner schwarzen Kleidung sickerte und seine Haut empfindlich abkühlte. Die Muskeln in seinem Nacken wurden bereits steif, also stellte er die Schärfe seines Gewehrvisiers neu ein, um sich überhaupt ein wenig zu bewegen.

Das achtköpfige Team lag bäuchlings und schweigend in einem flachen Graben im Schnee, ihre Gewehre waren auf das rote Backsteinfarmhaus vor ihnen gerichtet. Wolken zogen gemächlich am zunehmenden Mond vorbei und warfen Schatten zwischen die Bäume und auf die umliegenden Felder.

Es hatte über eine Stunde gedauert, bis sie an dem Graben angekommen waren. Während sie sich ihren Weg durch das Waldgebiet gesucht haben, das die Farm umgab, hatten die Männer eine fünfzig Meter lange Linie gebildet und waren vorsichtig durch das Unterholz geschlichen. Dabei hatten sie darauf geachtet, möglichst wenig Lärm zu verursachen und die Bäume sowie die tiefen Schatten als Deckung zu nutzen.

Seit sie vor einer halben Stunde ihre jetzige Position erreicht hatten, hatte es im Gebäude keine erkennbare Aktivität mehr gegeben. Die vorderen Fenster waren unbeleuchtet … ein Mitglied des Teams hatte einen kurzen Erkundungsgang um das Gebäude herum gemacht und dabei an der Seite des Gebäudes das Wohnzimmer entdeckt. Das flimmernde Licht eines Fernsehers war um die Ränder der Vorhänge herumgeflossen und hatte die ansonsten dunkle Fassade schwach beleuchtet.

Der Transporter, den die Kameras des Überwachungsnetzes quer durch das Land verfolgt hatten, war seitlich am

Gebäude geparkt. Die Windschutzscheibe sowie das Dach und die Fenster waren schneebedeckt, was bewies, dass die Entführer ihr Versteck in den letzten acht Stunden nicht verlassen hatten.

Ein leises Schniefen war nun vom Ende der Reihe zu hören. Dan warf einen Blick auf seine Armbanduhr. Es war jetzt 3.45 Uhr morgens. Er verkrampfte seine Finger mehrmals um das Gewehr, weil die dünnen Handschuhe seinen Händen zu wenig Wärme spendeten.

Dann atmete er aus und sein Atem wurde von der Gasmaske, die sein Gesicht bedeckte, abgesaugt. Zusammen mit dem schwarzen Helm, den er auf dem Kopf trug, ließ sie ihn wie einen Außerirdischen aussehen. Mit klammen Fingern klappte er das am Helm befestigte Nachtsichtgerät herunter und spähte wieder nach vorn.

Er legte seinen Finger auf den Ohrhörer in seinem rechten Ohr, als dieser auf einmal zum Leben erwachte.

Vorrücken in T minus drei Minuten.

Als das Adrenalin durch seinen Körper pumpte, stieg sein Pulsschlag merklich an. Er zerrte an dem Schal, den er um den Hals geschlungen hatte, und stopfte ihn sich in den Kragen. Wenn sie in Kürze die dicken Eichentüren des Farmhauses durchbrechen würden, sollte dieser seinen Nacken schützen. Er griff jetzt nach seiner SIG Sauer, die in einem Holster am linken Fuß steckte, und vergewisserte sich, dass sie gesichert war.

Dan verdrängte die Kälte, streckte seine Beine aus, machte einen Buckel und ließ dabei den Plan noch einmal in seinem Kopf Revue passieren. Dann prüfte er ein letztes Mal die Sicherung seines Gewehres. *Entsichert.*

Entlang der Linie spannten sich jetzt alle Teammitglieder wie ein Mann an und lauschten dem Countdown, der in ihren Ohrhörern widerhallte.

Drei … zwei … eins!

Sechs Männer erhoben sich zeitgleich wie Gespenster vom Boden. Sie gingen sofort wieder in die Hocke und versuchten sich so unauffällig wie nur möglich zu bewegen. Die Männer nahmen nun die ihnen zugewiesenen Angriffspositionen ein. Zwei auf der Rückseite des Gebäudes, zwei auf der Vorderseite und jeweils ein Mann an der Gebäudeflanke, um die seitlichen Fenster abzudecken. Zwei behielten ihre ursprünglichen Positionen bei, bereit, als Scharfschützen einzugreifen, falls einer der Entführer aus dem Gebäude entkommen sollte.

Dan und Mitch liefen schweigend über den Schnee, ihre Stiefel knirschten leise auf der kristallisierten Oberfläche. Verglichen mit der Stille, die der fallende Schnee geschaffen hatte, klang ihr gleichmäßiges Atmen in den Atemschutzmasken erschreckend laut. Sie schlichen langsam unterhalb der Fensterbänke entlang, strichen vorsichtig an Sträuchern vorbei und umkreisten das Farmhaus, bis sie die Rückseite des Gebäudes erreichten.

Dan ging nun vor der Hintertür in die Hocke, während Mitch ihm Rückendeckung gab, dann streckte er die Hand aus und berührte den Türgriff.

Verschlossen!

Er griff auf der Vorderseite seiner Weste in eine Tasche, zog eine Sprengschnur heraus und fixierte diese an der Tür. Als Nächstes befestigte er einen rohrförmigen Schockzünder, überprüfte seine Uhr, tippte Mitch auf die Schulter und gab ihm ein Zeichen, sich zurückzuziehen.

Anschließend wartete er, bis ihm das Team an der Haustür über Funk bestätigte, dass sie bereit waren, dann begann er mit einem kurzen Countdown.

»Auf mein Kommando … *drei, zwei, eins!*« Er aktivierte den Zünder.

Den Bruchteil einer Sekunde später gab es ein kurzes scharfes Krachen, als die Tür nach innen zersplitterte und eine Rauchfahne aus der Öffnung strömte. Eine ähnliche Explosion hallte von der Vorderseite des Gebäudes durch die Bäume.

Jetzt waren sie drin.

»Denkt daran, dass ihr nur auf Waffen achtet, nicht auf Bewegungen«, befahl Dan ihnen über sein Kehlkopfmikrofon.

Er holte eine Blendgranate aus seiner Weste, zog den Stift heraus und warf sie in die Türöffnung. Dann wandte er sein Gesicht von der Explosion ab, die die Küche des Farmhauses erschütterte und das Glas aus den Fensterscheiben sprengte. Mit dem Gewehr im Anschlag betrat er nun in gebückter Haltung das dunkle Gebäude.

Während grauer Rauch vor ihm aufwirbelte, kauerte Dan sich hin und suchte durch das Zielfernrohr seines Gewehres nach einem Hinweis auf die Entführer. Der Küchenbereich bestand aus einem großen steinernen Spülbecken, das rechts neben der Hintertür stand, einem Gasofen, einem Herd und Einbauschränken.

Dan ging zum Herd und zum Ofen hinüber und überprüfte die Schalter. *Alles war ausgeschaltet.*

Ein großer Frühstückstresen füllte den restlichen Küchenbereich aus. Einer der drei Hocker lag umgekippt auf dem gefliesten Boden.

Auf der linken Seite bemerkte Dan nun einen kleinen Esstisch, vier Stühle und die Überreste eines chinesischen Take-away-Essens, das auf der fleckigen Oberfläche des Tisches verteilt lag. Er stand auf und warf einen Blick in die Spüle. *Drei Teller.*

Schweigend wies er Mitch darauf hin, der bestätigend nickte. Sie schlichen nun leise weiter durch den Raum, wobei ihr Atem dumpf in den Gasmasken widerhallte. Als sich Dan der Türöffnung näherte, die zum zentralen Flur des Gebäudes führte, erwachte sein Ohrhörer plötzlich knisternd zum Leben.

»Teamleiter, hier ist Team Zwei. Wir sind durch die Eingangstür rein. Die Zimmer links und rechts sind sauber. Schlage vor, die Treppe hinaufzugehen. Over.«

»Okay«, antwortete Dan. »Wir machen hier unten weiter. Out.« Er wandte sich an Mitch. »Bereit, den Keller zu überprüfen?«

»Verstanden«, bestätigte Mitch nickend, während sich Dans Silhouette in den Linsen seines Nachtsichtgerätes widerspiegelte.

Dieser hob sein Gewehr, presste es gegen die Schulter und näherte sich der geschlossenen Tür unter der Treppe, sein Herz schlug dabei deutlich schneller. Er betrachtete die Scharniere und stellte fest, dass die Tür von ihm wegschwingen würde. Dan grunzte zufrieden und streckte dann die Hand nach der Türklinke aus.

Ein gequälter durchdringender Schrei gellte auf einmal aus dem Keller zu ihnen hinauf und ließ Dans Knie unwillkürlich weich werden.

»Was zur *Hölle* war das?«, zischte Mitch, und seine Stimme klang über Funk etwas zittrig.

»Ich glaube, wir haben gerade unseren Projektingenieur gefunden«, antwortete Dan leise, unfähig, das Beben in seiner Stimme zu verbergen. »Vergeuden wir keine Zeit. Team Zwei, wir gehen runter.«

»Verstanden.«

»Hast du noch eine Blendgranate, Mitch?«

»Ist schon bereit.«

»Auf drei.«

Dan zählte den Countdown mit den Fingern herunter, riss dann die Kellertür auf und trat schnell zur Seite.

Mitch beugte sich an ihm vorbei, warf die Blendgranate durch die Öffnung und sprang dann aus dem Weg, als Dan die Tür wieder zustieß. Ein lautes Krachen war nun hinter der Tür zu hören und eine graue Wolke quoll darunter hervor. Dan riss die Tür wieder auf und ließ sein Gewehr in die stauberfüllte Leere schwingen. Ein schwaches Licht glomm die schmale Treppe hinauf. Dan schaltete sein Nachtsichtgerät aus und drückte einen weiteren Knopf an der Helmseite. Zwei Taschenlampen flammten daraufhin oberhalb seiner Augen auf und hüllten die Treppe in ein blendendes Licht und hoben alles hervor, was sich in Dans direkter Blickrichtung befand.

Er ging langsam die Stufen hinunter, während er sein Zielfernrohr an der Treppe entlang über den Kellerboden wandern ließ. Unter einem Zwischenabsatz der Treppe kam ihm hustend und würgend auf allen vieren eine Gestalt entgegengekrochen.

Benommen von der Blendgranate starrte der Mann Dan an und hob langsam eine Pistole.

»Sofort runter mit der Waffe!«, schrie Dan.

Der Mann lehnte sich gegen die Wand, schüttelte kurz den Kopf und entsicherte dann seine Pistole.

Dan feuerte einmal und traf den Angreifer mitten in die Brust.

Der Mann schrie auf, ließ seine Waffe fallen und rutschte auf die Stufen hinunter.

Dan bückte sich, zog seine Handschuhe aus und tastete am Hals des Mannes nach einem Puls. *Nichts*.

»Scheiße«, murmelte er. Er stand auf, zog seine Handschuhe wieder an, warf Mitch einen kopfschüttelnden Blick zu und setzte seinen Abstieg fort.

Plötzlich wandte Dan kurz den Kopf und hob hinter seinem Rücken eine Hand in die Höhe, um Mitch zu signalisieren, dass dieser langsamer werden sollte. Nachdem er die letzte Stufe erreicht hatte, drehte er sich im Halbkreis und inspizierte kurz die räumlichen Gegebenheiten. Der Keller war eben, etwa acht Quadratmeter groß, hatte freiliegende Deckenbalken und war nur spärlich möbliert.

Als er den Kellerboden betrat, stolperte er fast über eine Gestalt, die bäuchlings auf dem Steinboden lag.

Der Mann trug eine ausgeblichene braune Anzughose, hatte die Ärmel seines hellblauen Hemdes bis zu den Ellbogen hochgekrempelt und seine Jacke hing über der Lehne eines Holzstuhls. Er trug Slipper aus Wildleder, der Absatz und die Sohle eines Schuhs waren allerdings stärker abgenutzt, so als würde er hinken. Der Mann hatte durch die Druckwelle der Blendgranate, die in seiner Nähe explodiert war, offenbar das Bewusstsein verloren.

Trotzdem näherte sich Dan dem Mann im braunen Anzug äußerst vorsichtig. Zu seinen Füßen stand eine Autobatterie auf dem Steinboden, an deren Polen Drähte befestigt waren. Langsam bewegte Dan den Kopf, um an der Gestalt vorbei den Drähten folgen zu können, die über den Boden verliefen und riss dann abrupt die Augen auf.

Ein Mann hing von einem der Deckenbalken herab, seine Arme waren über dem Balken zusammengebunden, das Hemd hing ihm zerfetzt am Körper und entblößte lange rote Striemen. Die Drähte der Autobatterie waren an seine nackten Zehen angeschlossen, die über dem Boden baumelten. Blut tropfte aus seinem Mund, ein violetter Bluterguss bildete sich gerade um ein Auge herum, das bereits komplett zugeschwollen war und Tränen liefen ihm über die Wangen, während er das andere Auge fest zusammenkniff.

Plötzlich regte sich der Mann und riss entsetzt sein unverletztes Auge auf, als er die maskierte Gestalt vor sich entdeckte.

»Mitch, hilf mir!«, rief Dan entsetzt und lief auf den Mann zu.

Mitch kam daraufhin die Treppe heruntergerannt, zog sein Messer heraus und begann, das Seil durchzusägen, das den Mann festhielt. Währenddessen löste Dan die Klammern von Grants Zehen, knüllte die Drähte zusammen und warf sie achtlos zur Seite.

Nachdem er den Ingenieur vorsichtig zu Boden gelassen hatte, sah sich Dan suchend im Keller um. Er entdeckte Grants Schuhe, packte die Knöchel des Mannes, um das Zittern in dessen Beinen zu beruhigen und zog ihm die Schuhe über die Füße.

»Grant. Hören Sie mir gut zu: Wir bringen Sie von hier weg.«

Der Mann fing daraufhin an, sich zu schütteln und seine Hände zitterten, während sein linkes Auge wie wild zu flattern begann.

»Er fällt gleich in einen Schockzustand«, stellte Mitch fest. »Wir müssen uns beeilen.«

Der Mann taumelte plötzlich auf Dan zu, griff mit seiner unversehrten Hand nach Dans Kevlar-Weste und versuchte ihm schreiend die Maske vom Gesicht zu reißen.

»Holt mich hier raus!« Er drängte sich an Dan vorbei, der ihn grob an den Schultern packte, herumwirbelte und ihm hart ins Gesicht schlug.

»Konzentration!«, zischte er. Er hielt seine Hand erneut in die Höhe. »Wir bringen Sie hier weg, aber Sie müssen unbedingt tun, was ich Ihnen sage, verstanden?«

Grant nickte gequält.

Dan schob den Mann nun in Mitchs Richtung, der seine Hand ausstreckte, Grant am Arm packte und ihn stützte. Dann blickte er über die Schulter auf den Kerl, den die Explosion zu Boden geworfen hatte und der inzwischen langsam wieder zu Bewusstsein kam. Der Mann hielt sich stöhnend den Kopf. »Kennen Sie seinen Namen?«, fragte er Grant.

Der Ingenieur blinzelte kurz und atmete tief durch, bevor er antwortete: »Ich habe gehört, dass die anderen ihn Baqir nennen.«

»Okay. Gut.« Dan warf Mitch einen Blick zu. »Lasst uns von hier verschwinden.«

Mitch nickte, hielt sein Gewehr etwas lockerer und ergriff erneut Grants Arm. »Kommen Sie«, sagte er. »Raus hier.«

Dan beobachtet Mitch dabei, wie er den Ingenieur die Treppe hoch zerrte, weg von dem Ort, der sein Gefängnis gewesen war. Er schaute sich noch einmal im Raum um, starrte dabei auf den stinkenden Eimer in der hintersten Ecke, die fleckige Matratze auf dem Boden und die dünnen Decken, die jemand nachlässig darüber geworfen hatte. Dann drehte er sich um, trat eine leere Wasserflasche und eine Fertiggericht-Verpackung aus dem Weg und wandte sich Baqir zu, der sich immer mehr von der Explosion der Blendgranate erholte.

Der Mann hievte sich gerade in eine sitzende Position und starrte Dan bösartig grinsend an, wobei er verfaulte schwarz verfärbte Zähne entblößte. Sein Atem ging stoßweise und schien ihm in der Kehle stecken bleiben zu wollen, denn er hustete trocken, bevor er auf den Boden spuckte.

Dan verzog angewidert das Gesicht hinter seiner Maske und begann auf den Mann zuzugehen, wobei er sein Gewehr auf den Folterer richtete. »Schön ruhig bleiben«, befahl er.

Der Mann lachte laut auf, hob etwas vom Boden auf und hielt es ins Licht.

Zu spät erkannte Dan, nach was der Mann gegriffen hatte. *Die Klammern, die an Grants Füßen befestigt gewesen waren.*

Der Kerl hielt sich die Drähte an seine Schläfen und trat mit dem rechten Fuß gegen die Autobatterie, die daraufhin zur Seite fiel und auf diese Weise einen Kontakt herstellte.

Dan schloss seine Augen und wandte den Kopf ab, als sich der Körper des Mannes unter der Gewalt des Stromschlages zusammenkrümmte. Ein hoher Schrei entwich dessen Lippen.

Dan spürte, wie sich sein Magen umdrehte. Er riss die Maske herunter und erbrach sich auf den Boden. Der Gestank von verbranntem Fleisch attackierte seine Nase. Er vergrub sie im Ärmel seiner Jacke und konzentrierte sich darauf, solange durch den Mund zu atmen, bis er sicher sein konnte, dass er sich nicht erneut übergeben musste, dann wischte er sich über die Augen und setzte seine Maske wieder auf.

Er blinzelte und wandte den Blick von Baqirs Körper ab, dann schaute er zur Kellertür hinauf, als eine Stimme in seinem Ohrhörer ertönte.

»Alles in Ordnung bei dir?«, fragte Mitch von der Tür aus.

»Ja.«

»Wir müssen jetzt wirklich los.«

»Ich komme.« Dan hängte sich sein Gewehr um und rannte die Treppe hinauf.

Mitch stand auf dem oberen Treppenabsatz, eine Hand am Gewehr, den Finger am Abzug, die andere Hand an Grants Schulter, um ihn zu stützen. Er legte den Kopf leicht zur Seite, doch sein Gesichtsausdruck war hinter der Maske schwer zu deuten.

»Was ist passiert?«

Dan schüttelte den Kopf. »Später.«

Mitch nickte, warf einen prüfenden Blick in den Gang und begann dann, Grant in Richtung Haustür zu zerren, während Dan ihren Rückzug von hinten deckte.

Plötzlich ertönte ein Schrei in ihren Ohrhörern und am Absatz der Treppe zur ersten Etage waren Schritte zu hören.

»*Einer haut ab!*«

Dan und Mitch drehten sich gleichzeitig um, schubsten Grant hinter sich auf den Boden und richteten ihre Gewehre auf die Treppe.

Ein Mann in einer schwarzen Jeans und einem blauen Sweatshirt rannte gerade die drei obersten Stufen herunter, bremste dann abrupt ab und hielt kurz an, während er mit schweißbedeckter Stirn auf die Männer unter sich starrte.

Ohne auf seinen rasenden Puls zu achten, richtete Dan sein Gewehr auf den Mann.

»Stehen bleiben!«, schrie er. »*Nicht* bewegen!«

Der Mann erstarrte für einen Sekundenbruchteil, lief dann aber doch die restliche Treppe hinunter. Auf halber Strecke tastete er mit seinen Händen nach einem Gegenstand in der Tasche seines Sweatshirts.

Ohne eine Sekunde zu zögern, feuerte Dan und mit einem direkten Schuss traf er die Brust des Mannes und verteilte dessen Blut und Gewebe auf die ausgebleichte Tapete.

Der Getroffene stolperte, verlor den Halt und rutschte als unförmiger Haufen die letzten drei Stufen hinunter. Als der Mann auf dem Boden zusammensackte, riss Dan erschrocken die Augen hinter seiner Schutzbrille auf. Denn ein kleiner Zylinder fiel auf den Kellerboden und sein Metallgehäuse prallte von der harten Oberfläche ab.

»Eine Granate!«, schrie er und stieß Mitch und Grant seitlich durch eine offene Tür ins Wohnzimmer. Er ließ sich hinter den beiden Männern ins Zimmer fallen, hielt sich die Ohren zu und schloss die Augen.

Die Explosion erschütterte das gesamte Fundament des Gebäudes und sprengte die Mauer, hinter der sie sich versteckten, komplett auseinander. Große Putzbrocken fielen aus der Decke, während im Gang die Holztreppe zersplitterte und tödliche Schrapnelle in alle Richtungen schleuderte. Flammen züngelten über die verbliebenen Möbel und das Feuer breitete sich rasend schnell im ganzen Gebäude aus.

Dan hob benommen den Kopf. Seine Ohren klingelten, doch er hielt immer noch sein Gewehr in der Hand. Er schob eine Gipskartonplatte von seinem Körper, rollte sich herum und stemmte sich auf die Füße, dann spähte er durch die Tür hinaus, blinzelte und schlich mit erhobenem Gewehr vorsichtig in den Gang. Mitch blieb dicht hinter ihm.

Dan starrte die Treppe hinauf; die obersten Stufen waren fast vollständig von dem darüber liegenden Treppenabsatz abgerissen worden. »Team Zwei! Seid ihr noch da oben?«, rief er in sein Kehlkopfmikrofon und bekam einen Hustenanfall, als er ungewollt eine Ladung Gipsstaub einatmete.

Eine gedämpfte Antwort hallte durch das statische Brummen, bevor sich eine Stimme knackend in seinem Ohr zu Wort meldete.

»Hast du diesen ganzen Krach verursacht, Taylor?«

»Irgendwie schon«, stieß er hervor. »Ihr müsst euch wohl einen anderen Ausgang suchen. Die Treppen brennen. Bewegt euch.«

»Verstanden.«

Dan drehte sich zu Mitch um. »Bist du okay?«

Mitch nickte, warf einen Blick auf seine Schultern und befreite sie in aller Ruhe von einer Schicht Gipsstaub. »Ja. Lass uns gehen.«

Dan zog Grant vom Boden hoch und der Mann bedeckte seinen Mund und seine Nase schützend mit den Händen. Er schob den Ingenieur auf Mitch zu, der Grant erneut an der Schulter packte und ihn dann aus dem brennenden Gebäude schleppte.

Dan blickte durch seine rußverschmierte Maske zur Decke hinauf und schüttelte den Kopf, dann bahnte er sich seinen Weg durch den verräucherten Flur in Richtung der offenen Eingangstür. Das Tageslicht fing an, den Qualm um ihn herum zu durchdringen, doch die Flammen wurden immer heißer und kamen näher, während das Haus um sie herum auseinanderzubrechen begann.

»Team Zwei, seid ihr draußen? Seid ihr raus?«, schrie er.

»Bestätige, klettern gerade durch ein Fenster im Obergeschoss.«

»Wir sehen uns dann gleich«, antwortete Dan und rannte den Schatten von Mitch und Grant hinterher.

Als er aus dem Gebäude stolperte, entdeckte Dan, dass die Morgensonne den Horizont erreicht hatte. Er lief vorsichtig über den verschneiten Boden, zog seine Gasmaske vom Gesicht, nahm seinen Helm ab, atmete tief ein und aus und ließ die Luft in einer Dampfwolke wieder entweichen.

Mitch hatte Grant zum medizinischen Team gebracht, dessen dunkler Transporter neben dem Farmhaus parkte.

Antonia saß neben dem Mann auf der Ladefläche des Transporters, dessen Hecktür offenstand, und sie hatte sich zu ihm hinuntergebeugt. Ihre Hand lag beruhigend auf dem Knie des Ingenieurs, während sie sanft auf ihn einredete und ihm eine Flasche Wasser reichte. Als sie das Knirschen von Dans Stiefeln im Schnee hörte, drehte sie sich um, tätschelte Grant noch einmal lächelnd das Knie, bevor sie aufstand und ihm entgegenging.

»Alles okay?«, fragte er.

Sie nickte. Als sie näherkam, verblasste ihr Lächeln allerdings und sie senkte ihre Stimme. »Wir müssen ihn mitnehmen«, erklärte sie. »Er ist der Einzige, der die Anlage vor dem U-Boot-Angriff schützen kann, falls es uns nicht gelingt, das Schiff vorher zu finden und zu zerstören.«

Dan deutete mit dem Kinn in Richtung des Transporters. »Glaubst du denn, er kann noch ein bisschen länger durchhalten?«

Antonia zuckte mit den Schultern. Sie ließ ihren Blick über den Lieferwagen gleiten und sah dann wieder Dan an.

»Das wird er müssen, denn es gibt leider keinen anderen Weg.«

KAPITEL 42

Während er durch die kugelsichere, reflektierende Scheibe des Behandlungsraumes starrte, trommelten Dans Finger auf das schmale Aluminiumfensterbrett. Die Ärzte hatten Grants Wunden und seine zerschmetterten Finger verbunden, einige Tests durchgeführt und ihn vorsichtig und sanft über seine Tortur befragt. Geräte surrten und piepten, überwachten seine Herzfrequenz, seine Atmung und den Blutdruck, während das Ärzteteam daran arbeitete, seinen Körper wiederherzustellen.

Als hinter ihm auf dem Gang Schritte ertönten, drehte er sich um und entdeckte David, der stirnrunzelnd auf ihn zukam.

»Wie geht es ihm?«

Dan zuckte mit den Achseln. »Schwer zu sagen. Der leitende Arzt sagte mir, dass wir seine Einschätzung innerhalb der nächsten halben Stunde bekommen werden. Dann wissen wir mehr.«

David blickte an Dans Schulter vorbei und beobachtete einen Arzt, der Grant gerade eine Spritze verabreichte.

»Was geben sie ihm da?«

»Etwas, was ihm gegen seinen Gedächtnisverlust und die Atemprobleme helfen soll, die er nach den ganzen Drogen bekommen hat.«

»Wir können nur hoffen, dass seine Programmierkenntnisse in den letzten Tagen nicht ebenfalls unter all dem gelitten haben.«

»Ich weiß. Ich bin auch mehr über diesen Punkt besorgt, als dass ich die genauen Details seiner Entführung erfahren möchte.« Dan verstummte und wandte sich von der

Scheibe ab. »Während wir darauf warten, dass die Ärzte ihn wieder zusammenflicken und uns das Okay geben, dass wir ihn mitnehmen können, werde ich mich mal in Kent umsehen ... mich mit den Verantwortlichen der Gasaufbereitungsanlage unterhalten und schon mal so viel wie nur möglich vor Ort herausfinden, bevor wir dort mit dem ganzen Team auftauchen.«

David nickte. »Mach das. Finde auch heraus, welche möglichen Ziele es geben könnte und wie gut sie dort auf Notfälle vorbereitet sind. Nimm Antonia mit. Wenn sie mit einem der Ingenieure in der Einrichtung spricht, kann sie vielleicht herausbekommen, wofür genau Grants Software entwickelt wurde ... nur für den Fall, dass er es nicht schaffen sollte. Du hast zwei Stunden.«

»Verstanden«, antwortete Dan und verließ hastig den Behandlungsbereich.

***

Dan bog mit seinem Auto auf eine schlaglochübersäte Privatstraße ab und fuhr dann den schmalen Weg mit deutlich reduzierter Geschwindigkeit entlang. Die Reifen wühlten die lockere Oberfläche auf, bespritzten das Auto mit Schlamm und sprengten kleine Steine zur Seite, die in den Radkästen ratterten. Als die Straße in eine weite Linkskurve überging, kamen ein Wachhaus und ein hoher Drahtzaun in Sicht. Zwei Wachmänner kauerten sich in die Türöffnung und versuchten ihr Bestes, um sich vor dem eisigen Schneeregen zu schützen, der über die nördliche Küste von Kent hereingebrochen war.

»Ich glaube, du solltest doch lieber nach Katar umziehen, anstatt mich zu bitten, hierzubleiben«, meinte Antonia fröstelnd, und beobachtete die Wassermassen, die über die Windschutzscheibe des Autos strömten.

Dan grinste, stoppte den Wagen neben dem Wachhaus, ließ die Fensterscheibe herunter und hielt dem Wachposten, der mit der Kapuze über dem Kopf zu ihnen hinübergerannt kam, ihre Sicherheitsausweise entgegen. Als der Mann sich bückte, um die Ausweise zu kontrollieren, zerrte der Wind heftig an seiner Kapuze. Zufrieden nickte er Dan zu und richtete sich dann wieder auf.

»Fahren Sie durch das Tor und folgen Sie der Straße einfach nach rechts«, rief er über den Regen hinweg. »Die Operationszentrale ist das zweite Gebäude auf der linken Seite.«

Dan hob bestätigend die Hand und fuhr das Fenster schnell wieder hoch, während der Sicherheitsmann zum Wachhaus zurückrannte und die Torsteuerung aktivierte. Dan löste die Bremse, als die Torflügel auf Schienen zur Seite glitten, und lenkte das Fahrzeug langsam durch die entstehende Lücke.

Dann fuhr er das Auto so nahe wie nur möglich an das Verwaltungsgebäude heran und schaltete den Motor aus. Während er nach unten griff, um den Sicherheitsgurt zu lösen, reckte er seinen Hals, um durch das Bürofenster zu schauen und zu überprüfen, ob sich jemand bereit machte, sie hereinzulassen … oder sie vielleicht auch dabei beobachten wollte, wie sie auf der Türschwelle ertranken. Er hoffte allerdings, dass der Wachmann sie schon angekündigt hatte.

Nach ein paar Sekunden erschien eine Gestalt am Fenster und hob grüßend die Hand.

»Perfekt«, sagte Dan und öffnete die Autotür. »Dann rennen wir mal los.«

Während er auf seiner Seite aus dem Wagen stieg und Antonia auf ihrer, kniff er die Augen gegen den Schneeregen zusammen, der ihn unangenehm im Gesicht traf. Vom Meer her wehte ein heftiger Wind, der ihm in die Haut biss. Er lief hastig die drei Stufen zum Backsteingebäude hinauf und die Tür öffnete sich zum Glück sofort.

»Kommen Sie rein, schnell«, drängte ihn ein Mann. »Beeilen Sie sich, sonst entwischt uns die Wärme aus dem Gebäude.«

Dan und Antonia traten über die Schwelle und blieben kurz an der Wand stehen, wobei sie auf dem abgenutzten Parkettboden kleine Pfützen hinterließen. Die Tür wurde nun hinter ihnen zugeknallt.

Der Mann kicherte. »Willkommen auf der Isle of Grain. Wie gefällt Ihnen unser Wetter?«

Dan grinste. »Es ist echt beschissen.«

Der Mann streckte die Hände aus. »Geben Sie mir Ihre Mäntel. Ich werde sie hier aufhängen.«

Sie ließen ihre Jacken von den Schultern gleiten und reichten sie ihm. Der Mann hängte sie über einen Kleiderhaken und wandte sich dann mit ausgestreckter Hand wieder zu ihnen um.

»Ted Harris.«

Dan schüttelte die angebotene Hand und stellte Antonia und sich kurz vor.

Harris führte sie zu einem kleinen Büro auf der anderen Seite des Korridors, dessen Fenster zum Parkplatz zeigte, und bot ihnen zwei Stühle vor seinem Schreibtisch an.

»Sie können sich dort hinsetzen. Am Telefon meinten Sie, dass es sehr eilig ist, also, wo sollen wir anfangen?«, eröffnete er das Gespräch.

»Können Sie uns mit einfachen Worten erklären, wie diese Anlage genau funktioniert?«, fragte Dan. »Ich meine, ich weiß, dass LNG-Tanker hier ihr Gas entladen, aber wie läuft das im Einzelnen ab?«

»Zunächst einmal sind wir eine Regasifizierungs- und Speicheranlage«, begann Harris, »was bedeutet, dass wir das Gas in flüssiger Form von einem Schiff herunterladen und es dann allmählich aufheizen, sodass es wieder in den gasförmigen Zustand übergeht. Das Gas durchläuft dabei einige

Reinigungsprozesse, um Unreinheiten herauszufiltern und dann wird es gespeichert. Anschließend wird es in das nationale Transportsystem eingespeist und kann darüber in das ganze Land verschickt werden.«

Er stand auf, ging zu einer vergrößerten Luftaufnahme der Anlage, die an der Wand hing, nahm sie vom Haken und legte sie auf seinen Schreibtisch. Dan und Antonia beugten sich neugierig auf ihren Sitzen vor, um die Aufnahme besser betrachten zu können.

»Hier sehen wir einen Q-Max-Tanker, der Gas aus Katar entlädt«, erklärte Harris. »Es gibt drei Lade-Arme und einen Dampfrückfuhr-Arm, die das Schiff mit dem Dock verbinden und das Flüssiggas dann in Rohre pumpen, die von der Anlegestelle zur Wiederverdampfungsanlage führen.« Er tippte mit dem Finger auf das Foto und begann, dem Verlauf der Rohrleitungen zu folgen, die sich durch die Landschaft schlängelten.

»Die Pipeline ist ungefähr zwei Meilen lang und auf Betonschwellen gelagert«, erklärte er. »Am Ende der Pipeline sind vier Kompressoren im Einsatz, die das Gas passiert, bevor es schließlich überhitzt wird, um es von minus hundertsechzig Grad Celsius auf plus fünf Grad zu erwärmen.«

»Wird es danach direkt in die Lagertanks geleitet?«, fragte Dan und deutete auf die vier großen zylindrischen Objekte, die am Bildrand zu erkennen waren.

Harris nickte. »Ja, genau. Jeder Tank kann bis zu einhundertneunzigtausend Kubikmeter Gas aufnehmen.«

»Wie viel von dem Prozess wird von ihrem SCADA-System gemanagt?«, fragte Antonia nun.

Harris runzelte die Stirn. »Eigentlich alles. Die Kompressoren, die Pumpen, die das Gas aus den Schiffen saugen, die Ventile in den Rohrleitungen … kurz gesagt alles.«

Dan verschränkte die Arme vor der Brust und ging gedankenverloren im Zimmer auf und ab. »Falls die Anlage also irgendwie angegriffen werden sollte, kann die Software, die Grant entwickelt hat, dazu benutzt werden, den Gasfluss in der Anlage zu stoppen, um den Schaden zu begrenzen?«

Harris nickte. »Sie funktioniert wie ein Schalter, allerdings direkt im Computersystem und nicht als physischer Schalter. Wir können sie auch so programmieren, dass das Gas in verschiedenen Bereichen abgeschaltet wird.«

»Und Grant Swift hat diese Software geschrieben?«, fragte Antonia.

Harris nickte erneut. »Er ist der leitende Überwachungsingenieur des Projekts. Unsere Organisation hat ihn ursprünglich als Berater eingestellt. Grant hat hier vor ein paar Monaten angefangen, unsere Systeme analysiert und nach Schwachstellen gesucht sowie nach Möglichkeiten, sein Programm zu implementieren. Wir sind nur noch ein paar Wochen vom Beginn der Tests entfernt.«

»Was ist mit Entwurfszeichnungen?«, fragte Dan.

Harris schüttelte den Kopf. »Grant allein gehört das geistige Eigentum an seiner Software. Unsere Organisation besitzt nur das geistige Eigentum am vorhandenen System, so wie es für diese LNG-Anlage programmiert worden ist.«

»Ist es dann vielleicht möglich, eine Kopie der Pläne für das bestehende System zu bekommen, für das Sie das Copyright haben?«, fragte Antonia und wandte sich an Dan. »Ich würde sie mir nämlich gern ansehen, nur so als Rückversicherung.«

Dan nickte. Er verstand sofort, worauf sie hinauswollte. Falls Grant nicht rechtzeitig wieder fit werden sollte, um den U-Boot-Angriff zu verhindern, müssten sie möglicherweise ein Team von Softwareentwicklern organisieren. Dieses würde dann versuchen müssen, die Programmstrukturen zu rekonstruieren, um die Verbesserungen erneut programmieren zu können.

»Klar.« Harris nahm daraufhin einen USB-Stick aus der obersten Schublade seines Schreibtisches. Nachdem er ihn in seinen Computer gesteckt hatte, gab er eine Reihe von Befehlen ein und trommelte ungeduldig auf der Tastatur herum, während die Informationen heruntergeladen wurden.

Dan beugte sich zu Antonia hinüber. »Denkst du, dass eine umgekehrte Entwicklung dieser Software möglich ist?«, murmelte er leise.

Sie warf Harris, der gerade den Datenträger aus seinem Computer zog, einen kurzen Blick zu. »Wenn ich gesehen habe, was auf diesem Stick drauf ist, werde ich sicher mehr dazu sagen können«, antwortete sie. »Im Moment können wir noch gar nichts ausschließen.«

Sie lächelte und nahm den USB-Stick von Harris entgegen. »Vielen Dank. Ich rufe Sie, falls ich irgendetwas erklärt haben möchte.«

Harris nickte. »Machen Sie das«, antwortete er lächelnd. »Wissen Sie was«, schob er hinterher und sah dabei aus dem Fenster. »Das Wetter klart gerade etwas auf. Ich schaue mal, ob ich wetterfeste Kleidung für sie beide auftreiben kann. Anschließend könnte ich den Kapitän des Tankers, der gerade entladen worden ist, vielleicht dazu überreden, Sie ein wenig herumzuführen.«

»Wirklich?«, fragten Dan und Antonia wie aus einem Mund.

Harris grinste. »Das ist jetzt die beste Gelegenheit dafür, die kommt bestimmt so schnell nicht wieder.«

***

Dan griff nach oben und ließ seine Hand über die glatte Oberfläche des Tanks wandern. Er sog die Luft ein und erwartete fast, dass das Schiff bei einer abrupten Bewegung von ihm in einem gewaltigen Feuerball aufgehen würde.

Harris lachte. »Sie würden es nicht riechen können, Kumpel.«

Dan grinste verlegen. »Das habe ich mir schon fast gedacht, aber es erschien mir einfach richtig so.«

Harris lachte und gab ihm einen freundschaftlichen Schlag auf den Rücken. »Dann mal los. Sie bekommen sogar die große Tour von mir.« Er ging um den Tank herum und deutete das Schiffsdeck entlang. »Es gibt auf dem Schiff fünf von diesen Tanks. Wenn es voll beladen ist, sind achtundvierzig Millionen Liter Flüssiggas auf diese fünf Tanks verteilt.«

»Wie viel Energie ist das ungefähr?«, fragte Antonia neugierig, während sie an den vor ihnen aufragenden Tanks hochstarrte.

»Das entspricht ungefähr fünfzig Atombomben«, antwortete Harris. »Zum Glück hatte dieser Industriezweig bisher noch keinen ernsthaften Zwischenfall.«

Bisher nicht, dachte Dan beklommen. Er wandte sich an Harris. »Aber wie wird beim Transport sichergestellt, dass es nicht explodiert?«

Harris lehnte sich gegen die Deckreling und deutete auf die Oberseiten der fünf Tanks, von denen ein großer Teil unter Deck lag.

»Sobald das Gas gefördert worden ist, wird es auf minus hundertsechzig Grad Celsius heruntergekühlt«, erklärte er. »Damit wird jede Möglichkeit, dass sich das Gas bei Lufttemperatur entzünden könnte, ausgeschlossen. Wir fluten außerdem den Schiffsrumpf mit einem giftigen Gas – Stickstoff – bevor das Flüssiggas in die Tanks gepumpt wird. In diesem Zustand kann es auf keinen Fall Feuer fangen.«

Dan runzelte die Stirn. »Und was ist dann der Grund dafür, dass man keine elektronischen Geräte neben den Tanks betreiben soll, wenn diese Dinger voll sind?«

Harris wandte sich ihm zu. »Weil trotz allem immer noch das winzige Risiko einer Verdampfung besteht. Wir haben zwar Alarmsysteme, die uns sofort melden würden, wenn Stickstoff entweicht oder in einem der Tanks ein Leck ist, aber dabei geht es nur darum, das Risiko eines Zwischenfalls zu minimieren. Das ganze Schiff könnte in die Luft fliegen, falls irgendetwas einen Funken in der Nähe dieser Dinger erzeugen würde.«

»Aber wenn das Schiff jetzt leer ist, warum schickt man es dann nicht am Dienstag ohne Ladung wieder zurück?«, fragte Dan. »Lasst sie doch einfach ein leeres Schiff angreifen.«

Harris drehte sich um und betrachtete nachdenklich die Aktivitäten am Kai unter ihnen. Er lehnte sich gegen die erst vor Kurzem lackierte Reling und der Geruch der frischen blauen Beschichtung stieg ihm in die Nase. Er schaute Dan von der Seite an und schien sich zuerst kurz sammeln zu müssen, bevor er weitersprechen konnte.

Dann wandte er sich Dan ganz zu und deutete auf das Schiff vor ihnen. »Kumpel, dieses Schiff würden sie nicht angreifen, auf gar keinen Fall.«

Dan runzelte die Stirn. »Würden sie nicht?«

»Nein, das hier ist nämlich ein Baby. Sie würden sich garantiert seine große Schwester vornehmen.«

»Große Schwester?« Dan spürte, wie ihm der Kiefer herunterklappte, als er sich noch einmal die enorme Größe des Schiffes vergegenwärtigte und dann die volle Länge des Anlegers entlangblickte. Er schaute Harris erneut an. »Was soll das heißen?«

Harris sah Dan fest in die Augen. »Das ist das Schiff, das Ras Laffan am Morgen des Angriffs verlassen hat.«

»Wenn das hier ein Baby ist, wie gewaltig ist denn dann bitte seine große Schwester?«

»Vierhundert Meter lang, sechs Lagertanks, mit einer analogen Sprengkraft von siebzig Atombomben.«

Dan spürte, wie sein Herz in der Brust einen Satz machte und starrte Antonia fassungslos an. »Oh, Scheiße!«

KAPITEL 43

Dan klopfte an und betrat den Raum.

Der Vize-Admiral, der mit wütend verschränkten Armen und hochrotem Gesicht auf und ab marschierte, hielt kurz inne, als Dan auftauchte.

David erhob sich ebenfalls. »Dan, ich bin froh, dass du zu uns stoßen konntest«, sagte er.

Dan schüttelte ihm die Hand. »Was ist los?«, fragte er dann.

David deutete auf die anderen Männer im Raum. Der Vertreter des Verteidigungsministers saß am Kopfende eines ovalen Konferenztisches, während der Vize-Admiral weiterhin vor dem Kaffeeautomaten auf und ab ging und offensichtlich versuchte, seine Fassung zu bewahren.

»Wir diskutieren gerade einen Reserveplan für den Fall, dass die Rettungsmission fehlschlagen sollte«, erklärte David. Hilflos hob er die Hände in die Luft. »Bedauerlicherweise sieht es so aus, als ob wir keine Rückendeckung hätten.« Er ließ sich auf einen Stuhl sinken, von dem aus er den Vize-Admiral im Blick hatte.

Dan ging um den Tisch herum und beobachtete durch das Fenster kurz den Schiffsverkehr auf dem Fluss, bevor er sich wieder den Anwesenden zuwandte. »Was ist denn das Problem?«

Der Vize-Admiral seufzte. »Zwei Zerstörer begleiten als Vorsichtsmaßnahme den Q-Max-Tanker, der Ras Laffan am Morgen des Angriffs verlassen hat, durch den Atlantik. Sie werden ihm soweit folgen, bis er in England angedockt hat. Der Rest der Flotte befindet sich momentan im Südatlantik mitten bei einer großen Übung mit den Franzosen und den

Amerikanern«, erklärte er. »Die britische Öffentlichkeit weiß nicht, dass unsere verbliebenen Flottenteile, nämlich ein Atom-U-Boot der Astute-Klasse und zwei Fregatten, derzeit nicht für die Verteidigung des Landes zur Verfügung stehen.«

»Wow«, meinte Dan. »Das ist wirklich schlechtes Timing.«

»Deshalb werden auch einige Köpfe rollen«, knurrte der Vize-Admiral.

»Wo genau befinden sich die beiden Fregatten und das U-Boot denn gerade?«, fragte Dan.

»Das U-Boot wird zurzeit überholt, die Maßnahme hat sich aber bereits um mehr als vier Wochen verzögert. Eine der Fregatten ist vor der Küste Somalias auf einer Erkundungsmission, und wo sich die andere Fregatte gerade befindet, darf ich leider nicht offenlegen, weil ich damit in ein weiteres Wespennest stechen würde.«

Dan drehte sich um und schaute erneut gedankenverloren aus dem Fenster. Er fröstelte, denn die Kühle, die durch das kugelsichere Fensterglas hereindrang, brachte eine Kälte mit sich, die von der schlechten Heizung des Raumes nicht ausgeglichen werden konnte. Er beobachtete ein Touristenboot dabei, wie es sich gegen den Wind und die aufkommende Flut das schlammige Wasser der Themse hochkämpfte. Seine Passagiere trotzten dabei den Elementen, um den *Tower of London* fotografieren zu können. Dans Blick schweifte ab und ein Lächeln begann seine Lippen zu umspielen, als er einen Verkehrshubschrauber entdeckte, der gerade über der geschäftigen Stadt schwebte.

Er drehte sich zu den anderen um und sein Herz schlug schneller, doch er bemühte sich, seine Stimme ruhig zu halten. »Gentlemen, ich glaube, ich habe eine Lösung gefunden, wie wir unser Problem außerhalb des Wassers lösen können«, verkündete er grinsend und deutete mit dem Daumen über seine Schulter.

RAF Northolt, Nord-London

Dan steckte seine Hände in die Taschen, vergrub das Kinn in seinem Schal und stampfte mit den Füßen auf, als er vor dem verwitterten Flugzeughangar stand. Er schwankte leicht, als ein besonders heftiger Windstoß über das Flugfeld peitschte und Schneeregen durch die Hangar-Tür wehte. Dan wischte sich über das Gesicht, trat in den Schutz des gewaltigen Bauwerks zurück und wandte sich dann an den Mann neben ihm.

»Wie lange dauert es noch?«

»Sie werden bald hier sein. Sie mussten nur auf Höhe der M25 einen Umweg machen, um einem Schneegestöber auszuweichen.« Der Mann drehte Dan den Rücken zu und ging zu einem Tisch hinüber, auf dem eine Thermoskanne mit heißem Wasser, Tee und Kaffee standen. »Greifen Sie zu«, rief er über seine Schulter hinweg. »Die anderen werden bestimmt auch ein heißes Getränk wollen, wenn sie hier sind. Also können wir genauso gut die zivilen Vorräte nutzen.«

Dan seufzte, hielt seine Ungeduld in Schach und bediente sich am schwarzen Kaffee. »Was meinen Sie mit zivilen Vorräten?«, fragte er.

»Northolt erlaubt Zivilisten gelegentlich, hier zu landen«, erklärte der Mechaniker. »Nur dann nicht, wenn etwas Besonderes ansteht«, fügte er augenzwinkernd hinzu. »Und das schließt selbst die VIPs ein.«

Als Dan seinen dampfenden Kaffeebecher an die Lippen hob, hörte er das leise Geräusch von Rotoren, die durch die eisige Luft schnitten. Er folgte dem anderen Mann zur Hangar-Tür und suchte die niedrige graue Wolkendecke nach dem sich nähernden Helikopter ab.

Das Geräusch kam immer näher und Dans Blick glitt suchend über den Horizont, während er darauf wartete, dass der Hubschrauber vor ihm auftauchte. Als es so weit war, überraschte es ihn trotzdem, den grauen Rumpf des Helikopters keine fünfhundert Meter von ihnen entfernt vom Himmel sinken zu sehen.

Der Rumpf war mit Kameras und Sensoren übersät und seine Nase mit einer bauchigen Anordnung von Radarzubehör bedeckt. Der Hubschrauber schaukelte elegant in der Luft, sank dann langsam zu Boden und wippte auf seinen Rädern auf und ab.

Nachdem die Rotorblätter zum Stillstand gekommen waren, spähte Dan durch den strömenden Regen, bis sich die Türen öffneten. Zwei Männer, die identische dunkelgrüne Overalls trugen, kletterten auf die Rollbahn und rannten dann durch den Schneeregen auf den Hangar zu.

Der Pilot erreichte die Halle zuerst und reichte Dan die Hand. »Scott Carlisle«, sagte er außer Atem und drehte sich um, als sein Partner zu ihnen aufschloss und versuchte, sich das Wasser aus den Haaren zu schütteln. »Und das ist mein Navigator, Rob Hamilton.«

Dan schüttelte beiden Männern die Hände und deutete dann auf die Thermoskanne. »Nehmen Sie sich lieber schnell etwas davon, bevor der hiesige Mechaniker alles weggetrunken hat.«

Carlisle grinste und ging zum Tisch hinüber. »Also, worum geht es?«, fragte er, als er einen Teebeutel in einen Becher mit heißem Wasser tauchte. »Ich habe gehört, Sie haben ein Problem mit einem U-Boot?«

»Nur ein wenig«, meinte Dan. »Kommen Sie mit ins Büro und ich werde Ihnen das Ganze erklären.«

Er führte die beiden Männer zu einem kleinen Raum, der in einer Ecke des Hangars abgetrennt worden war. Ein Fenster ging auf den Hangar-Innenraum hinaus, an der gegenüberliegenden Wand hing eine Pinnwand, an der sich alte Mitteilungen eines Fliegerclubs befanden. Ein Tisch mit vier Stühlen stand in der Mitte des Raumes, und ein elektrischer Heizstrahler, der auf maximale Hitze eingestellt war, kämpfte gegen die kalte Luft an, die vom Hangar in den Raum wehte.

Dan schloss die Tür und sofort stieg die Raumtemperatur um ein paar Grad an. Er ließ sich auf einem Stuhl nieder und forderte die Helikoptermannschaft auf, sich ihm anzuschließen. Nachdem sie sich alle gesetzt hatten, faltete er eine Karte der Küste Nord-Kents auseinander und breitete sie auf dem Tisch aus.

»Die Situation ist leider ein wenig komplizierter und hat nicht nur mit einem U-Boot zu tun«, begann er, »deshalb hielt es der Vize-Admiral für das Beste, dass ich direkt mit Ihnen spreche, um zu sehen, wie Ihre Einschätzung der ganzen Lage ist. Wir haben Grund zu der Annahme, dass die Gasaufbereitungsanlage auf der Isle of Grain bedroht sein könnte. Haben Sie die Nachrichten über den Vorfall in Katar letzte Woche gesehen?«

Beide Crewmitglieder nickten.

»Die derzeit verfügbaren Beweise deuten darauf hin, dass es sich um einen zweigleisigen Angriff gehandelt hat. Zuerst wurde ein LNG-Tanker von etwas aus dem Wasser getroffen und versenkt … wir vermuten von einem Torpedo … dieser brachte ihn zum Kentern, während er gerade Gas aus der Anlage lud. Danach versuchten die Ingenieure, den Gasfluss zum Tanker zu stoppen, mussten aber feststellen, dass ihre Computersysteme gehackt worden waren und die üblichen Notfallprotokolle nicht mehr griffen. Nur dank eines kürzlich installierten Programms konnten sie den Hacker in letzter Minute abblocken und damit gerade noch rechtzeitig eine größere Katastrophe verhindern.«

Dan trank einen Schluck Kaffee, bevor er fortfuhr: »Der ursprüngliche Plan war es, das U-Boot direkt anzugreifen, aber als wir endlich seine Sonarsignatur ausfindig gemacht hatten, fanden wir heraus, dass es sich im Ärmelkanal hinter anderen Schiffen versteckte. In der Zwischenzeit ist ein Q-Max-Tanker bereits auf dem Weg nach Grain, um dort Flüssiggas abzuladen. Der Tanker ist gerade dabei, vom Atlantik aus in den Ärmelkanal einzulaufen. Doch angesichts der Vielzahl von Schiffen, die diese Schifffahrtsstraße nutzen, kann die Navy nicht einfach ein paar Zerstörer oder Fregatten hinschicken, um das U-Boot unschädlich zu machen. Außerdem würden wir damit riskieren, der U-Boot-Crew oder den Drahtziehern zu verraten, dass wir wissen, was sie vorhaben.«

»Was schlagen Sie stattdessen vor?«, fragte Carlisle stirnrunzelnd.

Dan beugte sich vor und deutete auf die Karte. »Wir wollen abwarten, bis sie die Küste von Kent passiert haben und in die Themse-Mündung eingefahren sind, und erst dann angreifen, um den Weg für den Tanker freizumachen«, erklärte er. »Der Vize-Admiral hat angedeutet, dass Sie uns bei diesem Punkt behilflich sein könnten.«

Der Pilot kratzte sich am Kinn und warf einen Blick auf Hamilton. »Natürlich könnten wir das U-Boot mit so etwas wie einem Sting-Ray-Torpedo zerstören, aber das birgt immer noch ein hohes Risiko«, meinte er.

»Wie funktionieren die genau?«, fragte Dan. »Besteht da nicht die Gefahr, stattdessen ein anderes Schiff zu treffen?«

Hamilton schüttelte den Kopf. »Wir würden unser Bordwaffensystem mit der speziellen U-Boot-Signatur programmieren. Sobald wir den Torpedo gestartet haben, wird er das U-Boot mit den von uns festgelegten Parametern lokalisieren, identifizieren und jagen.«

»Also kann er nicht zufällig ein anderes Schiff zerstören?«

»Nein. Wenn das Ziel aus irgendeinem Grund verfehlt wird, zum Beispiel, weil das U-Boot einen Täuschkörper einsetzt, würde der Torpedo vom Kurs abweichen und anschließend nachkalibrieren. Danach würde eine neue

Jagd- und Zerstörungssequenz gestartet. Er würde so lange weitermachen, bis das Ziel zerstört ist oder wir die Jagd abbrechen.«

»Es gibt allerdings noch ein weiteres Problem, das berücksichtigt werden muss«, sagte Dan.

Carlisle sah von der Karte auf. »Und welches?«

»Richard Montgomery.«

»Ah«, meinte der Pilot verstehend, »*dieser* alte Bastard.«

***

Die *SS Richard Montgomery* war ein Schiff der Liberty-Klasse, das 1943 während des Zweiten Weltkrieges in den USA gebaut worden war. Im August 1944 verließ das Schiff seine Heimatbasis mit einer Ladung Bomben an Bord, die für das Vereinigte Königreich und Frankreich bestimmt war und die die Munition ersetzen sollte, die beim Untergang der Atlantikkonvois verloren gegangen war.

Während sie am 20. August 1944 in der Themsemündung vor der Küste von Sheerness auf ihren Geleitschutz nach Frankreich wartete, trieben starke Winde das Schiff in flache Gewässer. Trotz aller Versuche der Crew, das Schiff zu retten, lief es dort auf Grund.

Nachdem die gesamte Crew evakuiert worden war, führte man eine Bergungsaktion durch, um die dringend benötigte Munition zu retten. Doch nach fünf Tagen, als man gerade mal die Hälfte der hochexplosiven Ladung vom havarierten Schiff geborgen hatte, brach die *SS Richard Montgomery* in zwei Teile und versank in den Wellen, wobei sie den Rest seiner Ladung mit in ihr nasses Grab nahm.

Dan beendete den Kurzvortrag. »Sie ist immer noch da draußen, die Maste ragen aus dem Wasser und können sogar von der Küste aus gesehen werden. Sie wird zwar rund um die Uhr von bewaffneten Patrouillenbooten bewacht, aber die könnten leider auch nicht viel gegen einen Torpedoangriff durch ein U-Boot ausrichten.«

»Wie viel Sprengstoff ist denn noch an Bord?«, fragte Hamilton.

»Irgendetwas zwischen fünfzehnhundert und dreitausend Tonnen«, antwortete Dan. »Wie Sie sich vielleicht vorstellen können, ist die Admiralität etwas zurückhaltend bei der Frage, wie viel es genau ist. Aber sollte sich das Wrack bewegen oder von einem anderen Schiff getroffen werden, würde die Zerstörung in der Umgebung katastrophale Auswirkungen haben.«

»Was für Explosivmittel sind denn noch an Bord?«, fragte Carlisle.

Dan warf einen Blick auf den Bericht. »Überwiegend TNT- und Streubomben«, antwortete er. »Ich habe heute Morgen mit dem Verteidigungsministerium gesprochen, die mir bestätigt haben, dass die Zünder separat gelagert wurden. Trotzdem sind in unserem Team einige Analysten wegen der Stabilität der Explosivmittel besorgt ... falls diese mit Salzwasser in Berührung kommen sollten, würde wohl nicht viel fehlen und sie könnten hochgehen, und falls wir irgendwo in der Nähe des Wracks einen Torpedo zünden sollten, um das U-Boot zu zerstören, könnten die Vibrationen ebenfalls eine Kettenreaktion auslösen.«

»Was wäre das mögliche Zerstörungsszenario?«

»Es gibt einige Modelle, die von Tsunamis an den Küsten von Kent und Essex ausgehen, die sich über die Themse bis nach London ausbreiten könnten«, erwiderte Dan. »Allein die Schockwellen würden Schäden in mehrfacher Millionenhöhe anrichten, ganz zu schweigen von der vollständigen Vernichtung jedes Lebens innerhalb eines Radius von fünfzehn Meilen.«

Der Pilot pfiff leise durch die Zähne und zeichnete ein schwarzes X auf die Karte, um die Position der *Montgomery* zu markieren. »Außerdem ist sie nur ein paar Kilometer von der Gasaufbereitungsanlage auf der Isle of Grain entfernt«, sagte er und zog mit dem Finger die Küstenlinie nach, »und von den Ölraffinerien entlang dieses Küstenabschnitts.«

Dan nickte mit einem grimmigen Gesichtsausdruck. »Wir müssen uns also entscheiden, zu welchem Zeitpunkt wir das U-Boot angreifen werden«, sagte er. »Zu früh, und wir machen ihre Auftraggeber darauf aufmerksam, dass wir bereits hinter ihnen her sind.« Er hielt inne. »Und wenn wir zu spät dran sind, werden wir für eine der größten nicht-nuklearen Explosionen in der Weltgeschichte verantwortlich sein.«

KAPITEL 44

Als Dan das Zimmer betrat, machte der bewaffnete Wachmann einen Schritt zur Seite.

David stand am anderen Ende des Raumes und schüttelte Grant Swift die Hand. Beide Männer wandten sich Dan zu, als sich die Tür hinter ihm schloss.

»Ich bin froh, dass du hier bist«, sagte David und deutete einladend auf eine Reihe von Sesseln, die um einen niedrigen Couchtisch herumstanden. Der Blick aus den daneben liegenden raumhohen Fenstern ging auf den Fluss hinaus. Ein Laptop stand aufgeklappt auf dem Tisch, der Bildschirm zeigte eine Reihe von Codes, Zahlen und Zeilen in Programmiersprache an. »Grant hat mich gerade auf den neuesten Stand gebracht, was sein Programm genau kann und wie es uns helfen könnte.«

Dan schüttelte Grant vorsichtig die unverletzte Hand, bevor er sich setzte. »Wie geht es Ihnen?«

»Ich hatte schon bessere Tage«, kommentierte der Ingenieur, als er sich vorsichtig in einem Sessel niederließ. »Ich werde wohl einiges erklären müssen, wenn ich endlich wieder nach Hause komme.«

David ging um die Sessel herum und blieb vor den Fenstern stehen, während er seinen Blick über die Stadt schweifen ließ. »Ich hoffe, dass wir Sie nicht noch länger von Ihrer Familie fernhalten müssen«, sagte er und drehte sich zu den beiden Männern um. »Nicht, wenn das hier funktioniert.«

»Was hast du vor?«, fragte Dan, beugte sich über den Tisch und goss Wasser aus dem bereitgestellten Krug in drei Gläser.

David warf Grant einen intensiven Blick zu. »Das ist Ihre Spezialität, also überlasse ich das Erklären lieber Ihnen«, meinte er und begann, im Zimmer auf und ab zu gehen.

Grant beugte sich vor und rieb sich mit der Hand über die Augen. »Was Sie verstehen müssen, ist, dass ich den Code nicht einfach schreiben und dann auf das System hochladen kann«, begann er. »So funktioniert das leider nicht. Ich muss mir die vorhandene SCADA ansehen … eigentlich alles, was das Kontrollsystem macht … wie es die Gasverarbeitungsanlage betreibt … Ventile öffnet, Gasmengen aufzeichnet … all diese Dinge.«

Dan nickte und gab dem Ingenieur ein Zeichen, fortzufahren.

»Meine Software versetzt einen autorisierten Benutzer in die Lage, den Gasfluss zu regulieren und notfalls auch ganz abzuschalten. Danach macht sie sich dann auf die Jagd, vertreibt den Hacker aus dem System und verhindert einen erneuten Zugriff auf die Anlagensteuerung. Dazu muss ich aber zuerst das bestehende SCADA-System analysieren und den Code innerhalb dessen Parametern schreiben, denn sonst müsste der ausführende Ingenieur unter Zeitdruck nicht nur die aktualisierten Befehle, die zur Steuerung des Systems benötigt werden, erlernen, sondern auch das gesamte System neu kennenlernen.«

Dan runzelte die Stirn, lehnte sich zurück und verschränkte die Arme vor der Brust. »Wie lange wird das ungefähr dauern?«

Grant fuhr sich mit der Hand durch die Haare und kratzte sich dann am Nacken. »Für die Codes, die ich für Ras Laffan geschrieben habe, habe ich drei Wochen gebraucht«, antwortete er. »In Grain standen wir gerade kurz vor der Testphase. Das Programm ist immer noch im Rohzustand.«

Dan sah an dem Ingenieur vorbei und schaute kurz David an, der den Kopf schüttelte, dann ließ er seinen Blick zum

Display des Laptops gleiten. »Wenn wir Ihnen einige Leute als Unterstützung zur Verfügung stellen würden, wie schnell könnten Sie es dann schaffen?«

Der Ingenieur seufzte und schloss die Augen. Als er sie wieder öffnete, sah er zuerst zu Dan und dann über seine Schulter zu David hinüber. »Wenn ich ein Team von sechs Ingenieuren hätte ... und damit meine ich wirklich erfahrene Topleute, dann könnten wir vielleicht ... *vielleicht* ... über Nacht etwas auf die Beine stellen«, antwortete er schließlich zögerlich. »Aber es wird knapp werden. Denn sie werden zwangsläufig irgendwann ermüden und Fehler machen. Ich muss anschließend noch einmal alles überprüfen und eine Simulation durchführen, bevor wir auch nur darüber nachdenken können, das Programm auf das Isle of Grain-System hochzuladen.« Er beugte sich auf seinem Sessel vor und streckte die Hand aus, um das Programm zu schließen und den Laptop zuzuklappen. »Außerdem werden sie alle Geheimhaltungsvereinbarungen unterschreiben müssen, um mein geistiges Eigentum zu schützen.«

»Im Geheimen zu arbeiten, dürfte kein Problem sein«, meinte David. »Die CiSP hat einige großartige Leute, die derzeit in der Stadt an Cyber-Sicherheitsfragen arbeiten. Mit denen könnte man sich in Verbindung setzen, um die ganze Sache etwas zu beschleunigen. Die Katarer haben außerdem ihren eigenen Programmierungsexperten hierhergeschickt, um uns bei der Untersuchung zu unterstützen – Antonia Almasi – sie könnte Ihnen ebenfalls helfen.«

Grant nickte. »Gut, gut, dann sollten wir gleich loslegen.«

***

»Okay«, sagte Grant, rieb sich die Nasenwurzel und blinzelte. »Das war dann wohl alles, was wir hier erledigen können.« Er gab jedem der Ingenieure einen USB-Stick.

»Speichert eure Arbeit hier drauf und gebt ihn mir dann zurück. Ich fahre gleich zur Gasverarbeitungsanlage und werde dort alles zusammenfügen«, erklärte er, während er die Datenträger verteilte.

Die Ingenieure dehnten und streckten sich, speicherten ihre Ergebnisse ab und übergaben Grant beim Verlassen des Raumes ihre Sticks. Als dieser aufblickte, entdeckte er Antonia, die immer noch vor ihrem Laptop saß.

»Komm schon, Antonia, warum dauert das denn so lange?«, neckte er sie.

Sie sah auf und grinste. »Bleib mal ruhig, ich habe immerhin doppelt so viel Arbeit erledigt wie jeder andere hier«, sagte sie, klappte ihren Laptop zu und stand stöhnend auf.

Die letzten Ingenieure lachten, als sie den Raum verließen.

Grant lächelte ebenfalls und streckte seine Hand nach Antonias USB-Stick aus, als sie auf ihn zukam. »Da hast du vermutlich recht.«

»Wird das auch wirklich funktionieren?«, fragte sie nachdenklich.

Der Softwareingenieur seufzte. »Na ja, ich *denke*, dass es das wird. Das System in Ras Laffan hat zumindest gut funktioniert, und dieses Programm war auch nur in einer überwachten Testumgebung gelaufen, bevor es gegen einen echten Angriff eingesetzt werden musste … und zwar einem sehr koordinierten Angriff. Ich habe die letzten zwei Stunden damit verbracht, auf einer Kopie des Anlagensystems Simulationen davon laufen zu lassen und es sieht wirklich gut aus. Aber mit Sicherheit kann ich das natürlich erst sagen, wenn wir vor Ort sind und tatsächlich angegriffen werden.«

Antonia nickte und reichte ihm den Datenträger, bevor sie ihre Laptoptasche schulterte. »Wir sehen uns dann auf Grain«, rief sie nach hinten, als sie den Raum verließ.

KAPITEL 45

Dan stand am Rand einer Klippe in der Nähe der Gasaufbereitungsanlage, hatte die Arme um seinen Oberkörper geschlungen und eine Wollmütze tief über die Ohren gezogen. Blinzelnd starrte er durch den Schneeregen in das aufgewühlte graue Meer, in dem die Wellen vom Wintersturm zu weißen Bergen aufgepeitscht wurden.

Ein schwacher Rippenstoß ließ ihn zur Seite blicken. Mitch hielt ihm sein Fernglas entgegen.

»Danke.«

Sein Blick glitt nun am Horizont entlang, während er versuchte, einen Hinweis auf die Position des U-Boots zu entdecken, doch da war nichts. Frustriert schaute er zu den Gewitterwolken hinauf und runzelte die Stirn.

»Glaubst du, dass sie da durchfliegen können?«, fragte Mitch besorgt.

»Ich hoffe es.«

»Und was ist, wenn sie es nicht schaffen?«

Dan drehte sich um und funkelte Mitch böse an, der sofort beschwichtigend seine Hände hob.

»Es tut mir leid. Ich denke doch nur laut nach.«

»Lass das gefälligst.« Dan gab das Fernglas zurück, zog sich die Mütze noch tiefer über die Ohren und machte ein finsteres Gesicht.

Mitch sah auf seine Uhr. »Wie sind sie denn überhaupt auf die voraussichtliche Angriffszeit gekommen?«

Dan schniefte und widerstand dem Drang, sich die Nase an seinem Ärmel abzuwischen. »Es hat etwas mit einer Flaute bei den Schiffsbewegungen im Kanal zu tun«, antwortete er. »Anscheinend gibt es dort am späten Nachmittag immer ein halbstündiges Fenster, in dem der kommerzielle Verkehr deutlich abnimmt. Die Fähren werden dann entweder kurz vor Folkstone oder Dover oder auf dem Weg zum Festland sein. Es liegt in der Natur der Menschen, dass die meisten Passagiere in diesem Moment eher auf die Küste schauen, der sie sich gerade nähern, als zurück auf das Meer zu sehen.«

»Das hat dir bestimmt der Vize-Admiral verraten«, meinte Mitch grinsend.

Dans Mund zuckte. »Vielleicht.« Er drehte sich zu Mitch um. »Auf jeden Fall ist es jetzt später Nachmittag, fast schon abends und ...«, sagte er und starrte auf das Meer hinaus, »es schneit. Für unbeteiligte Beobachter dürfte es also ziemlich schwierig werden, den tatsächlichen Zeitpunkt des Aufpralls mitzubekommen.«

»Das ist doch gut«, erwiderte Mitch.

»Nur nicht für die Männer im U-Boot«, sagte Dan, »aber angesichts der Leben, die sie bereits genommen haben, und ihrer weiteren Pläne, fällt es irgendwie schwer, Sympathie für sie zu entwickeln.«

Er brach ab, als sein Handy zu klingeln begann und nahm das Gespräch hastig an. »Taylor.«

»Sie sind vor zwei Minuten in Northolt gestartet«, meldete sich der Vize-Admiral, und seine Stimme wurde vom Wind verweht.

Dan drehte sich aus dem Wind heraus und legte die Hand über das andere Ohr. »Können sie das U-Boot denn schon sehen?«

»Klar und deutlich«, antwortete der Vize-Admiral. »Es ist sehr langsam unterwegs, um sein Signal zu verbergen, aber es hat gerade die Bugwelle der Fähre von Calais nach Dover gekreuzt.«

»Jesus«, antwortete Dan. »Das wird verdammt knapp.«

»Es ist eine gute Taktik«, gab der Vize-Admiral zu.

»Und es beweist Ihre Theorie, dass sie den Suezkanal durchquert haben, indem sie sich an andere Schiffe gehängt haben, um damit ihre Bewegungen zu verbergen.«

Dan lächelte. »Ein Zufallstreffer.«

Der Vize-Admiral schnaubte und machte dann eine kurze Pause. »Okay. Ich muss jetzt weg. Falls Sie zusehen wollen, wäre jetzt der richtige Zeitpunkt, um sich in Position zu bringen.«

Dan unterbrach die Verbindung, warf einen Blick auf seine Uhr und drehte sich dann zu Mitch um. »Es geht los.«

Mitch nickte, wandte sich wieder dem Meer zu und hob das Fernglas an die Augen. »Das dürfte interessant werden. Hast du eine Idee, wie wir mitbekommen können, was genau passiert?«

Dan grinste, während hinter ihnen auf der schlaglochübersäten Straße ein kehliges Brüllen ertönte, das schnell näherkam.

»Damit«, sagte er und deutete mit dem Daumen über seine Schulter.

Am Ende der Straße blitzten nun Scheinwerfer auf und der Boden unter ihren Füßen begann zu zittern.

Mitch ließ das Fernglas sinken, als er geschockt über Dans Schulter blickte.

»Das ist doch wohl ein Witz, oder?«

Dan trat von der schmalen Straße auf den mit Matsch bedeckten Randstreifen, als ein eleganter schwarzer Sattelschlepper, dessen Räder und Lack mit Schlamm und Schnee bespritzt waren, mit zischenden Druckluftbremsen sanft neben ihnen anhielt.

Mitch reckte den Hals und blickte fassungslos den Truck an. »Getönte Scheiben?«

Dan lächelte.

»Hat Philippa organisiert.«

»Das Mädchen denkt echt an alles.«

»Das macht sie wirklich«, antwortete Dan und trat einen Schritt zurück, als der Motor ausgeschaltet wurde und die Fahrertür aufschwang.

David kletterte in diesem Moment die Edelstahltreppe hinunter, grinste und knallte die Tür hinter sich zu.

»Ich muss zugeben, manchmal liebe ich meine Arbeit«, sagte er.

»Der Hubschrauber hat Northolt gerade verlassen«, erklärte Dan. »Können wir den Angriff bei euch beobachten?«

David nickte. »Die Techniker streamen ihn live. Kommt mit«, sagte er, während er sich umdrehte und auf das Heck des Trucks zuging.

»Wo genau werden wir uns das denn ansehen?«, fragte Mitch stirnrunzelnd, als er den anderen Männern folgte.

David blieb auf halber Höhe des Anhängers stehen und blickte zur Tür hinauf.

»Hier drin«, erklärte er, bevor er die Hand hob und anklopfte.

Die Tür öffnete sich nach außen und Philippa sah lächelnd auf sie herab. »Zurücktreten«, sagte sie und klappte eine Stahltreppe herunter.

»Kommt rein«, lud David sie ein und stieg dann die Treppe in den Anhänger hinauf. »Willkommen in unserem neuen Büro und in der Zukunft der netzwerkzentrierten Kriegsführung.«

Mitch blieb am Fuß der Treppe stehen und sah Dan verblüfft von der Seite an. »So gesehen hat er den Premierminister also nicht mal angelogen, als er ihm gesagt hat, dass er sein Hauptquartier außerhalb der Stadt aufschlagen würde?«

Dan grinste. »Ich denke nicht.«

***

Als Dan in den riesigen Anhänger kletterte, passten sich seine Augen nur allmählich der dunkleren Umgebung an.

Fast auf der gesamten Länge des Anhängers arbeiteten Techniker an Computern, ihre Gesichter wurden von den Bildschirmen in Farben getaucht, die sich veränderten, wenn die Anzeigen wechselten.

Auf der Rückseite des Anhängers befanden sich eine kleine Küchenzeile und eine Sanitärkabine, vor der an der Wand einige ungenutzte Klappstühle standen.

Die Front des Anhängers wurde von einem raumhohen Bildschirm eingenommen, der jetzt Schnappschüsse von Satellitenbildern und Echtzeit-Kamera-Feeds vom Lynx-Hubschrauber zeigte, während dieser sich durch die eisigen Wolkenberge an der Nordküste von Kent kämpfte.

Dan sah erstaunt zu David hinüber. »Du warst wohl ganz schön beschäftigt.«

»Sir, die Helikopter-Crew meldet, dass sie nur noch zwei Minuten von ihrer Angriffsposition entfernt ist«, rief ein Techniker.

David wandte sich an den Mann. »Holen Sie uns die Software auf den Bildschirm, mit der wir die Rakete verfolgen können.« Dann drehte er sich wieder zu Dan und Mitch um. »Sucht euch einen Platz an der Seite, damit ihr aus dem Weg seid, und setzt euch.«

Während Dan sich auf einem Stuhl niederließ, beobachtete er Philippa dabei, wie sie Mitch eine Akte übergab. Danach stellte sie sich neben Dan, die Augen starr auf die Monitore über ihnen gerichtet und an ihren Fingernägeln herumknabbernd.

»Es wird klappen, Pip … die machen das nicht zum ersten Mal«, murmelte er.

Sie sah auf ihn hinab und nickte. »Ich weiß«, antwortete sie, »aber deswegen wird es nicht einfacher.«

»Was hast du Mitch gegeben?«

»Die letzten Finanzberichte, die wir zu Hassan zurückverfolgen konnten. Die Analysten haben endlich Beweise für eine Transaktion gefunden, die erklären könnte, woher die Waffen des U-Boots stammen.«

Sie sah über ihre Schulter, als David sich ihnen näherte und ihnen Kopfhörer in die Hand drückte.

»So könnt ihr unseren Funkverkehr mit dem Helikopter mithören«, erklärte er, »und auch den Admiral am Londoner Ende. Er hat die endgültige Entscheidung darüber, ob der Hubschrauber das U-Boot angreift oder nicht.«

Dan setzte sich die Kopfhörer auf, ruckelte ein wenig daran, bis die Hörmuscheln gut auf den Ohren saßen und stellte dann die Lautstärke am Regler des Anschlusskabels höher, woraufhin Carlisles Stimme die leise Statik durchbrach.

»Noch dreißig Sekunden«, rief er.

»Verstanden«, antwortete der Admiral, und seine raue Stimme klang angespannt.

Dan sah zu David hinüber, der konzentriert auf den Bildschirm starrte. »Wie nah müssen sie herankommen?«, fragte er.

»Normalerweise können sie schon ziemlich nah dran sein, bevor sie die Rakete losschicken«, erklärte er, »aber die Klippen hier bieten nur eine eingeschränkte Deckung … sie sind an einigen Stellen dieses Küstenabschnitts einfach zu flach.« David sah auf seine Uhr. »Sie wollen nach Folkestone fliegen, um dort die Klippen als Deckung vor der Öffentlichkeit nutzen zu können. Sie werden sich so lange hinter der natürlichen Gratlinie verstecken, bis sie die Rakete abgefeuert haben und dann sofort nach Nordwesten abdrehen, um eine Sonde im Meer abzusetzen, damit wir auch unter Wasser hören können. Sobald sie das erledigt haben, sind sie in der Lage, den Torpedo zu programmieren. Sie werden versuchen, uns die Bilder des Angriffs sowohl aus der Luft als auch als Infrarotbilder zu übertragen.«

Dan nickte, wandte sich wieder dem Bildschirm zu, verschränkte die Arme vor der Brust und versuchte seinen Puls zu beruhigen. Die Stimme des Piloten riss ihn abrupt aus seinen Gedanken.

»Bestätige, dass wir in Position sind, Admiral. Ich warte nur auf Ihren Befehl.«

Dan starrte auf den Bildschirm und hielt den Atem an.

***

Ivanov hielt sein Glas mit kasachischem Wodka in die Höhe und betrachtete die vier Männer, die sich um ihn herum versammelt hatten.

»Das ist für unsere Familien und für die Zukunft unseres Landes«, erklärte er. »Unser Opfer bedeutet wirtschaftliche Sicherheit, da es Hassans Gasgeschäfte in Westeuropa überhaupt erst möglich macht.«

»Densawlığıñız üşin!«, antworteten die Männer und leerten ihre Gläser mit einem Zug.

Ivanov schluckte sein Getränk herunter und wandte sich dann an Ilya: »Es ist Zeit, mein Freund. Legen wir los.«

Ilya nickte und beugte sich mit blassem Gesicht über die Steuerung, wobei seine Hände leicht zitterten.

»Entspann dich«, sagte Ivanov. »Es wird ein schneller und ehrenvoller Tod sein.«

Der jüngere Mann schluckte schwer. »Ja, Kapitän«, antwortete er und trieb das U-Boot vorwärts.

Als der Sonarspezialist plötzlich aufschrie, drehte sich Ivanov blitzschnell zu ihm um.

»Was ist los, Alexei?«

»Ich habe ein Signal. Ich denke, es ist eine Sonarboje.«

Ivanov umklammerte die Rückenlehne des Sitzes so hart, dass seine Fingerknöchel weiß hervortraten. »Wie ist die Position der Boje?«

»Steuerbord, Entfernung drei Meilen«, antwortete Alexei beunruhigt.

»Und das Signal ist gerade erst aufgetaucht?«

Der Waffenexperte nickte. »In der einen Minute hatte ich noch einen leeren Bildschirm und in der nächsten gingen alle Alarme los.«

»Bist du dir sicher, dass keine feindlichen Schiffe in der Gegend unterwegs sind?«

Alexei wies auf den Bildschirm des Radars. »Sieh doch selbst, es ist alles sauber.«

Ivanov runzelte die Stirn. »Wie hoch ist unsere aktuelle Geschwindigkeit?«

»Zwölf Knoten, damit wir uns weiterhin neben der Fähre verstecken können.«

»Okay. Dann volle Geschwindigkeit bis auf zwanzig Knoten und Peilung aufnehmen.«

Ilya justierte die Kontrollen neu und die Motoren des U-Boots begannen durch die plötzliche Beschleunigung zu vibrieren.

»Ruhig, Ilya. Wir wollen doch nicht, dass dieses Ding genau jetzt auseinanderfällt.«

Ivanov spürte, wie das U-Boot nach rechts abdrehte und langsam den Kontakt zur Fähre verlor, die sie in den letzten vierzig Minuten gedeckt hatte.

»Hat sie uns erfasst?«

»Negativ.«

»Okay, dann Geschwindigkeit beibehalten. Haltet die Täuschkörper bereit. Mal sehen, ob wir etwas Abstand gewinnen können.«

KAPITEL 46

»Torpedo bereitmachen.«

Die Stimme des Admirals hallte von den Wänden des Anhängers wider, während alle Techniker mit ihren Gesichtern näher an die Bildschirme heranrückten, um zu verfolgen, wie der Hubschrauber dem vordringenden U-Boot entgegenflog.

»Verstanden.«

Hamiltons Stimme klang über Funk seltsam flach und emotionslos. Dan fand es schwer, sie mit dem fröhlichen, optimistischen Mann, den er am Vortag getroffen hatte, in Verbindung zu bringen. Die Distanziertheit des Mannes unter Druck war ernüchternd, doch sein Fokus schien allein auf dem feindlichen Schiff im Wasser unter ihnen zu liegen.

»Abwurf Torpedo in drei … zwei … eins … Torpedo abgeworfen.«

Im Anhänger wurde es still, als die Gruppe ehrfürchtig dabei zusah, wie sich das Geschoss mit einem Blitz und einer kleinen Rauchwolke, die gegen die Linsen der aufnehmenden Kameras wehte, vom Rumpf des Helikopters löste.

»Wo ist die Sonarboje?«, fragte Dan und sein Blick suchte die Bildübertragung der Live-Kamera ab.

David nickte in Richtung Bildschirm. »Dort.«

Eine zweite Rauchwolke vernebelte vorübergehend eine der Kameralinsen.

Philippa beugte sich ebenfalls vor und tippte mit dem Finger auf einen zweiten Bildschirm. »Hier, siehst du, wo der Torpedo ins Wasser eingetaucht ist?«

Dan nickte.

»Das zweite Objekt ist die Boje. Wir sollten ihr Signal empfangen … und zwar *jetzt.*«

Das vertraute *Ping* einer Sonarboje hallte durch die provisorische Einsatzzentrale.

»Boje an Ort und Stelle, Admiral«, bestätigte Carlisle. »Torpedo hat die Verfolgung aufgenommen. Warte auf Ihren Befehl zum Scharfmachen und zur Zerstörung des Ziels.«

»Habe verstanden«, antwortete der Admiral ruhig.

Dan zuckte zusammen, als von der Rückseite des Anhängers ein Aufschrei ertönte.

»Sir, das U-Boot hat sich von der Fähre gelöst«, rief ein Techniker aufgeregt.

»Wo sind sie jetzt?«, knurrte David.

»Sie haben nach Norden abgedreht, Sir, und beschleunigen auf zwanzig Knoten.«

»Sie haben die Deckung verlassen«, fluchte Dan. »Das heißt, sie wissen, dass wir hinter ihnen her sind.«

»Äh Leute, ich befürchte, wir haben ein Problem«, unterbrach ihn Mitch.

Das Team drehte sich zu Mitch um, der in der einen Hand einige Unterlagen hielt und in der anderen sein Handy. Er blickte zu ihnen hoch, hielt die Kopie einer Zusammenstellung von elektronischen Überweisungen in die Höhe und winkte damit.

»Hier ist definitiv etwas nicht in Ordnung. Wenn Hassan ein außer Dienst gestelltes U-Boot gestohlen hat, dann hatte es bestimmt keine Waffen an Bord. Also muss er diese aus einer anderen Quelle beschafft haben.«

»Dafür ist das Geld verwendet worden, das von *diesem* Bankkonto aus transferiert wurde«, erklärte Philippa und deutete auf die Auflistung in Mitchs Hand.

»Ich weiß«, antwortete Mitch, »aber ich habe gerade mit einem unserer Finanzexperten gesprochen. Er schätzt, dass der Preis für Torpedos auf dem Schwarzmarkt in den letzten zwei Jahren deutlich angestiegen ist. Und das hier«, sagte er und wedelte erneut mit der Aufstellung, »reicht bei Weitem nicht aus.«

Dan runzelte die Stirn. »Denkst du, dass Hassan irgendwo noch ein anderes Konto besitzt, das wir noch nicht gefunden haben?«

Mitch grinste. »Nein. Was ich damit sagen will, ist, dass sich in diesem U-Boot keine Torpedos mehr befinden.«

Dan lehnte sich in seinem Stuhl zurück und zog nachdenklich die Stirn in Falten.

»Überlegt doch mal«, beharrte Mitch. »Der Ingenieur aus Ras Laffan hat berichtet, dass er beobachtet hat, wie das LNG-Schiff zweimal getroffen wurde. Das wird auch durch den Film bestätigt, den der Scheich auf sein Handy erhalten hat. Danach haben sie das Kreuzfahrtschiff beschossen. Wieder meldete der Kapitän zwei Einschläge, bevor das Schiff sank. Also insgesamt vier Torpedos.«

»Und wir hängen ihnen seitdem an den Hacken, also hatten sie keine Möglichkeit, zwischenzeitlich neue aufzunehmen«, warf Dan ein.

Mitch nahm einen tiefen Schluck von seiner Cola, stellte sie auf dem Tisch ab und rülpste dann. »Was wäre, wenn …«, sagte er und legte die Auflistung daneben, »… sie niemals vorhatten, neue Torpedos aufzunehmen?«

Dan beugte sich auf seinem Stuhl nach vorn. »Dann müssten sie entweder das U-Boot verstecken, oder …«, fing er an und starrte dann fassungslos Mitch an, als ihm zu dämmern begann, was dieser meinte, »… es ist eine Selbstmordmission!«

»Also werden sie gar keinen Torpedo auf das Munitionsschiff abfeuern«, stellte Mitch fest. »Sie wollen das U-Boot als Rammbock benutzen.«

»Heilige Scheiße!«

David warf einen Blick auf den roten blinkenden Punkt auf der Karte, die an die Wand projiziert wurde und schaltete dann sein Funkmikrofon ein. »Admiral, sie halten direkt auf die *Richard Montgomery* zu. Geschätzte Zeit bis zum Aufschlag …« Er blickte über die Schulter auf den Techniker, der seine Hand hob, »… fünf Minuten. Wir müssen diesen Torpedo *sofort* scharfmachen!«

Der Admiral zögerte. »Wie weit ist das U-Boot momentan von der Fähre entfernt?«

David warf dem Techniker einen fragenden Blick zu, der den Kopf schüttelte.

»Noch nicht weit genug.«

»Wir können das U-Boot nicht so nah an einem zivilen Schiff zerstören«, erklärte der Admiral.

»Wie lange müssen wir warten?«, fragte David nervös.

»Noch eine Seemeile, würde reichen«, antwortete der Techniker.

Dan packte Davids Arm. »Solange können wir aber nicht warten. Philippa, kontaktiere die Reederei. Sie müssen den Kapitän der Fähre sofort anweisen, dass er aus der Gegend verschwinden soll und so viel Abstand wie nur möglich zwischen sein Schiff und das U-Boot bringt. Verschaff uns etwas Zeit.«

Anschließend sah er David an. »Wir können das U-Boot nicht näher an dieses Wrack heranlassen!«

Dan blickte suchend zum Bildschirm hoch, bis er den Live-Feed der Kamera entdeckte, die in einem durchsichtigen Gehäuse auf der Rotorblatthalterung des Helikopters installiert worden war.

Der Hubschrauber schmiegte sich an die Küste und hielt sich dicht über dem Horizont. Graue und weiße Wellenberge tauchten leicht verschwommen unter dem Helikopter auf, Eisregen und Schnee prasselten auf die Kameraverkleidung, während die Maschine durch die Luft sauste und ihr Ziel verfolgte.

»Nun komm schon!«, drängte er.

»Täuschkörper ausgesetzt.«

Die monotone Stimme des Piloten hallte in Dans Kopfhörern wider.

Er warf einen Blick auf David und dann auf die elektronische Anzeige der Sonarboje. Während er sie beobachtete, tauchte der Täuschkörper des U-Boots plötzlich auf dem Bildschirm auf, und der Torpedo nahm die Verfolgung auf.

»Bringt das Ding zurück!«, brüllte der Admiral.

»Verstanden.«

Einen Sekundenbruchteil später wurde das Geschoss deutlich langsamer, vollzog träge einen Bogen und begann das U-Boot erneut zu jagen.

Dan warf einen hektischen Blick auf die Seekarten. »Wir haben keine Zeit mehr!«, zischte er.

»Noch einmal«, befahl der Admiral.

»Wir haben ihre Signatur«, bestätigte der Pilot nun.

»Die Fähre hat ihren Kurs geändert!«, rief Philippa zeitgleich. »Sie sollte in dreißig Sekunden außer Reichweite sein.«

»Hoffentlich denken die Passagiere, dass es nur an der rauen See liegt«, murmelte Dan.

David hob seine Augenbraue und wandte sich ab.

Die Stimme des Piloten schallte nun durch die Operationszentrale. »Torpedo erneut scharfgemacht.«

Bei seinen Worten begann das blinkende Signal auf dem Radarbildschirm vorwärts zu preschen und der Hitzesignatur des U-Boots zu folgen.

Während das Team auf die Bildschirme starrte, drehte das Boot im Wasser langsam seitlich ab.

»Sie haben keine Täuschkörper mehr«, stellte Mitch fest. »Das war's dann.«

Dan hielt den Atem an, als das U-Boot sanft in die Tiefe abtauchte.

»Sie steuern jetzt nicht mehr auf das Wrack zu«, rief einer der Techniker. »Es sieht so aus, als würden sie ihre Geschwindigkeit erhöhen.«

Dan schaute zu David hinüber. »Können sie uns noch entkommen?«

Der andere Mann schüttelte den Kopf. »Die haben nicht den Hauch einer Chance.«

***

Alexei starrte seinen U-Boot-Kapitän mit weit aufgerissenen Augen über die Schulter hinweg an.

»Sie haben sie scharfgemacht!«

Ivanov blieb weiterhin gefasst und hielt sich an der Seite des Bootes fest, als Ilya in dem verzweifelten Versuch, dem Torpedo zu entkommen, das U-Boot abrupte Schlangenlinien fahren ließ.

»Weiter volle Kraft voraus, Alexei. Falls sie uns erwischen, müssen wir wenigstens versucht haben, die Gasanlage mit uns zu nehmen.«

Er wandte sich an den vierten Mann, der älter war als der Rest, und der gerade aus dem Maschinenraum auftauchte. »Hält sie durch?«

Der Mann zuckte mit den Schultern. »Ich glaube nicht, dass das noch wichtig ist, Dimitri«, sagte er und deutete über Ivanovs Schulter auf den Bildschirm vor Alexei. »Sieh selbst.«

Ivanov drehte sich um und seine Augen weiteten sich, als er sah, wie der Torpedo schnell die Lücke zwischen der Sonarboje und seinem Boot überbrückte.

»Wie weit sind wir noch vom Munitionsschiff entfernt, Alexei?«

»Vier Meilen.«

Ivanov schlug gegen die Metallwand neben sich. *So nah!*

Als überall im Boot die Alarme loskreischten, sah er sich noch einmal nach seinen Männern um. Angst stand in ihren Augen, als sie erkannten, dass sie sterben würden und ihre Mission gescheitert war.

»Macht euch bereit für den Aufschlag«, flüsterte er heiser und schloss die Augen.

KAPITEL 47

:

Als Dan die Nachricht vom Untergang des U-Boots in der Operationszentrale der Gasaufbereitungsanlage verkündete, brandete im Kontrollzentrum spontan lauter Jubel auf. Die Ingenieure gaben sich gegenseitig High Fives und liefen schulterklopfend herum … die Erleichterung zeigte sich deutlich in ihren Stimmen und in ihrer Körpersprache.

Dan durchquerte den Raum und ging auf Grant zu, der an seinem Laptop saß und stirnrunzelnd auf den Bildschirm starrte. Er sah hoch, als Dan näherkam.

»Alles okay bei Ihnen?«

Grant nickte kurz. »Das wird sich zeigen. Die erste Bedrohung ist erledigt. Aber bevor wir zu feiern anfangen, sollten wir erst mal sehen, ob die zweite Bedrohung genauso einfach abzuwehren ist.«

Dan nickte und blickte aus einem der bodentiefen Fenster hinaus, von denen aus man beobachten konnte, wie der Fluss Medway in der Themse mündete. Dann wandte er sich an einen der Computertechniker.

»Wie lange dauert es noch, bis der Tanker eintrifft?«, fragte er.

Der Mann warf einen Blick auf seinen Bildschirm und dann auf seine Armbanduhr, bevor er aus dem Fenster die Küste entlang zeigte. »Noch ungefähr zehn Minuten«, antwortete er, »dann wird man beobachten können, wie er um die Landspitze herumkommt.«

Dan hob überrascht die Augenbrauen. »So schnell?«

Der Ingenieur grinste. »Sie trödeln nicht herum, wenn sie beladen sind. Gaslieferverträge basieren auf Angebot und Nachfrage. Ein Kapitän, der zu spät kommt, wäre bei den Eigentümern nicht sehr beliebt.«

Dan schnaubte. »Die Besitzer wissen aber schon, dass sie sich glücklich schätzen können, dass ihr Schiff und die Besatzung noch unversehrt sind, oder?«

Der Ingenieur zuckte mit den Schultern und war sichtlich um eine Antwort verlegen.

Dan schüttelte den Kopf und schlenderte durch den Raum auf Mitch und Antonia zu, die sich gerade mit dem leitenden Ingenieur unterhielten. Er trat neben Antonia, legte seine Hand um ihre Taille und zog sie leicht an sich.

Sie sah zu ihm hoch und ihre Augen glitzerten. »Die Hälfte ist geschafft«, murmelte sie.

Er sah zu ihr hinunter und drückte sie sanft. »Ich drücke die Daumen, dass es funktioniert.« Er blickte über die Schulter auf Grant, der von Monitor zu Monitor lief und die Arbeit der Programmierer überprüfte. »Ich denke, wir werden es schon bald herausfinden.«

Plötzlich stieß einer der Ingenieure einen überraschten Schrei aus und das gesamte Team sah gleichzeitig hoch, als der Bug eines gewaltigen LNG-Tankers von der Themse-Mündung her auftauchte und sich entlang des Flusses Medway auf die Zielgerade in Richtung der Gasverarbeitungsanlage machte.

»Heilige Scheiße, ist das ein riesiges Schiff!«, stieß Mitch verblüfft hervor. »Darüber in einem Bericht zu lesen wird ihm nicht annähernd gerecht.«

Dan gesellte sich zu ihm ans Fenster. »Das sollte besser funktionieren«, knurrte er.

»Wenn es nicht klappt, kannst du deinem Jahresbonus zum Abschied einen Kuss geben«, antwortete Mitch trocken.

Dan verdrehte die Augen und ging zu Grant hinüber, der wieder an seinem Arbeitsplatz saß. »Hat sich schon irgendetwas getan?«

Grants Blick glitt schnell zwischen den verschiedenen Bildschirmen hin und her, bevor er wieder nach unten auf seinen Laptop schaute, während sein Finger über der Maus schwebte, bereit, jederzeit die Anti-Hacking-Software zu starten.

»Bisher noch nicht«, antwortete er, »aber in den Berichten aus Ras Laffan steht, dass sie nicht mal geahnt hatten, dass jemand in ihr System eingedrungen war, bis das Schiff am Dock angelegt hatte.«

Dan nickte und blieb mit verschränkten Armen hinter dem Ingenieur stehen, während er weiterhin schweigend den Bildschirm beobachtete.

Die Stimme von Ted Harris, der an seiner Seite aufgetaucht war, riss Dan aus seiner Konzentration. »Wir haben gerade eine Nachricht vom Energieminister erhalten. Er will, dass dieses Gas unverzüglich aus dem Schiff gepumpt wird«, erklärte er. »In Norfolk haben sie nämlich bereits Stromausfälle.«

Dan brach in ersticktes Lachen aus. »Ihm ist aber schon klar, dass wir uns hier zurzeit um ein wesentlich größeres Problem kümmern müssen?«

»Bestimmt, aber da Norfolk sein Wahlkreis ist, macht er sich im Moment wahrscheinlich mehr Sorgen um seine Wiederwahl.«

»Jesus, ich tu einfach mal so, als hätte ich das gar nicht gehört.«

»Okay, Leute«, unterbrach ihn Grant und erhob seine Stimme, »jeder auf seinen Platz. Es kann jetzt jederzeit interessant werden.«

Die anderen Ingenieure liefen zu ihren Schreibtischen und meldeten sich im System an.

»Antonia, du hältst Wache«, rief Grant. »Halte nach jeder ungewöhnlichen Aktivität Ausschau, während diese Kerle das Tankschiff anschließen und das Gas herauspumpen.«

Antonia hob zur Bestätigung die Hand und konzentrierte sich dann auf ihren Bildschirm, wo sie verschiedene Fenster öffnete, während sich ihr Computer in die unterschiedlichen Systeme der Ingenieure einklinkte.

»Jetzt, wo das U-Boot nicht mehr angreifen kann, was könnte der Hacker noch erreichen wollen?«, fragte Dan und blickte auf Grant hinunter, dem gerade eine Schweißperle das Gesicht herunterlief.

»Falls jemand die Kontrolle über diese Systeme erlangt, könnte er den Druck in den Rohren dazu benutzen, um die gesamte Einrichtung zu beschädigen«, erklärte Grant leise und wischte sich mit der Manschette seines Hemdes die Stirn ab. »Denken Sie daran, dass das Gas auf minus einhundertsechzig Grad Celsius heruntergekühlt wird, um es in flüssiger Form transportieren zu können. Diese Anlage wurde so angelegt, dass das Flüssiggas vom Schiff durch speziell konstruierte Rohrleitungen zur Aufbereitungsanlage geleitet wird. Dabei wird es allmählich erhitzt und wieder in den gasförmigen Zustand gebracht.«

»Es ist ein wahnsinnig heikler Balanceakt«, erklärte Harris. Er senkte seine Stimme. »Falls es dem Hacker gelingen sollte, das chemische und physische Gleichgewicht, das wir hier haben, zu stören, könnte er einen gewaltigen Schaden im gesamten System verursachen.«

Dan nickte verstehend. »Und das bezieht sich nicht nur auf das Schiff und das Leitungssystem. Wir müssen auch die hier gespeicherten Gasreserven schützen, sonst werden bei diesem Wetter die Menschen, die davon abhängig sind, sterben.«

»Fünf Minuten!«, rief ein Ingenieur.

Dan blickte hoch und sah, wie das riesige Q-Max-Tankschiff immer langsamer wurde, während es näher und näher auf die Mole zukroch.

Grant blickte ihn an. »Zeit für eine Entscheidung, Mr. Taylor. Versuchen wir den Hacker zu erwischen und ihn hervorzulocken, indem wir ihm den Zugriff auf die Systeme erlauben, oder setzen wir das Programm lieber sofort ein?«

Dan begann hinter Grants Stuhl auf und ab zu gehen und klopfte sich dabei nachdenklich auf die Unterlippe. »Wie viel Zeit werden wir denn im Falle eines Angriffs haben?«

»Kommt ganz auf seine Tippgeschwindigkeit an«, antwortete Grant trocken.

»Okay, dann lassen Sie es mich anders ausdrücken«, erwiderte Dan mit zusammengebissenen Zähnen. »Wenn Sie bemerken, dass der Hacker vorsätzlich versucht, den Druck in den Rohren zu verändern, wie schnell würde Ihr Programm nach Drücken des Start-Buttons loslegen?«

Grant zuckte mit den Schultern. »Nach circa fünf Sekunden, wenn alles gut läuft.«

Dan atmete langsam ein und aus und wandte sich dann an Harris. »Wie schnell ist das Gas in diesen Rohren unterwegs?«

»Etwa 1,3 Tonnen pro Sekunde.«

Dan schloss die Augen, bewegte den Hals von links nach rechts und genoss dabei das Knacken in seinen Gelenken. Er öffnete die Augen und atmete ein, dann langsam wieder aus, während er sich darauf konzentrierte, seinen Herzschlag zu beruhigen.

»Das wird zu knapp«, murmelte er. »Stoppen Sie den Angriff. Es wäre zwar ein Bonus, wenn wir den Hacker fangen könnten, aber so wie ich das verstanden habe, kann das forensische Team auch im Nachhinein die Daten durchgehen und herausfinden, wo der Angriff herkam.«

»Wir wurden getroffen!«, schrie plötzlich einer der Ingenieure. »Mein System hat mich gerade ausgesperrt!«

Dan trat zurück und wich schnell zur Seite, als Grant an seinen Computer sprang und mit der unverletzten Hand in schneller Folge Befehle eingab.

»Sprich mit mir, Antonia«, rief Grant. »Was kannst du sehen?«

»Typischer DDoS-Angriff«, antwortete sie und blickte ihn über ihren Computerbildschirm hinweg an. »Mehrere

IP-Adressen. Es wird eine Weile dauern, bis ich die Quelle gefunden habe.«

»Okay, los geht's«, rief Grant, ließ seine Finger knacken und begann jetzt auch mit der verletzten Hand zu tippen.

Dan beobachtete fasziniert, wie Grants Computerbildschirm blinkte und flackerte, während die Daten durch das System rasten. Grant hatte ihm zwar die Funktionsweise seiner Antiviren-Software erklärt, sie allerdings in Echtzeit die feindlichen Codes jagen zu sehen, erfüllte ihn mit einem ganz neuen Respekt für den Software-Ingenieur.

»Scheiße!«

Dan warf Grant einen nervösen Blick zu. »Was ist los?«

»Dieser Typ ist wirklich *gut.* So schnell die Software ihn auch findet, er verschwindet sofort wieder und taucht irgendwo anders im System wieder auf.«

»Können Sie ihn denn aufhalten?«

»Das werden wir bald herausfinden«, antwortete Grant angespannt. »Ich liebe Herausforderungen.«

Die Hände des Ingenieurs flogen über die Tastatur, als er die Angriffe des Hackers parierte. Jedes Mal, wenn Grant im Leitungssystem ein Ventil schloss, sprang der Hacker zum nächsten in der Reihe und veranlasste dieses Ventil, sich in schneller Folge zu öffnen und zu schließen, um damit den empfindlichen Mechanismus zu zerstören.

»Antonia, wie hält sich das restliche System?«, fragte Grant, ohne von seinem Bildschirm hochzublicken.

»Ist ganz schön gestresst«, antwortete sie. »Drei der sechs SCADA-Computer sind bereits außer Betrieb. Es sieht ganz so aus, als hätte der Hacker einen von ihnen benutzt, um die anderen zu übernehmen.«

Grant begann, die Befehle einzutippen, die das Gas durch die Anlage umleiten würden, und hämmerte dabei wie wild mit der gesunden Hand auf die Tasten. Hektisch benutzte er das Steuerungssystem, um alle Ventile entlang der von der

Mole kommenden Pipelines zu schließen, da er wusste, dass der kleinste Durchbruch dort eine Katastrophe verursachen würde.

Dan sah über seine Schulter hinweg aus dem Beobachtungsfenster. Jetzt, da der Tanker durch eine Reihe von Rohren mit der Anlage verbunden war, wimmelte die Mole vor Aktivität. Er schluckte schwer. So viele Menschen waren von dem einen Mann hier vor ihm abhängig, und er selbst konnte verdammt noch mal nichts anderes machen, als dabei zuzusehen.

»Ah, jetzt hab ich dich«, murmelte Grant.

»Brauchst du meine Hilfe?«, fragte Antonia.

»Warte mal kurz.«

Dan drehte sich wieder zu Grants Computer um, als der Software-Ingenieur plötzlich auf seinem Bildschirm zu einer anderen Ansicht der Anlagenschaltpläne wechselte und hektisch zu tippen begann.

»Was …«

»Nicht ansprechen«, knurrte Grant. »Nicht jetzt.«

Mit geballten Fäusten hielt Dan den Atem an und versuchte stirnrunzelnd nachzuvollziehen, was Grant gerade machte.

»Hab dich!«

Grant tippte einen letzten Code in das System ein, drückte die Entertaste und schob sich mit dem Stuhl vom Schreibtisch weg.

Dans Blick wanderte vom Computerbildschirm zu Grant und dann wieder zurück. »Was genau haben Sie da gerade gemacht?«

Der Ingenieur grinste. »Mir ist plötzlich eingefallen, dass ich den Such- und Zerstörungscode des Hackers auch gegen ihn selbst verwenden könnte, um den Kerl auszuschalten. Ich weiß nicht, warum ich darauf nicht schon vorher gekommen bin … sehen Sie.«

Dan blickte auf die Bildschirme im Raum, die gerade alle zu flackern begannen und anschließend das Bild wieder neu aufbauten. »War es das jetzt?«

»Fast«, antwortete Grant und entspannte sich ein wenig in seinem Stuhl. »Jetzt, wo wir den Hacker aus dem System geworfen haben, wird der Such- und Zerstörungscode weiter im Hintergrund arbeiten, bis er den tatsächlichen Standort des Computers gefunden hat, von dem aus wir gehackt worden sind. Das könnte ein paar Stunden dauern, aber das Programm wird die Netzwerkverbindung letzten Endes blockieren und dann wird Ihr Spezialisten-Team ganz genau wissen, *wer* der Hacker ist und wo er sich gerade befindet.«

KAPITEL 48

:

»Also«, sagte Dan und beobachtete Grant dabei, wie dieser mit einer Hand ein Glas Champagner balancierte und mit der verletzten Hand Berichte auf seinem Computer durchsuchte, »was planen Sie denn im nächsten Jahr für Ihren Hochzeitstag?«

Grant verschluckte sich vor Lachen und der Champagner schoss ihm in die Nase. Er hustete, blinzelte und klopfte sich dann auf die Brust. »Wir werden verschwinden«, keuchte er. »Und zwar *ganz* weit weg.«

Dan lachte und begann im Raum herumzuspazieren, wobei er diverse Hände schüttelte und dem gesamten Team zur guten Arbeit gratulierte.

Währenddessen sah er sich ständig nach Antonia um. Er runzelte die Stirn, stellte das Champagnerglas ab, das man ihm in die Hand gedrückt hatte, schlenderte zu Mitch hinüber und entschuldigte sich bei dem Techniker, mit dem Mitch sprach, bevor er ihn zur Seite zog.

»Hast du Antonia gesehen?«

Mitch blickte sich suchend im Raum um. »Ist schon eine ganze Weile her. Ich dachte, sie wäre bei dir.«

Dan schüttelte den Kopf. »Nein.« Er schaute sich ebenfalls um und wandte sich dann wieder an Mitch. »Ich werde sie mal suchen gehen. Es kann ja nicht sein, dass sie die Feier verpasst.«

»Keine Bange«, meinte Mitch. Er runzelte nachdenklich die Stirn. »Sobald Grant wieder auftaucht, kannst du ihn dir ja auch schnappen und dann treffen wir uns alle beim Auto.«

Dan nickte ihm bestätigend zu und verließ dann hastig den Raum. Der Teppich dämpfte seine Schritte, während er den Flur entlangging und das Stimmengewirr und das Gelächter des Teams allmählich leiser wurden. Er steckte seinen Kopf in einige Büros, aber Antonia war nirgendwo zu finden. Dann ging er ein Stück weiter und bemerkte ein vertrautes Symbol auf einer verschlossenen Tür. *Damen.*

Dan lehnte sich an die gegenüberliegende Wand und ließ lächelnd noch einmal den erfolgreichen Abschluss der Mission im Geist Revue passieren. Schließlich runzelte er die Stirn, blickte auf seine Uhr und löste sich von der Wand.

Beim Geräusch rennender Füße drehte er sich erschrocken um. Mitch und Harris kamen mit sorgenvollen Gesichtern hastig näher.

»Was ist los?«, fragte Dan alarmiert, als sie vor ihm stoppten.

»Eigentlich wollte ich Sie noch erwischen, bevor Sie den Raum verlassen haben«, sagte Harris und atmete tief durch. »Ich habe mit Grant und Philippa über den Angriff auf unsere Systeme gesprochen, während alle gefeiert haben, und sie schienen zu glauben, dass der Angriff aus dem *Kontrollraum* heraus erfolgt ist.«

Dan warf Mitch einen verstörten Blick zu, dessen Gesicht auf einmal leichenblass geworden war. »Was meinen Sie damit genau?«, fragte er und wandte sich wieder Harris zu.

»Es ist Antonia«, warf Mitch ein. »Sie ist der Hacker!«

Dans Kopf fuhr herum, fassungslos starrte er Mitch an. »Du solltest diese Anschuldigung besser beweisen können.«

Mitch hob abwehrend die Hände. »David hat Grant ohne weitere Erklärung angewiesen, ihre Arbeit zu überwachen. Ich glaube, er hatte bloß ein Bauchgefühl, dass irgendetwas nicht stimmen könnte. Also wurde, um das Team zu schützen, alles, an dem sie arbeitete, von Grants Laptop aufgezeichnet. Philippa hat die Aufzeichnungen vorhin analysiert, als alle anderen gefeiert haben.«

Dan trat auf ihn zu und starrte ihn wütend an. »Und du wusstest davon?«

Mitch machte einen Schritt zurück. »Mir hat die Idee auch nicht gefallen. Ich hatte den Befehl, die Überwachung für den Fall, dass David mit seiner Vermutung richtig liegen sollte, durchlaufen zu lassen.«

»Du Bastard!« Die Haut an Dans Fingerknöcheln platzte auf, als seine Faust auf den Kiefer des anderen Mannes traf.

Mitch stolperte erschrocken rückwärts und ging zu Boden. Er schüttelte überrascht den Kopf, bewegte seinen Kiefer prüfend mit der Hand hin und her und sah dann hoch, als Dan davonlief.

»Dan, warte!«

Doch Dan hielt seinen ausgestreckten Mittelfinger über die Schulter, zog seine SIG Sauer hervor und stieß die Tür zur Damentoilette auf.

»Antonia?« Er ließ die Tür einen Spalt weit offenstehen. »Bist du …?«

Seine Augen weiteten sich entsetzt, als er die blutbespritzten Wände entdeckte. Sein Herz schlug ihm bis zum Hals, als er sich mit der Pistole im Anschlag langsam in den Raum hineinschob. Er richtete sie erst nach links und überprüfte, ob er allein war, und dann mit festem Griff nach rechts. Plötzlich erstarrte er.

Der Boden war blutverschmiert, so als hätte man jemanden über die Fliesen geschleift oder als ob jemand darüber gekrochen wäre. Es war *sehr* viel Blut, was eine Menge Ärger bedeutete.

Die Blutspur zog sich bis um die Ecke herum. Dan stieg über das Blut hinweg, beugte sich mit erhobener Waffe langsam vor und blickte geschockt nach unten, während ein Zittern durch seinen gesamten Körper lief.

Philippa lag in einer Blutlache, die sich unter ihrem Körper ausgebreitet hatte, auf dem Boden. Jemand hatte ihr die Kehle durchgeschnitten und aus der Wunde strömte immer noch blubbernd Blut. Ihr Körper war unter ein

Waschbecken gezerrt worden, Philippas Arme umklammerten ihren Bauch und ihre Augen waren vor Schock und Schmerz weit aufgerissen.

Dan kämpfte gegen die Galle an, die in seiner Kehle aufstieg. Er ging in die Hocke und presste seine Finger gegen ihren Hals, obwohl er tief in seinem Inneren wusste, dass bereits zu viel von Philippas Leben aus ihrem Körper geflossen war.

»Es tut mir so leid, Pip«, wisperte er, während er ihre Jacke und die Jeans durchsuchte.

Ihre Waffe war verschwunden.

Dan sprintete aus dem Waschraum und anschließend den Flur entlang. Während er rannte, rasten seine Gedanken hin und her. Es gab nur einen logischen Platz, an dem sie Grant erwischen konnte. Als Dan das Ende des Flures erreichte, wurde er langsamer und bog um die Ecke. Die Doppelflügeltür stand tatsächlich offen.

»Bleib genau dort stehen!«

Sein Herzschlag setzte kurz aus.

Antonia saß im Kontrollzentrum auf einer Ecke des Leitstandes und hatte eine Pistole auf Grants Kopf gerichtet. Der Ingenieur war in einem der Bürosessel zusammengesunken, seine Stirn war schweißbedeckt.

»Antonia? Was zur Hölle ist hier los?« Er richtete seine Waffe auf sie.

Sie schüttelte langsam den Kopf. »Mach das besser nicht, Dan. Er wäre bereits tot, bevor du auch nur den Finger gekrümmt hast.«

Dan hielt seine Waffe weiter auf sie gerichtet. »*Warum*?« Seine Stimme war heiser, kaum mehr als ein Flüstern.

Antonia lachte, es war ein kurzes, sprödes Lachen, das ihre Augen nicht erreichte. Sie schüttelte langsam den Kopf. »Armer Dan. Verraten, genötigt und dann ausgetrickst … du hattest wirklich keine Ahnung, was?«

Dans Gedanken drehten sich im Kreis. »Das U-Boot?«

»Eine Selbstmordmission«, antwortete Antonia.

»Die Männer im U-Boot … die Männer, die gerade gestorben sind … hast du überhaupt eine Vorstellung davon, wie das Ganze für sie gewesen sein muss?«

Sie zuckte mit den Schultern und hielt ihre Waffe weiterhin ruhig auf Grants Schläfe gerichtet. »Jeder muss irgendwann mal ein Opfer bringen.«

»Wenn du ihn erschießt, ist es vorbei«, erklärte Dan. »Er ist der Einzige, der den Datencode für die Software kennt, hast du das schon vergessen?«

Antonia lächelte, griff in ihre Jeanstasche und zog etwas hervor. Sie hielt den Gegenstand in die Höhe, damit Dan ihn sehen konnte und drehte ihn lächelnd in ihrer Hand. »Ich habe eine Sicherungskopie.«

Dan stöhnte. *Der USB-Stick.*

Antonia lachte erneut. »Es ginge natürlich schneller, wenn Grant die Änderungen einprogrammieren würde, aber vertrau mir, ich werde auch nicht lange brauchen, um es allein herauszufinden.«

»Aber aus welchem Grund?«, fragte Dan. »Das U-Boot ist zerstört und das System bereits abgeriegelt. Das Gas ist inzwischen vollständig vom Schiff heruntergepumpt worden.«

Antonia schüttelte den Kopf und winkte ihm mit dem USB-Stick höhnisch zu. »Das ist ein Schalter, Dan. Erinnerst du dich? Er kann den Gasfluss aus-, aber auch *an*schalten.« Sie neigte den Kopf ein wenig zur Seite. »Es ist immer noch genug Druck in den Rohrleitungen, um diese Anlage in die Luft zu sprengen, wenn ich das Gas wieder zurück zum Schiff schicke, ohne dass sie damit rechnen.« Sie ließ den Datenträger sinken und legte ihn vor Grant auf den Leitstand. »Von hier aus wird die gesamte Anlage gesteuert. Selbst wenn man im Gang als Sicherheitsvorkehrung den

Aus-Schalter gedrückt hätte, würde alles, was wir hier tun, diese Aktion wieder außer Kraft setzen.«

Dans Blick fiel auf Grant, der daraufhin unglücklich nickte.

»Sie hat recht«, bestätigte er. »Wenn wir das Gas von hier aus zurückschicken, können sie nichts tun, um es aufzuhalten.«

Dan sah Antonia finster an, während er seine Waffe weiterhin auf sie gerichtet hielt. »Du hast mir immer noch nicht gesagt, *warum* du das machst.«

Ein kaltes Lächeln umspielte ihre Lippen. »Natürlich für Geld, Macht und Einfluss auf die OPEC-Führer. *Kontrolle.* Uns wird danach die ganze Welt zu Füßen liegen.«

»*Uns?*«

»Hassan ist ein sehr großzügiger Arbeitgeber.«

»Er ist ein Verrückter, der glaubt, indem er das Vereinigte Königreich bedroht, kann er die Vereinten Nationen dazu zwingen, ihre Sanktionen gegen den Iran aufzuheben«, meinte Dan. »Womit er zu Hause nicht gerade beliebt ist, oder?«

»Er hat einflussreiche Freunde«, erklärte Antonia. »Sie werden ihm helfen, die Führer davon zu überzeugen, dass er recht hat.«

»Und du hast ihm die ganze Zeit über von meinen Aktivitäten berichtet.«

Antonia zuckte mit den Schultern. »Wir mussten dich in der Nähe behalten, bis es uns gelungen war, mit diesem Genie hier zu sprechen.« Sie klopfte mit der Pistole leicht gegen Grants Kopf und dieser zuckte schmerzerfüllt zusammen. »Obwohl du diesen Plan ja zunichtegemacht hast, als du ihn gerettet hast.«

»Deshalb wolltest du also unbedingt mitkommen … damit du ihn hättest umbringen können, falls du ihn zuerst gefunden hättest!« Dan funkelte sie wütend an.

»Hassan wird mir einen großzügigen Anteil des Gewinns abgeben, den er mit seinem Unternehmen erzielen wird.«

»Es gibt aber kein Unternehmen mehr, Antonia. Es ist aus. Er wird dich fallen lassen und flüchten, genauso wie er es bei allen anderen getan hat, die an diesem Projekt beteiligt waren. Er benutzt dich nur. Bitte, nimm die Waffe herunter.«

»Das kann ich nicht, Dan.« Antonia schüttelte den Kopf. »Ich habe einen Auftrag zu erfüllen. Genug geredet jetzt … wir haben keine Zeit mehr!« Sie drückte die Waffe kräftiger gegen Grants Schläfe.

Er wimmerte vor Schmerz, während seine Hände über der Steuerkonsole schwebten.

»Mach es!«, schrie Antonia aufgebracht.

Dan fühlte, wie sein Herz in der Brust hämmerte. Er hatte immer noch kein freies Schussfeld.

»Antonia.«

Die Stimme kam von Dans rechter Seite.

Mitch!

Er stand hinter Antonia in einem zweiten Zugang zum Kontrollraum und hatte ebenfalls die Waffe auf sie gerichtet.

Antonias Kopf schoss beim Klang von Mitchs Stimme herum und ihr Arm schwenkte blitzschnell von Grants Kopf weg. Dann feuerte sie einmal.

Der Schuss dröhnte in dem geschlossenen Raum wie Gebrüll.

Mitch schrie laut auf, als ihn die Kugel ins Bein traf. Er stürzte zu Boden und versuchte mit den Fingern das Blut aufzuhalten, das aus der Wunde heraussprudelte.

»Nein!«, schrie Dan.

In dem Sekundenbruchteil, den Antonia brauchte, um sich wieder zu ihm umzudrehen, hatte Dan endlich freies Schussfeld und drückte ab.

Grant schrie, ließ sich zu Boden fallen und schützte seinen Kopf.

Antonias Körper wurde von der Wucht der einschlagenden Kugel rückwärts über die Steuerkonsole geschleudert. Die Geschwindigkeit des Geschosses riss ihren Kopf zurück, bevor ihr Körper langsam auf den Boden rutschte.

Dan sah zu Mitch hinüber, der eine blutverschmierte Hand in die Höhe streckte.

»Mir geht es gut«, krächzte er. »Schau nach ihr.«

Sofort stürzte Dan auf Antonia zu. Die Kugel war rechts neben ihrem Brustbein eingedrungen und aus der zerfetzten Austrittswunde in ihrer Schulter strömte Blut auf den Teppich.

Er ging in die Hocke und drehte ihren Körper sanft zu sich um.

Sie keuchte und ihr Atem ging stoßweise, als sie zu ihm aufsah und mühsam versuchte, ihren Blick auf ihn zu fokussieren. Blut tropfte bei jedem Atemzug aus ihrem Mund. Ihre Hände griffen nach Dans und versuchten ihn zu erreichen.

»Ich bin hier«, sagte er leise, hielt ihre Hände und drückte ihre Finger. »Halte durch, der Arzt ist schon unterwegs.«

Antonias Mund öffnete sich leicht und ihr Blick wurde flehend.

Dan ließ sich auf die Knie sinken und legte sein Ohr an ihre Lippen.

»Es tut mir leid«, flüsterte sie und schloss die Augen.

Ein letztes verzweifeltes Keuchen verließ ihre Lippen, bevor ihr Körper noch einmal erbebte und dann in sich zusammensackte.

Dan griff nach ihrem Hals und versuchte einen Puls zu ertasten.

Nichts.

Ein Zittern durchlief seinen gesamten Körper. Er drängte sich an Grant vorbei, als ihm Tränen die Sicht verschleierten. Er wischte sie wütend weg, während er den Gang hinunterrannte und durch die Feuerschutztüren auf den Parkplatz hinausstürzte.

Dort ließ er sich hinter das Steuer seines Wagens sinken und schloss die Augen, während er sich zwang, tief durchzuatmen. Er konnte im Fahrzeug den schwachen Duft von Antonias Parfüm riechen, der immer noch in der Luft hing.

Die Albträume würden dieses Mal mit aller Macht zurückkehren, da war er sich sicher.

Er ließ den Kopf in seine Hände sinken und weinte.

KAPITEL 49

»Wer war sie?«

David zog ein Foto aus seiner Manteltasche und reichte es Dan. »Eine iranische Staatsangehörige namens Yasmin Gulzar. Sie hat einen Abschluss in Software Engineering an der Universität Teheran gemacht und wurde dann vom iranischen Sicherheitsdienst rekrutiert.«

Die Männer unterbrachen ihre Unterhaltung, als sich ein Priester Philippas Eltern näherte und dem trauernden Paar, das sich am Grab unter einem großen schwarzen Regenschirm aneinanderschmiegte, sein Beileid aussprach. Ihre kleinen Gestalten schienen im Angesicht der mächtigen Eiche, die ihren Schatten über die versammelte Trauergemeinde warf, noch mehr zusammenzuschrumpfen.

David seufzte und sein Atem bildete in der kalten Luft weiße Wölkchen. »Ich habe keine Ahnung, was ich ohne sie machen soll«, murmelte er und schüttelte den Kopf.

»Wie geht es Mitch?«

»Die Ärzte haben sein Bein gerettet, aber er muss sich auf eine monatelange Physiotherapie einstellen«, antwortete David. »Es ist noch immer nicht klar, ob er jemals wieder Außeneinsätze absolvieren kann. Was auch immer passiert, ich werde mich darum kümmern, dass er gut versorgt ist.«

Als sich die Gruppe der Trauernden vom Grab entfernte, gingen die beiden Männer zu dem Regierungsfahrzeug zurück, das sie zur Beerdigung gebracht hatte. Als sie sich näherten, öffnete der Fahrer die Fondtüren, dann startete er den Motor und begann die Rückfahrt in Richtung Stadtzentrum.

»Was ist mit der echten Antonia passiert?«, fragte Dan und lehnte sich auf seinem Platz zurück.

»Die maltesische Polizei hat vor einer Woche im Hafen von Valletta eine Leiche gefunden. Sie war bereits stark verwest und das Gesicht durch Säure zerstört. Die Beamten haben sie zunächst als mutmaßlichen Ehrenmord behandelt, bis gestern Nachmittag das Ergebnis der DNA-Analyse vorgelegt wurde.«

Dan spähte hinaus in den Nachmittagshimmel. Es wurde immer dunkler und der Regen prasselte ununterbrochen gegen die Scheiben. Sein Blick verfolgte ein paar Regentropfen, in denen die entgegenkommenden Autoscheinwerfer wirkten, als wären sie im Wasser gefangen. »Armes Ding, sie muss ziemlich gelitten haben.« Er schüttelte den Kopf, um die Tagträumerei zu beenden und lehnte sich dann wieder in seinem Sitz zurück. »Hattest du wirklich keine Ahnung?«

»Keine.« David räusperte sich. »Und du kannst dir bestimmt vorstellen, wie betroffen die Katarer sind.«

»Hassans Team muss sie abgefangen haben, als sie in Malta angekommen ist.«

»Die Katarer glauben, dass die Iraner sie schon lange vor ihrer Ankunft beschattet haben. Die echte Antonia sollte uns direkt berichten, sodass es ihre Botschaft nicht ungewöhnlich gefunden hat, dass sie keinen Kontakt mit ihnen hielt. Antonias Vater, der Scheich, war nach Ras Laffan geflogen, also konnte auch er den Schwindel nicht auffliegen lassen. Die Katarer hatten nicht die geringste Ahnung, dass irgendetwas schiefgelaufen war, bis wir sie gestern angerufen haben, um ihnen mitzuteilen, dass Antonia erschossen worden ist. Du kannst dir bestimmt das heillose Durcheinander vorstellen, als sie ihren Sektionsleiter hergeschickt haben, um die Leiche zu identifizieren, und dieser dann feststellte, dass es sich dabei gar nicht um die echte Antonia handelte.«

»Du siehst erschöpft aus«, stellte Dan fest.

»Es war eine lange Woche.« David hielt Dan ein weiteres Foto hin. Seine Ränder waren verbrannt und gewellt, das

Bild teilweise geschmolzen und zerknittert. »Das hatte Yasmin in ihrer Jeans.«

Dan nahm es ihm aus der Hand. »Das hat sie in Hassans Villa gefunden. Als ich sie danach fragte, meinte sie nur, sie habe während ihrer Suche nichts Wichtiges entdeckt.«

In der Mitte des Fotos stand ein schlaksiges junges Mädchen neben einem jüngeren Hassan.

Dan blickte David an und runzelte die Stirn. »Ist das der, von dem ich denke, dass er es ist?«

»Er war ihr Vater.«

»Jesus.«

»Allerdings. Es scheint so, als ob ihr Vater sie als Schläferin benutzt hat, und anscheinend hat er das alles schon seit *sehr* langer Zeit geplant.«

Dan schluckte. Er legte das Foto vorsichtig auf den Autositz zwischen ihnen und wandte sich dann wieder an David. »Was ist mit Hassan passiert?«

»Die Iraner schinden gerade Zeit. Sie fordern für ihn im Moment noch diplomatische Immunität, wobei sie das nicht mehr lange durchhalten können. Ich befürchte allerdings, dass sie Hassan bereits außer Landes geschafft haben.«

»Wie denn?«

»Falls er einen Privatjet besitzt, wäre das relativ einfach. Das Verteidigungsministerium beklagt schon seit Längerem, dass es, weil die Pässe auf den kleineren Flugplätzen rund um London nicht kontrolliert werden, keinen Überblick darüber hat, wer in das Land kommt oder es verlässt.«

»Also wird er flüchten können.«

»Ich habe heute Morgen mit dem Premierminister gesprochen. Wir haben den Eindruck, dass sich die Iraner selbst um ihn kümmern werden. Wir haben ein Gerücht gehört, dass seine Aktionen weder von der dortigen Regierung noch von den religiösen Führern des Landes genehmigt worden sind, deshalb wird er wahrscheinlich dafür bestraft werden, dass er sie so blamiert hat. Falls die Iraner in nächster Zeit versuchen sollten, die Sanktionen gegen sie aufheben zu lassen, stehen sie momentan nämlich nicht wirklich gut da.«

»Ich kann nicht glauben, dass wir sie so einfach damit davonkommen lassen.«

David lächelte. »Wer hat denn gesagt, dass sie damit durchkommen werden?«

Dans Kopf schoss in die Höhe. »Ich will dabei sein!«

»Ich dachte mir schon, dass du das möchtest. Sei aber vorsichtig, wenn du erwischt wirst oder dich jemand erkennt, bist du auf dich allein gestellt.«

***

Seine Schritte hallten durch den gefliesten Gang. Dan warf einen Blick auf jede Tür, an der er vorbeikam. Die fortlaufenden Nummern stiegen an, während er durch das Labyrinth des Krankenhauskomplexes ging.

Zwei bewaffnete Wachen wandten sich ihm mit strengem Gesichtsausdruck zu, als er sich der letzten Tür auf der rechten Seite näherte.

»Rühren, Gentlemen«, sagte Dan. »Es wird nur ein kurzer Besuch.«

»Fünf Minuten«, antwortete der Größere der beiden Wachposten. »Anweisungen des Arztes.«

Dan nickte und öffnete die Tür.

»Du hast lieber keine Trauben in der Tasche«, sagte eine unwirsche Stimme aus dem Bett. »Wenn du Trauben mitgebracht hast, schwöre ich dir, dass ich dir jede einzelne davon in deinen …«

»Entspann dich«, unterbrach ihn Dan grinsend. »Ich habe stattdessen etwas anderes mitgebracht.« Er hielt die Tragetasche in die Höhe und holte ein Viererpack John Smith Bier heraus. »Ist das okay für dich?«

»Du bist ein Engel«, sagte Mitch versöhnlich, »aber stell die Dosen um Himmels willen in den Schrank, bevor die Schwester sie entdeckt.«

Dan verstaute die Bierdosen und zog sich dann einen Stuhl ans Bett heran. »David hat mir erzählt, dass deine Heilung gut voranschreitet.«

»Blödsinn«, erwiderte Mitch. »Es tut höllisch weh. Und noch mehr schmerzt es, weil wir Philippa nicht retten konnten.«

»Ja.« Dan sah auf seine Hände. »Ich weiß.«

»Wie war die Beerdigung?«

Dan zuckte mit den Schultern. »David ist wirklich fertig. Sogar noch mehr als ich erwartet habe.«

Mitch lächelte. »Er hatte immer schon eine Schwäche für Philippa«, erklärte er. »Ich habe mich oft gefragt, ob es bei ihm über die professionelle Ebene hinausging. Der arme Bastard.«

Dan verbrachte die nächste halbe Stunde damit, Mitch auf den aktuellen Stand der Ermittlungen zu bringen.

»Und was werden sie nun dagegen tun?«, fragte er aufgebracht, als Dan fertig war. »Sie können Hassan doch nicht einfach damit davonkommen lassen!«

Dan lächelte und stand dann auf. »Mach dir keine Sorgen«, antwortete er. »Ich habe das Gefühl, dass die Iraner in nächster Zeit noch alle Hände voll zu tun haben werden.«

Nachdem er sich von Mitch verabschiedet hatte, ging er durch das Krankenhaus zurück bis zum Parkplatz.

Er startete seinen Wagen, brachte den Motor auf Touren und verließ dann das Krankenhaus in Richtung Flughafen. Als er auf die Schnellstraße fuhr, drückte er eine Kurzwahltaste auf seinem Handy. Der Klingelton deutete an, dass das Gespräch über eine Auslandsvermittlung laufen würde.

Es klingelte viermal, bevor der Anruf entgegengenommen wurde.

»Guten Tag, General«, sagte Dan, während er blinkte und anschließend nach rechts auf die Überholspur zog. »Ich brauche ein paar von diesen neuen Spielsachen, die Sie in Ihrer Scheune lagern.«

Epilog

:

Irgendwo in der Nähe der kasachischen Grenze

Es begann damit, dass plötzlich alle Hunde auf einmal zu bellen anfingen. Die Leute blickten verwundert von ihren alltäglichen Arbeiten hoch, Gespräche erstarben mitten im Satz.

Normalerweise bellten die Hunde nur, wenn ein Fremder durch den Ort fuhr. Meistens erst ein Hund, bevor dann nach und nach die anderen einsetzten. Aber dieses Mal war es anders … sie klangen verängstigt, winselten und jaulten.

Eine alte Frau, die ihr weiß-graues Haar zurückgebunden unter einem ausgeblichenen roten Schal versteckte, hörte auf, den Weg vor ihrem Haus zu fegen und stützte sich mit vor Erstaunen weit geöffnetem Mund auf ihren Besen. Jeder Hund, der nicht auf einem Grundstück angebunden war, rannte gerade an ihrem Haus vorbei aus dem Dorf hinaus.

Ein dumpfes Rumpeln grollte kaum hörbar in der Ferne. Die Frau spürte ein schwaches Zittern unter ihren Füßen. Sie sah zu dem grauen, wolkenverhangenen Himmel hinauf. Im Radio hatten sie zwar Regen vorhergesagt, aber keinen Sturm und auch keine Blitze oder Donner, die die Hunde dermaßen erschrecken könnten.

Das Dorf lag in einem Tal inmitten einer steilen Hügelkette, eine Ansammlung von kleinen Bauernhöfen und zwei, drei Geschäften. Die Dorfgemeinschaft hielt fest zusammen, gemeinsam hatten sie schon schwere Zeiten durchgemacht … Überschwemmungen und auch Hungersnöte. Die Frau winkte kurz einem Mann auf der anderen Straßenseite zu, der seinen Traktor gestoppt hatte und mit weit aufgerissenen Augen auf die vorbeirennenden Tiere starrte. Er suchte ihren Blick und schüttelte dann verwundert den Kopf, bevor er seine Aufmerksamkeit wieder auf die Hunde richtete.

Das kleine einstöckige Haus der Frau war das Letzte auf der schmalen Straße, die aus dem abgelegenen Dorf hinausführte. Im Sommer schlich sich der Staub mit jedem Windhauch in ihr Haus. Während der Sommer in den Herbst und schließlich in den Winter überging, verwandelte sich der Staub in Schlamm, der an den Rädern und Füßen verkrustete. Das Grundstück auf der gegenüberliegenden Seite wurde durch eine niedrige Steinmauer von der Straße abgegrenzt. Dahinter konnte sie Schafe blöken hören, die das Bellen der Hunde ebenfalls nervös gemacht hatte.

Weitere Hunde schlossen sich nun dem flüchtenden Rudel an, während die Tiere die Straße hinunterrannten, ihre Augen weiß vor Angst und die Schwänze zwischen ihre Beine eingeklemmt.

Die Aufmerksamkeit der alten Frau wurde jetzt von einem lauten Winseln, das vom Grundstück ihres Nachbarn herüberklang, abgelenkt. Sie blickte hinüber und entdeckte einen Hund, der vor dem Haus an einem Pfosten angebunden war. Das Tier war vollkommen verängstigt und versuchte verzweifelt, sich aus dem Seil zu befreien, das man um seinen Hals geschlungen hatte. Sein Hals war bereits blutverschmiert, trotzdem kämpfte er immer weiter, um seinen Kopf aus der Schlinge zu bekommen.

Die Frau lehnte ihren Besen gegen den Türrahmen und ging dann langsam auf den Hund zu. Sie hatte Angst, sich ihm zu nähern, da er ziemlich gemein sein konnte, doch heute war alles anders. Als sie zu ihm ging, wimmerte der Hund und sein ganzer Körper stemmte sich erneut gegen das Seil.

Ein weiteres Zittern durchlief den Boden unter ihren Füßen. Die Frau schaute in die Ferne. Das Grollen schien näher zu kommen, aber am Himmel waren noch immer keine Gewitterwolken zu entdecken.

Sie unterhielt sich leise mit dem Hund und bückte sich dann zu ihm hinunter. Vorsichtig lockerte sie das Seil um seinen Hals, hob es langsam über die blutende Wunde und befreite das Tier. Der Hund blinzelte sie einmal an, bevor er dem Rudel hinterherrannte, dessen Bellen noch immer in der Ferne zu hören war.

Die alte Frau richtete sich auf und blickte in die Richtung, in der die Hunde verschwunden waren, dann wandte sie sich wieder dem Dorf und den dahinter liegenden Hügeln zu. Sie runzelte die Stirn.

Das kann kein Erdbeben sein. Nicht hier. Deshalb haben sie doch die Pipeline durch diese Hügel gebaut … weil es hier sicher ist.

Eine Bewegung zu ihrer Linken erregte jetzt ihre Aufmerksamkeit. Sie hob die Hand, um ihre Augen vor der Sonne zu schützen. Das Nachbargrundstück grenzte im unteren Teil an einen kleinen Bach, dessen Wasserspiegel um diese Jahreszeit fast den Höchststand erreicht hatte. Verkrüppelte Bäume und Gras bedeckten sein Ufer und genau dort hatte sich gerade irgendetwas bewegt. Sie rieb sich nervös die verschwitzten Hände am Rock ab und schaute sich suchend um. Aber da war niemand, der mit ihr gehen konnte.

Die Frau spürte, wie ihr Herz raste. Sie holte tief Luft und ging dann allein den Hügel hinunter, wobei sie vorsichtig den Rock hob, als sie auf ihrem Weg über große Steine steigen musste und gleichzeitig versuchte, nicht in die herumliegenden Kuhfladen zu treten. Während sie sich dem Bach näherte, hörte sie das Plätschern des fließenden Wassers.

Vorsichtig zwängte sie sich durch das Unterholz und versuchte dabei, sich nicht das Gesicht von den herabhängenden Zweigen zerkratzen zu lassen. Endlich stand sie am Bachufer und stutzte, als sie weiter stromabwärts ein Plätschern hörte. Sie schaute nach rechts den Wasserlauf hinunter. Nur wenige Meter von ihrem Standort entfernt hatten sich im Bach kleine Wellen gebildet.

Stirnrunzelnd ging sie die Böschung entlang, bis sie die Stelle erreichte. Sie blickte nach unten; im sandfarbenen Schlamm war der Abdruck eines großen Stiefels zu sehen. Dann schaute sie wieder nach rechts, aber es schien so, als ob der Mann, um seine Spur zu tarnen, später nur noch auf die Steine getreten war. Wenn sie das Plätschern nicht gehört hätte, hätte sie wahrscheinlich gar nicht bemerkt, dass jemand dort gewesen war.

Auf dem Hügel hinter dem Dorf sprang gerade der Timer der letzten Sprengladung, die an Hassans Erdgaspipeline befestigt war, auf Null.

Ein Weiteres *Bumm* ertönte, dieses Mal viel näher, und ließ die Frau erschrocken zusammenzucken. Als sie sich umdrehte, um zu ihrem Haus zurückzulaufen, stieß sie einen erstickten Schrei aus.

Das Gesicht eines Mannes, mit schwarzem Fett bedeckt, starrte sie aus den Bäumen heraus an. Seine blauen Augen beobachteten sie aufmerksam. Während sie mit hämmerndem Herzen stehen blieb und sich geschockt die Hand vor den Mund schlug, bemerkte sie erstaunt, dass der Mann seinen Finger an die Lippen legte.

Shhhh.

Dann grinste er sie an, zwinkerte … und verschwand.

–ENDE–

LUZIFER
VERLAG